A ESTRELA

JENNIFER duBOIS

A ESTRELA

Tradução de Waldéa Barcellos

Rocco

Título original
CARTWHEEL
A Novel

Copyright © 2013 by Jennifer duBois
Todos os direitos reservados.

Edição brasileira publicada mediante acordo com a
Random House, uma selo da Random House Publishing Group,
uma divisão da Random House LLC.

Direitos para a língua portuguesa reservados
com exclusividade para o Brasil à
EDITORA ROCCO LTDA.
Av. Presidente Wilson, 231 – 8º andar
20030-021 – Rio de Janeiro – RJ
Tel.: (21) 3525-2000 – Fax: (21) 3525-2001

rocco@rocco.com.br
www.rocco.com.br

Printed in Brazil/Impresso no Brasil

Preparação de originais
FÁTIMA FADEL

CIP-Brasil. Catalogação na fonte.
Sindicato Nacional dos Editores de Livros, RJ.

D866e	duBois, Jennifer
	A estrela: um romance / Jennifer duBois; tradução de Waldéa Barcellos. – 1ª ed.– Rio de Janeiro: Rocco, 2014.
	Tradução de: Cartwheel – A Novel ISBN 978-85-325-2934-3
	1. Romance norte-americano. I. Barcellos, Waldéa. II. Título.
14-13630	CDD– 813 CDU– 821.111(73)-3

Embora os temas deste livro tenham se inspirado vagamente na história de Amanda Knox, esta é uma obra de pura ficção. Nenhum dos personagens é real. Nenhum dos acontecimentos jamais ocorreu. Nada neste livro deveria ser lido como uma afirmação verdadeira sobre fatos ou pessoas da vida real.

Para Justin

Eu era a sombra do picoteiro, morto
Pelo falso firmamento azul da vidraça
— *Fogo pálido*, Vladimir Nabokov

PRIMEIRA PARTE

CAPÍTULO 1

Fevereiro

O avião de Andrew pousou em EZE, como previsto, às sete da manhã, hora local. Lá fora, o sol era um globo medonho, se esvaindo numa luz laranja através do calor trêmulo. Andrew ainda estava atordoado pelos dois comprimidos de diazepam e dois copos de vinho, o mínimo necessário para ele conseguir viajar de avião hoje em dia — fosse para onde fosse, pelo motivo que fosse, mas especialmente para chegar ali, por esse motivo. Ele não deixava de perceber a ironia de ser um professor de relações internacionais que tinha pavor de viagens internacionais (nunca deixava de perceber qualquer tipo de incongruência), mas não tinha como evitá-la. A sensação também não podia ser amenizada pelo conhecimento — sempre consciente, mas agora por fim incorporado como crença — de que as coisas que dão errado raramente são aquelas que chegaram a nos causar preocupação.

Andrew afagou o ombro de Anna, e ela despertou. Ele ficou olhando enquanto ela aparentava ter se esquecido e depois se lembrar do que estava acontecendo. Alegrou-se por não precisar relembrá-la. Ela tirou das orelhas os fones do iPod; e, antes que o desligasse, Andrew captou trechos de alguma música de fundo, discreta — a música de hoje era tão sem garra, ele costumava pensar, será que esses jovens não *querem* nada? Não têm *raiva* de ninguém? — Anna tinha aguentado a viagem razoavelmente bem — seu cabelo escorrido estava preso num prático rabo de cavalo; as listras horizontais de sua roupa, estilo tão apreciado pelos alunos de Andrew atualmente, quase não estavam amarrotadas. Anna não ressaltava sua competência. E não sabia como isso o deixava apavorado.

— Papai — disse ela —, você precisa piscar. — Andrew piscou, com muita dor. — A abrasão da córnea dói?

— Não — respondeu ele. Ela doía sempre. Ele tinha cutucado o próprio olho sem querer, um dia numa aula, enquanto defendia um ponto de vista especialmente vigoroso a respeito do ciberterrorismo russo na Estônia; e tinha precisado ir à emergência do hospital para que lhe dessem um anestésico local no globo ocular. Agora seu olho doía todos os dias de manhã, em todos os voos, todas as vezes em que estava cansado ou estressado, o que agora, no futuro previsível, ele sempre estaria.

— Será que vamos ver Lily hoje? — perguntou Anna.

Andrew umedeceu os lábios. Seus olhos estavam tão secos que ele achou que fossem rasgar. Havia apenas um voo por dia, da Costa Leste para a Argentina, e ele só saía de Washington, aonde era impossível chegar em menos de sete horas, por mais que você procurasse alternativas. Andrew tratou de se relembrar de que não poderia ter chegado antes.

— É provável que hoje não — disse ele.

— E mamãe vai vê-la quando chegar?

— Espero que sim. — A voz de Andrew estava embargada, e Anna olhou para ele, com alarde. — Espero que sim — disse ele outra vez, para mostrar que a falha na voz tinha sido por cansaço, não por emoção.

Lá fora, era verão — como Andrew sabia —, mas em segredo não tinha acreditado totalmente. Anna desvencilhou-se da jaqueta, franzindo o nariz com o cheiro de gasolina. Dentro do aeroporto, o terminal era um formigueiro de passageiros. Andrew ia oferecer um refrigerante a Anna, mas desistiu da proposta quando avistou o jornal exposto do lado de fora do quiosque — ele não sabia muito castelhano além do que se aprende por osmose cultural e tinha uma familiaridade geral com termos derivados do latim, mas foi de uma facilidade desagradável entender a essência das manchetes, quisesse ele entendê-las ou não. Andrew sentiu o desejo desesperado de afastar Anna dos jornais. É claro que ela conhecia o perfil aproximado da acusação, mas Andrew tinha conseguido — ou achava que tinha — protegê-la dos piores aspectos. A cobertura só agora estava começando a chegar nos Estados Unidos, de qualquer modo, e Andrew tinha passado longas horas na internet, em busca das matérias: as descrições de Lily como hipersexualizada, instável, amoral; as insinuações sensacionalistas sobre seu ciúme romântico e sua cólera; a exposição de seu ateísmo presunçoso e arrogante. O fato de ela não ter chorado depois que Katy foi morta, nem durante os interrogatórios (a internet tinha batido tanto nessa tecla que Andrew se pegou gritando para o computador: "*Ela não é de chorar! Ela não é uma porra de uma chorona!*"). E, no fim, a pior informação de todas, a que foi entendida de modo equivocado com maior insistência: o fato de um motorista de caminhão de entregas ter visto Lily sair correndo da casa, com sangue no rosto, no dia seguinte ao assassinato. Não fazia diferença ter sido ela quem tinha encontrado Katy; não fazia diferença ter sido ela quem tinha se ajoelhado sobre Katy e tentado um procedimento de ressuscitação, corajoso e em vão. Os repórteres dos noticiários não estavam ligando a mínima para essas informações, e Andrew calculava que não estavam dispostos a ligar. Ele começava a compreender que tipo de história estavam tentando contar.

Com a desculpa de que os refrigerantes seriam melhores fora do aeroporto, Andrew conduziu Anna (com bastante destreza, achou ele) rumo às esteiras de bagagem, onde ficaram 15 minutos esperando em silêncio. Com o esforço para tirar a mala da esteira, Andrew pisou sem querer no pé de um adolescente andrógino.

— *Permiso* — resmungou ele para o adolescente, que estava usando uma camiseta com as palavras "DESCULPA AÊ, VÉI, KKKK". Andrew sentiu que Anna se retesava ao seu lado. Aonde quer que fosse, Andrew gostava de no mínimo saber pedir desculpas, mas Anna detestava quando ele tentava falar qualquer língua que não fosse o inglês. Dois verões antes, em outra vida, Andrew tinha passado três meses fazendo pesquisas em Bratislava — sua área eram as democracias emergentes pós-soviéticas — e as garotas depois tinham se encontrado com ele em Praga para uma semana de castelos, pontes e cerveja. Anna tinha se encolhido cada vez que ele abria a boca para emitir alguma frase de que se lembrava de seus três semestres de tcheco na faculdade.

— Papai — dizia ela. — Eles falam inglês.

— Bem, eu falo tcheco.

— Não, você não fala.

— É educado dirigir-se às pessoas na língua local.

— Não é, não.

E assim por diante. Lily, por outro lado, o tinha forçado a lhe ensinar tudo o que ele sabia de tcheco, e depois distribuía cumprimentos informais, absurdos, pronunciados de qualquer maneira, em tom alegre, entre lojistas que sorriam para ela só porque suas boas intenções eram óbvias, mesmo que no fundo ela os estivesse insultando. Andrew costumava imaginar que a boa disposição geral de Lily, a vivacidade com que encarava a vida, fosse facilmente detectável por todas as pessoas do mundo, e que isso a protegeria. Agora parecia que não era bem assim.

No táxi, Andrew e Anna passaram por barracas de frutas, bares de aspecto sujo, motocicletas espocando. Através do mormaço, Andrew viu *barrios* com conjuntos habitacionais atarracados, entrecruzados. Varais tremeluzindo com roupas de cores vivas. Um ou outro telhado de zinco ondulado, faiscando num brilho sideral ao sol. As ruas até que eram boas; a infraestrutura geral parecia razoável. Pela janela, também via antenas parabólicas fincadas de um jeito improvável entre casas, parecendo restos de espaçonaves abandonadas. Viu um grande complexo, murado e protegido por cercas de arame farpado, com dois seguranças munidos de walkie-talkies. Esticou o pescoço para ver se era uma prisão, mas revelou-se apenas um condomínio residencial em implantação.

— Não tem nada aberto — disse Anna. — Ela estava olhando por sua própria janela e não se virou.

— É domingo — disse Andrew. — País muito católico.

— Pena que a América Latina não pertença à sua área.

Andrew ficou olhando para a parte de trás da cabeça da filha. Nos últimos tempos, Anna tinha começado a fazer declarações enigmáticas em tons neutros, estudados. Andrew esperava loucamente que não se tratasse das primeiras investidas da ironia.

— Assim você poderia trabalhar um pouco — disse ela.

— Não sei, mesmo. — De repente, Andrew sentiu náuseas, inundado por sua nova e estranha calamidade. É claro que não havia a menor possibilidade de que Lily tivesse realmente se envolvido em alguma coisa desse tipo. A confiança de Andrew quanto a isso era parte do que de início tinha feito a situação não parecer tão catastrófica. A acusação era tão medonha, tão descabida e ridícula de um modo tão óbvio e transparente, que ele quase riu quando tomou conhecimento dela. Não que não houvesse alguns motivos pelos quais ele poderia imaginar que Lily fosse presa justificadamente. Antes que ela viajasse, ele e Maureen tinham tido uma série de conversas sérias com ela — principalmente sobre a severidade das leis antidrogas na América Latina, mas também sobre a fraqueza dos padrões latino-americanos no que dizia respeito ao sexo seguro. Eles a tinham despachado com uma caixa enorme de camisinhas — de uso industrial, pensou Andrew, destinada a postos de saúde ou festivais de música, sem dúvida. Era impossível que se esperasse que uma caixa daquele tamanho fosse usada por um único ser humano. Andrew tremia de pensar em todo o sexo que sua filha teria precisado fazer para gastar todas elas. Mesmo assim, de modo admirável e maduro, ele teve essa conversa, junto com Maureen (chegava a esse ponto sua dedicação ao pragmatismo! Chegava a esse ponto seu compromisso de copaternidade responsável!), e então, de modo admirável e maduro, despachou Lily, com a caixa. E a preocupação de Andrew com Lily tinha sido constante — ele se preocupava com ela ser sequestrada, traficada, engravidada, estuprada, contaminada com alguma DST horrível, presa por consumo de maconha, convertida ao catolicismo, seduzida por um homem de longos cílios montado numa vespa. Ele se preocupava com a possibilidade de ela fazer pouquíssimos amigos; depois se preocupava com ela fazer amigos em excesso. Ele se preocupava com alguma redução da média de pontuação dela na faculdade. E se preocupava com picadas de insetos. Preocupava-se tanto que, quando houve uma ligação de Maureen — para seu telefone de trabalho no meio do dia, com a mensagem de voz deixada num meio sussurro estrangulado —, Andrew sentiu um gosto de metal na boca, tamanha era sua certeza de que alguma coisa que mudaria sua vida tinha acontecido.

E, quando soube que Lily estava presa, sua mente foi inundada por visões lúgubres de consumo de drogas, antiamericanismo e pontos políticos a serem ganhos. Dava para ele imaginar a impressão que ela causaria a todos (ingênua e se achando com direito a privilégios, sem dúvida), e ele podia calcular facilmente que isso representava um incentivo para castigá-la com rigor.

E assim, quando se revelou que a acusação não estava ligada a drogas — nada de drogas, nem de evitar pagar a passagem no metrô (será que Buenos Aires tinha metrô?), nem mesmo invasão de propriedade por ela entrar no terreno de alguém enquanto estava olhando para as estrelas, nem qualquer um dos inúmeros crimes distraídos que ele acreditaria que sua filha poderia ter cometido —, Andrew se sentiu principalmente aliviado. Uma acusação de homicídio era chocante a ponto de ser cômica, portanto, uma ameaça nem tão grande assim.

Andrew tinha tentado transmitir um pouco dessa sensação para Lily ao telefone, quando ela finalmente teve permissão para ligar.

— Não se preocupe — dissera ele, durante a péssima ligação. Parecia absolutamente essencial que Lily soubesse que não precisava dizer a eles que não tinha sido ela. Sua inocência e absolvição final deveriam ser os pressupostos tácitos de todas as suas interações, pressupostos aos quais seriam feitas alusões de passagem, mas sem nenhuma declaração formal.

— Eu sei — dissera ele. — Nós todos sabemos.

— Sabem o quê? — dissera ela, mordaz, de uma distância imensa.

Mas agora, no calor excessivo daquele táxi, com fragmentos de Buenos Aires passando como lampejos pela janela, Andrew estava começando a ter suas dúvidas. Começava a se perguntar se essa não seria de fato uma catástrofe do mesmo calibre das outras. Começava a imaginar se essa catástrofe não iria se juntar àquelas outras, formando uma tríade que sustentaria sua vida como colunas romanas. Em primeiro lugar, a mais importante e mais irredutível, houve a morte de Janie, sua primeira filha, aos dois anos e meio de idade, de anemia aplástica. Essa foi a tragédia que tirou o impacto de todas as outras; o gabarito que serviu para mapear todos os outros pesares. Em comparação, o divórcio foi um tropeço insignificante. Ninguém ficou surpreso — nem mesmo ele ou Maureen —, apesar de terem ficado decepcionados, é claro, com sua própria falta de originalidade. E agora isso. Andrew achava que tudo aquilo era um pouco demais para uma só vida, embora ele devesse contrabalançar esses reveses com seus privilégios socioeconômicos, sua saúde, o fato de ser do sexo masculino, branco, heterossexual, cidadão americano e por aí vai. Ele estava no mundo acadêmico tempo suficiente para saber o quanto a vida lhe tinha sido favorável; como precisava se esforçar o tempo todo para reconhecer esses privilégios; e como precisava se empenhar a sério para tornar sua vida uma desculpa por seus acidentes centrais — e mesmo assim, mesmo assim.

— Olha só! — disse Anna, apontando para uma mansão enorme, imersa em sua própria decadência, que já ia ficando para trás. — Será que é ali que *ele* mora? O que você acha?

Andrew não tinha certeza de quem era esse *ele* — presumivelmente o rapaz rico com quem Lily tinha tido um romance de cinco semanas de duração —, mas estava decidido a responder com firmeza, de qualquer maneira.

— Não — disse ele, dando um tapinha no ombro de Anna e franzindo a testa com aquela magreza ossuda. Bateu então no próprio ombro para uma comparação. — E como você está se saindo, minha boa camarada? — Andrew tinha começado a chamar Anna de "minha boa camarada" em algum ponto da adolescência, quando ficou implicitamente claro para ele que ela não era a filha preferida.

— Estou bem — disse ela, desanimada. — Só cansada.

— Você pode dar uma descansada no hotel.

— No hotel, vou precisar correr.

— Ah, certo.

Anna pertencia à equipe de *cross-country* em Colby — não era uma estrela, mas era conhecida por sua dedicação — e tinha corrido todos os dias por dois anos, sem faltar um dia, nem mesmo nas festas de fim de ano, nem mesmo quando estava gripada. Tinham publicado um artigo no jornal local sobre isso. Anna quase chorou — e foi a única vez em que ela quase chorou — quando Andrew lhe disse que ela não poderia de modo algum sair para correr ao ar livre enquanto estivessem fora.

— Sua irmã está na cadeia pelo resto da vida, e você está preocupada em não fazer exercícios? Organize suas prioridades, por favor! — Isso ele tinha gritado. Tinha sido um dia terrível com Peter Sulzicki, o advogado. — Você acha que vai correr pelas ruas daquela cidade? Não dou cinco segundos para você ser sequestrada. Não preciso de outra filha presa ou morta. — De imediato, Andrew desejou não ter dito isso. Para compensar, prometeu a Anna que procuraria um hotel com academia. Mas Andrew sabia que a viagem ia interromper o ritmo dela, de uma forma ou de outra.

Coitada da Anna. Ela amava Lily, mas devia ter a sensação de que era sempre Lily que se envolvia em espetáculos, era sempre para

Lily que as regras eram alteradas. Era então ainda mais injusto que Andrew gostasse mais de Lily. Não muito mais — só que nenhuma diferença podia ser realmente insignificante quando se tratava do amor que se sente pelos filhos, já que o que aquilo de fato significava era que seu amor por Anna era menor. Isso acontecia só porque Anna tinha concorrentes tão imbatíveis: Janie, a adorada Janie, foi uma tragédia; e Lily, a querida Lily, era um milagre. Para sua prolongada infelicidade, Anna sempre tinha sido apenas uma filha.

No entanto, Andrew agora estava dominado por uma onda de ternura por ela.

— Ei! — disse ele, puxando seu rabo de cavalo.

— Papai, para com isso.

— Vou pedir comida no quarto para quando você voltar. Alguma coisa especial. O que é o melhor daqui? Carne?

Anna lançou-lhe um olhar impassível. Como era possível que tivesse produzido uma filha cuja expressão ele não conseguia interpretar? Ele tinha *feito* aquele rosto.

— Bem — disse ela —, como nós vamos viajar de lá para cá e daqui para lá, tipo todas as semanas, por não se sabe quanto tempo, acho que seria bom tentar diminuir as despesas.

Ela não estava errada. Andrew tentava não pensar no quanto ia durar aquele problema com Lily, mas não estava se iludindo. Mesmo na melhor das hipóteses, era provável que fosse levar muito, muito tempo. E sem dúvida Andrew torraria seu fundo da aposentadoria para financiar os gastos. Embora fosse verdade que ele nunca tinha realmente ansiado pela aposentadoria, especialmente agora que estava sozinho: ele se imaginava vivendo como fosse possível, fritando ovos só de camiseta (nunca tinha aprendido a cozinhar, e agora se dava conta de que essa tinha sido uma decisão otimista — ela significava que em segredo ele acreditava que sempre estaria ocupado demais para se incomodar com isso), assistindo à BBC a qualquer hora do dia ou da noite. Isso, exatamente isso, era o que uma vida intelectual lhe proporcionava, um fundo de aposentadoria mais ou menos e alguns desastres antinaturais.

No mínimo, Andrew podia se sentir grato por Maureen e ele já terem conversado e por estarem de acordo sob tantos aspectos. Tinham concordado em avisar ao Departamento de Estado e entrar em contato com a imprensa. Tinham concordado em estabelecer um website e aceitar doações de milhas de voo e, se chegassem a esse ponto, de dinheiro. Tinham concordado em fazer uma segunda hipoteca da casa, apesar de ambos também saberem que seria enorme a probabilidade de acabarem precisando vendê-la. (Tinham mantido a casa, ostensivamente para minimizar os abalos na vida de Anna e Lily; mas, tanto por motivos terríveis quanto por inócuos, sem dúvida esse já não era o caso.) Tinham também combinado que somente um deles fosse a Buenos Aires primeiro. É claro que os dois queriam estar lá, mas era prudente planejar a longo prazo; e, se eles alternassem as semanas, Lily sempre poderia ter uma visita. Andrew tinha insistido em ir primeiro, porque sabia que, se fosse Maureen a primeira, Lily ia querer que ela ficasse e ficasse mais um pouco. Maureen, num ato de extrema generosidade, tinha concordado. A concessão tácita por parte de Andrew tinha sido trazer Anna junto. Tinham sido pequenas generosidades práticas desse tipo que tornaram suportáveis os oito anos entorpecedores do fim de seu casamento — quando eles avançavam com bravura, gerando Lily e Anna, uma atrás da outra, insistindo na sobrevivência mútua. Seu casamento tinha seguido adiante graças à inércia que mantém um objeto em movimento, pelo menos até as meninas estarem na escola. Surgiu então uma espécie de agonia crepitante, de um declínio irremediável, e Andrew tinha a impressão — inadequada, mas recorrente e invasiva — de uma galinha sem cabeça que sai correndo antes de cair morta logo depois.

Andrew engoliu em seco e tentou sorrir para Anna.

— Acho que podemos nos permitir esse luxo, só desta vez, minha boa camarada — disse ele.

No hotel, Anna tomou um banho de chuveiro e saiu para correr, de cabelo molhado. Andrew ficou deitado na cama sete minutos — contados — e então se sentou, abriu o laptop, e começou a repassar mais uma vez as fotos que Lily tinha lhes mandado antes que tudo isso começasse. Tinha tirado muitas fotos de frutas: goiabas, bananas e melões esquisitos que pareciam porcos-espinhos. Havia uma foto de Lily, parada diante de uma igreja, e Andrew fez uma careta novamente com o que ela estava usando: um top decotado, uma roupa barata, de tecido ralo, que ela comprava em atacadistas com um grande desconto. Todas as mulheres por ali estavam vestidas com trajes conservadores. Será que ela realmente não tinha percebido? Havia também uma foto de Lily com a garota morta, Katy, que ali, como em todos os outros lugares, era de uma beleza espantosa — era mesmo fora do comum, com o cabelo louro-cinza, os olhos estranhos, insondáveis. É claro que sua beleza era uma péssima notícia. ("Isso aqui não ajuda", dissera Peter Sulzicki, batendo repetidamente no rosto de Katy na fotografia. "Não ajuda nem um pouco." Na foto, Katy e Lily estão rindo, bebendo cerveja num bar em algum lugar. Elas parecem bastante amigas. Mas Andrew se encolheu quando pensou nos e-mails de Lily e nas coisas que ela tinha escrito neles sobre Katy. *"Katy acha que fazer trocadilhos é a mais elevada forma de humor." "Tudo em Katy é perfeitamente comum, com exceção dos dentes." "Podemos falar do nome dela? Katy Kellers. O que os pais podiam estar pensando? Será que sua ambição maior era a filha crescer para ser âncora no canal local de televisão?"* Os e-mails já estavam na boca do povo, é claro. Tinham sido publicados nos jornais sensacionalistas locais e, para ajudar, postados novamente, parecia, por cada blogueiro existente no universo. E Andrews sabia a péssima impressão que causavam. O desdém e a superioridade nem mesmo eram a pior parte. O pior era a afirmação implícita de que Lily devia ser fora do comum, já que conseguia reunir tanto desdém por quem era comum. A ironia daquilo tudo era Lily na realidade ser comum, mais ou menos na média: inteligente, é claro, e curiosa; um pouco irresponsável e sujeita a uma tendência irritante de tentar aplicar a filosofia à vida diária, em termos bastante puristas e militantes. Mas no fundo tudo isso resultava no que seria a média dos jovens estudantes razoáveis numa faculdade razoável da Nova Inglaterra. Lily seguia saltitante pela vida com a sensação de estar descobrindo pela primeira vez tudo o que já existia — Nietzsche, sexo, a possibilidade de um universo desprovido de deus ou todo o continente da América do Sul —, e tudo isso não era problema, é claro. Ela estava com 21 anos; tinha esse direito. Era, portanto, extremamente irritante aquela narrativa de que Lily de algum modo apresentava um desvio tão flagrante em relação à norma. Lily era típica, era típica de um modo agressivo — principalmente, porque ainda não se dava conta disso.

Numa foto, Lily lambe sal da mão; na seguinte, chupa um limão-taiti. Em outra, escalou algum morro e está fazendo de brincadeira um gesto de vitória. A foto seguinte é de um cachorro com três pernas. A próxima é uma tomada horrível da abóbada de uma catedral, feita direto dali debaixo: raios brancos se entremeiam na arquitetura; a cúpula está ofuscante de luz. Como uma garota de 21 anos poderia *não* tirar essa foto? Andrew sentia o coração se partir com a banalidade de todas aquelas fotos.

Ele fechou o computador e pensou no que precisava fazer em seguida. Dentro de pouco tempo, Maureen deveria ligar. No dia seguinte, haveria a primeira reunião com os novos advogados. E, em algum momento, ele queria conversar com o amigo rico de Lily — Andrew sentiu repulsa por ele mesmo estar usando o termo "amigo" no contexto. Era um eufemismo que pegara emprestado de Maureen. Ela insistira em apresentar um dos pobres namorados de faculdade de Lily como seu "amigo", repetidamente, até Lily por fim se impacientar e declarar na frente de todos os convidados para o jantar: "Mamãe, ele é meu *amante*." Agora, o cara se chamava Sebastien LeCompte, o que para Andrew deu a impressão de ser o nome de alguma loja sofisticada de ternos, embora ele soubesse que não deveria se queixar. Se o nome não fosse exótico,

Lily nunca o teria escrito por extenso. E quer fosse um nome bobo, quer não, Sebastien LeCompte era a pessoa mais importante do universo: era com ele que Lily estava na noite em que Katy Kellers foi morta. Andrew precisava saber exatamente o que ele estava pretendendo dizer sobre isso. O próprio Sebastien LeCompte não tinha sido preso — embora talvez ainda o fosse, é claro —, e Maureen e Andrew não paravam de pensar obsessivamente nesse fato, sem conseguir entender de que modo deveriam encará-lo. Sob vários ângulos, ele poderia parecer promissor (se Lily tivesse estado com esse cara, e a polícia nem se incomodasse em prendê-lo, seria porque a polícia sabia que não tinha provas sólidas?); ou apavorante (o que ele podia ter contado à polícia para se livrar da detenção?); ou obviamente positivo (não faria sentido prender dois jovens inocentes?); ou descaradamente injusto (se apenas *um* jovem inocente tinha de ficar preso, por que cargas-d'água não tinha sido esse panaca, em vez da filha de Maureen e Andrew?). Andrew precisava de respostas para todas essas perguntas, e precisava delas o mais rápido possível. Ele ia procurar Sebastien LeCompte e obtê-las.

Andrew não planejava mencionar nada disso para Peter Sulzicki, o advogado — embora, para ser exato, as únicas pessoas com que Sulzicki tinha especificamente proibido Andrew de entrar em contato era a família Kellers. Quanto a isso, Peter Sulzicki tinha sido enfático. Era desagradável para Andrew, porque ele compreendia a dor pela qual os Kellers estavam passando; ele sabia que perder um filho era a pior experiência que a vida tinha a oferecer. Naturalmente, ele não sabia que maneira era pior: se o pior era perder uma filha enquanto ela estava viajando e você estava dormindo, ou se quando você está segurando a cabecinha dela e sente que sua pulsação delicada parou. Não que Andrew tivesse jamais desistido de trabalhar para desvendar as hierarquias da dor, extraindo delas as classificações do pesar. Ele sentia desdém pelas pessoas que não tinham sido tocadas pela morte. E *odiava* pessoas que compartilhavam experiências sobre a morte de seus pais, quando ele falava de Janie (*Quem se importa?*, ele tinha vontade de gritar. *Isso é o que se espera!*). As únicas pessoas que ele realmente respeitava eram aquelas cuja dor era pior do que a dele, em termos objetivos, empíricos. Havia um homem em Connecticut, por exemplo, que tinha perdido a família inteira — mulher e duas filhas — numa invasão à sua casa. Elas foram estupradas e queimadas. Andrew sentia pena desse homem.

E os Kellers? Apesar dos detalhes, a perda deles era na essência a dele. Andrew sofria por não poder enviar no mínimo um cartão. E sabia que não entrar em contato com eles seria ainda mais difícil para Maureen. Ela sempre tinha sido muito dada ao envio de cartões de condolências.

É o ritual, dizia ela sempre, enquanto sua letra manuscrita caprichada compunha uma nota destinada a um vizinho quase desconhecido ou a uma tia havia muito tempo esquecida. *É o reconhecimento. O amor se expressa por meio do pragmatismo. Pode ser só um cartão, mas é também o correlato objetivo de sua perda.*

O correlato objetivo?, diria Andrew. Maureen era professora de inglês no ensino médio. *Achei que tínhamos combinado de não trazer o trabalho para dentro de casa.*

O telefone tocou, e Andrew pôs o computador no chão.

— Oi — disse ele.

— Vocês chegaram — disse Maureen.

— Parece que sim.

— E Anna, como está?

— Foi correr.

— Na rua?

— Claro que não.

— É bom.

Conversar com Maureen costumava deixar Andrew mais animado — não era a conversa típica de um homem falando com a ex-mulher, percebia ele. Mas a verdade era que seu divórcio não tinha sido típico. De certo modo, Andrew pensava quase sempre, o divórcio tinha na verdade sido profundamente otimista. Logo depois que Janie morreu, eles só se preocupavam em estancar aquela hemorragia escancarada no centro de suas vidas. O amor romântico, ou qualquer uma de suas versões sombrias, já não lhes dizia respeito. Por isso, quase uma década mais tarde, o fato de eles perceberem que *não estavam* mortos para o mundo, que seu eu sexual ainda existia, que a ideia de um relacionamento adulto que não estivesse irremediavelmente destruído ainda exercia atração sobre os dois — bem, esse era um sinal de algum tipo de progresso. Era provável que fosse a coisa mais esperançosa que tinham feito desde que tiveram Lily. Era um gesto voltado para a ideia de que as coisas poderiam melhorar para os dois. Mesmo que fosse verdade que mais ninguém encarava o assunto dessa forma, e que todos os seus amigos em comum tinham a tendência a tratar Andrew como se fosse Édipo com os olhos arrancados — situação que não era menos aflitiva, só porque tinha sido determinada pelo destino.

— Pois é — disse Maureen. — Tenho uma notícia não muito boa.

— Ai, meu Deus! — exclamou Andrew. Era público e notório que Maureen amenizava tudo o que dizia.

— Parece que pode ser que as duas estivessem dormindo com o mesmo cara. — Maureen inspirou, dando a impressão de que estava respirando entre os dentes. — E que talvez tenham tido uma briga por causa disso.

— O quê? — Andrew levantou-se. — Com quem? O tal do Sebastien?

— Parece que sim.

Andrew entrou no banheiro e acendeu a luz. No espelho, ele estava abominável — cabelo desgrenhado, olhos vermelhos, remelentos. Café no colarinho, embora ele não conseguisse se lembrar de quando tinha bebido café pela última vez. A Andrew parecia que seus olhos estavam afundando no rosto; recuando, de algum modo, como a linha onde seu cabelo começava. Isso era normal? Agora suas órbitas eram dois nichos gêmeos, sombreados pela cúpula da testa.

— E elas brigaram por isso? — perguntou ele.

Maureen tossiu.

— Brigaram — disse ela. — Ou, de qualquer maneira, brigaram por algum motivo.

— E como foi que eles determinaram isso?

— Sobre a briga? Eles têm uma meia dúzia de testemunhas. Aconteceu no bar em que ela trabalhava.

— E a outra coisa?

— E-mails.

— É claro. — O globo ocular de Andrew estava latejando. Ele pegou um lenço de papel e tentou enxugá-lo. Não sabia por que seus olhos estavam lacrimejando tanto assim. Talvez fosse uma reação alérgica a alguma árvore sul-americana, a fecundidade implacável dessa cidade terrível. Não estava chorando. Como suas filhas, ele não era de chorar. — E houve mais alguém?

— Você quer dizer, aí no sul?

— Sim. Ou, quer dizer, aí também. No total, quantos você acha?

— Você está me perguntando com quantos homens nossa filha transou?

— Acredite em mim. Vai fazer diferença.

— Andrew, eu não sei.

— Não sabe mesmo?

— Não sei mesmo. Você sabe como Lily é. Quer dizer, teve aquele cara, é claro.

— É... — Andrew aproximou-se do espelho e quase encostou o olho nele. Assim tão de perto seu olho parecia cômico e um pouco assustador, com fiapos injetados de sangue que se irradiavam da pupila. Ele não conseguia ver nenhum indício de lesão. Não podia acreditar que alguma coisa invisível pudesse doer tanto.

— E o economista de Middlebury, é claro.

— O economista?

— Andrew. Você o conheceu.

— Conheci? — Andrew abriu a torneira e pôs as mãos debaixo d'água. Molhou o rosto. Deu uns tapas de leve no rosto.

— Eles namoraram alguns meses. Nós fomos almoçar na Ostra Impudente. O que você *está fazendo* aí?

— Ostra Impotente? Que nome para um restaurante!

— Impudente, Andrew. Você não se lembra? Foi terrivelmente constrangedor para todos nós.

Uma vaga lembrança, reprimida, ocorreu a Andrew. Maureen tinha insistido em discutir com nenhum interlocutor sobre os empréstimos do FMI para o Peru. Ela fincava o garfo no ar para defender seu ponto de vista. Em que vida isso tinha acontecido? Quando eles todos se reuniam para conhecer pretendentes durante um almoço? Quando o maior desafio era apresentar uma fachada suficientemente unida?

— Está bem — disse Andrew. — Está bem. Então temos dois. Mais alguém?

Deu para Andrew ouvir Maureen pensando um pouco.

— Imagino que tenha havido mais alguns — disse ela, por fim.

— Entendo.

— Quer dizer, nada de escandaloso, tenho certeza.

— O que é escandaloso?

— Só estou dizendo que ela é, você sabe. Ela pertence a essa geração. Eles têm ideias diferentes sobre o sexo.

— Eu achava que nossa geração tinha inventado todas as ideias diferentes sobre o sexo — disse Andrew. Ele não sabia se realmente achava isso, mas parecia o tipo de coisa que um dia ele poderia ter pensado.

— Bem, claro — disse Maureen. — Só estou dizendo que as garotas agora são como os rapazes. Elas transam. E têm a expectativa de não serem julgadas por isso. Não estou dizendo que é o certo para ela. Só estou dizendo que agora é normal.

— Certo. — Andrew apagou a luz do banheiro.

— Não que o normal seja o que importa. Quer dizer, ela poderia ter transado com cem caras, e isso não significaria que teria feito isso aí, certo?

— Certo. — Andrew foi para o quarto e fechou a cortina. Sentou-se pesadamente na cama.

— Não que ela tenha dormido com cem caras.

— Com quantos? Cinquenta?

— Andrew!

— Que foi?

— Isso é um absurdo.

— Eu não faço a menor ideia do que é absurdo.

— Não. Não. É claro que não. Pode ser que tenham sido dez. Dez seria uma estimativa muito, muito generosa.

— Entendi — disse Andrew, com um suspiro. — Você nunca conversou com ela sobre essas coisas?

— Sobre sexo? O que você está querendo dizer? Nós dois conversamos.

— Bem, quer dizer. Não sei direito. Sobre não fazer tanto sexo.

Um silêncio significativo.

— Você teria feito uma recomendação dessas a um filho homem?

— Não — respondeu Andrew, com tranquilidade. — Para ser franco, não. Mas a verdade é que faz mais diferença para ela, não faz? Não ajuda nossa defesa.

— Bem, toda a personalidade dela não ajuda nossa defesa. O que não quer dizer que eu preferia que ela não tivesse uma personalidade.

Andrew fechou os olhos. Não entendia por que não conseguia ver a lesão, por que ela não aparecia em contraste com o pano de fundo de sua pálpebra inchada, com o formato de um raio, da cor de sangue.

— No fundo não consigo acreditar nisso — disse ele, mantendo os olhos fechados, receoso de que, se os abrisse, de algum modo veria o rosto de Maureen. — Você consegue?

— Na verdade, consigo — disse Maureen. De repente, sua voz parecia a de uma velha. — Sabe, não sei ao certo se algum dia alguma coisa realmente poderia me surpreender de novo.

Andrew passou todo o seu primeiro dia em Buenos Aires descobrindo que só poderia ver Lily na quinta-feira. Quanto a esse ponto, todos — a polícia, o advogado, a internet — foram firmes. Ele não poderia vê-la antes de quinta, e não havia nada a fazer, nem mesmo quando Andrew, pelo telefone, demonstrou sua raiva com a representante diplomática da embaixada dos EUA.

— Preciso vê-la hoje — disse ele. Sua sensação era a de que, se falasse muito devagar e com clareza, acreditariam no que dissesse. Tinha um vago entendimento de que isso fazia com que ele parecesse quase sarcástico, mas não se importava. Anna estava no chuveiro. Tinha passado as primeiras 24 horas na Argentina tomando banho, correndo ou estendida em silêncio diante da televisão do tamanho de um carro, com o rosto estranho e com a cor de um hematoma, à luz do aparelho. Andrew tentava ter todas as piores conversas telefônicas quando ela não estava ali.

— Entendo perfeitamente, senhor — disse a mulher ao telefone. Ela era profissionalmente treinada para não registrar a hostilidade. Além disso, parecia ter uns 14 anos. Andrew imaginou-a com aparelho nos dentes, moletom com estampa de unicórnio. No entanto, era ela, não Andrew, quem já tinha visitado Lily e provavelmente voltaria a visitá-la mais uma vez nessa semana. — Mas não há nada que eu possa fazer.

— Talvez *você*, pessoalmente, não possa. É claro. Pode ser que não haja nada que você pessoalmente possa fazer. — Andrew estava visualizando um embargo internacional, uma invasão por terra. Um golpe de Estado.

— Neste momento, não há mais nada que a embaixada possa fazer — disse a mulher. Também tinha sido profissionalmente treinada para ser firme. Ela estava dizendo que, na teoria, a embaixada deveria ter sido notificada quando da detenção de Lily; mas na prática era frequente que só fossem notificados quando o detento era transferido para uma prisão. Nesse caso, eles tinham sido notificados quando a mulher do sr. Hayes... sua ex-mulher? Desculpe, sua ex-mulher ligou, no instante em que o escritório da embaixada abriu, na manhã posterior à detenção de Lily. A mulher garantiu a Andrew que nada tinha sido perdido com esse atraso. Andrew achou que estava detectando um ligeiro ceceio em sua fala, alguma leve confusão na pronúncia das consoantes sibilantes. Fosse como fosse, a voz dela era excessivamente doce e juvenil para transmitir esse tipo de informação. Lily ainda estava na cela de detenção provisória da polícia, a mulher explicava. O procedimento era transferir um detento depois de 48 horas, mas na prática muitas vezes detentos passavam meses nas celas de detenção provisória. Às vezes, as prisões estavam lotadas, o que impedia uma transferência no prazo correto, como estava ocorrendo agora.

— Como ela lhe parece? — perguntou Andrew.

— Ela está bem. — A voz pareceu cautelosa. — Bastante bem.

Em vez de berrar que "bem" era uma droga de termo relativo, Andrew deixou que a mulher lhe explicasse que geralmente levava de seis a 14 meses para um processo ser organizado. Andrew já tinha ouvido esses números de alguma outra pessoa, mas sabia, pela experiência com Janie, que se deixar atolar em estatísticas, em médias, era o método mais rápido para chegar ao desespero. Ele também sabia que havia uma quantidade de métodos mais lentos.

— Ela já falou com um advogado? — perguntou Andrew.

— Soubemos que ela recusou o defensor público.

— Ela *o quê*?

A funcionária, acostumada a perguntas retóricas, não respondeu. Andrew sentiu uma pressão no peito, que ele receou ser algum sintoma grave. Ouviu Anna deixar cair o xampu no chuveiro.

— Tem certeza de que lhe ofereceram um defensor público? — perguntou ele. Talvez não tivessem lhe oferecido, e talvez essa fosse a melhor notícia possível. Ou a pior. Era muito difícil dizer.

— Fomos informados de que lhe ofereceram — disse a mulher. Ele achou que ela podia estar mascando chiclete. Ele ia apresentar algum tipo de queixa formal, se ela estivesse mascando chiclete.

— Informados por quem?

— Pela polícia.

— É inacreditável. Puta merda, é inacreditável. — Andrew fez silêncio para tentar flagrar a mulher mascando chiclete, mas não ouviu nada... só os resfolegos burocráticos discretos de algum escritório terrível. — Eles lhe ofereceram um advogado em inglês?

— Isso eu não sei, senhor, embora geralmente eles precisem chamar tradutores externos. Pelo que entendi, o senhor contratou um criminalista particular, certo?

— Certo.

— Em geral, os defensores públicos são muito bons.

— Vamos contratar um advogado particular. — O chuveiro foi desligado, e Andrew pôde ouvir o chapinhar, no linóleo, dos pés deselegantes de corredora de longa distância de Anna. Alguma coisa estava lhe ocorrendo, algo tão óbvio que ele quase se sentiu constrangido por se permitir pensar naquilo pela primeiríssima vez.

— Eles a interrogaram em castelhano?

— Ela se dirigiu a eles em castelhano.

Andrew fechou os olhos. Lily era vaidosa — na realidade, era intolerável — no que dizia respeito a seu castelhano. Simplesmente não se podia levá-la a um restaurante mexicano. Mas era castelhano de faculdade, adequado para testes de conjugação de verbos, nada mais sério do que isso.

— Estou entendendo — disse ele. — Sem um advogado?

Não querendo se repetir, a funcionária nada disse.

Naquela tarde, por desespero, Andrew levou Anna aos pontos turísticos de Buenos Aires. Os dois concordaram de imediato que a cidade não cumpria as expectativas de sua fama. Ela possuía, sim, o tamanho e o desleixo de uma cidade grande, mas nada do charme europeu que lhe tinha sido prometido; nem, para ser franco, apresentava nada da animação que ele tinha imaginado. Para Andrew, ela talvez fosse parecida com Barcelona — festas nas ruas a noite inteira, grandes bulevares arborizados que iam caindo até o mar, uma alegria latina genérica em cada esquina —, mas ela era principalmente quente e poeirenta, com as pessoas transpirando em suas roupas de tecido sintético, dando sempre a impressão de que estavam indo trabalhar.

No cemitério de La Recoleta, Andrew e Anna caminharam a esmo entre os túmulos. Ficaram olhando para a sepultura de Eva Perón, com suas flores espalhafatosas, suas incontáveis flores-de-lis, estonteantes à luz clara do dia. Ali perto, anjos desbotados mantinham poses eternamente teatrais. Anna tirou algumas fotografias. Ao longe, havia umas árvores pequenas, desoladas e terríveis como cruzes, mas Anna não fez fotos delas.

Depois, eles se sentaram num café ao ar livre e tomaram cerveja, muito embora fossem apenas três da tarde. Andrew leu em voz alta o verbete da Wikipedia sobre Eva Perón, que tinha imprimido e trazido, para uma melhor informação.

— "Ela nasceu fora do casamento no povoado de Los Toldos, na zona rural de Buenos Aires em 1919, a quarta de cinco filhos" — disse ele.

Anna olhava severa para a cerveja, sem falar.

— "Em 1951" — declarou Andrew —, "Eva Perón renunciou à candidatura peronista para o cargo de vice-presidente da Argentina."

— Papai — disse Anna, tocando de leve na mão dele. — Você não precisa fazer isso.

Andrew dobrou as páginas e as colocou debaixo do prato vazio. Eles não tinham pedido comida.

— Como você está, minha boa camarada? — Ele sempre se esquecia de perguntar. — Tudo bem com você?

Anna deu de ombros.

— Estou cansada. Estou com calor.

— Quero saber como você está em termos emocionais, certo? — Anna tinha a tendência a responder a perguntas sobre seu bem-estar somente do modo mais literal. Por mais que ele tentasse mergulhar na vida interior da filha, ela geralmente lhe dava apenas relatos da quebra de novos recordes, da ocorrência de canelite, de exames que tinha feito, como se isso fosse lhe dizer tudo o que ele precisava saber.

— Quero ver Lily. — Anna espremeu seu limão na cerveja, apesar de já ter bebido a maior parte dela, e fixou o olhar no copo, piscando. — Como você acha que é lá dentro?

— Vai ver que não é tão ruim assim, minha boa camarada — disse Andrew, com a esperança de estar sendo razoavelmente verdadeiro. A cela de Lily não era de fato equipada para detenções de longa duração. Não havia pátio para exercícios, segundo Lily contara a Maureen, e não havia dependências separadas para as mulheres, de modo que os guardas podiam vê-la quando ela urinava (parecia que ela voltava a esse assunto com frequência), mas a verdade é que essa não ia ser uma detenção longa. E algum comprometimento da privacidade valia a pena, achava Andrew, tendo em vista o que ele tinha lido a respeito das prisões — as valas negras, a meningite, a tendência dos presidiários de se queimarem para conseguir atendimento médico. — Quer dizer, é provável que não seja o Ritz ou coisa semelhante — disse Andrew. — Nenhum hotel cinco estrelas. Mas é provável que não seja assim tão ruim.

O motivo para Andrew não saber mais do que isso estava no fato de ele ter falado com Lily somente uma vez por telefone. Ela era autorizada a dar telefonemas por 15 minutos uma vez por dia, com seu cartão telefônico; e alguém — algum cara, Andrew calculava — tinha lhe dado um monte deles. Mesmo assim, ela ligara para Andrew somente uma vez, 36 horas depois de ser presa e 12 horas antes de ele pegar o avião. Nas outras vezes, tinha ligado para Maureen.

— Pelo telefone, Lily disse que estava tudo bem — disse Andrew. — Usou a palavra "controlável". — O que Lily tinha realmente dito era "suportável", mas "controlável" parecia transmitir o mesmo pensamento sem a conotação perturbadora. Andrew não se incomodava de sua filha aprender a lidar com situações, não mesmo. Afinal de contas, todos nós precisamos aprender isso.

— Papai! — Anna estava balançando a cabeça, parecendo espantada com a falta de inteligência de Andrew. Seu limão era uma pequena boia amarela na cerveja. — Você não sabe que ela diz qualquer coisa?

Eles saíram do café, e Andrew, sem se sentir disposto para voltar para o hotel, convenceu Anna a entrar no museu de arte moderna, que os dois percorreram meticulosamente e sem prazer — com Anna examinando atentamente a arte em exposição; e Andrew olhando atentamente para Anna. Ele não entendia nada daquela arte. Estava velho demais para isso tudo. Tudo o que era desafiador era para os jovens. Ele se sentou num banco no meio do salão. Pôde ver a subida e descida da omoplata de Anna através da camiseta, quando ela ajeitou a bolsa. A corrida a tinha tornado magra e resistente, num estilo semelhante ao de um gato feral. Ele se perguntava o que esse momento viria a significar para Anna. Talvez ele se tornasse não mais que um episódio na vida maluca de sua irmã maluca — algum assunto para conversas em bares, em encontros, ou algo para contar um dia aos filhos de Lily, de olhos arregalados e cabelos avermelhados ("Sua mãe fazia *loucuras*"). Talvez essa hora no museu de arte moderna não fosse mais do que um dos muitos asteriscos surreais da narrativa, um aspecto decorativo que não aparecia em todos os relatos. Ou talvez, pensou Andrew, esse momento se tornasse algo diferente. Talvez Anna lembrasse esse momento como o último segundo exato em que eles ainda estavam tentando fingir que toda a sua vida não tinha ido por água abaixo. Talvez ela um dia falasse sobre isso em terapia — relembrando como os dois tinham cumprido as simulações pequenas e tristonhas de curtir a cidade, como se estivessem numas férias de merda; e como esse era o tipo *exato* da repressão patológica do "branco protestante anglo-saxão" que os tinha levado a atravessar todas as situações, sempre. Em que história eles estavam exatamente agora? Andrew não tinha certeza se queria saber.

Na volta de táxi para o hotel, Andrew e Anna olhavam cada um por sua janela, sem falar. A intervalos de alguns quarteirões, eles passavam por pichações em apoio a Cristina Fernández — recente alvo de amor em consequência do falecimento do marido, recém-perdoada por ter aumentado os impostos sobre a soja —, e Andrew sentia uma pequena fisgada de satisfação. Encontrar alguma coisa no mundo que confirmava o que Andrew tinha aprendido a respeito dele sempre lhe dava uma boa e sólida sensação de existir num universo de verdade — uma sensação tranquilizadora, que nos últimos anos vinha lhe escapando cada vez com maior velocidade. Mesmo antes da prisão de Lily, Andrew vinha se sentindo desmanchado — como se sua vida tivesse se desfeito em grandes pedaços desajeitados, e nada tivesse se mantido unido por tempo suficiente para realmente fazer diferença. Às vezes, tinha a impressão de que o significado de sua existência tinha sido como um gás raro numa garrafa que ele desarrolhara por engano — ainda estava por aí, em algum lugar, presumivelmente, mas agora estava tão difuso a ponto de ser indetectável.

Andrew não tinha transado com ninguém desde Maureen. Raramente punha essa constatação numa frase desse tipo, mas era essa a verdade. É claro que houve oportunidades — estudantes de pós-graduação, ambiciosas e/ou com questões paternas a resolver e/ou entediadas e bêbadas —, mas ele nunca ficou com nenhuma delas. A que chegou mais perto foi uma doutoranda chamada Karen, a quem faltava apenas apresentar e defender a tese, que tinha o cabelo liso e um rosto fino e macio, com óculos que compensavam sua beleza serena de um jeito que fazia com que ela parecesse uma atriz pornô, fazendo o papel de bibliotecária. Não havia como, simplesmente não havia como aqueles óculos de fato terem lentes corretoras. Sua área era a das repúblicas da Ásia Central; e ela passara um verão inteiro em Almati tentando interrogar cazaques sobre seus sentimentos, seus reais sentimentos, a respeito de Nursultan Nazarbayev. E houve uma noite em que ela e Andrew beberam vinho demais e tiveram uma conversa muito animada sobre se era melhor comparar a revolução no Egito com os países do bloco oriental em 1989, com o Irã em 1979, ou com o Irã em 2009, o que os tinha levado à derrubada de Mossadegh pela CIA em 1953, e isso por sua vez os levou a zombarias cínicas e sinistras quanto ao envolvimento dos EUA no Afeganistão na década de 1980, então para o assassinato de Ahmed Shah Massoud dois dias antes dos ataques de 11 de setembro. Passaram então para serviços de inteligência fora de controle, em geral, e teorias conspiratórias que jamais expressariam em sala de aula — ele falou da ISI, agência de inteligência paquistanesa, e de Benazir Bhutto; ela, do FSB, serviço federal de segurança, e da morte de Lech Kaczyński naquele estranho acidente de avião, o que, Andrew era forçado a admitir, era de uma audácia admirável, quase sexy. E talvez tivesse havido um momento em que ele olhou para a boca de Karen — algo que não se costuma fazer, percebeu ele, a menos que se esteja começando a ter umas ideias —, mas logo recuou, coçou o pescoço e saiu para pegar um pouco de queijo cortado em cubos, que, como Karen salientou, não era a melhor forma de maximizar a área de superfície do queijo.

Andrew não sabia o que Karen poderia querer dele. Na sua opinião, não havia nada que ele realmente pudesse fazer por ela, além de escrever a recomendação fulgurante que ela já ia receber mesmo. Entretanto, devia haver alguma coisa — algum poder que ele possuía, mas que ainda não tinha se manifestado —, porque era impossível que ela estivesse conversando com ele se aquilo não fizesse parte de uma estratégia. Ela estudava Kissinger, afinal de contas; era favorável à realpolitik. E, embora pudesse haver interesses permanentes, não havia aliados permanentes.

No táxi, Anna ainda estava olhando pela janela.

— Ei — disse Andrew, puxando seu rabo de cavalo, enquanto ela sacudia a cabeça para se livrar dele. — O que está achando da cidade?

— Não gosto dela — disse Anna, ainda olhando pela janela. Lá fora, o sol do meio da tarde descia em enormes barras douradas, como algum tipo de moeda antiga.

— Você acha que gostaria, se não estivesse acontecendo isso tudo? — perguntou Andrew.

— Não sei — disse Anna. Fez-se um longo silêncio, e então ela continuou. — Não.

Na terça-feira, Andrew deixou Anna no hotel e foi aos Tribunales para uma reunião com os advogados. Eram apenas dois — Franco Ojeda e Leo Velazquez —, mas Andrew não pôde deixar de vê-los como uma falange. Pareceu-lhe que eram mercenários, que tinham vindo brigar pelos honorários. A sala de reuniões onde Andrew se encontrou com eles tinha lambris de madeira e o pé-direito alto. Ela fazia com que Andrew se lembrasse de 1987, um ano terrível. Ojeda era muito gordo; Velazquez, muito calvo, com a iluminação do teto incidindo sobre sua careca com um brilho complicado, implacável. Ojeda ofereceu-lhe água, que Andrew não aceitou, e Velazquez baixou as persianas, o que Andrew não entendeu. E então, com a ajuda de recursos audiovisuais, os advogados expuseram a acusação criminal contra a filha mais velha de Andrew.

— Em primeiro lugar — disse Ojeda. Seu inglês tinha apenas um sotaque levíssimo. Andrew encolheu-se ao perceber como isso o surpreendeu. — Os e-mails.

Os e-mails — que os advogados tinham feito a gentileza de imprimir, codificar por cores segundo a data e organizar numa pasta — tinham vindo à tona quase de imediato após a detenção de Lily. Andrew só podia supor que Lily tivesse por acaso se mantido conectada em um dos computadores da faculdade, que era o tipo de coisa que ela faria. Andrew já os tinha lido inúmeras vezes; e eles nunca pareciam menos condenatórios. Dessa vez, ele fechou um olho e só deu uma lida superficial, sem querer olhar direto para os papéis. Lily realmente podia dar uma impressão horrível, se a pessoa não a conhecesse.

— Em segundo — disse Velazquez, abrindo mais uma pasta —, o triângulo amoroso.

Os advogados tinham de algum modo conseguido fotografias de todos os três — Andrew reconheceu a foto de Lily de sua página do Facebook — e, com as imagens dos três dispostas daquele jeito, Andrew viu alguma coisa importante, que os advogados não estavam dizendo. A aparência de Lily não ajudava. Ela estava bonita, mas com um jeito desleixado de ser bonita, sugerindo descuido, sensualidade, um privilégio não merecido. Para sua eterna mortificação, seu busto era igual ao da mãe.

— Eu tenho os seios de uma camponesa medieval! — tinha Lily gritado um dia, quando adolescente. Andrew estava esperando no vestíbulo, para apanhar as filhas para o fim de semana. Ficara olhando para o teto, fingindo que não estava ouvindo. — Eu preciso de uns troços deste tamanho para quê?

— Um dia você vai gostar deles — Andrew tinha ouvido Maureen dizer.

— Não vou, não — disse Lily, em desespero. — Tirei 2300 na prova de avaliação acadêmica. Nunca vou gostar deles.

— Você tirou 2280 — disse Maureen.

Lily os vestia com graus variados de sucesso. No calor, sua tendência era cobri-los de uma forma muito insuficiente. Na foto do Facebook, ela estava usando alguma coisa ridícula, de alcinhas finas, Andrew não sabia como se chamava — e eles (os seios) simplesmente não estavam de modo algum contidos como deveriam estar. Andrew culpava Maureen por isso: alguma conversa importante e delicada não tinha ocorrido, em algum momento da vida, e agora aqui estavam todos eles, com o olhar fixo nessa foto, que apresentava um contraste tão violento com o cabelo bem arrumado, os dentes cintilantes e o corpo discreto de Katy — tudo, por assim dizer, virginal; de alguma forma, a beleza peculiar de uma inocente.

Entre Lily e Katy estava a foto de Sebastien LeCompte — que nome! Nela, ele aparecia jovem, preocupado com a aparência, com o cabelo comprido demais que fez Andrew se lembrar de algum tipo de plumagem ornitológica. A ideia de que esse rapaz pudesse inspirar um desejo assassino era absolutamente cômica. Andrew realmente ia dar uma boa risada por isso, assim que saísse desse escritório.

— Me desculpem, mas esse rapaz? — Andrew deu uma batidinha na foto. — Sem brincadeira? Vocês estão querendo que eu acredite que essas duas garotas estavam brigando por esse cara?

— Não estamos querendo que o senhor acredite em nada — disse Ojeda. — Mas é isso o que a acusação vai afirmar, e devemos supor que os juízes vão acreditar.

— Por quê?

— Existem algumas provas — disse Velazquez. — Alguns e-mails que a vítima enviou, dando conta de que estaria com um novo romance que precisava esconder de sua filha. E Carlos Carrizo... esse é o pai da família que as recebeu...

— Eu sei — disse Andrew.

— ... Admitiu a contragosto ter visto a vítima voltar da casa de LeCompte uma noite bem tarde. Mas, para os fins do julgamento, o que sua filha acreditava é mais importante do que a realidade, como tenho certeza de que o senhor compreende. E sua filha acreditava que a vítima e Sebastien LeCompte estavam tendo um envolvimento romântico. Foi o que ela disse em seu interrogatório inicial.

— Mas esse tipo de coisa realmente interessa à polícia? — Andrew recostou-se pesadamente na cadeira. — Quer dizer, tudo me parece um pouco... espalhafatoso. E francamente banal.

Ojeda piscou, impassível.

— Os e-mails de sua filha caracterizam seu relacionamento com a vítima como no mínimo carregado — disse ele. — O triângulo amoroso fornece um motivo. E depois há a questão do comportamento de sua filha no dia do assassinato.

— O senhor quer dizer, tentar fazer uma ressuscitação num cadáver e depois ligar para a polícia? — perguntou Andrew. — Ou seja, fazer exatamente o que deveria fazer?

— Não estamos tão interessados no sangue que o motorista de caminhão viu no rosto de Lily — disse Ojeda. — Ela encontrou o corpo da vítima, como o senhor diz, e nós estamos seguros de que o laudo do DNA confirmará esse relato. O que é um pouco mais preocupante para nossa defesa, no fundo, são os relatórios do interrogatório inicial, da reação bastante... contida... de sua filha à morte de Katy. E, somada à estrela, a reação parece um pouco estranha.

Andrew sentiu sua língua gelar por um instante em sua boca.

— Que estrela? — perguntou ele.

Os advogados trocaram mais um olhar.

— O senhor não sabia que ela deu uma estrela? — perguntou Velazquez.

— Ela deu uma estrela?

— Durante o interrogatório.

— *Durante* o interrogatório?

— Depois. Imediatamente após o primeiro interrogatório, quando a deixaram sozinha.

— Certo — disse Andrew, com a língua voltando à temperatura normal. — Bem. É estranho, acho. Mas realmente não sei o que isso tem a ver com qualquer coisa. Quer dizer, talvez ela só quisesse se alongar. Talvez tivesse ficado sem se mexer por algum tempo. Seja como for, simplesmente não vejo que importância isso possa ter.

Mas ele via; os advogados podiam perceber que ele via e que não precisavam explicar.

— Finalmente — disse Ojeda, em tom de desculpas —, há também isso aqui. — Ele acionou a televisão com o controle remoto, fazendo surgir uma imagem em preto e branco de Lily e Sebastien LeCompte, que pareciam estar fazendo compras em alguma loja do tipo Walmart.

— O que é isso? — perguntou Andrew.

— Câmeras de segurança. Do dia do assassinato.

— Por que estamos assistindo a isso?

— O senhor já vai ver.

Na tela, Lily e Sebastien tinham a aparência sombria e granulada, movimentando-se com aquele estranho jeito hesitante — sumindo e de repente se materializando de novo a um metro dali —, que é típico das filmagens de câmeras de segurança. Andrew inclinou-se para a frente. Eles pareciam culpados, e por quê? Ele se deu conta de que era porque nós só víamos pessoas em filmagens de câmeras de segurança quando elas eram suspeitas de um crime. O jeito com que desapareciam de vista e depois apareciam de repente começava a parecer intencional, furtivo. Na tela, Lily e Sebastien estavam espectrais e muito jovens. Andavam pela loja apanhando mercadorias básicas, sensatas — uma escova de dentes, pasta de dentes, o que fosse necessário para uma pessoa impossibilitada de entrar em casa. No final de um corredor, Lily demorou-se um pouco e, não dava para acreditar, tirou do bolso um maço de cigarros. Ela pôs um na boca, sem acendê-lo. Andrew sentiu uma surpresa distante, abafada, que ele sabia que teria sido muito maior, em outras circunstâncias. Nunca soubera que a filha fumava. Na tela, Lily virou para olhar para Sebastien e, com um movimento de cabeça, mostrou a prateleira às suas costas — que estava toda coberta de preservativos, como agora Andrew podia ver. Ela ergueu uma sobrancelha, e Ojeda parou o vídeo, congelando o rosto de Lily numa expressão estranhamente sugestiva e matreira, quase de uma raposa.

— Isso — disse Velazquez, apontando — é o que eles vão passar.

— Eles quem?

— A televisão.

— Como assim?

— Que ela lhe deu esse olhar provocante com os preservativos.

— Eu realmente não diria que foi provocante — disse Andrew, apesar de ter consciência de que não fazia diferença. Estava começando a entender como a história ia se desenrolar. — Quer dizer, não é como se ela os tivesse comprado, certo? Me parece só meio bobo.

— Entenda que isso aí foi cinco horas depois que ela soube da morte de Katy — disse Velazquez.

— Ela só está fazendo uma brincadeira — disse Andrew.

E Velazquez lançou um olhar impassível para Andrew, enquanto lhe dizia que era exatamente isso o que ele estava querendo dizer.

Na quinta-feira, Andrew e Anna pegaram um táxi até a delegacia de Lomas de Zamora.

— Você não está com calor? — perguntou Andrew. Como ele tinha dito a Anna que usasse alguma roupa discreta, ela agora estava usando uma blusa de malha de gola alta, o que o deixou preocupado com ela. Ele estava com calor.

— Não — disse Anna, com a cabeça encostada na janela. Andrew fez um esforço para não tecer nenhum comentário, apesar de se encolher cada vez que o carro dava um solavanco. Precisou chegar à conclusão de que ela sairia daquela posição se quisesse sair.

Vista do lado de fora, a delegacia parecia bastante normal — um lugar onde você entraria por vontade própria, sem dúvida, se estivesse enfrentando algum tipo de problema. Andrew relembrou-se pela centésima vez de que não estava na Rússia. Esse era um país em que as pessoas eram incentivadas, em geral, a procurar a polícia se tivessem algum problema. Ali dentro, Andrew e Anna passaram por muitos estágios. Entregaram seus documentos a um homem numa baia transparente e foram encaminhados a uma pequena sala de espera. Mais uma vez, Andrew sentiu alívio: as paredes estavam cobertas por panfletos que anunciavam programas de serviços sociais; e não havia um único ferimento inflamado ou gangue homicida à vista. A enorme lâmpada no teto estava salpicada com os corpos ressecados de algumas moscas eletrocutadas, algumas ainda se contorcendo. No canto da sala, havia um enorme inseto de pernas finas e compridas, tão imponente e improvável quanto uma lagosta. O cheiro enjoativo de desinfetante mascarava o cheiro de alguma coisa pesadamente orgânica. Mas no todo a sala parecia decente — um lugar onde eram cumpridas pequenas obrigações. Talvez um escritório do Departamento de Trânsito. Embora Andrew visse como o ar inócuo do lugar podia ser perigoso, talvez tivesse sido por esse motivo que Lily não se dera conta da ameaça que pairava sobre ela — deixando que as coisas prosseguissem em castelhano, não pedindo a ajuda de um advogado. Ele mal podia acreditar nessa história do advogado. Será que ela não tinha visto televisão o suficiente quando criança e adolescente para saber que exigir um advogado era praticamente um reflexo, não importavam as circunstâncias? Podia ser que ela de fato não tivesse. Os pais tinham sido muito rigorosos quanto à televisão, permitindo apenas os programas mais elevados e enfadonhos, protegendo as filhas da exposição ao que fosse embrutecedor e sensacionalista. Como era estranho que a coisa mais importante que Lily acabaria por precisar saber fosse, no fundo, um lugar-comum, um pequeno compasso de verossimilhança no ritmo preestabelecido de um drama criminal. Como era de uma hilaridade sinistra que aquilo se revelasse o que eles mais teriam precisado lhe ensinar. Em vez disso, eles tinham criado uma filha do outro mundo: tão tranquila quanto a seus conhecimentos de idiomas (afinal de contas, tinha tirado nota máxima no exame avançado no final do ensino médio!), tão orgulhosa da sofisticação de sua capacidade lógica (aqueles trabalhos sobre Quine!) e tão segura da infalibilidade de sua inocência (!) que pressupôs, de modo corajoso e equivocado, que sua competência racional pudesse impedir o desastre — embora o postulado da vida de todos eles tivesse sido o de que não era bem assim. Como tudo aquilo era estranho e divertido. Andrew ia dar uma boa risada. Andrew ia rir daquilo tudo, assim que saísse daquela cadeia.

— Pronto — disse o homem na baia. — Podem entrar agora.

Andrew apertou o ombro de Anna, e eles passaram por mais um aparelho detector de metais antes de seguir por um longo corredor de portas azuis. A iluminação ali era mais fraca, e Andrew teve dificuldade para dizer se os aglomerados de escuridão nos cantos eram sujeira ou apenas sombras. Onde as portas azuis terminavam, começava uma sala envidraçada; e lá, sentada a uma mesa, com os dedos bem abertos à sua frente, com uma precisão estranha, perturbadora, estava Lily.

A cabeça estava curvada para a frente. Dava para Andrew ver que o cabelo estava muito sujo. Não conseguia se lembrar da última vez que o cabelo de Lily tinha estado sujo de verdade — talvez nos dez dias em que ela teve pneumonia, aos 7 anos de idade. Ela parecia descorada, esquelética, um pouco do Terceiro Mundo, Andrew não pôde deixar de pensar, apesar de essa expressão já não ser aplicável, depois do fim da Guerra Fria. Ele percebeu Anna se espantar, grudada a ele, e pressionou o pulso dela com a mão. Era muito importante que nenhum dos dois parecesse assustado.

O guarda atrapalhou-se com as chaves, chocalhando-as. Mesmo assim, Lily não levantou os olhos, e Andrew percebeu que ela não estava ouvindo. Mas sabia que eles viriam. Não deveria ter ficado esperando, com a cabeça erguida, o rosto cheio de expectativa? O fato de não estar parecia mais um mau sinal, associado ao cabelo e àquela coisa esquisita que ela estava fazendo com os dedos.

O guarda abriu a porta, e por fim Lily levantou a cabeça. Suas olheiras estavam escuras e sombrias; os lábios, muito secos. Andrew viu de relance uma imagem de Janie — inconsciente, entubada, com a boquinha machucada, num tom de vermelho berrante, forte demais para uma criança de 2 anos. A palidez da pele de Lily agora fazia com que ele se lembrasse da palidez da pele de Janie naquela ocasião: era a cor da ausência ou da partida iminente. Andrew tinha imaginado que Lily ia se levantar, talvez até mesmo se pusesse de pé em um salto, mas ela não o fez. Apenas deu um sorriso amarelo e esperou que se aproximassem.

— Papai — disse ela. Andrew lhe deu um abraço, fazendo algumas avaliações básicas. De perto ela parecia estar do tamanho certo, supôs ele, como a criança essencialmente robusta que sempre tinha sido (lembrou-se de uma foto dela no aniversário de 5 anos, usando um macacãozinho vermelho engraçado, que Maureen tinha comprado e Anna usou mais tarde, com os músculos da panturrilha retesados enquanto ficava na ponta dos pés para dar um beijo num homem com uma enorme fantasia do Ursinho Puff, contratado por Maureen para a ocasião). Andrew passou a mão pela testa de Lily — parecia que sua temperatura estava normal — e apertou a ponta de seus dedos — como a mãe, sua circulação era péssima, e suas extremidades estavam sempre frias demais —, mas elas lhe pareceram bem, só frias, não congeladas. Ele aninhou a nuca da filha com a mão, um gesto que, constrangido, ele reconhecia ser maternal e sabia que estava copiando de Maureen. Ocorreu-lhe rapidamente que fazia anos desde que Lily tinha deixado de lhe permitir esse tipo de intimidade. Desde que entrou para a faculdade, ela se tornara sucinta em termos físicos, dando abraços que pareciam comunicar seu desagrado geral diante da mera perspectiva de dar um abraço. Andrew demorou-se um instante com a mão na cabeça de Lily, só porque podia fazer isso. Afastou-se, então, para que Anna lhe desse um abraço — apertado, mas rápido, recuando depois de um instante para fixar os olhos nos pés.

Andrew sentou-se. Deixou a mão no centro da mesa, para a eventualidade de Lily querer segurá-la a qualquer momento.

— Amorzinho, como você está?

Lily piscou, e Andrew pôde ver vasos capilares azuis, trêmulos, em suas pálpebras. Elas eram sempre assim? Era provável que fossem sempre assim.

— Quando mamãe vem? — perguntou ela.

— Na semana que vem — disse Andrew. — Ela estará aqui para sua próxima visita. Na quinta-feira.

— Por que ela não está aqui agora?

— Nós vamos alternar as semanas, amorzinho. — Andrew sabia que ia precisar parar de dizer "amorzinho" com tanta frequência. Não era provável que Lily tolerasse aquilo muito tempo, e ele não queria saber qual seria o significado se ela realmente tolerasse. — É para você sempre ter uma visita. Todas as quintas-feiras. — A inocência de Lily estava implícita. Era implícita. Andrew faria perguntas que refletissem essa certeza. — Como estão tratando você? — disse ele, no mesmo instante em que Anna se inclinou para a frente com uma pergunta premente.

— Lily, você está bem?

Andrew viu um momentâneo lampejo sardônico nos olhos de Lily — o que era encorajador por ser tão característico —, mas ele se dissolveu rapidamente e Lily disse que estava bem. Com isso, Andrew soube que ela estava querendo protegê-los e sentiu medo.

Lily levantou-se.

— Papai — disse ela, com uma nota hesitante de histeria na voz. E começou a andar para lá e para cá. — Preciso lhe contar o que aconteceu.

Andrew nunca tinha visto ninguém andar para lá e para cá antes, e aquilo lhe causava aflição. Ela estava realmente igual a um daqueles animais enjaulados — ao final de cada volta, seu corpo parecia registrar que não restava nenhum lugar aonde ir. E estava fazendo algum movimento com a cabeça que parecia quase equino.

— Lily, você não quer se sentar? — perguntou ele.

— Não — respondeu ela. Andrew pôde ouvir alguma coisa de pueril na recusa, no escasso prazer de ter alguma coisa a recusar, e se deu conta de que essa era uma coisinha que eles lhe podiam proporcionar.

— Certo — disse ele, em tom tranquilizador. — Você não precisa se sentar.

— Papai, tenho de lhe contar. — O olhar de Lily estava se estreitando, e Andrew achou que ela estava à beira de algum tipo de mudança de tom.

— Lily — disse ele depressa. — Você não precisa nos contar nada.

— Preciso, sim.

Andrew inclinou-se para a frente e mostrou o teto com um gesto.

— Lily, você está me entendendo, não está? Não precisa nos contar nada, se achar que não deve.

Lily olhou então para Andrew com a expressão mais franca e mais destroçada que ele jamais tinha visto. Uma expressão que estava estilhaçada, que estava quase dissecada.

— Papai — respondeu ela, quase soluçando. — É claro que devo. O que você está pensando? É claro que devo.

— Certo, certo.

Anna estava em silêncio: mãos cruzadas, expressão apavorada.

— Eu estava ficando na casa de Sebastien — disse Lily. Andrew fez que sim.

— Sebastien é seu namorado?

Lily olhou para ele com um ar vago. Houve uma época em que ela teria implicado com essa formulação. Teria dito "amante" ou talvez até mesmo "amásio". Teria lhe dito que não fosse tão cheio de convenções; ou teria lhe pedido que relembrasse que século era este. Mas agora ela simplesmente fez que não e respondeu:

— Não, acho que não.

— Tudo bem — disse Andrew. — Quer dizer que você estava ficando por lá.

— Os Carrizo tinham viajado para o fim de semana. Foi por isso que fui para lá.

— E o que você fazia lá?

— Papai!

— Certo. — Andrew pretendera não fazer nenhuma pergunta, mas não sabia o que dizer se não fizesse perguntas. — A que horas você voltou?

— Tipo, mais ou menos às 11. Fui ao banheiro tomar um banho de chuveiro. Alguém não tinha dado a descarga, o que achei esquisito. Não era típico de Katy. Ela é muito meticulosa.

Andrew percebeu que Lily se esforçava para controlar a boca a essa altura — o ato de malabarismo entre os dentes, a língua e a saliva parecia ter lhe escapado, e sua voz estava ligeiramente ofegante.

— Havia... — disse ela. — Havia também... Não estou enxergando.

— Ponha a cabeça entre os joelhos — disse Anna.

— É mesmo — disse Lily. Ela manteve a cabeça baixa por trinta segundos e então, com cuidado, levantou-a de novo. — Havia sangue no chão.

— Sangue? — perguntou Andrew, sem dar muita importância. — Mais ou menos quanto? — Ele queria parar de fazer perguntas, mas não conseguia. Fosse como fosse, Lily parecia estar acostumada a elas.

— Tipo, não muito — respondeu Lily. — Achei que ela tivesse se cortado. Ou que estivesse menstruada e tivesse sangrado ao sair do chuveiro ou coisa semelhante. Mas não era normal ela não perceber.

— Mas você não a viu?

— A porta estava fechada. Achei que ela ainda estava dormindo. Fui pegar um pouco de queijo na geladeira e fiquei sentada no sofá algumas horas, assistindo a um programa de prêmios. Para dizer a verdade, eu estava com uma boa ressaca. Adormeci ali mesmo. Quando acordei, era muito mais tarde, podia ser que já fossem quase quatro. Desculpem. — Ela abaixou de novo a cabeça. Andrew aproximou-se e tentou, meio desajeitado, enlaçar seu ombro, mas ela se desvencilhou dele. Anna tentou, e Lily aceitou.

— Não consigo parar de pensar nela caída lá, enquanto eu cochilava no sofá.

— Não pense nisso — disse Anna.

— Tenta para ver se é fácil — disse Lily, quase parecendo consigo mesma, erguendo a cabeça. — Então eu me levantei. Estava com uma sensação realmente estranha. Tipo, com uma sede inacreditável, mas também estranha do ponto de vista emocional, tipo, fragilizada. Ainda não estava escurecendo, mas eu só sentia essa espécie de vazio permanente na casa. Não sei. Desci para o quarto. Queria encontrar Katy. Queria ver se ela toparia sair para caminhar ou qualquer coisa. Sair daquela casa. A porta ainda estava fechada. E, do lado de fora da porta, havia uma pegada ensanguentada. Ela parecia enorme, como se fosse de algum tipo de monstro. E estava tão detalhada no carpete branco. Tipo, dava para ver cada marca da sola do tênis. Dei um berro e entrei correndo no quarto. Ela estava deitada no chão, com uma toalha cobrindo a cabeça. Acho que eu sabia que ela estava morta. Cheguei perto e puxei a toalha. Seu rosto estava virado para o lado. A boca estava roxa. Tentei ressuscitá-la por um segundo, mas seus lábios estavam frios, e eu fiquei com o sangue dela no rosto.

Lily tremia tanto que fazia o braço de Anna se mexer com o movimento de seus ombros. Andrew tentou abraçá-la de novo; e dessa vez ela aceitou.

— A essa altura, eu estava me debulhando em lágrimas. Saí de lá correndo e fui para a casa de Sebastien. E então nós chamamos a polícia. A polícia chegou e não nos deixou entrar mais na casa. Os Carrizo só conseguiram um voo no dia seguinte. Liguei para mamãe. Sebastien me levou para comprar uma escova de dentes. Ele ia me deixar ficar na casa dele. Passei a noite inteira vomitando, não sei por quê. E aí, no dia seguinte, eles foram me buscar e me trouxeram para cá.

Do lado de fora da porta, o guarda estava lhes dizendo que restavam dois minutos, o que era inacreditável. Andrew ainda não tinha feito nada. Em especial, ele não tinha feito o mais essencial.

— Lily! — Ele agarrou suas mãos com tanta força que pôde sentir os ossos dela se ajeitando ligeiramente como um acordeão. O que ele queria dizer era *Espere um minuto. Espere só uma droga de um minuto aqui*. Como se toda a questão fosse apenas a de que as coisas estavam seguindo aceleradas demais. Como se ele pudesse resolver tudo, sem problemas, se ao menos tivesse trinta segundos para sentar calmamente e realmente refletir sobre o assunto.

— Como estão tratando você?

— Não sei se devo dizer.

— Diga!

— Tenho de urinar na frente dos guardas.

— Eu sei.

— Não tem lata de lixo. Não tem água encanada, a não ser a do chuveiro. Não tem garfo. A pasta de dente não funciona.

— Não *funciona*? — perguntou Andrew.

— Vamos lhe trazer pasta de dente de verdade — disse Anna.

— Pode me trazer absorventes de verdade?

— Absorventes *de verdade*? — perguntou Andrew.

O guarda tinha entrado na sala e se postou, importuno mas em silêncio, no canto.

— Pode deixar — disse Anna, enfática.

— O que são absorventes de verdade?

— Papai!

— O chuveiro é um gelo — disse Lily. — Não estou brincando, *um gelo*. Juro que estão fazendo isso de propósito.

O guarda já estava junto dela, e fez com que se levantasse, não com brutalidade, mas de um modo que não deixava nenhuma dúvida sobre o que ela ia fazer. Andrew teve vontade de lhe dar um murro na cara. Quis abraçar Lily e Anna e deixar que elas chorassem em seus ombros, dizendo-lhes que ele as protegeria sempre. Mas sabia que não podia fazer isso. Sabia que uma cena dessas deixaria todos apavorados. Daria uma impressão de adeus, o que sem dúvida não era o caso. Eles veriam Lily logo, logo. A histeria gerava mais histeria. Nada se ganhava com ela.

— Nos vemos daqui a sete dias — disse Andrew. Ele deu em Lily um abraço afetuoso, mas sem nenhuma conotação de apego apocalíptico. — Sua mãe estará aqui.

— Amo vocês — disse ela.

— Nós amamos você — disseram eles.

Andrew e Anna saíram dali para o corredor, deixando Lily para trás. Quando Andrew se voltou para olhar, ela estava de novo cabisbaixa, com o cabelo oleoso e comprido escondendo o rosto. E não olhou para eles, muito embora eles acenassem para ela ao longo de todo o corredor.

CAPÍTULO 2

Fevereiro

Eduardo Campos só teve certeza quando viu as fotos. Mais tarde, as pessoas lhe perguntariam — informalmente, socialmente — quando foi que ele soube. Seja franco conosco, diriam. Não vamos contar para ninguém. Soubemos, quando ouvimos falar da página dela no Facebook. Soubemos, quando nos contaram a história da estrela. Nós soubemos, quando vimos a gravação do vídeo de segurança, dela junto dos preservativos — aquele olhar frio e sedutor que lançou para o rapaz, e isso só horas depois daquela pobre garota morrer esfaqueada. Foi quando soubemos que Lily Hayes era culpada. Quando você soube? E Eduardo dava um risinho e dizia que era claro que ele nunca soube, que ainda não sabia. Sua função consistia em preparar o processo em nome do Estado, e a posição do Estado, era preciso que se admitisse, era inabalável. Mas a verdade era que ele realmente sabia, e soube desde o primeiro instante em que a polícia judiciária lhe entregou a câmera de Lily Hayes.

A cena do crime não o surpreendera. Nada o surpreendia, realmente, embora houvesse uma incongruência entre a casa bem cuidada numa vizinhança de alto nível e a jovem americana morta numa enorme poça de seu próprio sangue. Eduardo tinha levado anos para se acostumar à quantidade de sangue que um corpo podia produzir. Mas ele agora já estava habituado, e estudou a cena com sua bem treinada atitude dissociativa, lembrando a si mesmo que a melhor forma de ajudar essa moça agora era prestar muita atenção a tudo.

Ela estava deitada de bruços com o rosto para o lado, meio encurvada da forma desajeitada característica dos mortos. Havia contusões substanciais ao longo da parte interna das coxas. Era esmagadora a probabilidade de ela ter sido violentada.

Eduardo acompanhou a polícia com seu bloco. Não tocou em nada. Na cozinha, eles encontraram uma faca, que foi recolhida. Na gaveta da vítima, encontraram uma embalagem meio vazia de preservativos ultrafinos, que também foi recolhida. No banheiro, encontraram três manchas separadas de sangue e o vaso sanitário, cuja descarga não tinha sido acionada. Foram tiradas fotografias e amostras de tudo isso. No jardim, encontraram Lily Hayes, que tinha descoberto o corpo (segundo seu relato) momentos antes de atravessar o gramado com sangue no rosto (segundo o relato do motorista que agora estava trêmulo, fumando um cigarro, diante de seu caminhão de entregas). Lily Hayes era branca, no final da adolescência ou com seus vinte e poucos anos, com um queixo meio quadrado e cabelo ruivo, sobrancelhas altas e vagamente enfeitiçantes. Ela parecia já ter lavado todo o sangue de seu rosto. Estava ali em pé, de mau humor, ao lado de um rapaz jovem, de suspensórios. Atrás deles, as cúpulas duplas e lisas de San Pedro Telmo reluziam ao longe. Lily Hayes não estava chorando. Ela estava pálida, mas talvez fosse sempre pálida. Beijou o rapaz uma vez, de um jeito discreto, e depois outra vez, com um pouco menos de discrição. Eduardo concluiu que ela parecia assediada. Importunada. Se é que aparentava qualquer coisa. Seu rosto apresentava uma imobilidade que provavelmente pareceria pervertida, sob quaisquer circunstâncias, mas especialmente tendo em vista as circunstâncias correntes, e que só poderia ser intencional. Eduardo permitiu-se esse pensamento e depois deixou-o passar. Já estava nessa atividade tempo suficiente para saber que era impossível eliminar de si mesmo, por completo, palpites, preconceitos e premonições; suspeitas furtivas; reações por reflexo. Não se podia deixar de saber algumas coisas sem saber por que se tinha conhecimento delas.

Àquela altura, porém, ele não sabia. Não tinha certeza. Não tinha certeza naquela tarde, quando foi para casa tomar duas doses de uísque e ibuprofeno para sua costocondrite (inflamação da caixa torácica, dissera o médico, mas ele sabia que de fato era a manifestação somática da solidão, que seu coração estava por fim jogando a toalha em protesto). Ele não tinha certeza naquela noite, quando depois das três ainda estava acordado, andando em linha reta pela sala de estar, com o apartamento tão vazio ao redor que ele podia ouvir os gemidos audíveis do próprio intestino, como uma música de baleias. E ele não tinha certeza no dia seguinte, quando a polícia lhe trouxe a transcrição de sua conversa inicial com Lily Hayes.

Havia um monte de transcrições — as primeiras conversas da polícia com os vizinhos, os comerciantes, os traumatizados estudantes americanos em intercâmbio, a família que estava acolhendo as duas garotas, o rapaz de nome improvável que tinha beijado Lily Hayes no jardim. Mas a conversa com Lily Hayes sobressaía, e não só porque não havia sinal de arrombamento e ela era a única pessoa num raio de cem quilômetros que tinha uma chave da casa. Eduardo leu a transcrição em seu apartamento, com as persianas fechadas, enquanto o céu lá fora continuava enlouquecedoramente claro, muito depois das oito horas da noite. Na transcrição, naturalmente, era difícil certificar-se de qual teria sido o tom exato de Lily Hayes ao responder a perguntas sobre a vida breve e a morte violenta de Katy Kellers. Mas Eduardo detectou uma tendência fria, um desvio psicológico, que o fez ler e reler a entrevista, se bem que, por motivos óbvios, não era provável que Lily Hayes tivesse cometido o crime sozinha.

"Você diz que viu sangue no banheiro", disse o policial que a interrogava.

"Sim", disse Lily.

"Exatamente quanto sangue?"

"Não muito", disse ela, e Eduardo pôde sentir a pausa nesse momento, a petulância implícita. A certa altura, a transcrição fazia o comentário neutro de que Lily Hayes, tendo sido deixada alguns momentos sozinha, a não ser pelo olhar atento da câmera de segurança, tinha dado uma estrela. Eduardo examinou essa imagem mentalmente. Encarou-a sem fazer julgamento. Estava com mais certeza, mas ainda não tinha certeza. E era muito importante que tivesse, porque, uma vez que tivesse certeza, ele nunca errava.

Na manhã do dia seguinte, Eduardo levantou-se antes do amanhecer, para correr no escuro. No final do quarteirão, já estava suando. Como de costume, estava agasalhado demais para o tempo. Nunca conseguia acreditar que o mundo lá fora fosse tão mais quente do que parecia.

A corrida era novidade, mas o ritual geral do masoquismo não. Sempre que Eduardo sentia que a coisa estava voltando, ele começava uma série de passos, uma sequência à qual tinha chegado por meio de palpites, experimentação e do surgimento de uma vontade ferrenha e apavorante. Para começar, ele avaliava todas as coisas na vida que fariam com que se sentisse pior. Você não vai se sentir nem um pouco melhor se engordar, dizia a si mesmo, enquanto corria. Você não vai se sentir nem um pouco melhor se ficar com inflamação nas gengivas, dizia ele, enquanto passava o fio dental. O corolário — que era invasivo, não enunciado e onipresente — era que ele não se sentiria melhor de qualquer maneira. É claro que nunca funcionava. Mas conseguia fazer com que Eduardo tivesse a sensação de ter tentado. Se Eduardo chegava a fazer alguma coisa, era tentar. E, afinal de contas, havia só dois meses que Maria tinha ido embora.

Maria — Eduardo seria o primeiro a admitir isso — tinha caído de paraquedas em sua vida, sem que ele merecesse, sem qualquer justificativa. Eles foram casados por três anos, e durante esse período Eduardo nunca se acostumou totalmente com a ideia. Por isso, quando ela o deixou — por um cantor lírico brasileiro, pelo que ele tinha ouvido falar —, quem era Eduardo para dizer que ela não estava tomando a decisão certa? Em algum canto de sua devastação, Eduardo tinha sentido que o universo estava de fato se corrigindo, e que se ressentir com isso era irracional. E Eduardo podia ser qualquer coisa, menos irracional.

Ao seu redor, as ruas de Belgrano estavam prateadas e lisas com a chuva. Ele tentou respirar com regularidade. Pensou em todos os cigarros que não tinha fumado nos 15 anos desde que tinha parado de fumar. Dava para sentir a diferença na respiração? Ele não sabia ao certo. O sol dispersou as nuvens, espantando um bando de passarinhos do fio telefônico. Eduardo concluiu que não sentia nenhuma diferença. Mas sentia, sim, uma pequena fisgada de virtude cada vez que lhe dava vontade de fumar e ele não se permitia um cigarro, o que ainda acontecia algumas vezes por dia, todos os dias, mesmo depois de tanto tempo. Às vezes parecia a Eduardo que sua vida inteira não passava de uma coleção de pequenos impulsos negados. Os pássaros passaram voando lá no alto, lançando sombras em zigue-zague no concreto.

Pelo menos, Eduardo sabia que seu trabalho não seria prejudicado. No sistema de triagem muito preciso que ele tinha estabelecido em sua vida, o trabalho era a prioridade mais crítica. E em seus melhores dias de depressão, Eduardo não chegava a se desligar da tristeza, mas mergulhava nela — ela se contraía em seu peito como um coração, proporcionando-lhe uma força de propulsão, enquanto ele percorria os meandros de uma investigação. Essa compulsão pelo trabalho podia às vezes parecer congênita, genética — embora, na realidade, Eduardo de início não pretendesse ser advogado. Na adolescência, ele tinha estudado piano e tinha tido a esperança de continuar na faculdade, até o dia em que assistiu a Julio César Strassera proferir suas alegações finais no Processo das Juntas. Era 1985, e Eduardo estava com 16 anos. Tinha ensaiado a *Sonata em fá maior* de Mozart para um recital da escola, que mais tarde seria cancelado por conta de ameaças de bombas; e o tempo de que dispunha com o piano da escola era limitado. Mesmo assim, ele atravessou a rua para ir até a *cervecería* para assistir. Nunca mais, disse Strassera. A televisão fez um corte para mostrar filmagens das mães dando seu depoimento. Em torno de Eduardo, o bar estava com um cheiro azedo, e um homem ao seu lado chorava. Uma das mães olhou direto para a câmera: "O que aconteceu não pode ser remediado", disse ela. "Só pode ser contado." Em seu rosto, havia uma expressão de tristeza justificada, uma dor muito além do choro. E de repente Eduardo compreendeu, com uma clareza chocante e fatal, que ela não estava tentando ter de volta seu filho. Era uma ideia que nunca tinha ocorrido a Eduardo até então. "Eles têm de estar mortos", dizia a mulher, "mas só estão realmente desaparecidos, se lhes dermos as costas. Só terão de fato partido quando pararmos de procurar por eles."

Em pé diante da televisão, com o *allegro* de Mozart ainda latejando na ponta de seus dedos, Eduardo percebeu que estava chegando a um entendimento grave e difícil. Talvez fosse só porque ele já estava à procura de um — afinal de contas, estava com 16 anos. Mas não importava qual fosse a razão, ele soube que estava vendo algo de que não poderia se esquecer. Estava aprendendo que a bondade não podia ser a bondade, se fosse passiva e desprovida de dimensões. Estava começando a acreditar que havia uma compaixão para além da compaixão. Eduardo olhou para o rosto da mãe e viu que o perdão sem justiça não era o perdão de Cristo, nem nenhum outro tipo de perdão digno de ser oferecido. Saiu dali para o sol ofuscante e naquele dia não voltou para o piano, apesar de agora não conseguir dizer aonde teria ido.

Revelou-se que Eduardo combinava bem com o curso de direito. Sempre tinha sido estudioso e tirava boas notas, mas não tinha aquele brilho tranquilo que fazia as pessoas quererem ter alguém em alta consideração ou ter grandes expectativas a seu respeito. Nunca tinha conseguido, sem esforço, inspirar confiança ou desejo. Havia nele algum tipo de solicitude excessiva — era sutil e tão permanente como um feromônio. Era algo que fazia com que as pessoas entendessem que poderiam descartá-lo com impunidade. A memória assustadoramente boa de Eduardo não ajudava em nada. Enquanto crescia, muitas vezes ele surpreendeu colegas que mal conhecia, revelando com precisão espantosa a lembrança de qualquer fiapo de informação que esse colega lhe tivesse transmitido na primeira vez que se encontraram, ocasião da qual o colega não tinha a menor recordação. As crianças reagiam a essa habilidade com algum espanto, já que sua visão de mundo na verdade não contradizia a noção de que todos em volta soubessem de algum modo quem elas eram. À medida que foi crescendo, porém, Eduardo descobriu que o narcisismo maduro reagia com mais suspeitas: as pessoas tinham a tendência a supor que a atenção de Eduardo era voltada especificamente para elas, e ele via quando seus olhos se contraíam e elas, com visível perturbação, se perguntavam exatamente o que ele poderia estar querendo.

Mesmo assim, Eduardo tinha excelente desempenho em territórios imparciais — provas padronizadas, processos seletivos isentos, formulários preenchidos por escrito — em que a personalidade era deixada de lado; em que a memória era um ponto forte, não fraco. E foram esses sucessos que o levaram à Faculdade de Direito da Universidade de Buenos Aires, onde ele finalmente aprendeu — não em sala de aula, mas nos tribunais — a se valer de sua memória com eficácia. Eduardo aprendeu que era possível fazer com que as mulheres achassem que ele tinha uma profundidade e singularidade de sentimento por elas, quer ele tivesse, quer não. E era possível fazer com que os homens se sentissem discretamente lisonjeados e marcantes, desde que Eduardo usasse o tom certo. Não importava o sentimento que as pessoas nutrissem por Eduardo, elas geralmente deixavam sua companhia com uma leve impressão positiva de si mesmas. E Eduardo logo percebeu que era isso o que fazia a diferença — que aquele calorzinho levíssimo, indetectável, era o bônus emocional importante, mesmo que não tivesse nada em absoluto a ver com Eduardo. Ele nunca seria particularmente atraente, carismático ou detentor do tipo de autoridade que despertava a atenção. Mas conseguia fazer com que as pessoas que ele conhecia sentissem que *elas* eram assim. E Eduardo viu que isso poderia exercer uma força que era mais sutil e, dependendo da situação, mais poderosa do que o que lhe faltava.

Depois da formatura, Eduardo começou a trabalhar em serviços burocráticos em Córdoba. Em torno dele, Kirchner estava pagando o empréstimo ao FMI; a privatização estava arrancando as últimas expectativas que as pessoas tinham de conseguir alguma coisa além de si mesmas neste mundo. A Sonhos Compartilhados foi investigada por corrupção, e a economia explodiu da noite para o dia. O perdão era o trabalho, dizia Eduardo às famílias das vítimas — mas o mesmo valia para o amor, para decidir o que era certo e defendê-lo. Omitir-se de julgar para não ser contaminado pelo pecado do agressor é o mesmo que dar as costas à solidariedade para não ser atingido pela dor da vítima. E Deus não se furtava nem a uma tarefa nem à outra, pensava Eduardo quase sempre, apesar de não dizer isso a ninguém. Eduardo nunca teria sido tolo o bastante para tentar persuadir qualquer um da existência de Deus, da mesma forma que jamais seria tolo o bastante para tentar persuadir qualquer um da existência de sua própria consciência. Ninguém consegue de fato provar sua capacidade senciente em termos externos — não existe argumento ou silogismo que realize isso. Os sistemas de medidas estão implicados de modo excessivamente fatal na própria coisa que estão tentando medir. E Deus, pensou Eduardo, apresentava o mesmo tipo de dificuldade. Era, no fundo, um tipo de problema epistemológico do princípio da incerteza de Heisenberg. Mas a moralidade de Eduardo não exigia a crença em Deus. Muito pelo contrário, a justiça compassiva do homem era ainda mais necessária num universo secular. Porque, se não agora, afinal de contas, quando então? Se não for para isso, afinal de contas, então para quê?

Passados alguns anos, Eduardo foi nomeado *fiscal de cámara* para a província de Buenos Aires. Perdoar é admirável, dizia ele às bancas de juízes, mas não quando for um ato automático; não quando ocorrer por ser a saída fácil para nos mantermos superficialmente isentos de culpa. Eduardo desenvolveu instintos de enorme acuidade e precisão quanto a suspeitos, e esses instintos o levaram a uma sequência de condenações justas e notáveis. Depois de uma delas, em pé, fora do tribunal, ele fez uma pergunta à imprensa reunida: O que significa que um assassino mereça nossa empatia, e a vítima não? Só significa que somos preguiçosos. Só significa que queremos ser deixados em paz.

Mas Eduardo não queria ser deixado em paz; em vez disso, queria trabalhar e tentar. Tentar era um objetivo despretensioso a ter no centro da vida. Mesmo assim, era o que o salvaria. Ele queria tentar, e queria continuar tentando — mesmo agora, com a partida de Maria. Isso significava que ele não tinha tendências suicidas. Ele sabia isso porque tinha pesquisado.

Eduardo começou a voltar para o prédio onde morava. Ele ainda podia vê-lo, a muitos quarteirões dali, indefinido e impalpável no nevoeiro. A menos de dois quilômetros de distância, Eduardo calculou que devia estar começando a chover de novo.

Naquele dia, foi quebrado o sigilo dos e-mails.
Revelou-se que Lily Hayes e Katy Kellers produziam uma correspondência abundante. Ambas mantinham registro dos mínimos detalhes de sua vida emocional, e esses relatos meticulosos forneceram alguns dados notáveis. Em primeiro lugar, transpareceu que Lily não gostava muito de Katy — em dois e-mails e uma mensagem no Facebook, todos enviados no início de janeiro, ela se empenhou um pouco para dar sustentação à tese de que Katy era uma "chata". Em segundo lugar, parecia que Katy e Lily tinham tido uma briga, ou possivelmente algumas brigas, em meados ou mais para o fim de fevereiro. Esse fato não aparecia mencionado nas comunicações de Lily, mas foi descrito por Katy num bate-papo no Google com uma amiga de casa (que, infelizmente, parecia já conhecer

a situação, o que tornou a narrativa bastante incompleta). Houve também uma possível referência numa conversa com outra amiga (Sara Perkins-Lieberman: Como vão as coisas com a coleguinha de quarto?? Katy Kellers: Eeeeeeca :/). Por fim, a terceira e mais importante informação revelada nos e-mails foi que Katy parecia ter estado num relacionamento. Num e-mail escrito para a mesma Sara Perkins-Lieberman, Katy tinha dito: *Saí com um cara. Parece meio maluco... Estamos meio às escondidas porque acho que Lily não ia gostar muito (ela é meio melodramática), mas pode ser que em parte isso só deixe as coisas mais divertidas. Não sei. Eu achava que ainda não estava pronta para nada, mas agora não tenho tanta certeza.* Naturalmente, essa revelação explicava os preservativos. E parecia que Katy tinha de fato conseguido esconder de Lily o relacionamento. Em todo o seu extenso jornalismo narrativo sobre a vida delas em Buenos Aires (que continuou a incluir Katy durante todo o resto de fevereiro, apesar de agora os termos se revelarem cada vez mais afetuosos), Lily nunca mencionou nada disso. Parecia que o relacionamento de Katy tinha realmente permanecido em segredo. Pelo menos por um tempo.

De tarde, tomando café, Eduardo pesquisou "Lily Hayes" no Google. Descobriu que se tratava de um nome comum nos Estados Unidos, apesar de para Eduardo ele causar a sensação de ser certinho demais e afetado, um nome estranho para pais da "Geração Eu" darem a uma filha. Mesmo assim, "Lily Hayes + Middlebury" gerou algumas ocorrências. Havia Lily Hayes fantasiada de pimentão para alguma trupe de teatro infantil; havia Lily Hayes entusiasmada com a generosidade das doações de ex-alunos na revista da escola; e havia Lily Hayes em debate no campus de Middlebury — com um misto de presumida superioridade moral e de visão de mundo sem o mais ínfimo contato com a realidade — defendendo uma retirada imediata das tropas americanas do Afeganistão. Em seguida, Eduardo encontrou Lily no Facebook: uma citação de Molière, uma variedade de poses quase sexuais, uma lista amorosa de ficção razoavelmente desafiadora. Ele foi descendo. Viu recomendações severas para assinar petições, flertes com rapazes de barba e óculos, parabéns por aniversários, tanto recebidos como enviados. Sem dúvida não era o tipo de rastro que a maioria dos suspeitos de Eduardo deixava para trás. Eduardo acreditava que o crime — especialmente o homicídio — nunca era inevitável. No entanto, com a maioria dos réus, era possível rastrear de que modo cada desgraça tinha instigado a seguinte. Era possível examinar aquelas vidas e quase estender o lápis para delinear as reviravoltas filigranadas que os tinham depositado, com as mãos trêmulas, diante de suas vítimas e de seu destino. Em sua maioria, os réus que Eduardo via estavam mentalmente destroçados. Lily Hayes — se fosse culpada — nunca tinha sido sã.

Eduardo desceu ainda mais. Alguns meses antes, Lily Hayes tinha postado um link para um blog. "Fiz um texto para minha aula de Escrita Criativa Intermediária, imaginando um crime", escreveu ela, e 14 pessoas tinham "curtido" essa declaração, por motivos insondáveis para Eduardo. Ele clicou no link, o que o levou a um blog praticamente abandonado, cujo título era *Devaneios* e, abaixo dele, estavam as palavras "feminista", "artista", "sonhadora" e "pesquisadora" — e a postagem mais recente era seu crime imaginado, escrito com aparente criatividade para um curso de faculdade. O texto parecia girar em torno de um amante rejeitado que entra de novo na casa da mulher que o traiu, para roubar um colar caríssimo que ele tinha dado a ela. Eduardo leu com atenção aguçada e teve a sensação de que assistia a uma coisa ganhando forma ao longe. Por trás da escrita rebuscada, da dependência excessiva de advérbios, típica de garotas, havia alguma coisa perturbadora e fora do prumo em termos emocionais — a mesma coisa que ele estava quase certo de ter detectado na transcrição da entrevista. Ele leu o final do conto. Depois, leu outra vez.

Em minha ira e pressa, acionei sem querer o alarme. Preciso me movimentar com vigor agora. Pego rapidamente o colar. Ele é lindo. Seus tons multicoloridos cintilam, ofuscantes, à luz. Olho para ela dormindo serena ali. Admiro seu pescoço de marfim, como o de um cisne; ele é tão inocente, tão confiante. Ergo minha faca, com uma cólera assassina, mas não desfecho o golpe.

Eduardo imprimiu o conto, com a sensação entorpecida de ter tido uma sorte espantosa. Era substancialmente menos que uma confissão por escrito, é claro, mas era difícil pensar em algo que chegasse mais perto.

Ainda assim, ele não tinha certeza.

A quinta-feira era o dia do interrogatório judicial, ao qual Lily Hayes se submeteu sem um advogado. Parecia que o pai dela viria, e que estavam sendo contratados um consultor americano para a equipe de defesa argentina e alguns advogados de defesa particulares. Estava claro que essas pessoas tinham algum dinheiro. Eduardo não sabia por que Lily tinha recusado a oferta de um defensor público. Talvez fosse por ter uma péssima opinião sobre a qualidade dos defensores públicos argentinos, por alguma estimativa tola de que isso a fizesse parecer inocente, ou — o que era raro, mas de modo algum sem precedentes — por ser indiferente quanto a seu próprio destino. Eduardo sentiu alguma compaixão por ela. Mas não ia tentar convencê-la a não cometer seus próprios erros estratégicos, se ela os quisesse cometer.

Na sala de interrogatório, Lily Hayes parecia ainda mais pálida do que no dia em que Eduardo a vira pela primeira vez. Seus dedos estavam bem abertos sobre a mesa, num gesto de terror sem disfarces; e seu cabelo não estava muito limpo. Ela realmente parecia muito jovem — mas Katy Kellers também era jovem, e a empatia que Eduardo nutria por ela não dependia da idade. Tampouco dependia de ser ela inocente ou culpada. Ele ia ser tão claro e gentil quanto a situação permitisse. Era uma atitude apenas humanitária. Ele se sentou.

— *Quien es usted?* — disse ela.

— *Eduardo Campos* — respondeu ele, sem lhe estender a mão, para não parecer condescendente. Pelo mesmo motivo, ele não falou em inglês. — Sou o *fiscal de cámara*, um representante do magistrado que conduz a investigação. Minha função é ajudar a decidir se existem provas suficientes para a abertura de um processo criminal contra você. Disponho de dez dias para chegar a essa conclusão, a partir de hoje. Farei minha avaliação e emitirei uma recomendação para o juiz de instrução sugerindo prosseguirmos ou não em nosso caso contra você. Se acontecer de seu processo ser levado a um tribunal criminal, sou eu quem defenderá a posição do Estado junto ao juiz de instrução. Seremos ouvidos por uma banca de três juízes, que determinarão sua condenação ou absolvição. Tudo isso já lhe foi explicado?

Ele viu que ela permaneceu calada, sem saber ao certo se deveria admitir que não fazia a menor ideia do que estava acontecendo.

— Foi — disse ela, com cuidado.

— Este é seu interrogatório judicial. Você compreende que tem o direito de não falar comigo?

— Compreendo — disse ela, com mais segurança. Eduardo visualizou de relance uma imagem da estrela inacreditável que essa garota tinha dado num intervalo do seu interrogatório inicial. Ele a viu atravessando a sala de interrogatório como uma estrela-do-mar sob a luz fria da câmera.

— Por que meu pai não pode pagar minha fiança? — perguntou.

— A fiança está ligada à gravidade do crime, não às provas contra o acusado. Você tem alguma outra pergunta para mim?

Ela não tinha, mas Eduardo tinha algumas para ela. Passou os primeiros vinte minutos pedindo informações concretas que já conhecia — o nome completo de Lily Hayes, sua data de nascimento, motivo para estar em Buenos Aires. ("Achei que seria um lugar interessante para estudar no exterior", dissera ela. "E foi?" Ela deu uma risada grosseira, destoante.) Essas perguntas equivaliam às perguntas prévias formuladas antes de uma bateria de testes psicológicos ou com um polígrafo. Ele lhe pediu que repassasse o dia do homicídio, minuto após minuto, para tentar pegar discrepâncias em comparação com o relato que ela dera à polícia. Depois, pediu-lhe que repetisse o relato mais quatro vezes, para ver se captava variações entre eles. Certas variações eram suspeitas, naturalmente; mas absolutamente nenhuma variação também era.

Ele observou que Lily Hayes estava mascando uma mecha de cabelo, o que era curioso. Era uma atitude estranha, descuidada. Na realidade, era vulgar — e ele achava que não se lembrava de algum dia ter visto alguém com mais de 7 anos de idade fazer aquilo. Além disso, parecia interessante que ela se sentisse à vontade para uma atividade daquelas, nesta, que era uma das conversas formais mais importantes de sua vida. Aos 45 minutos, Eduardo começou a fazer as perguntas de verdade.

— Quer dizer — disse ele — que você acha que Katy era insossa.

Diante dessa pergunta, Lily pareceu inexperiente e estarrecida.

— Onde o senhor ouviu uma coisa dessas?

Alguns promotores não se disporiam a lhe dizer, para deixá-la querendo saber quem entre seus amigos talvez não estivesse do seu lado. Eles iam querer que ela compreendesse que o tempo em que podia esperar receber respostas tinha acabado; que rotas para o entendimento agora tinham se tornado atos de caridade a serem concedidos ou recusados como eles bem entendessem. Promotores desse tipo iam querer aumentar aquele nervosismo esfogueado da paranoia, aquele desnorteamento confuso, de alguém perdido no bosque de noite, que faz com que procurem qualquer tipo de farol ou sinaleira. A paranoia num réu era uma enorme vantagem para um promotor, na opinião geral. Mas Eduardo não gostava de omitir respostas. Em parte, isso ofendia sua noção de jogo limpo. E em parte ele discordava da estratégia. Sua impressão era que dar ao réu uma falsa sensação de mínima competência, uma leve ideia de sua posição em relação ao mundo, fazia com que o réu relaxasse exatamente o suficiente para cometer um erro, se houvesse algum erro a ser cometido (o que, naturalmente, ele nunca supunha que houvesse).

— Num e-mail que você escreveu — disse ele.

— Entendi.

— Está lembrada de quem foi o destinatário desse e-mail?

— Não.

— Quer dizer que poderia ter sido para uma grande quantidade de pessoas?

Lily não respondeu. Eduardo fingiu que examinava suas anotações.

— Quando você disse "insossa" — perguntou Eduardo —, estava querendo dizer que lhe faltavam "qualidades que interessam, estimulam ou desafiam"?

— Quer dizer, sim. Acho que sim. É isso.

— Havia alguma coisa específica que você considerasse particularmente insossa na vítima?

Realmente não havia a menor necessidade de Eduardo se referir a Katy como a "vítima" por enquanto, muito embora fosse assim que ele se referiria a ela no tribunal, é claro, para lembrar aos três juízes (repetidamente) que a garota morta estava morta, em violento contraste com a garota viva que estava ali diante deles. Mas era melhor adquirir esse hábito desde o início.

— Não sei — disse Lily.

— Sua escolha de livros, talvez? Seu vocabulário?

— Acho que sim.

— Você se considera uma mulher inteligente? — perguntou ele.

Também essa linguagem era intencional. Em público, no tribunal, Eduardo sempre se referiria a Katy como uma "garota" e a Lily como uma mulher; sempre que não estivesse se referindo a elas como "vítima" e "ré"; muito embora Lily de fato fosse três meses e meio mais nova do que Katy era quando morreu. Mais uma vez, isso era simplesmente bom senso. Era possível direcionar com sutileza os juízes rumo à verdade através de pequenos adornos, pressões e omissões. É claro que Eduardo jamais se afastaria dos fatos, mas não havia nada de errado em usar palavras com conotações ligeiramente diferentes para lançar luz sobre a realidade de uma situação. Quem poderia negar que as designações diferentes refletiam uma veracidade emocional, mesmo que não biológica? Deixando de lado questões de culpa ou de inocência, bastava olhar para Lily para ver sua insensibilidade, seu distanciamento emocional e sua experiência sexual; e você sabia que estava lidando com uma pessoa adulta. Além disso, havia a pequena questão de que Lily amadureceria, na prisão ou não, e Katy sempre seria uma garota, e sempre estaria morta.

— O quê?

— É uma pergunta simples.

— Não entendi o que o senhor quer saber.

— É justo dizer que você se considerava mais inteligente que a vítima?

— É justo dizer que o senhor se considera mais inteligente que eu?

Eduardo largou o bloco de anotações e levantou as sobrancelhas. Lily estava ruborizada. Ele pôde ver que ela estava ligeiramente surpresa, mas também ligeiramente satisfeita com o que tinha dito.

— Eu não partiria desse pressuposto — disse ele com firmeza, apanhando novamente o bloco. — Fosse ela insossa ou não, havia um monte de outras coisas que não eram de seu agrado em Katy Kellers.

— Isso não é verdade.

— Permita-me relembrar alguns dos aspectos dela de que você não gostava, segundo os e-mails enviados durante o mês de janeiro, apenas: o cabelo, o nome, os dentes...

— Eu adorava os dentes dela!

— Eles não eram os dentes de uma pessoa séria, segundo uma mensagem do Facebook que você enviou para sua amiga Callie Meyers no dia 17 de janeiro de 2011.

— Eu gostava dos dentes dela. Queria ter dentes iguais. O senhor acha que Katy um dia precisou usar aparelho?

— Não sei.

— Ela nunca usou aparelho. Os dentes eram alinhados por natureza — disse Lily, olhando fixamente para ele.

— Você precisou usar aparelho, certo? — perguntou Eduardo.

— Eu soube que mesmo na faculdade ainda usava. Parece que era forçada a ir para casa em fins de semana para acompanhamento ortodôntico.

— Não entendo o que isso tenha a ver com nada.

— Passemos adiante. Fale-me de seu relacionamento com Sebastien LeCompte.

— Éramos amigos.

— O relacionamento de vocês era sexual?

Lily virou a cabeça para o lado.

— Por pouco tempo, foi.

— Você tomou conhecimento de que a vítima também estava tendo um relacionamento sexual com Sebastien LeCompte? — Essa pergunta continha um blefe, além de uma suposição muito óbvia, mas, por ser uma pergunta, não era exatamente uma mentira. E, fosse como fosse, a realidade do envolvimento de Sebastien LeCompte com Katy Kellers não tinha nem a metade da importância de qualquer que fosse a imagem que Lily tinha tido desse envolvimento.

— Eu não o teria chamado necessariamente de relacionamento.

— Mas percebeu que ele existiu?

— Quer dizer, eu desconfiei.

— O que a fez desconfiar?

— Não sou idiota.

Eduardo fingiu que anotava isso, mas na verdade não escreveu nada. Lily mudou de posição na cadeira.

— Só estou querendo dizer que dava para ver. Eles não tomaram tanto cuidado quanto acharam que tomaram.

— E como você se sentiu com isso?

— Não me afetou muito.

— Verdade? Não ficou chateada?

— No fundo, não. Nós não estávamos apaixonados, nem nada.

Durante sua sétima semana com Maria, Eduardo tinha sussurrado em seu ouvido enquanto ela dormia: "Diga quem você é, porque já a amo e quero conhecer quem eu amo."

— Quer dizer — disse Lily, insegura quanto ao que fazer a respeito de seu silêncio. — Não era como se Sebastien e eu fôssemos um casal.

— Mas vocês estavam transando.

Lily ficou pensativa. A luz que atravessava as grades lançava sobre seu rosto longos pavios afilados.

— Acho que não quero falar mais hoje — disse ela.

Eduardo fez que sim.

— É seu direito — disse ele, fechando o bloco para transmitir uma noção de encerramento, de satisfação. — Foi uma boa conversa. Pode ir fazer seu exame médico agora.

Muito embora ele nunca fosse deixar que isso pesasse, era verdade que alguma coisa em Lily Hayes fazia com que Eduardo se lembrasse de Maria. O que era, exatamente? A inconsequência de uma pessoa a quem nada nunca foi negado? Mas em Maria essa qualidade tinha sido encantadora e élfica; e em Lily ela era, sem dúvida, apenas detestável. E, de qualquer maneira, Eduardo sabia que havia algo de sinistro em Lily que ia muito além da impulsividade.

Vejamos, por exemplo, o caso da estrela. Eduardo tinha trabalhado numa quantidade suficiente de casos relevantes para saber que a estrela desempenharia um papel, que tipo de ritmo se desenvolveria entre a acusação e a defesa em consequência dessa pirueta. Para a promotoria, através da imprensa, seria apresentado um argumento de que a estrela tinha demonstrado insensibilidade e petulância, um reflexo do mesmo tipo de descaso insondável que poderia, dadas as circunstâncias e drogas adequadas, desconsiderar outra vida humana. A refutação afirmaria obviamente que a estrela tinha sido um capricho, uma ingenuidade; um impulso exuberante que agora estava sendo interpretado de modo equivocado e proposital pelos antiquados, desprovidos de humor, com sua própria pauta de intenções. De fato, poderia a defesa alegar, se a estrela era prova de alguma coisa, era prova de inocência. Como alguém que fosse culpado, alguém que quisesse parecer *não culpado,* poderia fazer uma coisa daquelas? Somente uma pessoa que fosse inocente e jovem demais para saber que aquilo poderia ter importância chegaria ao cúmulo de dar uma estrela numa sala de interrogatório.

Só que Eduardo tinha outra opinião, porque tinha passado anos estudando uma mulher impulsiva. Eduardo seria o primeiro a admitir que Maria às vezes fazia coisas que eram tolas ou imprudentes, apesar de o mais comum ser ela fazer coisas meramente estranhas. Uma vez ele a tinha encontrado na sala de estar às três da manhã, com os olhos fixos num guarda-chuva vermelho iluminado com uma lanterna; e mais de uma vez ele tinha passado pela porta fechada do banheiro e a ouvido falar consigo mesma aos sussurros, dentro da banheira antiga com pés em forma de garra. Uma noite, ela pendurou uma lua de papel numa árvore, onde refulgia através dos galhos como uma moeda iluminada.

— Está linda — dissera ele, supondo que a intenção de Maria tivesse sido a de fazer alguma coisa linda.

— Ah, está? — respondeu ela, consternada, enquanto ele a abraçava.

— Eu só queria que fosse interessante.

— E é — disse Eduardo. Dava para ele ouvir o pegajoso tom de súplica na própria voz. Ele queria muito ver não importava o que fosse que ela queria que ele visse.

— Não — disse Maria, olhando para ele com calma. — Nada que seja lindo é realmente interessante. — Nesse momento, ela arrancou a lua do lugar, mas sem raiva, apenas de uma forma metódica, meticulosa, como se estivesse corrigindo um erro que agora via que tinha cometido. É claro que havia dificuldades, também. Maria tinha uma tendência a internalizar o estresse desgarrado do universo, muito embora sua vida não fosse nem um pouco estressante, até onde Eduardo pudesse discernir. Essa sua melancolia nodosa, inacessível, era muito diferente da dele mesmo. O que quer que acontecesse com Maria, era sempre alguma estranha repetição que se distanciava do sentido. Ela mergulhava em fases sinistras, tornando-se monossilábica e taciturna, falando numa espécie de pentâmetro iâmbico, hesitante. Ela se escondia no banheiro para soluçar (e como soluçava! Eram soluços asfixiados, desolados, que de algum modo ocorriam a intervalos de uma regularidade exata, tanto que pareciam ser quase como algum tipo de processo biológico ou geológico). Houve um inverno em que ela chegou a ficar um pouco careca. Eduardo deparou com um polvo desmaiado, de cabelos pretos, no ralo do chuveiro, parecendo algo que sobrou de um massacre.

E havia ocasiões — raras, porém memoráveis — em que ela podia ser cruel. A primeira vez que ele presenciou isso foi na noite em que fora nomeado *fiscal de câmara*. Maria organizou uma comemoração para ele num restaurante, embora mais tarde ele viesse a perceber que todas as noites com Maria eram um tipo complicado de comemoração, com três gumes — como a cerimônia de casamento de uma ex-amante ou a festa de aniversário de um velho inimigo. Sempre havia um brilho maníaco, de diversão procurada com empenho e conquistada a duras penas, aliado a uma sensação subjacente de problemas profundos e crescentes. Na noite da promoção, Eduardo estava se sentindo humilde, sereno e satisfeito consigo mesmo, pela primeira vez em tanto tempo que nem se lembrava. Seus amigos estavam rindo, bebendo e se divertindo a valer, até Maria bater no copo para propor um brinde. Todos pararam de falar e ficaram olhando para ela, felizes; e Eduardo se sentiu grato e privilegiado — porque ela era tão bonita, porque ele tinha tanta sorte —, enquanto esperava para ouvir o que ela diria a seu respeito.

— Eduardo — disse Maria, com um sorriso radiante. — Eu sempre soube que você se destacaria nesse trabalho. Você nasceu para isso, não? Nasceu para ser promotor. Ou talvez guarda de prisão.

Eduardo pôde sentir seu sorriso ficar congelado.

— Não sei o que você está querendo dizer — disse ele, tentando expulsar de sua voz a desolação. Honra seja feita, era raro que ele soubesse exatamente o que ela queria dizer.

— Ah, Eduardo — disse Maria, e o mais estranho era quanto afeto verdadeiro ainda estava em seu rosto, em sua voz. — A razão pela qual é um gênio no que faz está em você adorar castigar as pessoas. Você adora se certificar de que todo mundo se divirta tão pouco quanto você.

Quando esse tipo de coisa é pronunciada em público, as pessoas nunca chegam a largar os garfos. Elas se concentram ainda mais nas pequenas tarefas de comer. E se ocupam com colheres. Eduardo inclinou a cabeça para trás e deu uma risada. Era isso o que ele tinha aprendido a fazer sempre que Maria dizia alguma coisa dessa natureza. Todos estavam acostumados a não entender nada do relacionamento romântico dos outros, e assim podiam aceitar qualquer coisa como uma brincadeira enigmática, só para o casal, se era assim que Eduardo a considerava.

— Mas eu estou me divertindo. — Eduardo riu novamente. — Eu estou me divertindo.

Depois que Maria foi embora, Eduardo ouviu uma ou outra insinuação de que talvez ela tivesse sido um pouco egoísta. Uma vez tinha sido aventado que ela de fato teria um transtorno da personalidade narcisista diagnosticável. Seus amigos tinham dito que a loucura dela era do tipo comum, "só a loucura típica, de mulher". Mas Eduardo não poderia concordar nunca. Podia ser que Maria fosse louca, mas ela não era típica. Sua insanidade era a eletricidade azul percorrendo uma fiação mais delicada.

E, mesmo que fosse uma forma de loucura, era também uma manifestação de raro brilho, uma honestidade rara.

Era por isso que Eduardo podia facilmente imaginar Maria dando uma estrela, por alegria, numa quantidade de lugares estranhos e numa quantidade de situações inconvenientes, onde outros prefeririam que ela não agisse desse modo. Mas o ponto principal era a alegria: ninguém dá uma estrela quando está paralisado pela dor. E por esse motivo a estrela de Lily não a condenava por ser peculiar, como parecia acreditar uma pequena porém decidida vanguarda de defensores de atitudes peculiares no mundo inteiro. A estrela de Lily era condenatória porque, como a própria Lily, ela demonstrava indiferença. A estrela de Lily não podia dizer a ninguém que ela era culpada. Ela só podia dizer que, durante aquele interrogatório, menos de vinte horas depois da morte de sua colega de quarto, ela não estava triste.

Mesmo assim, naturalmente, Eduardo não tinha certeza.

Na terça-feira, Eduardo reuniu-se com Beatriz Carrizo.

— Sinto muito por tudo que a senhora está passando — disse ele, servindo-lhe um copo d'água.

Estavam sentados no escritório dele, com as persianas baixadas. O cabelo de Beatriz Carrizo era pesado e lustroso. Ela usava uma camisa de malha justa estampada em bege e vermelho com florzinhas. Uma cruz de ouro cintilava entre seus seios.

— Por que meu marido não pode estar aqui comigo?

— Preciso entrevistá-los separadamente — disse Eduardo. Beatriz arregalou os olhos. — Não estou querendo assustá-la. Vocês não são suspeitos. — Era verdade. Eles tinham passado o fim de semana fora, no batizado de um sobrinho no norte. — Mas estou interessado em ouvir suas impressões independentes sobre Lily Hayes. Separadamente.

Beatriz fez um gesto de anuência.

— Agora — Eduardo remexeu em seus papéis, para criar uma sensação de mudança de marcha. — O que a senhora pode me dizer sobre ela?

Beatriz Carrizo balançou a cabeça de um lado para outro.

— Não sei — disse. — Eu realmente não a conheci por muito tempo.

— Só suas impressões gerais já seriam úteis.

Beatriz tomou um bom gole da água e então olhou pela janela, com um ar constrangido, hesitante.

— Bem — disse ela, por fim. — Ela era uma menina estranha, isso eu posso dizer.

— Estranha, em que sentido?

— Era fria. Talvez um pouco falsa. Andava com aquele rapaz vizinho a qualquer hora do dia e da noite. — Beatriz franziu os lábios por um instante, como se quisesse se impedir de falar. Depois, relaxou-os e prosseguiu. — Eu sei que ela ia dormir lá, quando não estávamos em casa. Além disso, era arrogante. Estava sempre nos contando coisas que tinha aprendido sobre a cidade, como se nós já não soubéssemos. Suponho que fosse bom ela se interessar. Mas também era bem bobo. Ela simplesmente não pensava nas outras pessoas, só isso.

Eduardo fez que sim. Era essa também a impressão dele, mas é claro que ele não a revelaria.

— E Katy era como? — perguntou ele.

— Um amor de menina. Tranquila. Nós também não a conhecemos bem. Foi apavorante o que aconteceu com ela. Essa é sua mulher?

— Beatriz estava olhando para a foto de Maria na mesa de trabalho de Eduardo, uma das duas fotografias emolduradas com que ele tinha se permitido ficar. Tinha sido tirada quatro anos antes, numa praia, e ela estava na posição de parada de mãos. O vento fazia seu cabelo voar em torno do rosto, e ela sorria, com a boca parecendo uma peônia. Ela era a única pessoa adulta que Eduardo conhecia que conseguia fazer uma parada de mãos.

— É — disse ele, porque sempre respondia que sim.

— Ela é linda.

Ele olhou rapidamente para Beatriz.

— A senhora enfrentou alguma dificuldade com Lily?

— Dificuldades?

— Ela obedecia? Era respeitosa? Seguia as regras?

— Dificuldades. Bem, acho que houve algumas.

— Sim?

— Bem, eu a flagrei mexendo em nossos papéis.

— Quando foi isso?

— Há umas duas semanas — disse Beatriz. — Quer dizer, duas semanas antes do acontecido.

Eduardo anuiu, com a cabeça.

— E a senhora a interpelou?

— Interpelei.

— E como ela reagiu?

— Bem, ela não pediu desculpas, isso eu posso lhe dizer. Nem mesmo fingiu estar arrependida.

Eduardo fez uma anotação em seu bloco.

— E o que mais?

— E então ela conseguiu aquele emprego horroroso na boate, só Deus sabe o tipo de gente que conhecia lá. Começou a voltar para casa cada vez mais tarde. Eu ficava deitada, acordada, esperando para ouvi-la chegar. Tinha tanto medo de precisar ligar para os pais dela para dizer que alguma coisa tinha acontecido com ela. Engraçado, nunca me preocupei com alguma coisa acontecer com Katy. — No queixo de Beatriz apareceu uma pequena bifurcação de rugas. — E então ela foi despedida do serviço e mentiu para nós.

— Mentiu?

Beatriz fez que sim e mordeu o lábio inferior. As rugas no queixo ficaram mais fundas.

— A senhora sabe por que ela foi dispensada? — perguntou ele.

— Não, mas também não consigo imaginar por que foi contratada, para começo de conversa. Ela mal conseguia encontrar o caminho até a pia da cozinha lá em casa.

— Isso me ajuda muito — disse Eduardo, tomando nota no bloco. — Mais alguma coisa?

Beatriz cobriu a boca e fez que sim.

— O que houve? — perguntou Eduardo. Entre eles, o ar parecia pesado, como que salgado. Eduardo sentia o toque de coentro na transpiração dela, o ardido de um perfume insistente. É claro que ele não deveria sentir atração por ela, considerando-se o papel de cada um. O que era perturbador era que ele realmente não sentia.

— Ela riu da depressão do meu marido — disse Beatriz, por fim.

— Ela riu? — Eduardo não piscou. Sua própria depressão era uma coisa com garras, dentes e olhos, seu próprio conjunto de tiques, preocupações e preconceitos, sua própria personalidade completa e integrada. O segredo para não se matar consistia em você se convencer, diariamente, de que sua partida deste mundo teria um efeito devastador em absolutamente todos ao seu redor, apesar de provas concretas do contrário.

— Riu. Ela tinha visto meu marido num estado de depressão profunda. — Beatriz olhava para o próprio colo. — Quer dizer, ele estava embriagado. E, quando comentei isso com Lily, ela riu.

— Talvez de nervosismo? — sugeriu ele, acatando o comentário.

— Essa era outra coisa a respeito dela. Ela nunca ficava nervosa. Era estranho como sempre parecia neutra. Ela... como é que se diz?

— Não demonstrava emoção?

— Isso. Ela não demonstrava nenhuma emoção.

Eduardo inclinou-se para a frente.

— A próxima pergunta que vou fazer não é a mais importante, mesmo que eu a tenha deixado por último.

— Está bem.

— A senhora alguma vez achou que ela poderia fazer uma coisa dessas?

Beatriz franziu a testa.

— Não — disse ela, por fim. — Devo dizer que não achei, não.

— Obrigado, senhora. Foi muito útil.

Beatriz olhou para ele, e Eduardo viu que ela estava com os olhos cheios de lágrimas.

— Nós deveríamos nos mudar? — perguntou ela.

— Como assim?

— Por quanto tempo a polícia vai precisar da casa?

Eduardo serviu-lhe mais um copo d'água.

— Isso seria melhor perguntar à polícia. Um bom tempo, eu imaginaria.

— As pessoas passam de carro e buzinam a qualquer hora da noite. É horrível. Não sei como vamos poder voltar a morar lá.

— Talvez não possam.

— Mas nunca vamos conseguir vendê-la.

Eduardo apertou o polegar no próprio copo.

— É provável que este caso receba bastante atenção, sabe? — disse ele. — Se houver uma acusação formal contra Lily Hayes. Isso ajudaria na venda.

Beatriz ficou boquiaberta.

— Quer dizer que o senhor acha que alguém talvez venha a querer comprar a casa *por causa* do que aconteceu?

Eduardo olhou para ela, com ar de cansaço.

— Já vi isso acontecer, *Señora*.

Beatriz abanou a cabeça. Atrás dela, a luz que entrava pela janela era sanguínea. A pequena cruz de ouro em seu peito piscou ao sol.

— Não posso imaginar que alguém tenha a mente tão doente a ponto de fazer isso — disse ela.

E Eduardo lhe disse que, segundo sua experiência profissional, sempre havia alguém com a mente tão doente a ponto de fazer quase qualquer coisa.

Na sexta-feira, a polícia trouxe-lhe a câmera de Lily Hayes. E finalmente Eduardo teve certeza. Tudo o que ele realmente precisava saber estava ali. Nas fotos, a facilidade com que Lily Hayes passava flutuando pelo universo era desastrosamente óbvia. Não havia o menor arrepio de um atrito entre os desejos dela e sua realização. *Levanta-te, mundo!*, ela parecia dizer. *Separai-vos, mares! Revela-te, Buenos Aires, e me deixa tirar tua foto!* Na câmera havia uma foto de uma mulher com uma lesão da cor de sangue no rosto, foto nitidamente tirada de modo furtivo. Havia uma foto de um menininho sem calça. Havia uma foto dela mesma, fazendo um sinal exagerado de aprovação, enquanto apontava para as próprias picadas de insetos. Eduardo percebia que ali estava uma pessoa sem humildade. E Eduardo acreditava que a humildade, mais do que qualquer outra coisa, era o alicerce da moral. A bondade começa quando a abordagem buberiana do "eu/isso" passa para a responsabilidade ética do "eu/tu". Ela começa com a crença de que você não detém um monopólio sobre a consciência: de que você não é de fato a única pessoa que existe. E aqui está Lily Hayes, em pé diante da basílica de Nuestra Señora de Luján, com seu busto fenomenal transbordando de uma camiseta regata justa demais. Ela quase refulge com a luz de seu narcisismo. Será que percebe que todas as outras mulheres estão vestidas com recato, que estão com a cabeça coberta? Ou não percebe, ou não se importa. Uma pessoa que não perceba é tola. Uma pessoa que não se importe é perigosa. E, quando Eduardo examinou as fotos de Lily Hayes, ele pôde ver que tipo de pessoa ela era. Pois, quaisquer que fossem suas outras qualidades, Lily Hayes era observadora. Ela percebia tudo. As fotos davam testemunho disso. Aqui está ela percebendo as asas de uma libélula; e aqui, percebendo o orvalho numa goiaba; e aqui, a discrepância hilariante entre um enorme cartaz de COMIDA VEGETARIANA bem ao lado do couro resultante do abate de algum infeliz animal provido de cascos, reluzindo ao sol. O que Lily Hayes percebia talvez fosse irritantemente previsível, mas ela percebia, sim. Por isso, Eduardo era forçado a concluir — em caráter provisório, é claro — que o que ela não fazia era se importar.

Naquela tarde, Eduardo apresentou sua solicitação para agendar a audiência com o juiz de instrução. Achava que tinha o suficiente a dizer.

CAPÍTULO 3

Janeiro

Recentemente, Lily tinha chegado a duas conclusões: a primeira, que um dia todos nós estaremos mortos; e a segunda, que ainda não estamos mortos. Era possível que ela sempre tivesse sabido da primeira. Na família de Lily, o inverno — o inverno inteiro, todos os invernos — mesmo 24 anos depois — era território consagrado, depressivo, com todos andando na ponta dos pés em torno da memória de Janie, a filha que tinha morrido no inverno dois anos antes de Lily nascer. Na foto no console da lareira, Janie tinha o queixo quadrado e a expressão sensata, como Lily e Anna. Dava para ver que ela teria crescido para ser uma menina razoavelmente bonita, se tivesse aprendido a não parecer tão severa. No entanto, na foto, Janie está só com 2 anos de idade; e estar montada num cavalinho de balanço exige toda a sua atenção. E, seja como for, um ano depois ela terá morrido, de modo que não se pode culpar a criança por não ter senso de humor. Lily tinha olhado para aquela fotografia inúmeras vezes; e, mais do que desejar que Janie tivesse sobrevivido — embora ela desejasse isso também... é claro que desejava —, ela preferia que Janie tivesse sido um menino, ou que ela mesma tivesse nascido menino, porque perder a primeira filha tinha destruído seus pais para as outras filhas.

A infância de Lily, por conseguinte, fora de um tédio criminoso: com uma escrupulosa triagem prévia de qualquer tipo de felicidade; com toda a dor decididamente manifestada nos bastidores. Ela e Anna tinham seguido em frente, inertes, reagindo passivamente aos mais inócuos dos estímulos inócuos: festas de patins, duas viagens a Disney World, projetos de artesanato na escola (que era pública, mas localizada numa vizinhança fantástica e, portanto, provida de recursos excelentes). Visitas ao túmulo de Janie eram firmemente associadas às festas de fim de ano, voltadas basicamente para todos os objetos envolvidos (a escolha das flores, a colocação de balões de gás, a retirada da grama morta), e sempre causando a impressão de terem seguido um roteiro desapaixonado, como alguma manobra para prolongar trabalhos no Congresso. Talvez não por coincidência, o divórcio de Andrew e Maureen, quando por fim se realizou, alcançou o que deve ter sido um nível capaz de quebrar todos os recordes mundiais de falta de emoção. Depois de anos em que existiram num estado coletivo, medicado e vazio, de tolerância pela vida, eles simplesmente foram se afastando para esferas diferentes, e ponto final. No fundo, eram mortos-vivos. Anna e Lily concordavam quanto a esse ponto, muito embora Anna se inclinasse a considerar que o estado de morto-vivo era compreensível e perdoável, enquanto Lily preferia acreditar que a vida era curta e que, sim, uma coisa terrível tinha acontecido, mas aquela coisa terrível tinha acontecido muito, muito tempo atrás, e que um dia todos estaríamos mortos e ninguém ganharia nenhum ponto a mais por ter detestado a vida tanto assim. Porque Andrew e Maureen realmente odiavam a vida. Era só que os dois sempre eram muito educados com ela.

Quer dizer que, sim, Lily estava familiarizada com o conceito de mortalidade. O que era mais recente, talvez, fosse essa sensação aguçada de consciência, de estar viva, de gratidão. Era a Argentina que lhe tinha concedido isso. A sensação começara no avião, quando a luz da cor de ferrugem começou a entrar pelas janelas, iluminando os pelos louros no braço da comissária de bordo, enquanto ela servia o vinho; e Lily sentiu que sua vida começava a abrir. Como uma idiota, ela sorriu o tempo todo, enquanto perdia dinheiro numa operação de câmbio criminosa em EZE, continuou sorrindo durante uma viagem espantosamente malcheirosa no Subte e durante o primeiro dia e meio com a família Carrizo, que a hospedou. Os Carrizo eram perfeitos: Carlos era corretor de imóveis, e Beatriz era dona de casa, embora se vestisse bem e sempre estivesse ocupada. Os dois eram simpáticos e, o mais importante, delicadamente indiferentes quanto ao paradeiro de Lily. Eles entendiam inglês, mas Beatriz fingia não entender. Assim, Lily conseguia praticar seu castelhano sempre que as duas conversavam, o que ela adorava. Por sinal, Lily adorava quase tudo. Ela adorava seu quarto, que era pequeno e ensolarado, apesar de ficar no subsolo e de ter um beliche com lençóis de um verde vivo. Ela adorava a casa vizinha, enorme e decrépita, que simplesmente teria de ser mal-assombrada. Adorava o sanduíche de *chorizo* — com seu ovo com gosto de defumado e o queijo derretido, salgado — que se podia comprar e comer na rua. Adorava seu programa acadêmico — um seminário de filosofia política às quartas de manhã, um projeto de estudo independente de escrita criativa e uma aula de castelhano ao meio-dia, que era em geral considerada opcional. E, talvez acima de tudo, ela adorava que a residência dos Carrizo fosse tão perto da avenida Cabildo, onde se podia pegar um ônibus para qualquer ponto da cidade. Lily já estava sentindo que se expandia para preencher o novo espaço que o mundo lhe proporcionava. Middlebury já estava voltando a ser a coleção de instantâneos de catálogo que tinha sido um dia: árvores outonais explosivas, manuais de relações internacionais, grupos risonhos de amigos de composição racial improvável e, como acabava se revelando, totalmente não representativa. Tudo a respeito da vida de Lily, em Middlebury — Harold, o economista, e aquelas horríveis festas havaianas organizadas pelos alojamentos mistos de estudantes; o chiado da calefação em sua aula de lógica formal; e suas colegas bem articuladas, de óculos, da aula de estudos sobre a mulher, condenadas ao debate eterno entre o feminismo de gênero e o de igualdade —, tudo aquilo começava a parecer menos real. Tudo aquilo era o que restava de uma vida rasa, compulsória. Tudo aquilo não tinha passado de preparação para este momento: descer de um avião em outro país, em outro hemisfério; e emergir do casulo da vida acadêmica para se lançar pelo céu descoberto, espantoso, da realidade. Por um dia e meio, Lily ficou empolgada. Por um dia e meio, Lily foi livre. E então Katy chegou.

Katy era Katy Kellers, a colega de quarto. O e-mail informativo que Lily tinha recebido do programa de intercâmbio em dezembro só tinha dito que Katy frequentava a UCLA e estudava finanças internacionais. Este segundo dado, em particular, tinha deixado Lily despreparada para a beleza arrasadora de Katy. Katy Kellers, como se revelou, tinha o cabelo louro-escuro, dentes absurdamente perfeitos e olhos que pareciam ter dimensões maiores do que o normal. No dia em que chegou, estava usando uma blusa justa de malha marrom, com a gola alta no pescoço — o tipo de roupa que só cairia bem em alguém que corresse longas distâncias por prazer (Lily tinha feito compras com Anna com frequência suficiente para saber) — e, mesmo depois de 14 horas num avião, Katy não parecia estar nem um pouco cansada.

— Você é Katy? — disse Lily, estendendo a mão.

O toque da mão de Katy era exatamente como parecia ser.

— E você é Lily — disse ela, e sorriu. Aqueles dentes! Lily ia ter muita dificuldade para superar o impacto daqueles dentes. Os próprios dentes tortos de Lily foram alinhados à força numa normalidade relativa, por meio de uma série de procedimentos realmente torturantes, enquanto ela estava no ensino médio. (Era por isso que nos primeiros tempos da faculdade ela tivera tantas experiências sexuais — como Lily explicou um dia a Anna — porque seus dentes tinham sido tão feios, por tanto tempo, que sua autoestima demorou um pouco para se resolver.) Os dentes de Lily agora eram razoáveis, mas não como os de Katy. Os de Katy eram como o ideal platônico de dentes.

Katy curvou-se para abrir a mala e começou a revirar uma sequência policromática de blusas de malha. Os músculos mais femininos que Lily já tinha visto estavam sendo acionados naqueles braços.

— Quer dizer — disse Lily, subindo para a cama de cima. — O que a traz aqui?

— Aqui?

Lily fez balançar as pernas sobre o lado do beliche.

— Aqui, a Buenos Aires.

Katy deu de ombros.

— Na verdade, eu queria ir para Barcelona. A ideia era eu ir com meu namorado. A gente ia junto, mas aí...

— Vocês terminaram?

Katy mordeu o lábio. Ela realmente mordeu o lábio.

— Isso, nós terminamos, e eu resolvi ir para outro lugar.

— E àquela altura não havia vaga em nenhum outro programa.

— Bem — disse Katy. — Não foi bem assim. Eu poderia ter ido para o Senegal.

— Ah! — disse Lily.

Katy penteou a franja com os dedos, apesar de não haver a menor necessidade.

— É — disse Lily. — Quer dizer, acho que é por isso que é tão difícil a gente realmente se dedicar a uma única pessoa na nossa idade. Andei saindo com umas duas pessoas no último semestre, mas nada que fosse mesmo para valer. De modo que eu estava livre para fazer o que quisesse.

Durante seu segundo ano na faculdade, Lily tinha tomado uma decisão filosófica de se referir a seus casos da forma mais neutra possível em termos de gênero, em solidariedade com o movimento pelos direitos dos gays. Aconteceu que, todos os seus parceiros sexuais até então (de quatro a oito, dependendo do convencionalismo com que se definisse o ato) haviam sido do sexo masculino, mas ela tinha a mente aberta. Sempre tinha imaginado que fosse beijar uma garota antes de terminar a faculdade.

Ela sabia que isso era um lugar-comum, mas nem sempre era possível evitar a falta de originalidade. Estava com 20 anos, tinha duas áreas de concentração, a filosofia e os estudos sobre a mulher, e essa lição tinha sido aprendida a duras penas.

— Certo — disse Katy, em tom vago.

— Bem, a maior parte do tempo foi com uma pessoa — disse Lily. — Ele se chamava Harold. Estudava economia. Não posso acreditar que saí com alguém com o nome de Harold. Que fiz *sexo* com um cara chamado Harold. Ele tem 21 anos, dá para você imaginar? — Os olhos de Katy estavam pesando, talvez, um pouco. Ela fechou a mala de novo, mesmo sem ter terminado de desfazê-la. — Como se chamava seu namorado? — perguntou Lily.

— Anton.

— Anton, viu? — Lily sentou na cama. — Isso, sim, é que é nome.

— Eu o amava de verdade. — Katy inspirou depressa; e Lily, por um instante curto e aflitivo, teve medo de que ela chorasse. Era cedo demais, muito cedo mesmo, para essa conversa.

— É claro que amava — disse Lily, tranquilizadora. Ela trouxe os pés de volta para cima da cama e ficou sentada em cima deles. — Vocês ainda são amigos?

— Não! — disse Katy, sem compreender. — Nós nunca seremos amigos.

— Não? — Essa era uma questão de algum interesse para Lily. Quando ela e Harold terminaram, os dois tinham jurado solenemente que permaneceriam amigos. E por que não? Os dois eram jovens, com enorme capacidade de recuperação, e já tinham tido decepções amorosas duas ou três vezes. Mas logo ele tinha começado a sair com outra garota — que ia se formar em contabilidade, me poupe! — e que o tinha proibido de voltar a dirigir a palavra a Lily. Isso para ela foi arrasador. Tinha tido muita vontade de continuar amiga dele, em parte porque ser amiga de um ex-amante parecia sofisticado, maduro e digno de um cenário europeu;

em parte, porque parecia ser uma decisão civilizada; e em parte, porque ela sempre teve um medo catastrófico de perder o contato com alguém. A perda do contato fazia com que pensasse na morte, e já era muito fácil para ela se lembrar da morte. Mas a verdade era que ela sabia que tinha uma noção mais aguçada da passagem do tempo em geral — e da efemeridade da vida, em especial — por causa da irmã morta, ou quase irmã, ou fosse lá o que fosse. Foi assim que aprendeu a perdoar às pessoas sua miopia e a se sentir feliz por elas, por terem levado o tipo de vida que permitiria essa atitude.

— Ele me traiu numa festa do alojamento, sem álcool e sem drogas — disse Katy.

— Putz — disse Lily, assobiando. — Isso é péssimo. Qualquer um ia decididamente querer que houvesse drogas envolvidas numa infidelidade.

Katy ficou espantada.

— Não sei — disse ela, com suas dúvidas. — Não tenho certeza se isso realmente faz diferença.

Lily tentou dar marcha a ré.

— Não, é claro que não — disse ela. — Mas o que eu quero dizer, não sei... No fundo, acho que a monogamia não é natural para quem é da nossa idade, você não acha?

Katy coçou o nariz. De algum modo, até mesmo isso parecia delicado, predeterminado.

— Bem — disse ela —, acho que cada um pode decidir por si mesmo.

Lily sabia que no todo a situação com uma colega de quarto poderia ter sido muito, mas muito pior. Katy era organizada e educada. E logo fez uma coleção de amigas razoáveis de cabelo alisado, nenhuma delas tão bonita, mas todas parecendo tão simpáticas quanto ela. E saía com elas quase todas as tardes. Mesmo assim, Lily não conseguia se livrar de uma sensação de inquietação frustrante — uma espécie de constrangimento, mas com arestas mais duras — sempre que estava por perto de Katy. Depois das aulas, Lily passava horas bebendo vinho em cafés e lendo Borges em castelhano, marcando com um círculo todas as palavras que não conhecia; e quando voltava para a casa dos Carrizo à noite — meio confusa e pasma, enlevada com o alcance e a beleza do mundo — ela se sentava à mesa de jantar, e Katy dizia alguma coisa do tipo: "Lily, você está com vinho nos dentes." E pronto.

Apesar disso, Lily adorava Buenos Aires. Gostava de pensar no enorme pedaço do mundo — o oceano, o Amazonas, florestas tropicais e guerras de traficantes — que a separava de todas as pessoas que ela um dia tinha conhecido. Não podia deixar de sentir um pouco de pena de todas elas, agora que estava tão feliz. Em sua aula de psicologia em Middlebury, uma vez foi pedido a Lily que escrevesse sobre a ordem de nascimento em sua família; e sobre como ela achava que estava em conformidade, ou não, com os tipos de personalidade postulados segundo a ordem de nascimento, que tinham sido examinados em aula. Lily tinha escrito sobre como ela era oficialmente a mais velha e, sob certos aspectos, tinha a sensação de ser a mais velha — talvez fosse mais aventureira do que Anna —, mas, sob outros aspectos, ela se sentia a filha do meio, porque sem dúvida se sentia perdida na confusão entre os dois polos carentes de Anna (o bebê) e da falecida Janie (também, para todo o sempre, o bebê). Mas, sob ainda *outros* aspectos, a ausência de Janie apenas reafirmava o status de Lily como mais velha, porque era impossível que pais de primeira viagem fossem tão paranoicos, repressores ou ditatoriais, quanto pais de segunda viagem que tivessem perdido o primeiro filho. E é claro que Lily precisara domesticá-los: relembrá-los de que nem todos os resfriados eram doenças terminais, nem todos os descumprimentos de horário configuravam catástrofes, nem todos os rapazes eram estupradores — não há de quê, Anna! —, e por fim eles chegaram a algum tipo de pacto desconfortável, segundo o qual os pais se dispunham a deixar Lily ter alguma coisa que se assemelhasse a uma vida, embora não tivessem de gostar disso.

Ela conseguiu um A no trabalho.

Mas em Buenos Aires, pela primeira vez, Lily sentiu que deixava para trás esses papéis. Ela se sentiu finalmente preenchendo o molde de sua própria identidade autônoma, que ela agora sabia que vinha mapeando em segredo, seguindo seu próprio ritmo, pela vida inteira. Todos os dias depois das aulas — que eram cômicas em termos acadêmicos, com todos de ressaca, com o olhar mortiço, os professores entediados, as salas quentes demais, a cidade tremeluzindo logo ali, do lado de fora das janelas —, Lily saía a perambular pelas tardes imensas. Dava passeios épicos, empoeirados, pela cidade, ia a San Telmo, La Boca e Palermo, entrando em táxis para evitar as ruas perigosas. Ela passou uma tarde inteira tentando fotografar um determinado raio de luz que incidia sobre o obelisco. Passou um dia para ir de trem à basílica em Luján para tentar ver o que havia de tão interessante no catolicismo. Sentava-se em bares e bebia Quilmes, tentando parecer misteriosa. Sentava-se em cafés, comia alfajores e lambia dos dedos o açúcar polvilhado, sem se importar em parecer boba.

Um dia ela ia morrer, mas ainda não tinha morrido.

Ao seu redor, o ar estava úmido, preguiçoso. Fazia com que parecessem rarefeitos todos os outros ares que tinha conhecido um dia. Alguma coisa na exuberância da cidade fazia Lily pensar em tempos pré-históricos — ela mais ou menos tinha a expectativa de ver um dinossauro com dentes sujos de musgo emergir de um pântano. As picadas de mosquitos davam-lhe enormes calombos, porque ela não estava acostumada com os mosquitos argentinos. Os calombos surgiam, cresciam e estouravam, como vulcões, de modo apavorante, para então, ao sarar, deixarem cicatrizes da cor de poeira, do tamanho de um polegar. Lily documentava todo esse processo com sua câmera, usando moedas americanas para uma noção de escala. Os insetos aqui eram absurdos, mas tudo aqui era absurdo. A taxa de câmbio era absurda. As frutas eram absurdas. Lily tirava fotos dos insetos e das frutas. Tirava fotos das pessoas também, e as enviava para Anna em casa.

— As pessoas não se importam de você tirar fotos delas? — disse Katy.

— Não sei — respondeu Lily. — Não perguntei.

Na maior parte do tempo, Lily também gostava dos Carrizo. Ela se dava muito bem com Carlos: eram eles dois que mais bebiam durante o jantar, e enveredavam por discussões bem-humoradas e brincalhonas sobre George W. Bush, durante as quais os dois se brindavam com uma série de teorias e opiniões cada vez mais implausíveis. Beatriz era um amor, num estilo bem prático; e apesar de ela ter uma nítida preferência por Katy, Lily não gostava menos de Beatriz só porque Beatriz gostava mais de Katy. Era legal que cada um da família acolhedora preferisse uma estudante estrangeira diferente. Fazia com que todos eles parecessem mais convincentes como família temporária.

Aos domingos, Lily e Katy iam à igreja com os Carrizo. Embora Lily repudiasse ir à igreja com sua própria família — Maureen frequentava uma tímida instituição unitarista, onde todos os modos possíveis de ser eram *afirmados* com entusiasmo e exagero —, para Lily, a igreja num país estrangeiro era uma questão totalmente diferente, algo que se alinhava mais com a investigação antropológica, mesmo que se encontrasse inconvenientemente situada, em termos amplos, dentro de sua própria tradição abandonada. Afinal de contas, ela *não* se recusaria a ir à Mesquita Azul em Istambul; *não* se recusaria a ir ao Muro das Lamentações em Jerusalém, só porque não acreditava que esses locais fossem de fato sagrados. Na igreja, é claro, ela não fazia o sinal da cruz, nem comungava; mas esse era de fato um reflexo de seu profundo respeito pelas crenças religiosas dos outros. Lily tentou explicar isso tudo a Katy em seu segundo domingo em Buenos Aires.

— Eu só estou dizendo — argumentou Katy — que basta engolir a hóstia, e eles ficam felizes. Que diferença faz?

Elas estavam em pé junto da pia no banheiro, e Lily estava tentando de algum modo fazer as sobrancelhas, sem ver a imagem de Katy no espelho ao lado dela. Lily e Katy não costumavam lavar o rosto juntas, mas era a primeira noite em que estavam sozinhas na casa — Carlos tinha saído com amigos, e Beatriz estava visitando sua irmã —, e uma camaradagem morna e temporária parecia ter surgido entre elas.

— Mas você acredita nessa história? — perguntou Lily.

Katy fez uma careta e cuspiu uma bola de pasta de dente de hortelã na pia. De algum modo, ela fez isso com classe, como tudo o que fazia. Lily não conseguia se acostumar ao jeito com que Katy parecia se movimentar pelo mundo físico, enquanto permanecia totalmente fora do alcance dele: seu cabelo nunca era desarrumado pelo vento em algum grau discernível; nunca se via sua boca manchada de vinho; suas roupas nunca apareciam amassadas, por mais que ela se movimentasse ou se exercitasse.

— Esse nem chega a ser o caso — disse Katy. — Não custa nada.

— Na minha opinião, é realmente desprezível fingir acreditar, se você não acredita.

— Mas, se você não acredita, por que se importa? Se Deus não existe, não é como se Ele fosse saber.

— Mas *você* vai saber! — disse Lily, batendo com a pinça na pia, de modo categórico. E então foi se postar junto da janela. Todas as janelas do subsolo davam para o nível do chão, o que dava a Lily a impressão de estar morando na terceira classe de um navio. Ela olhou para cima para o outro lado do quintal. Ali ao lado, todas as luzes na mansão estavam apagadas. — Você sabe quem mora ali?

— Um cara. Da nossa idade. — Katy veio juntar-se a Lily à janela. Dava para Lily sentir o cheiro cítrico do xampu de Katy. — Você nunca o viu?

— Não. Ele nunca acende a luz? — perguntou Lily, forçando os olhos para enxergar.

— Seria de imaginar que ele pudesse pagar a conta. Beatriz diz que ele é muito rico.

Lily estava prestes a perguntar exatamente o *quanto* ele era rico, quando um estrondo tremendo — reverberante, multidimensional, parecendo envolver muitos tipos de materiais diferentes — veio de algum lugar lá em cima.

— Meu Deus — disse Katy.

— É algum ladrão?

— Você trancou a porta quando entrou?

— Droga.

— Trancou?

— Devemos ir lá em cima.

Sorrateiras, elas subiram pela escada, com os celulares lançando quadrados de luz branca nos degraus. Lily bateu no ombro de Katy e apontou para o interruptor de luz com um ar de indagação. Katy fez que não. Quando chegaram ao topo da escada, Lily abriu a porta com violência, pronta para dar um grito. Mas era só Carlos que estava na sala; e parecia que só estava embriagado. Cambaleava de um lado para outro, com seu centro de gravidade fora do prumo, numa pantomima de embriaguez exagerada que seria cômica num filme, mas que na vida real era, de alguma forma, assustadora — depois triste, depois mais uma vez assustadora. No canto da sala, um dos vasos de plantas de Beatriz tinha sido derrubado, deixando um talude de terra no tapete.

— Garotas — disse Carlos, dando uma risada bipolar que se transformou no primeiro fragmento de um soluço. Ele tentou se agarrar à parede, e uma das fotografias emolduradas (de Beatriz usando a beca de formatura) caiu ao chão e se espatifou. — Garotas.

— O que devemos fazer? — sussurrou Katy.

— O que você quer dizer com "fazer"? — perguntou Lily.

— Devíamos chamar alguém?

— Chamar alguém, me poupa. Devíamos voltar para nosso quarto.

— E se ele bater com a cabeça ou coisa semelhante?

— Isso não vai acontecer.
— E o que vamos dizer a Beatriz?
— Não vamos dizer nada.
— E a foto?
— Qual é o problema com a foto?
— Devíamos tentar dar um jeito nela, ou não?
— Deixa pra lá.

Elas voltaram lá para baixo, com os estrondos continuando lá em cima. Lily sentia uma empolgação mínima, indetectável, a cada batida, mas Katy não quis ficar escutando. Em vez disso, ela pegou seu iPod e, toda santarrona, aumentou o volume até as linhas do baixo começarem a chocalhar pelo quarto, como se fossem os esqueletos das músicas. Lily, que jamais poderia se forçar a dizer para qualquer pessoa baixar o som da música, não disse nada.

Daí a um tempo, os ruídos pararam, e Katy se levantou e pegou na bolsa seu Neutrogena, muito embora Lily pudesse ter jurado que ela já tinha lavado o rosto.

— Você precisa se lembrar de trancar aquela porta — disse ela, ao sair do quarto. Lily ficou olhando. Katy estava parada no vão da porta de um quarto, segurando um objeto doméstico e dando uma ordem. Será que ela não percebia como isso era esquisito, típico de uma velha, como ela parecia cheia de preocupação maternal?

— Era só o Carlos! — disse Lily. — Ele mora aqui!

No dia seguinte, no café da manhã, Carlos estava mortificado, com os olhos inchados; Katy tagarelou sobre suas aulas, com a voz meia oitava acima do normal, até ele sair cedo para o trabalho. Beatriz ainda não tinha aparecido, na hora em que Lily saiu para a aula. No entanto, quando Lily voltou para casa na hora do almoço, ela estava em pé na cozinha, como se tivesse ficado ali à espera.

— Lily — disse Beatriz. Ela estava séria, mas a verdade era que ela sempre estava séria. — Quero falar com você sobre ontem à noite.

— Tudo bem. — Lily deu uma risada complacente, um risinho abafado, de cumplicidade, para mostrar a Beatriz que não era nada importante. — Não precisa se preocupar.

— Lily — disse Beatriz, sem nenhum sorriso. — Você entende a palavra "deprimido"?

Lily sentiu uma lasca de gelo em seu esterno. Rir tinha sido errado, tinha sido exatamente a coisa errada a fazer.

— Ah, sim — disse ela. — Sinto muito. Entendo, sim.

— Então você entende?

— Sinto muito. Entendo, sim.

Beatriz fez que sim, como se elas tivessem chegado a um acordo, e depois começou a esvaziar a lava-louça.

— Nós gostaríamos de dar um jantar na sexta-feira à noite — disse ela. — Para dar as boas-vindas para vocês, do jeito certo. Achamos que talvez vocês quisessem convidar o rapaz da casa ao lado. Katy andou me fazendo perguntas sobre ele.

— Ah — disse Lily. — Acho que sim, é claro.

Beatriz franziu a testa.

— Desde que nos mudamos para cá, estamos para convidá-lo, mas vai ser mais interessante para ele, de qualquer modo, agora que temos gente mais nova por aqui.

Mais tarde, nos beliches, Lily perguntou a Katy se achava que o oferecimento do jantar era uma tentativa para fazer com que elas não comentassem a bebedeira de Carlos com o pessoal do programa. Katy estava lendo algum livro didático torturante, à luz de uma lanterna. Lily podia ouvir pessoas rindo lá fora, na rua. Era provável que estivessem indo jantar fora. Eram só 11 da noite.

— Talvez como um suborno — disse Lily.

— Não — disse Katy. — Acho provável que só estejam tentando ser gentis.

— Numa hora estranha, não lhe parece?

— Em tudo, você vê conspirações.

Um facho de luz fraca subiu pela parede e alcançou o edredom de Lily. Ela podia ouvir o chiado das folhas de Katy, o arranhado eficiente de sua caneta.

— Eu não fazia ideia de que Carlos estivesse passando por uma coisa dessas — disse Lily pouco depois. — Quer dizer, eles pareciam tão felizes. A vida dos dois parecia realmente perfeita.

— Bem — disse Katy. — Acho que no fundo não sabemos tanto assim sobre eles.

Lily foi à mansão na tarde seguinte, logo depois que as aulas terminaram. O caminho até a casa estava coberto com algum tipo de capim resistente, que parecia ser potencialmente venenoso. A aldraba era pesada e tinha a forma da cabeça de alguma fera mítica que Lily não conseguiu identificar. Ela ficou parada a alguns palmos de distância da porta, esperando que surgisse o garoto rico, aquele da escuridão perpétua.

A porta abriu-se, e apareceu uma pessoa implausível de tão jovem. Seus olhos eram lindos, de uma forma meio irritante, e ele tinha sardas, o que fazia com que aparentasse uma falta de seriedade tremenda.

— Oi — disse Lily em castelhano. — Sou Lily. Estou hospedada aqui ao lado, com os Carrizo, e fui encarregada de convidar você para jantar.

— Foi? — O rapaz respondeu em inglês. Era um inglês americano, neutro, não aquele tipo vagamente britânico exibido pela maioria das pessoas que aprendiam inglês como segunda língua (como se não bastasse falar uma segunda língua fluentemente, a pessoa ainda tivesse de falar a versão mais classuda, também). — Então, manda ver.

— Você está convidado para jantar — disse Lily, feito uma boba.

— Que surpresa encantadora!

Aqueles olhos! Dava para você se irritar com ele só por tê-los. Lily sabia que oficialmente era a sua vez de falar de novo.

— Eu não sabia que alguém morava aqui — disse ela.

— Bem, alguém mora. Por assim dizer.

Além de serem belíssimos, os olhos do rapaz demonstravam um cansaço extremo, extraordinário. Lily não tinha certeza se já tinha visto um dia uma pessoa jovem tão exausta quanto esse rapaz. Tudo o que ele dizia parecia ainda mais impressionante porque ele aparentava estar à beira de cair num sono profundo ou de entrar em coma. Lily teve vontade de ser grosseira com ele, só um pouco, para acordá-lo.

— Quantos anos você tem? — perguntou ela.

— Nunca se pergunta a idade a uma dama. E você, quantos anos tem?

— Vinte. Você mora aqui sozinho?

Ele fez que olhava ao redor.

— Parece que sim.

— Há quanto tempo mora aqui?

— Me desculpe, mas há quanto tempo *você* mora aqui?

— Você fala inglês muito bem.

— Já o seu inglês é passável.

De repente, também Lily se sentiu exausta. Não dava para conversar com alguém que tratava cada troca no diálogo como uma batalha a ser vencida. Vai ver que era por isso que ele tinha aquela aparência: o esgotamento medonho de ser a pessoa mais engraçada no ambiente, em todos os ambientes, dessa casa enorme, horripilante.

— Às sete, amanhã — disse ela. — Se quiser.

CAPÍTULO 4

Janeiro

A casa vizinha sempre estava escura, como a de Sebastien, até os Carrizo se mudarem para lá. Eles chegaram em março, durante seu segundo ano sozinho, embora ele tentasse nunca pensar naqueles anos em termos de anos. Quando os Carrizo chegaram, as noites se iluminaram, e Sebastien ficava sentado observando as luzes da cozinha amarela e a suave histeria intermitente da televisão deles. A casa parecia em chamas, como um incêndio na floresta numa montanha. As pessoas não se tocam do quanto se pode ver à noite pela janela de uma casa bem iluminada. Não era por isso que Sebastien mantinha a dele tão escura, apesar de sem dúvida ser um efeito colateral vantajoso. Ele tentou não ficar olhando para a casa dos Carrizo, depois que eles se mudaram para lá. Mas às vezes era impossível deixar de apreciar com um pouco de inveja toda aquela luz.

Às vezes, ele imaginava que eles podiam vê-lo também. Essa fantasia o mantinha ocupado e apresentável, vestido, acordado a uma hora razoável, envolvido em atividades que poderiam ser consideradas produtivas. Tinha usado uma estratégia semelhante com seus pais, no período em que a morte deles era recente e ele estava começando a aprender a viver desse jeito. Imaginava que eles o estavam vigiando — severos, críticos, mas não totalmente destituídos de solidariedade por sua provação —, e era isso o que o salvara, ele tinha certeza, na medida em que se pudesse dizer que ele tinha chegado a ser salvo. Dava-se conta de que estava inventando deuses para si mesmo — falsos deuses, ainda por cima —, mas também sabia que não era incapaz disso. Embora tivesse esperança de levar seu segredo para o túmulo, ele realmente era no fundo um pragmático. E era também possível alegar que simular a crença na eventual vigilância dos vizinhos — vizinhos indubitavelmente reais, com seu carro reluzente, seus aparelhos vistosos e seus admiráveis hábitos de reciclagem — era ligeiramente mais saudável do que simular a crença na vigilância constante de espíritos. De qualquer modo, a crença parecia ter alguns dos mesmos efeitos salutares. No quintal dos fundos, Sebastien cultivava flores, mesmo que fosse um hobby afeminado. Na internet, ele assistia à subida e descida de seus investimentos. Acompanhava cada mínimo tremor das bolsas de valores de Nova York, Londres e Tóquio. Era um leitor compulsivo das notícias. Afinal de contas, não era impossível continuar a ser uma testemunha do mundo. Ele também jogava pôquer on-line, o que sabia que seria um vício para alguém com menos dinheiro e menos tempo. Nas circunstâncias, porém, tanto o dinheiro como o tempo eram maldições abstratas, e Sebastien não podia se censurar por um hábito que o fazia desperdiçar um ou outro.

Ele pensava com frequência em vender as coisas. A casa era infestada de objetos opressivos e caríssimos — as joias da mãe, as armas antigas do pai, todo tipo de tesouro saqueado de todos os cantos do mundo —, e não teria sido difícil livrar-se deles. Sebastien poderia tê-los vendido pela internet — ele oscilava entre uma intensa agorafobia agravada pelo isolamento e uma solidão tão imensa e dilacerante que era como uma vertigem —, e era claro que poderia ter doado os valores auferidos. (Não conseguia suportar a ideia de ganhar mais dinheiro ainda. Nunca viveria tempo suficiente, nem teria uma vida suficientemente povoada, para gastar o que já tinha; e isso lhe dava a impressão de ser um tipo especial de censura amarga numa sociedade recentemente capitalista.) Mas, de algum modo, acabava que ele nunca tomava a iniciativa, exatamente como nunca chegou a tomar a iniciativa de ir à casa dos Carrizo e se apresentar a eles. Os objetos permaneciam parados ali, adquirindo qualidades talismânicas e acumulando poeira; e o próprio Sebastien permanecia parado ali, só acumulando poeira.

Apesar de sua atenta observação dos Carrizo, a chegada de Katy e Lily foi uma surpresa — e talvez fosse o fato da surpresa mais do que as garotas em si que de início afetou Sebastien. Embora ele mal os conhecesse, Sebastien não tinha imaginado que os Carrizo fizessem qualquer movimento súbito. Ele soube quando eles se prepararam para comprar o carro novo, por exemplo. E não tinha ficado escandalizado, quando surgiram rumores sobre as transações comerciais duvidosas de Carlos (bastava olhar para as horas ociosas do homem e para a aquisição irracional de aparelhos domésticos cada vez mais dispendiosos para saber que alguma coisa estava errada). Mas as garotas — uma, delicada e de cabelo claro, com as formas primorosas de uma corça; a outra, pálida e de aparência investigativa, com um jeito de ser que era bastante do agrado de Sebastien —, as garotas eram um mistério. Seriam elas jovens primas distantes? Era possível se esperar que fossem rebeldes? Mas na verdade elas eram diferentes demais para serem aparentadas. E a idade semelhante não podia ser mera coincidência. Eram estrangeiras, o que era óbvio, embora não demonstrassem a sexualidade relaxada das garotas europeias que ele tinha conhecido. Eram atraentes, mas, como ele pensou de início, antes de conhecê-las e antes de se apaixonar por uma delas, havia uma franqueza e uma espécie de falta de sofisticação em sua beleza. Ela era tão sincera, tão espontânea, tão isenta de culpa. Uma beleza que não era subvertida por nada. Ela simplesmente existia e panejava ao vento, como uma bandeira.

Um interrogatório básico das mulheres na bodega Pan y Vino revelou que as garotas se chamavam Katy Kellers e Lily Hayes — que nome mais antiquado, certinho, digno de uma Edith Wharton, do início do século XX! — e eram estudantes de intercâmbio, vindas dos Estados Unidos. Por alguns dias, Sebastien observou as garotas — suas idas e vindas, suas saídas e eventualmente, mas não com frequência, suas noites — em contraste com o pano de fundo brilhante da casa de iluminação deslumbrante. Das duas, ele se descobriu continuando a gostar mais de Lily, mas não por sua aparência em particular. Ela era bastante bonita — com o cabelo ruivo e as sobrancelhas arqueadas que davam a impressão de estar *extremamente* alerta —, mas garotas bonitas eram como flores: tanto umas como as outras espantosa e totalmente comuns. Pelo contrário, o que o atraía em Lily era o que aparentava ser, pelo menos a certa distância — seu estranho isolamento —, um isolamento muito menos completo, mas, ele precisava supor, muito mais seletivo que o dele mesmo.

Fazia muito tempo desde a última vez que Sebastien tinha se interessado por uma garota de verdade. Ele assistia a um monte de pornografia, apesar de no fundo não gostar das coisas assim tão mecanizadas e explícitas. Havia alguma coisa nas inserções e retiradas que sempre o faziam pensar um pouco no dentista. Em termos estéticos, não éticos, ele se opunha à prostituição. Havia mulheres na Pan y Vino, onde ele comprava papel higiênico, cereal e o vinho da pior qualidade (quase tudo o mais era encomendado em delicatéssen on-line, embora suas compras fossem principalmente de condimentos e licores; e ele percebesse que de fato comia muito pouco para os padrões modernos). Mas essas mulheres eram essencialmente práticas (como ele ansiava por um pouco de absurdo!), e o tratavam com aspereza, de um jeito que sugeria enormes estoques de preocupação maternal. Era comum que elas enfiassem balas a mais na bolsa de compras, como se ele precisasse. Como se, na realidade, ele precisasse de qualquer coisa.

Ele mal pôde acreditar, então, no dia em que Lily apareceu à sua porta. Ninguém mais vinha até sua porta. Até mesmo as testemunhas de Jeová estavam fartas dele, tendo aprendido muito tempo atrás que ele faria absolutamente qualquer coisa para retê-las (Sebastien dizia a si mesmo que isso decorria de experimentação social de altos princípios, não de uma solidão grave e esmagadora). Por isso, quando ouviu uma batida à porta, ele de início achou que estava tendo uma alucinação. Mas então a batida se repetiu — teimosa e só minimamente coagida. Ainda podia ter a esperança de ser um vendedor ambulante de alguma panaceia milagrosa, supôs ele. Podia também esperar que fosse algum vigarista determinado a lhe tirar dinheiro em nome de um problema fictício com uma criança, um idoso ou um automóvel. Ele estava preparado, acreditou, enquanto ia até a porta. Estava preparado para qualquer coisa. Espiou pelo buraco da fechadura, enorme e barroca. Ali, emoldurada pelo contorno recortado do buraco, estava a inconfundível Lily Hayes, da casa ao lado; seu rosto, como o pistilo ensolarado de alguma flor de pétalas estranhas. Sebastien abriu a porta.

— Oi — disse ela, estendendo a mão. — Sou Lily. Estou hospedada aqui ao lado, com os Carrizo, e fui encarregada de convidar você para jantar.

— Foi? — disse ele. — Então, manda ver.

Por sinal, ele não tinha nenhum outro compromisso. Na noite do jantar, estava pronto antes das seis e meia, derretendo no terno, com um dos melhores vinhos de seu pai — um Château Lafite Rothschild Pauillac 1996 — liberado da adega e aninhado em seu braço, como uma boneca. Aos sete minutos para as sete, ele começou a atravessar o pátio e seguiu para a casa dos Carrizo, avaliando pela primeira vez em muito tempo a aparência que sua casa poderia ter aos olhos de outra pessoa. As ervas daninhas estavam altas, cheias de manchas de ferrugem e com um ar vagamente letal. Ele sabia que devia chamar alguém para se encarregar delas. Não tinha nenhuma desculpa para não fazê-lo. Sem dúvida, podia pagar a despesa. Por que nunca tinha se importado? Talvez lhe agradasse a ideia de que as ervas daninhas transmitiam algum tipo de desespero e desordem interior. Talvez, percebeu ele com uma chispa de nojo de si mesmo, elas fossem destinadas a ser uma espécie de grito de socorro. Consolou-se rapidamente com a ideia de que ninguém se daria conta de um gesto desses, mesmo que ele se sentisse inclinado a fazer um. Olhou então para a casa iluminada no final do caminho e se perguntou, implacável, se alguém já não teria se dado conta.

Chegou ao alpendre dos Carrizo às 6:56, e precisou decidir se era pior chegar cedo ou ficar parado sorrateiro no alpendre, sem nenhum motivo. Depois de um instante ou dois, do que esperou ser plausível para ajeitar o cabelo e a gravata, ele tocou a campainha. Eram 6:57.

Beatriz Carrizo apareceu à porta, com seu decote reluzindo com bronzeado, transpiração e saúde. O cabelo preto estava puxado para trás numa trança pesada.

— Ah! Olá! — disse ela, parecendo estar surpresa, embora ele não soubesse por que estaria surpresa. — Você deve ser o Sebastien!

A reação inicial dele — *Devo mesmo?* — passou por sua cabeça, mas ele se relembrou de que deveria fazer um esforço, um bom esforço, para não ser paulificante.

— Receio confessar que sim. — Sebastien deu-lhe um sorriso que esperava ser cativante. Ele tinha sido considerado cativante um dia, em algum passado enevoado; tinha sido considerado precoce e encantador. E todas as jovens professoras em Andover tocavam muito no seu cabelo quando pediam que ele falasse em sala de aula. Mas aquele período estava encerrado, e agora só lhe restava ser humilde e esperar estar vagamente capacitado para a companhia de pessoas normais.

— A senhora deve ser a *Señora* Carrizo — disse ele.

— Entre — disse ela, com um sorriso acolhedor.

À luz moderna da cozinha bem-montada, Sebastien sentiu-se ridículo. Ao seu redor, a geladeira monstruosa zumbia, e todas as superfícies refulgiam com um branco brutal. Tudo era novo, brilhante e discreto, enquanto Sebastien era antiquado e absurdo. Por que tinha vindo de terno? Parecia estar vestido para uma festa à fantasia.

Em pânico, Sebastien entregou o vinho a Beatriz.

— Trouxe isso — disse ele. Estava claro que era caro demais, totalmente impróprio para a ocasião. Sebastien foi atingido pela percepção, como que uma convulsão física, de que nada ia dar certo naquela noite.

— Vou abrir — disse Beatriz, apanhando um saca-rolha. Sebastien teve vontade de lhe dizer que ela não precisava abrir o vinho naquele instante, que podia guardá-lo para uma ocasião melhor e mais valiosa, mas isso lhe pareceu potencialmente ofensivo, e ele só gostava de ser ofensivo de propósito. Felizmente, estava óbvio que Beatriz não fazia a menor ideia do quanto o vinho era caro. Ela o abriu, derramando um pouco no linóleo, e serviu cinco taças, tomando um golinho da sua sem nem mesmo deixar que o vinho respirasse. Sebastien sentiu alívio por esse seu erro específico não ter sido notado. Outros sem dúvida seriam. Estava com muito calor naquele terno, e começou a se sentir febril e ansioso. Tentou se lembrar da última vez que o tinha usado. Devia ter sido em seu último ano em Andover, não muito antes do acidente de avião, quando estava em Boston, em visita, para um jantar de alunos aceitos para estudar em Harvard. Lembrou-se de que, também naquela ocasião, tinha sentido um calor atípico para maio na Nova Inglaterra, e os metrôs estavam expelindo aquele cheiro específico deles, aquela estranha mistura de vapor e giz — mas havia também uma leveza em torno dele, e uma sensação de que a vida ia se desenrolando de modo satisfatório pela trajetória planejada. Agora, na cozinha apavorantemente limpa de Beatriz Carrizo, Sebastien quase achou que, se enfiasse a cabeça por baixo do braço excessivamente vestido, talvez sentisse o cheiro de Boston, da colônia emprestada do pai e de sua própria transpiração juvenil, cheia de uma felicidade amedrontada.

Beatriz olhava para ele com preocupação.

— Você está bem? — perguntou ela.

Ele lhe lançou mais um sorriso ofuscante.

— Seria inimaginável eu poder estar melhor do que estou.

— Gostaria de se sentar? — perguntou Beatriz.

Sebastien engoliu em seco.

— Sentar é uma de minhas atividades preferidas, se der para a senhora acreditar.

Na sala de jantar, Lily já estava à mesa, e Sebastien a cumprimentou com um gesto de cabeça educado, enfático. Estava pálida no clarão azulado da luz de final de tarde. Suas sobrancelhas escuras eram istmos estreitos em contraste com o mar leitoso da testa. A seu lado, estava sentada Katy Kellers: cabelo louro da cor de madeira clara; olhos como bolas de gude, quase caleidoscópicos; feições pequenas, simétricas, esculpidas com o que parecia um refinamento obsessivo. Lily observou Sebastien observando Katy, e lhe lançou um olhar de avaliação.

— Você conseguiu chegar — disse ela, em tom neutro, dando-lhe um sorriso dúbio, que de algum modo usou exatamente a metade de sua boca. Parecia que suas sobrancelhas eram eternamente convexas, o que lhe conferia um ar de expectativa que poderia dar a impressão de inteligência ou erotismo (ou ambos, calculou Sebastien), dependendo dos preconceitos de cada um.

— Um cancelamento de última hora — disse ele. — Mas o trânsito estava medonho. — Sebastien esperou ser apresentado a Katy. Quando viu que ninguém se oferecia, apresentou a si mesmo.

— Olá — disse ele, estendendo a mão por cima da mesa, com cuidado para não atingir a manteigueira. — Acho que não fomos apresentados.

Katy anuiu.

— Katy Kellers — disse ela. Sebastien não estava acostumado a mulheres que só diziam seu nome quando se apresentavam. Mas relembrou-se de que na verdade já não estava acostumado a mulheres em geral ou, pensando bem, nem mesmo a pessoas em geral.

— Sebastien LeCompte — disse ele.

— Já me disseram — disse Katy, com um leve cumprimento.

O silêncio cresceu entre eles três naquele momento, marcado apenas pelos sons de Beatriz alvoroçada na cozinha. Sebastien sentiu-se tentado a comentar os ruídos — como os ruídos de alta qualidade eram no fundo a *maior* realização nas artes do lar, ou coisa semelhante —, mas forçou-se a não dizer nada. A tensão da energia entre Lily e Katy parecia algum tipo de eriçamento de pelos, num nível mais primitivo que o das palavras. Sebastien não se sentiu lisonjeado com a possibilidade de ser a causa de não importava o que fosse que estava acontecendo, mas lamentou ver que nem Lily nem Katy estavam interessadas em tornar aquela noite mais fácil para ninguém. Ficou então claro que teria de ser ele quem haveria de romper o silêncio. Como queria dizer alguma coisa a Lily, resolveu falar com Katy.

— Katy Kellers — disse ele. — Você é de onde?

Ela esperou um segundo demais para responder, como se tivesse tido dificuldade para registrar que ele realmente estava se dirigindo a ela.

— Los Angeles — disse ela.

Sebastien olhou de relance para Lily, que estava com os olhos fixos na vista lá de fora, pela janela, e sentiu pulsar uma atração agridoce. Ela não se voltou para eles.

— Eu não teria imaginado — disse ele a Katy.

— Ninguém nunca imagina.

Essa linha de conversa recebeu o golpe de misericórdia com o surgimento de Carlos no vão da porta.

— Boa-noite, meninas — disse ele, e olhou para Sebastien, que de repente se sentiu acabrunhado pelo tédio de não parar de precisar confirmar sua própria identidade. — Você deve ser Sebastien.

Sim, pensou ele, mil vezes sim!

— Sou — disse ele.

A noite foi se desintegrando previsivelmente a partir daquele instante. Durante o jantar, Sebastien forçou-se a fazer perguntas para as quais ele já tinha todas as respostas — há quanto tempo vocês moram aqui, são casados há quanto tempo, qual era sua atividade e exatamente quando as mocinhas tinham chegado. Suas perguntas de mentirinha se esgotaram no meio da sobremesa. E então as perguntas começaram a atacá-lo de todos os lados — mas não de Lily, o que era notável.

— De onde você é, Sebastien? — perguntou Beatriz, tentando furtivamente transferir um segundo pedaço de bolo para o prato dele.

— Daqui. Ah, não, obrigado. Eu simplesmente não posso. Há muito tempo que não faço uma refeição tão boa. Receio que mais uma garfada me levaria para o hospital.

— Buenos Aires? — perguntou Carlos.

— Exatamente daqui. — Sebastien apontou pela janela, por cima do gramado, para sua casa malconservada. — Dali, desde os 4 anos, de qualquer maneira. E dizem que antes disso eu não era tão interessante assim.

— Você nasceu nos Estados Unidos? — perguntou Beatriz, gentilmente.

— No medonho estado da Virgínia, segundo meus biógrafos.

— E também estudou lá?

Sebastien mexeu-se na cadeira.

— Numa escola preparatória — disse ele, com leveza. — Em Massachusetts.

— E ela o preparou? — perguntou Lily, animando-se por um instante.

— Preparou. Principalmente para o desemprego e para beber durante o dia. — Sebastien mantinha os olhos em Lily na esperança de que ela dissesse alguma coisa em resposta, mas, em vez disso, ela se ocupou acrescentando uma quantidade absurda de leite a seu café instantâneo.

— Quando foi que você frequentou a escola por lá? — disse Beatriz.

Sebastien espremeu os olhos.

— É muito difícil dizer — respondeu ele. Era realmente possível que tivessem se passado só cinco anos? Isso era ao mesmo tempo um período absurdamente remoto e desconcertantemente próximo. Nenhuma quantificação do tempo linear, pequena ou vasta, teria como capturar a experiência de passar daquela época para agora. Tinha sido um resvalo de lado através do universo, uma queda numa toca de coelho, uma viagem de ácido ou um pesadelo. Falar sobre o tempo, num sentido convencional, realmente era descabido nesse caso.

— Quer dizer, agora só parece que faz mesmo muito tempo.

Sebastien notou que o rosto de Lily estava contraído com uma reprovação ácida, e todos os outros pareciam perplexos. Soube que precisaria tentar ser mais normal. Estava prestes a começar, mas Beatriz de imediato prosseguiu, perguntando-lhe se tinha gostado de morar nos Estados Unidos; e essa revelava ser mais uma pergunta dificílima. Muitas vezes a impressão de Sebastien era que a totalidade de sua existência real já tinha transcorrido, e que agora estava vivendo uma pós-vida enfadonha e espasmódica — que não tinha sido exatamente condenado, mas esquecido por completo. O tempo nos Estados Unidos tinha pertencido à sua vida, sendo por esse motivo totalmente incomparável com qualquer coisa posterior — tratava-se de uma diferença qualitativa, não quantitativa —, e isso tornava impossível falar sobre as aulas de antecipação de créditos, a cocaína nos banheiros dos dormitórios, a insônia e a forma com que a neve atingia os sinais vermelhos de trânsito, quando ele estava acordado, solitário, altas horas da noite, e sem dúvida tornava impossível falar das implicações políticas de morar numa sociedade capitalista e corrupta, um império chegando aos limites de si mesmo, e por aí vai. Tinha sido nada mais do que a realidade; e, por isso mesmo, era tanto mais complicada quanto imensamente mais simples do que qualquer coisa que a linguagem pudesse captar. Não havia como responder direito a essa pergunta. Ele só podia responder a ela de modo incorreto. Era por isso que ele quase sempre era insuportável, e tinha noção disso. As respostas verdadeiras eram impronunciáveis, estranhas e perturbadoras, e ele não tinha escolha a não ser dar respostas falsificadas. Ele lhe lançou um sorriso animado.

— Tanto quanto se pode esperar gostar de alguma coisa, acho eu — disse ele.

— Bem — disse Beatriz, radiante. — Vou embalar umas sobras para você.

Daí a instantes — depois de dar um abraço dolorosamente confuso em Lily e de lhe passar seu cartão de visitas, duas ideias que lhe pareceram melhores — Sebastien ficou parado no alpendre dos Carrizo, procurando se nortear. Era perfeitamente óbvio que a noite tinha sido um desastre. A única pergunta era se isso refletia a inutilidade geral de voltar a interagir com os outros ou se o problema era específico àquelas pessoas. A Lily, para ser mais preciso. De repente o cheiro de fumaça veio espiralando por trás dele.

— És tu, Satã, que vieste por fim me buscar? — disse Sebastien, dando meia-volta. Mas era só Katy, apertando um cigarro entre o indicador e o polegar. O luar iluminou a borda plana de seu ombro nu.

— Ora, quanta grosseria — disse ela.

Sebastien era clinicamente incapaz de se ofender com qualquer coisa; e geralmente evitava a estranheza disso fingindo que se ofendia levemente com tudo. Mas nessa noite ele concluiu que não tinha como reunir a energia necessária.

— Eu não sabia que você fumava — disse ele, cansado.

— Por que você haveria de saber que eu fumava?

— Não foi grosseria minha — disse ele. — É só meu jeito de falar.

— Bem, seu jeito de falar é grosseiro. — Katy deixou a cinza do cigarro cair do alpendre. — Já pensou nisso?

— Eu praticamente não fui socializado.

— É óbvio que isso não é verdade. Você foi tão socializado que perdeu metade do juízo.

Sebastien desejou que Katy lhe oferecesse um cigarro, para ele poder recusá-lo com superioridade, mas ela não o fez.

— Foi um ótimo jantar — disse ele, indicando a casa com a cabeça.

— Foi uma refeição típica?

— Como assim?

— Eles proporcionam uma boa alimentação a vocês duas, apesar dos problemas?

— Do que você está falando?

— Nada, nada. Só fofoca de vizinhos. Pena eu não poder repeti-la. Rumores de um processo ou coisa que o valha. Não seria correto eu ajudar a espalhá-los.

Katy revirou os olhos e abanou a cabeça.

— Você gosta de Lily — disse ela, severa.

— Que acusação! — Normalmente, ele teria dito mais: alguma coisa sobre a insubstancialidade do afeto, a transitoriedade do amor, entre outras, *ad infinitum;* mas sua boca estava seca, e ele de repente se sentiu exausto. Não queria mais conversar naquela noite.

— Ela é jovem, sabe? — disse Katy.

— Da mesma idade que você.

— É óbvio que isso não vem ao caso.

Mas Sebastien teve de admitir que não vinha. Melhor do que ninguém, ele sabia que o tempo era um mito.

— Bem — disse ele —, não estou planejando nada.

— Mas ela está.

Sebastien não conseguiu se forçar a reunir toda a banalidade que se fazia necessária aqui: perguntar temeroso com a voz trêmula e hesitante, *Ela... ela disse alguma coisa a meu respeito?* O vinho formava turbilhões em sua cabeça. O cigarro de Katy tinha um aroma complexo e saboroso. Sebastien deu de ombros e apontou para o cigarro.

— Eles não vão sentir o cheiro aqui fora?

Katy olhou para ele, impassível.

— Acho que no fundo não é algum segredo enorme.

A meio caminho pelo gramado, Sebastien voltou-se para olhar de volta para a casa dos Carrizo. Às suas costas, a casa deles parecia um enorme navio ao mar, transbordando de luz. Será que eles sabiam que eram um teatro de sombras ali dentro? Sabiam como era nítida a exposição dos detalhes de sua vida? Era como olhar fixamente para um vitral; era como olhar fixamente para um ovo Fabergé. Como a pessoa devia se sentir invencível para se oferecer daquela maneira para a escuridão da noite. Sebastien estremecia ao pensar nas contas de eletricidade do vizinho. Um dia desses, pensou ele, enquanto enfiava a chave com brutalidade na fechadura, essa gente vai sofrer um assalto.

Na sala de estar, Sebastien acendeu uma vela. O cheiro da fumaça sempre fazia sua casa dar uma impressão de ser uma igreja, um local consagrado. Ele muitas vezes pensava nas catedrais católicas na Europa ocidental que tinha visitado com os pais em várias viagens. Tinha sido uma vida boa, embora curta, a que eles lhe deram. Um dos pensamentos de maior poder consolador que Sebastien conseguiu ter — e, durante aqueles primeiros meses em que ficou sozinho na casa, imobilizado pela dor, esse pensamento era praticamente o único — era que seus pais deviam ter uma excelente opinião dele para tê-lo deixado como deixaram. Em algum ponto durante sua infância, deviam ter se virado um para o outro e concluído que ele tinha condições de superar a perda deles. Deviam ter decidido que ele era forte e corajoso o suficiente para suportar o peso. E muito embora ele soubesse agora que o tinham superestimado, ainda sentia certo orgulho por esse erro deles.

Sebastien foi até o console da lareira, até a foto dele com o pai e a anta abatida. Estava com 15 anos quando a foto foi tirada, caçando pela primeira vez em alguma terrível reserva de caça grossa no Brasil, frequentada pelo pai. Na foto, Sebastien exibe um sorriso inseguro, costurado no rosto. Lembrou-se daquele dia e de como tinha ficado apavorado. Lembrou-se da estranha repulsa exultante por estar parado tão perto de um animal morto.

— Isso é algo que você precisa saber — dissera seu pai, apontando para a anta. Sebastien ainda hoje não sabia o que ele quis dizer com isso. Talvez, naquela frase, seu pai estivesse lamentando todas as coisas que não poderia contar ao filho. Mas talvez não. Talvez, afinal de contas, aquele momento com a anta *fosse* de fato tudo o que havia a dizer e ver: o ventre branco se esvaindo, o sangue negro como uma mancha de nanquim, os olhos se apagando, de um tipo de indiferença para outro.

— Papai — disse Sebastien à foto. — Acho que conheci uma garota.

Ele mal tinha começado a fazer a orientação de verão, quando o avião caiu. Sua tia francesa Madeleine ligou para ele às quatro da manhã. Estavam no meio de uma onda de calor. Até mesmo o assoalho de madeira de seu quarto no dormitório estava quente. Ele ficou escutando no escuro e depois vomitou na lareira. O cheiro do vômito misturou-se ao cheiro de cinzas velhas de festas fabulosas de muito tempo atrás.

Sebastien sabia o que seus pais faziam desde que se interessou em saber, o que reconhecidamente não fazia muito tempo. Era provável que tivesse sido durante o início da adolescência que o padrão constante da vida da família — a casa, as explicações vagas sobre o trabalho que faziam, a mudança repentina para Buenos Aires em 1994, imediatamente após o bombardeio do centro comunitário judaico — foi se transformando em algum tipo de entendimento. Àquela altura, ele ficou constrangido ao reconhecer que até então não sabia (e na realidade, em algum nível, ele sem dúvida sempre soubera). Por isso, a tomada de consciência em si foi encoberta por outras informações que eram novas e, naquele período, mais irresistíveis — principalmente sobre o sexo, é claro. E, como o sexo, o trabalho de seus pais tornou-se um tópico que não era permitido mencionar entre pessoas sofisticadas, grupo ao qual Sebastien acreditava pertencer naquela época.

Agora ele guardava o segredo por motivos tanto práticos quanto pessoais. Do lado prático, Sebastien sentia que devia proteger aqueles argentinos com quem seus pais tinham lidado. Naturalmente, ele não fazia a menor ideia de quem seriam; e naturalmente o fato da morte de seus pais significava que outra pessoa — alguém importante o suficiente para fazer cair um avião — já sabia. Mesmo assim, Sebastien não queria que a vizinhança soubesse, se já não sabia; e não queria que a vida se tornasse nem um pouco mais difícil para as pessoas com quem seus pais tinham trabalhado, supondo-se que algum deles ainda estivesse vivo.

Por baixo disso, porém, havia algo muito menos explicável: a sensação de que manter um segredo para os mortos era uma forma de cumprir uma promessa; e que cumprir uma promessa aos mortos significava permitir que eles tivessem direitos sobre você; e que qualquer coisa que trouxesse obrigações dessa natureza ainda era uma espécie de relacionamento. De certo modo, Sebastien sentia que seus pais estavam um pouco menos mortos cada vez que agia com timidez diante de um desconhecido numa conversa.

— Uma garota, hein? — ele imaginou o pai dizendo. — Bem, como ela é?

— Ela é demais — ele se imaginou respondendo. — É mesmo demais.

Será que era mesmo? A pergunta era razoável. Sebastien sentia seu coração partido, rebuscado, ir se arrastando até Lily Hayes, lançando-se em torno dela com alegria e alívio, mas por quê? Afinal de contas, ela era uma beleza apenas provinciana (expressão curiosa, nariz ligeiramente arrebitado, pele clara a ponto de parecer translúcida); e ela podia, numa frase, passar de bonita para prática — quase sem graça, realmente, em comparação com as garotas impecáveis que Sebastien tinha conhecido em Andover, com o cabelo maravilhoso, unhas da cor de chiclete e o corpo de uma perfeição extraterrena (o tipo de corpo perfeito que, deixando para lá a genética, somente poderia resultar de narcisismo e dinheiro). Bastava olhar para aquelas garotas para sentir que era totalmente possível fazer tudo na vida muito, muito bem. Bastava olhar para aquelas garotas para sentir que havia tempo de sobra para fazer tudo certo. Mas, mesmo assim, Sebastien ainda estava pensando em Lily Hayes: em sua expressão angulosa; seu jeito de olhar pela janela cada vez que ele falava; seu jeito de causar a impressão de que ela tinha coisas melhores em que pensar; e o jeito dele de quase — quase — se inclinar a acreditar nela.

Sebastien foi ao computador e entrou no Facebook. Ele de algum modo tinha um monte de amigos no Facebook — quase todos de Andover, quase todos agora habitando os planetas remotos do mundo acadêmico de elite, da escravidão de contratados nos grandes escritórios de advocacia empresarial ou da conquista de uma mulher-troféu — e todos os anos, no dia do aniversário de Sebastien, eles lhe davam parabéns entusiásticos. Essa era a estranha e falsa intimidade prolongada que a internet gerou. Essas pessoas, que em sua maioria não sabiam que seus pais tinham morrido, que ele nunca tinha ido estudar em Harvard e que tinha se recolhido de volta a Buenos Aires, para morar numa mansão decrépita, onde havia cupins saindo pelo assoalho e brincos de safira se desfazendo no quarto lá em cima — todas essas pessoas (que Deus as abençoe!) fingiam ter realmente se lembrado de seu aniversário.

Mas na realidade a internet tinha seu valor para muita coisa. Ele digitou "Lily Hayes". Como era previsível, havia centenas de Lily Hayes, quase todas brancas e situadas entre a classe média média e a média alta, com sua vida amorosamente registrada no Instagram. Mas ele acabou por encontrá-la, a sua Lily Hayes: sua foto era de pés salpicados de sol, em sandálias de tiras. A configuração de seu perfil era daquela privacidade insignificante característica das pessoas muito jovens, de boa vontade. Essa garota, pensou Sebastien. Ele poderia escrever para ela neste exato momento. Era fantástico. Pairou o mouse sobre a caixa de entrada, recuperou o juízo, fechou o acesso. Levantou-se então para beber alguma coisa.

Quando voltou a se sentar, para se impedir de entrar de novo no Facebook, ele foi para vagrantorscenester.com. Esse era um website enfadonho, que teve um breve período de popularidade em meados da década de 2000, no qual os participantes eram chamados a avaliar fotos de pessoas anônimas, tiradas nas ruas. Sebastien detestava esse jogo, e o motivo para detestá-lo tanto assim estava no fato de que ele mesmo o tinha inventado, na época em que estava na nona série em Andover. Tinha chegado lá, jovem, magricela e — tendo pulado um ano — já coberto por uma nuvem de suposta seriedade acadêmica. Tudo isso tinha exigido que Sebastien, para poder sobreviver, fosse o pioneiro em novos métodos de crueldade social. Sua tática básica — naquela época e agora — consistia em fazer comentários que pareciam cortantes, mas que ninguém podia ter certeza total de ter compreendido. O Sebastien adolescente nunca tinha se dado ao trabalho de zombar dos colegas pelos motivos normais (o colega era gordo, era ou parecia ser desagradavelmente sincero ou esforçado, era ou parecia ser gay). Essas eram as vulnerabilidades que as crianças sabiam que tinham, e já tinham criado uma estratégia adequada para lidar com elas. Em vez disso, Sebastien inventou categorias totalmente novas de avaliação social e logo descobriu que, ao se referir a essas categorias, de fato conseguia concretizá-las. (Ele agora se lembrava disso através do prisma da observação de Hannah Arendt sobre o totalitarismo: Convencer as pessoas de que as coisas são verdadeiras é muito mais difícil do que simplesmente comportar-se como se elas fossem.) Acabou que o jovem Sebastien conseguiu abrir a casca de seus colegas como se eles fossem lagostas, revelando novas áreas de ódio a si mesmos que eles nem sabiam que tinham. O jogo sociopata de Excêntrico ou Fingidor fazia parte disso tudo, apesar de na época ele se chamar Cool or Crazy [Maneiro ou Biruta] (assim chamado só pelos outros garotos — até mesmo quando criança, Sebastien considerava a aliteração um saco). Sebastien tinha inventado o jogo em seu primeiro semestre em Andover. Geralmente as partidas eram disputadas com CJ Kimball e Byron "A caixa" Buford nas saídas aos sábados, quando iam a Harvard Square, acompanhados por professores residentes visivelmente chateados, naquelas primeiras semanas amarelas, surreais, cinematográficas após o 11 de setembro. Havia bandeiras americanas por toda parte, até mesmo em Cambridge. Em casa, diziam os pais de Sebastien, tudo estava um caos econômico e político — a inflação nos dois dígitos; a iminência da moratória de algum empréstimo importante. Tudo isso era terrivelmente desinteressante para Sebastien naquela época — e, de qualquer modo, ele estava ocupado demais para muita conversa, esgotado pelas exigências de zombar de estudantes de Harvard e moradores de rua numa proporção criteriosa de 1 para 1. Era assim que ele de fato tinha concebido o jogo na época: como oportunidades iguais de ridicularização. Como se ele estivesse proporcionando alguma importante força equalizadora. Como se estivesse inspirado pelo espírito de uma justiça vendada. Sebastien entendia agora que, se tivesse prosseguido incólume no caminho em que estava, provavelmente teria ido direto para a página de editoriais de algum jornal universitário conservador, para escrever artigos bombásticos e vazios que jamais poderia renegar, porque eles viveriam para sempre na internet. Talvez até fosse bom, então, que ele não tivesse frequentado a faculdade. Sebastien riu e tomou mais um gole do drinque.

O jeito de CJ e Byron jogarem Cool or Crazy era de um sarcasmo direto, sem imaginação: como o palpite de Cool para uma mulher macérrima com os dentes escuros da metanfetamina; Crazy, para um estudante universitário com jeans caríssimo e o cabelo primorosamente desarrumado. Mas Sebastien nunca jogava desse modo. Em vez disso, ele preferia os alvos e designações menos óbvias. Uma mulher de meia-idade com um blusão de moletom cinza, bebendo direto de uma garrafa de dois litros de refrigerante de limão, era considerada Cool; um rapaz musculoso com um colar de conchinhas era declarado Crazy. Sebastien nunca se cansava de ver como seus pronunciamentos deixavam CJ e A Caixa nervosos. Quando eles pediam explicações, Sebastien sempre lhes dizia que o jogo era uma arte, não uma ciência; que ele tinha alma de artista e era por isso que sempre ganhava.

E agora aqui estava seu jogo idiota e admirável, todo crescido e on-line. Sebastien gostava de dar uma olhada nele de vez em quando, mais ou menos como gostava de verificar os perfis do Facebook de colegas de quem mal se lembrava do tempo do ensino fundamental. Ele gostava de saber que no fundo o jogo estava se saindo bem. Afinal, era um produto de seu cérebro — numa apresentação mais simplificada e palatável, era preciso admitir, mas não era esse o destino universal das ideias dos grandes pensadores? Sem dúvida, Sebastien tinha sempre sentido a pulsação do Zeitgeist. Ele riu mais uma vez, deu um soluço e se levantou para pegar outra dose. Quando voltou a se sentar diante do computador, descobriu que estava novamente, nem sabia como, na página do Facebook de Lily Hayes. Sebastien olhou para suas sandálias, para seus dedos dos pés. Essa garota. O que seria dela? Ele deixou o mouse pairar sobre a caixa de entrada. Essa garota. As pessoas eram realmente tão abertas assim? A vida delas tinha tanta sorte assim? Ele abriu a caixa de entrada. E hesitou. Mas, no fundo, o que ele tinha a perder? Decididamente nada. Poucas pessoas vivenciaram a pura libertação de não ter nada a perder, mas Sebastien tinha a bênção e a maldição particulares desse tipo de liberdade — não tinha nenhum direito à atenção de ninguém, em parte alguma. Tinha para si a indiferença totalmente imaculada do universo. Poderia entrar na banheira e cortar os pulsos, e ninguém se importaria. Poderia incendiar a casa inteira, com todos os seus tesouros, e ninguém se importaria. Logo, podia enviar uma mensagem para essa garota, com a total confiança de que também com isso ninguém fosse se importar.

"Lily dourada", começou ele.

CAPÍTULO 5

Janeiro

No dia seguinte ao jantar, uma mensagem de Sebastien LeCompte apareceu na caixa de entrada de Lily. "Lily dourada" era como ela começava, e a partir desse ponto as coisas iam por água abaixo. Lily ficou surpresa. Sebastien LeCompte não era o tipo de garoto — ela não conseguia pensar nele como um "homem", e realmente, sem dúvida, também não como um "cara" da variedade comum — que costumava gostar dela. Durante o jantar, ficou claro que Sebastien tinha morado naquela mansão pela maior parte da vida, que seus pais tinham sido diplomatas americanos (o que explicava o sotaque) que morreram num acidente de aviação, quando ele estava com 17 anos, e que ele era incrivelmente rico. Esta última parte ele não disse, mas ficou aparente: houve referências a jogar polo, frequentar Harvard, passar o verão nos Alpes — coisas que Lily nunca tinha realmente percebido que pessoas de verdade faziam no mundo de verdade. Se Sebastien fosse gostar de alguém, Lily calculou que teria sido de Katy. Ele passou alguns minutos conversando com ela no alpendre, depois do jantar, quando só tinha passado para Lily um cartão de visitas — um cartão de visitas de verdade! — que dizia SEBASTIEN LECOMPTE, PREGUIÇA, tanto em inglês como em castelhano.

— Você vai responder? — perguntou Katy, enquanto Lily escovava os dentes que mal davam para o gasto.

— Pode ser.

— Mesmo ele morando na casa vizinha?

— Pode ser. Você acha que os pais dele eram mesmo diplomatas?

— Claro que sim — disse Katy. — Por que não? — Ela estava com uma bolha da cor de menta num canto da boca, o que de algum modo deixou Lily com um alívio desmesurado.

— Não sei — disse Lily. — O acidente de avião deixa a gente pensando.

— Em quê?

— Se eles não eram da CIA.

— Você só pensa em conspirações.

— Meu pai foi quem me passou isso — disse Lily. — De qualquer maneira, nunca na minha vida eu sequer ouvi falar de uma pessoa de verdade que jogasse polo. Ele a esta altura não deveria estar em Oxford, ou lugar semelhante?

— Bem — disse Katy, com um pouco de dúvida na voz. — Acho que seria de se imaginar.

Lily esperou três dias para responder. Quando o fez, tentou imitar o tom e o estilo de Sebastien: empregando uma linguagem absurdamente empolada que jamais usaria na vida real, recorrendo a metáforas extensas e rebuscadas. Sebastien escreveu de volta, inserindo frases em francês ao acaso em seus e-mails, de modo que Lily começou a fazer o mesmo — embora ele devesse saber que isso não representava sofisticação, já que, naturalmente, era possível perguntar ao Google qualquer coisa que se quisesse dizer. Ele passou para o italiano. Ela viu o italiano dele e lhe mostrou seu húngaro — a única frase que ela de fato sabia: *Nem beszélek magyarul*, eu não falo húngaro —, mas parece que isso foi o suficiente. Ele a convidou para jantar.

— Você já marcou um encontro? — disse Katy.

— O que você quer dizer com "já"? — Lily estava usando uma saia de babados com estampa floral, que na sua opinião transmitia uma impressão geral de alegria; e estava besuntando maquiagem no rosto com as duas mãos. Receava que seus e-mails pudessem ter dado a ideia errada a Sebastien.

— Bem — disse Katy. — Só estou querendo dizer que acabamos de chegar aqui.

— Estamos aqui há duas semanas.

— Eu só me pergunto se não vai ser um problema com Carlos e Beatriz.

— Eles são a família que nos acolhe, não um centro de detenção de menores.

— Mas são conservadores, acho.

Lily inclinou-se para o espelho e mergulhou no projeto do delineador.

— Acho que não podemos partir desse pressuposto. Pelo menos Carlos parece saber se divertir.

— Mas eles têm cruzes por toda parte.

— É um jantar. O Vaticano tem alguma diretriz para jantares?

— Não seja sarcástica.

— Não, estou perguntando de verdade. Quer dizer, talvez eles até tenham, ao que eu saiba.

Katy foi para sua cama e começou a ler. Tinha conseguido se matricular no único curso rigoroso disponível — alguma coisa a ver com a economia na era pós-peronista —, para o qual era preciso muito estudo, muitas anotações e realces de textos em três cores diferentes.

— Acho tão legal você estar estudando de verdade aqui — disse Lily, para pedir desculpas. — É como se todos os outros tivessem trancado matrícula neste semestre.

Katy olhou um pouco para ela, para ver se estava falando sério, e então percebeu que estava.

— Só acho que faz sentido aprender um pouquinho sobre o país em que estamos, sabe?

Lily fez que sim, com vigor.

— Faz perfeito sentido.

Katy sorriu.

— Você está bem. Não fica nervosa.

— Valeu — disse Lily. — Não estou, não.

Faltando cinco minutos para as oito, Lily seguiu mais uma vez pelo caminho sinuoso que levava à mansão de Sebastien LeCompte, que à luz do anoitecer de repente lhe pareceu decrépita e decepcionante. Tinha dito a Katy que não estava nervosa, mas estava. Para começar, estava se perguntando, aflita, se deveria ter levado uma camisinha. Não sabia se isso teria projetado algum tipo de premeditação pouco sexy, algum tipo de astúcia feminina pouco atraente ou ainda algum tipo de sensação enormemente exagerada de seus próprios encantos. Lembrou-se então de que supostamente não deveria se importar. Seus pais lhe tinham dado uma caixa gigantesca de preservativos antes da viagem, acompanhada de uma conversa séria sobre *fazer escolhas inteligentes*. O pobre coitado do Andrew ficou piscando compulsivamente durante toda a conversa. No passado, ele tinha fincado alguma coisa no olho (realmente fincado alguma coisa no próprio olho!), e seu globo ocular simplesmente nunca mais tinha sido o mesmo, como ele sempre relembrava a todos. A caixa de preservativos que eles tinham dado a Lily era de uma quantidade estarrecedora, mortificante — para seitas, talvez, ou centros de apoio a mulheres em universidades. Lily ficou ligeiramente lisonjeada, mas também ligeiramente insultada, quando pensou em todo o sexo que seus pais supunham que ela devia estar fazendo. Depois sentiu uma ligeira repugnância por seus pais terem chegado a pensar no assunto.

De repente, Lily estava no alpendre. Ela bateu com a aldraba esquisita (afinal, o que era aquela coisa?), e Sebastien atendeu de imediato, como se estivesse parado ali, bem do outro lado da porta, à espera dela — que, por tudo o que ela sabia, devia ser mesmo o que ele estava fazendo. Estava de paletó, apesar dos mil graus de temperatura ali fora, e era provável que estivesse ainda mais quente lá dentro.

— Caríssima Lily — disse ele. — Entre, entre.

— Oi — disse Lily. — E aí? — Ela sabia que não conseguiria manter o tom dos e-mails pessoais, e era melhor ele saber de cara. Ela entrou na casa, atrás dele. Ali dentro, a sala de estar era empoeirada e enfeitada, dominada por um enorme relógio de pêndulo e, na parede, havia algum tipo de antigo tecido pintado. No centro da sala, havia um piano de cauda que Lily teve certeza de que devia estar lamentavelmente desafinado.

— Piano bonito — disse ela. — Você toca?

— Só o "Bife" — disse Sebastien. — Quer vinho? — Ele lhe entregou uma taça antes que ela pudesse responder. No bojo, em arabescos exuberantes, estava gravado SORBONNE 1967.

— Ah, obrigada — disse Lily. — Não consigo beber de uma taça de uma universidade estadual.

Com o primeiro gole do vinho, a dor inundou sua mandíbula. Ela engoliu depressa. No console da lareira havia uma foto de Sebastien e um homem mais velho, com um animal não muito grande, provido de cascos, que parecia ser um primeiro esboço para a criação da zebra. Ela apontou.

— Você matou esse bicho?

— Infelizmente, foi preciso — disse Sebastien, em pé atrás dela. — Ele me devia dinheiro.

Lily olhou para a foto com mais atenção. O homem com quem Sebastien estava era exatamente igual a ele. Tinha olhos esverdeados e o cabelo castanho, ondulado, além de estar com a cabeça aprumada numa posição animada. O pescoço do animal parecia ter sido quebrado. Estava torcido num ângulo tão estranho que dava a impressão de que tinham aplicado mais violência do que seria estritamente necessário. Sua barriga era branca e parecia macia.

— Onde foi isso? — perguntou ela.

— Numa estância de caça no Brasil. Você paga para curtir seu domínio sobre as feras.

Lily perguntou-se qual teria sido a sensação de matar aquele bicho. Quando criança, ela e sua boa amiga Leah tinham uma vez assassinado uma lesma-banana. Elas a tinham encontrado na casa na árvore. Andrew tinha construído uma casa na árvore para Lily e Anna, porque Janie tinha morrido, que também era o motivo pelo qual seus pais as mandaram para o acampamento de artes, lhes proporcionaram aulas de música e permitiam que elas tivessem uma presença excessivamente marcante em jantares para adultos — e ela e Leah (que cresceu e se tornou uma lésbica na NYU e que, mesmo quando criança, sempre queria fazer o papel do menino) tinham atingido a lesma com um pedaço de basalto do tamanho de um punho, só para ver o que ia acontecer. Estavam na segunda série e vinham aprendendo sobre o método científico — fazer observações, registrar dados, levantar hipóteses e formular teorias —, e Lily tinha convencido Leah, ou Leah tinha convencido Lily, de que isso era ciência. Ouviu-se um ruído decepcionante, entre um esguicho e um chiado. A lesma deixou vazar uma substância amarela que nem Leah nem Lily puderam identificar; e então morreu em silêncio. E naquele momento Lily teve uma sensação estranha, uma espécie de poder, cheio de culpa, mas quase exultante — uma inquietação, em algum ponto entre a náusea e a euforia —, e é claro que tinha procurado a mãe depois, e é claro que tinha chorado, mas tinha sido um tipo de choro meio complexo.

Ela se voltou para Sebastien.

— Por que seu nome é em francês?

— *Pourquoi pas?*

— Quantas línguas você fala?

— Não me lembro.

— Você é chato, sabia?

— Sou? — perguntou ele, levantando as sobrancelhas.

— É.

— Fale mais um pouco sobre isso — disse ele, reabastecendo o copo dela.

Lily tomou mais um golinho.

— Você é chato porque eu sei exatamente como vai reagir a cada coisa que eu disser. A cada vez, vai procurar pela resposta menos sincera possível. Você é como um algoritmo. — Sebastien lançou-lhe um olhar divertido, de quem não está acreditando. — Por isso, eu só sugeriria, se você estiver aberto a sugestões...

— Sugira, por favor. A humildade é uma virtude.

— Eu sugeriria que você variasse um pouco. De vez em quando, você deveria dizer coisas que tenham uma relação inesperada com a realidade. Poderia até mesmo, de tempos em tempos, acrescentar coisas em que acredita. Ninguém vai saber. Isso o tornaria mais interessante.

Sebastien ainda estava com as sobrancelhas levantadas. Seus olhos eram mesmo lindos — tão verdes, tão humanos e, estranhamente, tão expressivos. Ele chegaria longe com aqueles olhos, pensou ela. E então lhe disse isso. Foi quando ele a beijou.

O beijo foi mais vigoroso do que ela teria esperado — não que ela tivesse necessariamente esperado que ele a beijasse; mas a verdade era que aqui estava ela bebendo vinho, na casa dele. Quer dizer, no fundo, o que ela estava pensando? Ficou grata pela rapidez da abordagem. Pensou com tristeza em muitos movimentos desajeitados, cheios de rodeios, espantosamente embaraçosos, de avanço e retirada, com os rostos próximos demais para fazer qualquer outra coisa, e então nem tão próximos, para finalmente ouvir o retinir de dente sobre dente e o calor morno da boca de outra pessoa. Terrível. Ela se sentia bastante segura depois que tudo estava rolando, mas o primeiro beijo fazia com que hesitasse. Era realmente muito esquisito, quando se pensava bem.

Sebastien afastou-se e olhou para ela com ar sério.

— Obrigado pelas sugestões — disse ele.

— Viu? — disse Lily. — Você já está fazendo. Não tenho a menor ideia do que está querendo dizer. Já está sendo mais interessante.

— Sua intenção era de provocação, mas as palavras saíram um pouco inexpressivas, um pouco cruéis, achou ela, embora parecesse que Sebastien não se importava. Ele sorriu.

— Sua colega de quarto — disse ele.

— Sim?

— É bem bonita.

— É. — Lily reprimiu um risinho e então deu um soluço. — Ela tem um rosto que dá vontade de se ficar olhando sem parar. Mas acho que é realmente insossa.

— Insossa?

— É — disse Lily, em tom severo.

— Mas ela é sua amiga, não é?

— Minha amiga? Minha amiga. Bem, é claro.

Sebastien beijou-a de novo.

— Você é uma mulher maldosa.

E, como achava que não era maldosa — que não era nem um pouco maldosa, na verdade —, mas era incrível fazer alguém ficar se perguntando, ela respondeu:

— Vai ver que sou. Vai ver que sou.

Sebastien seguia apressado pelos corredores da bodega Pan y Vino. Por trás da caixa registradora, a funcionária o espiava, achando graça. Estava claro que ela suspeitava, pelo que ele estava comprando, que ele ia tentar *cozinhar*, e ele entendia por que uma perspectiva dessas poderia ser hilariante. Por sinal, ele *não* ia tentar cozinhar. Ia tentar encomendar comida etíope para entrega em domicílio e depois organizar os temperos da loja de um modo que desse a impressão de que ele teria cozinhado. Não ia necessariamente fingir ter cozinhado. Mas queria, sim, passar a sensação de ter cozinhado; queria preencher a casa com uma noção de domesticidade e competência; queria causar a impressão de ser alguém que levava uma vida de verdade — com altos e baixos, compromissos, com uma vocação e um hobby ou dois, com uma população e algum tipo de prazo cósmico. E tudo isso era porque Lily Hayes, ele não sabia como, viria jantar naquela noite. De novo.

Sebastien ficou surpreso por ela se dispor a repetir o experimento. Sua primeira noite juntos não tinha transcorrido em perfeita tranquilidade. Uma hora antes da hora marcada, Sebastien tinha cometido o erro fatal de imaginar à toa que tipo de aparência sua casa poderia apresentar a uma pessoa desconhecida; e os resultados profundamente embaraçosos desse exercício o tinham lançado num estado de pânico e desespero. Ele já estava pasmo por Lily ter concordado em vir. Era quase inacreditável que — por alguma intervenção arbitrária e atipicamente magnânima das divindades — ela não tivesse ficado apavorada com a mensagem original dele, ou com o espetáculo epistolar que se seguiu; que ela tivesse se disposto a tratar seu conhecimento de expressões numa variedade de idiomas como alguma forma de sofisticação, muito embora, depois do surgimento da internet, a familiaridade com absolutamente qualquer coisa pudesse ser simulada e no fundo não contasse; que ela tivesse tolerado uma semana daquela bobajada até Sebastien conseguir reunir a coragem para convidá-la para uma visita, e de fato tivesse aceitado o convite que ele lhe fez. Tudo isso, tudo isso era uma sorte espantosa.

Contudo, uma hora antes da hora marcada, Sebastien viu que sua sorte tinha se esgotado. A casa não servia, nunca serviria. De repente, ele pôde ver como ela parecia estranha e vazia; como a solidão parecia se acumular nos cantos dos aposentos; como a desesperança era algo cujo cheiro quase dava para sentir. A casa era uma monstruosidade. A casa era um horror. E Lily Hayes, como ele se deu conta com uma angústia espantosa e crescente, ia vê-la dentro de uma hora.

Decidiu que precisaria atear fogo a casa. Precisaria fazer parecer um incêndio criminoso. Mas não, não. Olhou entristecido para o relógio.

Não havia tempo para isso. A alternativa era tentar limpá-la. Sebastien nunca de fato fazia uma limpeza a sério (embora ele também não se envolvesse com as atividades que exigissem mais limpeza — cozinhar, criar filhos, receber outros seres humanos). Mesmo assim, ele tinha passado uns vinte minutos, ansiosos e enervantes, fazendo tentativas desavisadas de arrumação. Sem ânimo, tinha passado um pano nas mesas e no console da lareira. Tinha encontrado umas velas no armário na cozinha. Teve a esperança de que acendê-las faria o lugar parecer romântico e europeu — trágico, no estilo de viúvos e herdeiros de fortunas misteriosas, não no estilo de assassinos em série, acumuladores de animais ou pessoas com alguma perturbação mental. Tinha gasto quinze minutos estudando a foto da anta abatida. Seus pais tinham posto a foto em exposição — talvez, pensava ele agora, porque ele e o pai estavam tão parecidos nela —, e Sebastien nunca tinha pensado de verdade no que o fato de mantê-la em exibição poderia dizer sobre seu caráter (a quem? sendo naturalmente a pergunta principal). Mas de repente Sebastien viu que um desconhecido entenderia que ele havia selecionado a foto com um cuidado solene — como a imagem representativa do tempo que passou com os pais (mau sinal) ou então como o triunfo que mais orgulho lhe causava em sua vida curta e decepcionante (pior ainda). Chegou a pensar em escondê-la, mas ficou preocupado com a hora e com os horrores indescritíveis que poderia encontrar atrás da foto se a tirasse do lugar. Em vez disso, estendeu a mão por trás do relógio e dali tirou um ninho de poeira cinza-escuro. Não sabia por que estava fazendo isso. Não achava provável que Lily fosse inspecionar atrás do relógio. Talvez tivesse percebido a inutilidade abrangente do projeto e o estivesse sabotando por sua própria vontade. Não seria a primeira vez, pensou, enquanto ia acender as velas.

Ela apareceu pontualmente, usando algum tipo simples de traje estampado com flores que era exatamente o que o próprio Sebastien teria escolhido se lhe tivessem dito que se vestisse como uma garota americana para uma festa a fantasia. No nervosismo da limpeza, Sebastien tinha se esquecido de que seu plano tinha sido entregar com requinte a Lily uma taça de vinho. Em vez de estar preparado, ele precisou pegar a primeira taça à mão, que revelou ter a horrenda gravação de SORBONNE 1967. Não foi muito depois disso que Lily o tinha acusado de ser chato. Essa era uma avaliação da qual Sebastien não discordava necessariamente. Mesmo assim, achou que a melhor abordagem era tratá-la como uma acusação tão ridícula que ele não poderia reagir somente com uma curiosidade benévola e imparcial — o que significava, é claro, que ele acabaria parecendo ainda mais chato. Para se impedir de falar, Sebastien deu então um beijo em Lily. Fazia tanto tempo que ele não beijava ninguém — anos, na verdade. Tempo suficiente para quase ter se esquecido da estranha alquimia que unia um par de lábios a outro. Naquele momento, porém, ele não estava pensando nisso. Estava pensando apenas nos intermináveis e inegáveis turbilhões da boca de Lily. A dela era a boca mais absolutamente perfeita que ele conhecia, disso ele teve certeza. Todo um planetário percorria sua cabeça enquanto eles se beijavam. Quando ele se afastou, porém, viu que a experiência dela não tinha sido a mesma. Viu que ela estava distraída — e isso fez com que ele, infantilmente, quisesse ser cruel, de um modo que também o fizesse parecer distraído. Ficou tateando enlouquecido em busca de alguma coisa contundente e acabou por encontrar um comentário sobre a beleza de Katy, o que levara Lily a fazer a observação de que Katy era "insossa"; o que tinha levado Sebastien ao reflexo de contrapor a isso que ele imaginara que ela e Katy fossem amigas. Na realidade, ele não tinha tido nenhuma opinião sobre a questão — sem dúvida, as relações modernas não eram mapeadas por esse tipo de métrica —, e tinha certeza de que Lily perceberia que esse era um movimento de desespero. Mas não. Pareceu que ela levou a questão a sério; sua expressão toldou-se, e Sebastien pôde ver o alongamento das sombras da culpa, típica da Nova Inglaterra, a reflexão excruciante sobre esse, que é, dos valores e virtudes, o mais inerente à classe média.

— Minha amiga — dissera ela. — Bem, é claro.

Sebastien então lhe dera outro beijo.

— Você é uma mulher maldosa — dissera ele. Não era o que queria dizer. Ele nunca queria dizer nada; e em especial, talvez não quisesse dizer isso.

Tinha imaginado que não a veria de novo depois daquilo. E no entanto, por incrível que pareça, ela lhe mandara uma mensagem de texto no dia seguinte e voltara à casa no segundo dia. E agora ele a tinha visto uma meia dúzia de vezes, talvez, em dez noites. Naquela manhã, pela primeira vez, ela realmente ligou para ele.

— Você sabe quem está falando? — disse ela. Sua voz tinha um não sei o quê (era um pouco áspera, um pouco ofegante), que fazia com que ela desse a impressão de sempre estar acabando de fazer alguma coisa saudável, ao ar livre.

— Sei quem eu espero que seja — disse ele. — Não é Beatriz Carrizo.

— *Que lástima!*

— O que você vai fazer hoje de noite?

Sebastien engoliu em seco.

— Por acaso, acabei de me livrar de um compromisso.

E agora, correndo para cima e para baixo pelos corredores da Pan y Vino, Sebastien tinha uma sensação de aceleração, de avivamento. Sabia que não devia se permitir ficar tão entusiasmado com as coisas. Ele não devia estar pensando nesse seu romance com Lily como algo digno da história mundial. Percebia que não era nem mesmo um romance extremamente original. As noites que tinham passado juntos até o momento tinham sido todas iguais: beijos de língua, cinema italiano, conversa da variedade mais presumida e voltada para o próprio umbigo, antes de se recolherem para a cama para lá se agarrarem até um ponto de estagnação. Sebastien não tinha certeza da história de Lily nesse campo, embora fosse uma aposta bastante segura supor que ela superestimasse a dele. A parte principal da experiência sexual de Sebastien vinha de uma noite de embriaguez com uma anoréxica do curso preparatório de medicina, durante seu fim de semana dos estudantes aceitos em Harvard. Os braços dela eram cobertos de pelos sedosos, e sua relação tinha sido mecânica e nem um pouco memorável. Apesar dessa aventura inicial, os anos de solidão desde aquela época tinham contribuído para uma sensação de virgindade renovada. O sexo pertencia ao mundo, aos vivos, se é que alguma coisa realmente pertencia a eles, e Sebastien nunca tinha sentido isso com tanta intensidade como nas noites na cama com Lily, quando as coisas iam chegando a um determinado ponto e então alguma decisão — não discutida, e não mútua — era tomada, e ela se virava e empurrava seu traseiro nas coxas dele; e Sebastien, sem conseguir falar por conta de seu anseio extremamente concentrado, a abandonava à respiração regular e aos pensamentos distantes.

E no entanto, sob algum aspecto fundamental, Sebastien tinha a impressão de que Lily o tinha arrastado, só um pouco, de volta para o mundo com ela. O isolamento e o contato com a mortalidade tinham tornado sua vida estranhamente atemporal. Ela se estendia à frente dele, plana e sem acidentes geográficos, como a savana africana. Mas hoje à noite Lily vinha à sua casa, e Sebastien precisava comprar essas coisas agora para deixar tudo preparado. Havia uma agradável sensação de urgência nisso tudo — mesmo que na realidade fosse, como ele percebia, o aspecto mais básico de uma vida típica. Para essa noite, ele tentaria encontrar uma toalha de mesa. Traria da adega um dos melhores vinhos. E tinha decidido que também tentaria dar uma pulseira a Lily.

Sebastien não sabia ao certo como isso ia funcionar. Não queria parecer pegajoso, desesperado, nem, o que seria muito mais desastroso, que o presente se assemelhasse a algum tipo de suborno. Mesmo assim, ele tinha tantos objetos que não podia usar, tantas coisas que gostaria muito de dar a Lily. Passara a tarde remexendo nas joias da mãe — tocando em seu broche de esmeraldas, levantando seu colar de safiras para pegar a luz do dia e deixando que ele se lançasse cerúleo sobre o assoalho. Tentou imaginar as festas onde ela devia ter usado esses objetos. Quando criança,

Sebastien tinha sido paciente ao fazer perguntas, na certeza de que todas as respostas um dia seriam apresentadas. E agora ele tinha crescido, olhava para trás e encontrava todas as perguntas bem no mesmo lugar onde ele as tinha deixado: acumulando poeira, talvez, mas notavelmente bem conservadas. No fundo as perguntas eram mais duradouras do que qualquer coisa — as perguntas e os objetos. Tudo o mais descambava para o aniquilamento. Sentado no assoalho, Sebastien tinha tocado na pulseira de brilhantes da mãe; no anel de opala que sempre inspirava nela uma superstição quando o usava, apesar de Sebastien nunca ter entendido o motivo. Ele imaginou todos eles transformados pela proximidade com Lily e com a vida.

Naquela noite, Lily só apareceu às nove, um pouco mais tarde do que tinha dito que chegaria.

— Oi — disse ela, quando Sebastien abriu a porta. Estava usando brincos compridos e exageradamente trabalhados. O cabelo estava ligeiramente úmido e escovado para trás das orelhas.

— Lily, querida — disse Sebastien, e lhe deu um beijo. Sentia a fragrância inverossímil de seu perfume barato, frésia, glicínia, cianureto, qualquer coisa, que ela provavelmente teria comprado numa farmácia em algum lugar. Quando ele se afastou, viu que ela o contemplava com paciência. Ele olhou de relance para a mesa, onde uma epiderme oleosa estava se formando na superfície da tigela lilás e transbordando para os pratos de papel. Tinha arrumado a comida na mesa cedo demais.

— Pode sentar — disse ele. As palavras saíram baixas. Em algum momento, durante o beijo, parecia que sua voz tinha se dissipado ao longo do esterno e se tornado uma espécie de chiado efervescente. — Pode sentar — disse, com a voz mais forte. — Tenho uma coisa para você.

— Tem? — Ela se sentou.

— Aqui — disse Sebastien, tirando a pulseira de trás de um abajur e a balançando diante de Lily. Era mais pesada do que parecia. Ele não a tinha embrulhado porque não queria que Lily tivesse a impressão de que não poderia recusar o presente. — Quer ficar com ela? — Sebastien tinha mais coisas que poderia dizer, mas tinha jurado a si mesmo que falaria menos.

— O que é? — perguntou Lily, com os olhos arregalados, de tal modo que ele soube que ela já sabia.

— Uma pulseira. — A boca de Sebastien estava tão seca que ele teve certeza de que Lily poderia ouvir algo de errado naquele seu jeito de falar, mas pareceu que ela não percebeu.

— Estou vendo. É de verdade?

Com isso, Sebastien sentiu alguma coisa desmoronar por dentro; alguma coisa frágil que estava mantendo no lugar a comporta de uma represa. Lily estava sendo grossa. Estava sendo americana, concluiu ele, implacável. Será que ela imaginava que ele tentaria lhe dar algum tipo de joia de brinquedo? Como devia subestimá-lo. Como devia achar que ele a subestimava. Ele inclinou a cabeça para um lado e riu.

— Bem, não sei. Será que alguma coisa é de verdade?

— Como ela foi parar nas suas mãos?

— Foi da minha mãe, se você quer mesmo saber.

— Você não pode me dar alguma coisa que foi da sua mãe.

— Ela na realidade não protestou, sabia? — O desespero de Sebastien era agora como uma raiz, que fincava garras em seu coração. Ele conseguiria não deixar transparecer. Ele conseguiria manter o olhar neutro.

— Você não pode — disse Lily. — Não vou ficar com ela. Sinto muito, obrigada, mas isso você não pode fazer.

— Certo — disse Sebastien, aceitando a pulseira de volta. O que ela achava que ele ia fazer? Implorar que ela aceitasse uma herança de família? Até mesmo sua adoração tinha limites. — Certo. Tenho montes desse tipo de coisa jogados por aí. E não me ficam muito bem... meus pulsos não têm a delicadeza necessária. Mas tudo bem.

Lily pareceu ficar chocada e com pena, o que Sebastien detestou. Ele teve uma impressão vertiginosa de observar esse quadro de fora para dentro, e pôde imaginar como parecia patético.

— Não tem mais ninguém para você dar a pulseira? — perguntou Lily.

— Parece que não — disse Sebastien. — Quer dizer, eu tenho tias velhinhas *en France*, em algum canto por lá, mas não ia querer que tivessem ataques. Acho que sempre posso recorrer ao eBay.

— Ninguém o ajudou a esvaziar a casa? Ninguém ficou com você quando eles morreram?

Sebastien respirou fundo. Não era justo ele sentir raiva por isso ainda não ter ocorrido a Lily. Ela não lhe devia esse tipo de consideração. No fundo, ela não lhe devia absolutamente nada.

— Quem poderia ter vindo? — perguntou ele, com leveza, com cuidado.

Por algum motivo, enquanto Lily não estava olhando, Buenos Aires tinha ficado feia.

A mudança tinha sido gradual, mas inconfundível, concluiu ela, enquanto voltava da casa de Sebastien, atravessando o gramado. A luz da cidade, antes tão exuberante e animadora, tinha se tornado dura e quebradiça. As picadas de inseto saravam, mas não desapareciam, e Lily começava a recear que ficaria marcada por toda a vida. O vinho a deixava lerda. Ela lutava para ficar acordada durante as aulas. Arrastava os pés pelas tardes cada vez mais longas. Uma enorme quantidade dos pensamentos em sua cabeça nesses tempos era do tipo "eu me sinto": enunciados de fato com estas palavras, *eu me sinto cansada, eu me sinto só, eu me sinto desinteressante*, pequenas declarações, como se sua própria consciência fosse algum tipo de segundo idioma ainda mal dominado.

E essa noite com Sebastien — com aquele oferecimento medonho, incompreensível, da pulseira — pareceu confirmar de algum modo as piores suspeitas de Lily. Ao longo das duas últimas semanas, Sebastien tinha desenvolvido um interesse por Lily que era constante, improvável e tinha todas as possibilidades de ser totalmente fingido. Ele lhe mandava mensagens de texto quase todas as noites para convidá-la para um "drinque antes de dormir". Mais ou menos a metade das vezes, ela ia; e os dois ficavam zoando um pouco no sofá antes de se darem uns amassos no escuro. Não importava a que horas, sempre era escuro naquela casa. A sala de estar tinha porta-janelas que davam para um jardim sujo e maltratado, mas a pouca luz que entrava por elas era, de algum modo, sempre empoeirada. O relógio e as peças de colecionador lançavam sombras estranhas, mesmo à tarde. Parecia que Sebastien LeCompte tinha uma ligação muito tênue com lâmpadas. *Fico com pena,* pensou Lily. Ela podia sentir o capim seco estalar sob seus pés. *Que chato.*

 Ela estava de volta à casa dos Carrizo à meia-noite e cinco, que na sua opinião era uma hora deprimentemente razoável para estar em casa numa noite de sexta-feira. Mas quando Lily entrou na cozinha, encontrou Beatriz sentada diante do balcão, lendo uma revista feminina, com um ar de irritação. Katy já estava lá embaixo — sem dúvida, estudando beatificamente antes de um saudável sono de oito horas — e Lily soube, com um vestígio de certeza infantil, que ia levar uma bronca.

 — Vamos parar com isso, ok, Lily? — Beatriz parecia cansada, apesar de ainda não ter trocado de roupa para dormir. Lily se lembrou de que Beatriz acordava cedo, por volta das cinco, para preparar o café da manhã para Carlos, que dirigiria até a City Porteña — e Lily se deu conta de que Beatriz estava acordada, esperando por ela, e ficou com pena. Mesmo assim, Lily desejou que fosse Carlos, não Beatriz, quem estivesse esperando por ela. Era provável que ele piscasse um olho por ela voltar tão tarde. Beatriz não era do tipo que piscava. — Você não conhece esse rapaz muito bem.

 — Ele é meu amigo.

 — É seu amigo? Você o conhece há duas semanas. Nós o convidamos para jantar aqui há duas semanas exatas.

 — Acho que ele é muito só — disse Lily como uma desculpa, mas percebendo de imediato que estava claro que devia ser a pura verdade.

— Bem, às vezes as pessoas estão sozinhas por um motivo — disse Beatriz. — E, seja como for, imagino que seus pais não fossem gostar de você sair às escondidas durante a noite para ficar com um rapaz.

— Eles não se incomodariam. Meus pais respeitam minha autonomia.

— Quando o convidamos para vir aqui, só achamos que seria legal vocês conhecerem alguém jovem. Achamos que vocês poderiam se tornar amigos. Vocês três. — Beatriz inclinou a cabeça na direção do quarto, onde era provável que Katy estivesse agora sonhando com microempréstimos sustentáveis.

— Desculpe.

— E você precisa se lembrar de trancar a porta quando volta para casa. Outras pessoas moram aqui também.

— Certo. Peço mesmo que me desculpe.

— Não peça desculpas. Só pare de fazer isso, ok?

Lily ficou surpresa ao ver que Beatriz ia forçá-la a mentir.

— Ok — disse ela.

No quarto, Katy ainda estava acordada, lendo. Tirou os olhos do livro, quando Lily entrou.

— Oi — disse ela.

— Oi — disse Lily, sentando-se pesadamente no chão.

— Você se encrencou?

Lily tirou o tênis direito, empurrando com o calcanhar.

— Acho que um pouco, sim.

Katy empertigou-se e se esticou.

— Espero que ele valha a pena. —` Ela passou os dedos pelo cabelo, aquele cabelo sarapintado de sol. Lily não pôde deixar de pensar que, em qualquer outra pessoa, ele teria sido simplesmente um louro sujo. O que havia em Katy que fazia você procurar por descrições poéticas?

— Bem — disse Lily, brincando com os dedos dos pés. Eles estavam extraordinariamente sujos, de um modo desconcertante, e ela não fazia ideia do porquê. — Seja como for, ele é interessante.

— Você acha? Para mim, ele é medonho de tão chato.

— Verdade? — No primeiro encontro, Lily tinha dito a Sebastien que ele era um chato, embora fosse claro que ela no fundo não estava falando sério. Em termos totalmente trágicos, era possível que ele fosse a pessoa mais interessante que Lily tinha conhecido; ele era tão interessante que ela imaginava que acusações de tédio apenas poderiam instigá-lo a ser ainda mais interessante. Lily não queria necessariamente dormir com Sebastien. Achava que seu fascínio por ele não era tanto de natureza sexual quanto de natureza antropológica, talvez, ou zoológica; mas sem dúvida era inquestionável que havia algum tipo de fascínio.

E, no entanto, aqui estava Katy, possivelmente o mais entediante de todos os seres humanos, vivendo no centro exato de todas as modestas expectativas do mundo para ela, movimentando-se a passos largos e confiantes na direção da média exata de sua vida de classe média alta, afirmando que o rapaz mais interessante do mundo era um chato.

— É claro que ele é chato — disse Katy. Ela saiu da cama e assumiu uma pose de ioga no linóleo. Era o arqueiro, o arco, alguma coisa semelhante. Lily não quis perguntar. — Você não conheceu garotos como ele na faculdade?

— Não — disse Lily. — Um órfão multimilionário numa mansão mal-assombrada? Não. Você conheceu?

— Quer dizer, você sabe que ele é só um pseudointelectual, certo? Sabe que não foi ele que inventou a zombaria? Se morasse nos EUA, é provável que ele fosse um blogueiro especializado em música.

— Katy, os pais dele eram *espiões*.

— Tenho certeza de que ele gosta de lhe contar que eles eram.

Lily estava pasma. Nunca tinha ouvido Katy falar daquele jeito.

— Você não está sentindo a cabeça esquisita, ficando assim? — perguntou Lily.

— É, na verdade estou. — Katy abandonou a posição e passou de repente para um espantoso arco voltado para trás. A camiseta subiu, revelando o recatado molusco de um umbiguinho perfeito. Lily olhou para outro lado. — E aí, o que você vai fazer com essa história de Beatriz e Carlos? — perguntou Katy.

— Só estou surpresa por eles se importarem tanto — disse Lily.

— Bem, quer dizer, eles são pagos para se certificarem de que ninguém nos mate.

— Quem vai me matar? Sebastien? Queria vê-lo tentar.

— Ou nos engravide.

— Novamente, queria vê-lo tentar.

Katy riu, e Lily percebeu um calor humano, com uma acidez por baixo. Não sabia quando tinha começado a se preocupar em saber se Katy a considerava engraçada. Mas era verdade que sempre tinha se disposto a agir como mercenária nas conversas. Nunca tinha estado apaixonada o suficiente para se recusar a trocar as idiossincrasias de um homem por risadas joviais; e nesse caso ela não estava apaixonada.

— Ele tentou me dar uma pulseira — disse Lily. Ela se lembrou de como Sebastien manuseou a joia, com um pouco de indiferença, como se fosse alguma coisa que alguém lhe tivesse pedido que segurasse um instante. — Uma pulseira de brilhantes.

— Ele não fez isso — disse Katy.

— Fez, sim.

— Brilhantes de verdade?

— Eu não deixei. — No fundo, Lily tinha ficado um pouco surpresa com a rapidez com que ele aceitou a recusa. Pensava que ele fosse resistir mais. Já estava formulando as frases iniciais de uma fala razoável e generosa, na qual ela, com delicadeza, responsabilidade e cuidado meticuloso, o rejeitaria.

— Muita nobreza da sua parte.

— Sabe? Eu não podia aceitar. Era da mãe dele que morreu, ou coisa semelhante. — Lily lembrou-se da expressão vazia no rosto de

Sebastien, quando ela lhe perguntou sobre o que tinha acontecido quando seus pais morreram. Ela tinha dito "morreram" como uma cortesia. Ninguém na sua família conseguia suportar pessoas que diziam "faleceram". No entanto, assim que saiu de sua boca, a palavra ficou pairando pesada no ar, como uma expressão de desprezo.

— É — disse Katy —, mas vai ver que ele tinha um monte. De pulseiras, é claro.

— Mesmo assim.

— Puxa — disse Katy. — Eu não teria recusado um presente desses. O cara escolheu a garota errada.

O comentário reverberou por um instante; e, apesar de saber que Katy não estava realmente falando sério, Lily descobriu que queria mudar o rumo da conversa.

— Do que você gostava tanto assim em Anton? — perguntou ela.

Katy manteve a postura mais um instante e depois se deixou cair. Até seu jeito de cair era gracioso.

— O que eu mais gostava em Anton — disse Katy, e Lily podia dizer que ela já tinha pensado muito naquilo — era o jeito que ele tinha de tornar tudo maior.

— Parece cansativo — disse Lily. Ela era da firme opinião de que as coisas já tinham um tamanho suficiente. Sem dúvida, não precisava que as coisas fossem maiores do que já são.

— Era, às vezes — disse Katy.

— E então você chega a ficar feliz por ele ter ido embora?

Lily imaginou que Katy fosse fazer silêncio e depois dizer sim, às vezes, mas, em vez disso, ela fez que não e, daquele seu lugar no chão, lançou para Lily um olhar terrível — de generosidade decorrente de uma compaixão cósmica e duradoura.

— Não — respondeu ela.

— Mas você não acha que deveria superar essa fase? Quer dizer, a vida é curta.

— Não é curta — disse Katy. — É apavorantemente longa. — Katy levantou-se e estalou a coluna. Lily podia ouvir os delicados sons de pinças de cada uma das vértebras entrando em alinhamento. — E para mim pelo menos ela simplesmente se tornou muito mais longa.

Bem tarde numa noite em janeiro, Sebastien acordou com uma batida na porta.

Estava num sono profundo e ficou surpreso com a rapidez com que se sentiu dominado pela alegria — alegria de imaginar que Lily estivesse com tanta vontade de vê-lo, que tivesse se atrevido tanto por sua causa. Enquanto descia cambaleante a escada, só de cuecas, pensou que talvez aquele terrível desastre da pulseira tivesse por fim sido superado. Era isso, exatamente isso, o que era maravilhoso em ter uma pessoa em nossa vida. Como os sociólogos poderiam confirmar, simplesmente não havia como saber o que as pessoas poderiam fazer. Antes de Lily, Sebastien atolava seus dias numa mesmice intrincada — era tão fácil que ele se encontrasse comendo macarrão enlatado vencido, às quatro da manhã, como às quatro da tarde; ele poderia estar dormindo às três da tarde ou estar embriagado às nove da manhã; poderia sair para caminhar no meio da noite ou poderia ficar sem sair de casa por uma semana inteira. Mas agora aqui estava Lily, e ela poderia (quem sabe!) aparecer na casa dele a qualquer hora do dia ou da noite, maravilhosa, sem se fazer anunciar.

Mas, ao abrir a porta, Sebastien pôde ver, mesmo na penumbra, mesmo em silhueta, que não era Lily. Era Katy.

Ficou tão surpreso que se esqueceu de ser irônico.

— O que você está fazendo aqui? — perguntou.

— Preciso falar com você.

No escuro, o rosto de Katy era luminoso. Sebastien não conseguia realmente se livrar da impressão de que os olhos dela eram grandes demais, em termos médicos, para o resto do corpo.

— Lily sabe que você veio aqui?

— Por que Lily deveria saber que eu vim aqui?

— Ok, então. Tudo bem. — Foi só quando seu coração começou a bater num ritmo mais lento, que Sebastien percebeu que ele tinha estado disparado. — Qual é o assunto?

— Tenho uma pergunta a lhe fazer.

— É para isso que existem telefones, sabe? Internet. O dia inteiro. — Sebastien sentia sua fala atolada, sua mente ainda presa com firmeza a algum inquieto cenário de sonho, mas estava começando a se perguntar se talvez não fosse mais cedo do que de início tinha imaginado. Passou a língua pelos dentes. Percebeu, embaraçado, que talvez fosse só meia-noite.

Katy inclinou a cabeça para um lado.

— Preciso saber o que está acontecendo com Carlos.

— Do que você está falando? — Sebastien apoiou-se no alizar da porta, percebendo de repente o ar fresco da noite e sua cueca samba-canção. Pois é, do que ele deveria se envergonhar? Se não quisesse ver um jovem cavalheiro indolente, com as pernas nuas, pálidas e com veias azuis, em trajes de dormir, Katy Kellers deveria ter ligado antes.

— Ele está passando por alguma dificuldade financeira, não está? — perguntou Katy. — Não foi isso o que você disse?

— Essa questão tem alguma urgência? Será que ficou louca ou perdeu o sono de tanta curiosidade? Alguns de nós precisam ir trabalhar de manhã, sabia? Não eu, é claro, mas algumas pessoas.

— Eu não queria que ninguém soubesse que vim aqui.

— Bem, não vejo de que modo pode ser da sua conta o que estiver acontecendo com os Carrizo. — Sebastien parecia irritado e estava ainda mais irritado por se importar. A privacidade era um valor tão burguês, afinal de contas. — E também não sei por que você acha que eu saberia.

— É claro que você sabe. Que mais você faz na vida além de ficar aí sentado vigiando todo mundo o dia inteiro? E ainda tem aquilo que você disse no jantar.

— O que eu disse?

— A pergunta se eles estavam nos alimentando direito. A história do processo.

— Aquilo foi só uma brincadeira.

— Sei que Lily acha que tudo o que você diz é de brincadeira, mas para mim nada que você diz é realmente de brincadeira. E então, os Carrizo estão sendo processados? Por quê?

Sebastien esfregou a cabeça, irritado.

— Alguma coisa indevida, ligada a dinheiro. Acho. Por que alguém é processado?

— Como é que você sabe?

— Acabei de lhe dizer que não sei.

Katy lançou-lhe um olhar penetrante.

— Como você *acha* que sabe?

— É só fofoca e mexerico — disse Sebastien. — Informação realmente medíocre. Faça com ela o que quiser. O que realmente espero que seja nada.

— O que eu poderia chegar a fazer com ela?

— Isso eu tenho certeza que não sei. Não tenho o menor vislumbre de imaginação desde 1996, mais ou menos.

— Você é um cara estranho.

Sebastien só esperava que a expressão vazia em seu rosto transmitisse a retumbante falta de originalidade desse comentário.

— Eu devia voltar para casa — disse Katy.

— Tão cedo? Que pena!

Katy voltou a descer a escada da frente. Sua beleza era austera, inacessível. Havia uma dureza nela, como se Katy tivesse sido esculpida de algum minério raro, ao passo que Lily por algum motivo parecia orgânica, de surgimento espontâneo.

— Permite que eu lhe pergunte — disse ele, quando Katy ia se afastando — se você vai contar a Lily que veio aqui?

— Por quê? Está com medo de que isso passe uma impressão errada de você? — Katy continuou a andar, deixando de olhar para ele. — Não se preocupe. Tem muita coisa que não conto a Lily.

Um dia, quando Lily estava passeando por San Telmo, uma mulher de rosto abatido gritou com ela.

Ela nem viu de onde a mulher apareceu. Estava ouvindo seu iPod, e de repente a mulher estava bem ali, diante dela, berrando num castelhano veloz demais e deturpado demais para ela compreender. Lily fez um esforço para escutar e pegar algumas palavras, mesmo enquanto ia se afastando, cada vez mais rápido, apesar de ter o cuidado de não sair correndo. Mas foi inútil. Ouvir aquela mulher era como ouvir alguém falando num sonho ou durante um ataque de afasia. Lily recuou por uma portaria. A mulher entrou ali atrás dela, ainda aos gritos. Sua pele era coriácea, e havia alguma coisa que parecia errada em seus olhos... talvez a proporção entre as partes brancas e as íris estivesse de algum modo errada. Ela estendeu a mão, e Lily remexeu nos bolsos em busca de moedas. Mas, quando baixou os olhos, viu que a mulher não estava estendendo as mãos para receber alguma coisa. Pelo contrário, ela estava apontando para Lily, com as mãos como garras gêmeas; e Lily ficou reduzida a dizer que não entendia, que sentia muito, era uma pena, mas não entendia.

Com isso, a mulher, parecendo de algum modo satisfeita — embora Lily não conseguisse adivinhar por que motivo —, deu meia-volta e entrou num beco, desaparecendo.

Passou-se um momento, e Lily pisou hesitante na rua. Com a partida da mulher, a praça estava em silêncio: com os raios de sol se reunindo em pequenas ilhas no concreto. Uma diagonal de luz diante de Lily estava fervilhando com partículas de pó, que se movimentavam numa mudez frenética. Do outro lado da praça, dois caras jovens estavam bebendo cerveja numa *cervecería*. Eles olharam para Lily e riram, e um deles ergueu o copo num brinde. De repente, Lily percebeu uma umidade pegajosa na bochecha, que ela soube de imediato que era cuspe. A mulher tinha cuspido na sua bochecha. Lily limpou o rosto com a manga da blusa de malha — uma vez, duas vezes, muitas vezes — e estava na metade do caminho de volta para a casa dos Carrizo, ainda limpando, antes de entender que aquela parte de seu rosto simplesmente pareceria estranha por um tempo.

Durante o resto daquela tarde, Lily sentiu a exaustão nervosa da culpa genérica. Essa culpa vinha surgindo em ondas, entre o Borges e o vinho — o conhecimento preocupante de que ela no fundo estava de férias num país que era essencialmente pobre, ao menos pelos padrões americanos. Ela não conseguia descobrir como encarar sua presença ali. Era bom que estivesse em Buenos Aires, canalizando suas parcas economias para aquela taxa de câmbio absurda, saindo cheia da nota e jogando dinheiro na economia? E se esforçando — não se podia negar que ela estava tentando, sem dúvida se esforçando mais do que Katy — para aprender a língua, fazer contatos internacionais e promover o entendimento transcultural e tudo o mais? Talvez ela devesse estar trabalhando como voluntária em algum lugar. Deveria estar passando por algum tipo de sofrimento. Mas a verdade era que isso parecia superficial, também; e talvez até mesmo pior, de uma forma que lhe era difícil decifrar.

Todo o pessoal do programa de intercâmbio tinha ido a um orfanato para uma tarde de trabalho, e tinha ficado dolorosamente claro como todos eles eram inúteis: que pequenos problemas superáveis estavam sendo criados para eles resolverem, que tarefas insignificantes e exequíveis estavam sendo deixadas por fazer, para que eles pudessem todos se prontificar a fazê-las. E que tudo estava indo mais devagar por causa da necessidade de tradução e de explicações a mais. Que no fundo eles tinham complicado o trabalho daquelas pessoas com sua presença ali. Que o verdadeiro favor teria sido ficar em casa. Havia um tipo específico de desconforto que resultava do reconhecimento de como era profunda sua própria inutilidade. Em termos morais, aquilo tudo era tão extenuante.

Lily se preocupava com isso, depois esquecia a preocupação e então se preocupava com o fato de ter se esquecido. Ela reconhecia que talvez esse fosse o segundo estágio do choque cultural, depois da exultação.

Quando voltou para casa, Katy não estava lá, e Lily resolveu pegar o cartão para telefonemas internacionais. Queria falar com alguém sobre esse tipo de coisa e, se isso significasse falar com alguém de sua própria família, tudo bem. Lily tentou ligar primeiro para Maureen, mas ela não estava em casa. Supôs que pudesse ligar para Anna, mas ela nunca ligava para Anna. Na realidade, ela às vezes se esquecia de Anna — não do fato de que ela existisse, é claro, não de seu papel em quase todas as lembranças da infância de Lily. Mas às vezes a verdade era que a ideia de que Anna estivesse vivendo sua própria vida em Colby parecia a Lily menos do que totalmente real. Essa sensação era agravada pelos famosos horários ascéticos seguidos por Anna — que ia dormir e acordava incompreensivelmente cedo, o que sempre tinha parecido a Lily uma espécie de rejeição consciente ao mundo e seus habitantes.

Em Middlebury, de vez em quando, Lily tinha acordado à uma da tarde a tempo para sua primeira aula e pensado no fato aterrador de que Anna já estava acordada havia seis horas e meia; além do fato ainda mais aterrador de que isso era praticamente tudo o que Lily sabia sobre a vida da irmã. As coisas que Lily *não* sabia sobre a vida da irmã eram inúmeras. Talvez a mais importante fosse Lily não saber se Anna ainda era virgem. O pior era que ela imaginava que não seria informada de qualquer desdobramento sob esse aspecto, quando e se ocorresse.

É claro que Lily tinha falado com Anna sobre sua primeira vez; e Anna tinha ficado ao mesmo tempo enojada, que Lily entendia, e desinteressada, que Lily não entendia — não só porque o sexo fosse um tema objetivamente interessante, mas também porque Lily considerava inimaginável sentir repugnância por alguma coisa e também não sentir uma curiosidade profunda por ela. Para Lily, essas sensações eram essencialmente as mesmas. Com Anna, isso não acontecia. Quando se tratava de conversas sobre os fatos realmente irresistíveis, vulgares, petrificantes da vida, Anna era de uma serenidade enlouquecedora: nem explicitamente interessada, nem evitando o assunto com tanto puritanismo a ponto de admitir seu poder. Ela se dispunha a falar sobre esse tipo de questão, quando fosse necessário, e nessas ocasiões o que dizia a respeito era inevitavelmente prático. Por exemplo, quando Lily lhe falou da perda da virgindade, Anna de pronto lhe perguntou se ela pretendia usar anticoncepcionais.

— Por favor, Anna — dissera Lily, num tom que pretendia parecer experiente e entediado, mas a verdade era que ela não tinha pensado muito nisso. Tinha imaginado que o sexo não viesse necessariamente a ser alguma coisa que ela continuasse a fazer. Tinha se concentrado totalmente no obstáculo da perda da virgindade, e a pergunta sobre anticoncepcionais naquele momento lhe dava a mesma impressão de indagações sobre seus planos para pós-graduação no instante em que entrava correndo na sala com uma carta de aceitação da faculdade. — Se você quiser se divertir na faculdade, Anna-Banana, vai precisar aprender a relaxar.

Ela e Anna tinham sido mais próximas, quando eram pequenas. Naquela época, as duas compartilhavam um interesse sério. Como todas as crianças, Lily e Anna em geral não se interessavam pelo que tinha acontecido antes que nascessem; mas a questão de Janie era, naturalmente, a grande exceção. Ela as consumia com uma curiosidade que era terrível, elétrica, vergonhosa e insaciável. Era também provavelmente normal, como Lily agora percebia, embora elas não soubessem disso na época.

Tudo o que elas sabiam durante aquele período era que sua curiosidade dava a impressão de crueldade. Isso Lily tinha aprendido da pior maneira, aos 4 ou 5 anos, quando perguntou alguma coisa de uma grosseria medonha a Maureen — alguma coisa sobre o destino do corpo de Janie, achava ela, apesar de agora não ter certeza absoluta e de evitar fazer muito esforço para se lembrar. A dor involuntária e visceral no rosto de Maureen naquele instante tinha chocado Lily, tanto quanto a estranha voz embargada com que Maureen respondeu; e de repente Lily percebeu que Maureen estava muito, muito triste e que estava tentando não culpá-la. Lily ainda podia se lembrar de como ficou desolada ao se perguntar, pela primeira de muitas, muitas vezes, se tudo não era mais complicado do que parecia.

E assim, como amavam os pais e não queriam magoá-los, Lily e Anna tinham parado de fazer perguntas. Mas sua morbidez inata de pré-adolescentes — embora reprimida e esmagada — não tinha como desaparecer totalmente. E às vezes ela se manifestava de modos estranhos.

— A gente pode morrer — Lily tinha sussurrado para Anna, a altas horas da noite. Estava com 7 anos; e Anna, com 5. Foi o verão em que Lily dormiu todas as noites em seu saco de dormir da Princesa Mulan, fingindo que estava acampando. — Qualquer uma de nós duas. Você não sabia?

— Não, a gente não pode.

— Janie morreu. A gente pode morrer a qualquer hora.

— Janie era muito doente — disse Anna, severa. Esse era o mantra repetido compulsivamente pela família. Até o dia de hoje, Lily ainda o ouvia, recitado num coro sinistro, quase uma ladainha: *Janie era muito doente, Janie era muito doente.* E Anna era dada a papaguear, submissa, qualquer coisa que Maureen e Andrew dissessem, o que Lily achava irritante, mesmo quando elas eram muito pequenas.

— Mas qualquer uma de nós duas pode *ficar* doente — disse Lily.

— Cala a boca — disse Anna, com a voz trêmula. Mesmo quando eram criancinhas, Lily não sabia realmente o que perturbaria Anna. Ela chegava a ter inveja de outras garotas que pareciam saber exatamente o que deixaria as irmãs tristes, o que as deixaria zangadas, o que as faria contar o que sabiam e o que as deixaria totalmente enojadas. Lily não sabia essas coisas. Anna era como um ovo numa colher que ela sempre deixava cair, mesmo quando não era isso o que pretendia.

— Nós não vamos ficar doentes! — Anna tinha repetido, feroz, inúmeras vezes, naquela noite e em muitas noites seguintes. — Não vamos. Não vamos. E estava certa. Elas não tinham adoecido.

Lily olhou de esguelha para o telefone. A luz artificial do subsolo estava mais agressiva do que o normal, e ela se pegou discando o número de Andrew. Numa noite de sábado, seu pai podia estar em casa ou ter saído; e qualquer das duas possibilidades tinha implicações vagamente medonhas. Lily esperou. Uma fileira interminável de números devia estar aparecendo no identificador de chamadas do pai. Lily ainda sentia na bochecha os resquícios da cusparada da mulher, mas é claro que isso era impossível. Andrew atendeu.

— Lily!

— Alô, papai.

— A que devo a honra?

— Só queria saber como você estava. — Era Lily quem tinha ligado, mas agora precisava fingir que a chamada era a sério, não por prazer. — Me certificar de que você não está se divertindo demais sem mim.

— É claro que você não precisa se preocupar com isso. E você? Não deveria estar passeando com aquele cara?

Sebastien. Lily tinha mencionado o nome num cartão-postal uns dez dias atrás, empolgada com a ortografia e as maiúsculas não convencionais; transbordando com a alegria sofisticada de enviar pequenos selos de animação para o marasmo da vida das pessoas que tinha deixado para trás. Agora, desejava não ter dito nada.

— Você acha problemático em termos morais algum estrangeiro vir estudar na Argentina? — perguntou Lily.

— Ah, fale com sua mãe sobre isso — respondeu Andrew. — Você sabe que ela é a única marxista de verdade na família.

O carinho na voz de Andrew ao dizer isso fez Lily se perguntar, pela trilionésima vez, por que seus pais tinham se separado — embora ela se espantasse com a incapacidade deles de fazer qualquer coisa, até mesmo um divórcio, com qualquer entusiasmo verdadeiro. Era muito difícil dizer exatamente até que ponto o casamento tinha sido ruim, já que ele vinha tropeçando durante sua última volta.

Era decerto verdade que, apesar de todo o progressismo que adotavam, a família parecia refletir basicamente a estatística nacional quanto à divisão do trabalho doméstico: Andrew dava a impressão de tornar tudo só um pouco mais sujo e desarrumado, sem fazer muito esforço, enquanto se movimentava pela casa; Maureen passava tranquila atrás dele com uma arrumação e limpeza também aparentemente sem esforço. Mas Lily sabia que não podia ser tão simples assim.

Havia uma história que Maureen e Andrew contavam — às vezes em separado, às vezes em conjunto —, mas sempre num tom que sugeria um profundo conteúdo simbólico — que Lily achava que poderia conter algumas pistas. Parece que, mais para o fim da vida de Janie, os vizinhos hippies da casa ao lado tinham trazido para eles alguns cristais e tinham ficado parados no alpendre (na versão de Maureen), certinhos, serenos, radiantes com a óbvia beleza da solução. Com o passar dos anos, os cristais tinham se tornado uma piada particular estranha, obscura e totalmente sem graça entre Maureen e Andrew. Sempre que um deles se virava para o outro e dizia, com ênfase, aqueles *cristais*, estava claro que alguma coisa chata e adulta ia passar voando logo acima da cabeça de Lily e Anna, que sabiam muito bem que era melhor não tentar realmente aprofundar a questão.

— Eu tentei — disse Lily. — Ela não estava em casa. Só me resta você.

— Vá cavar latrinas na Mongólia depois de se formar — disse Andrew. — O que mais você faria de qualquer maneira? Vai se formar em filosofia.

— E em estudos sobre a mulher.

— Eles ainda estão considerando isso uma área de pesquisa acadêmica?

— Me sinto tão inútil.

— Bem, você é mesmo inútil, Lil. Mas o Corpo da Paz ainda estará por aí depois. Melhor você se divertir agora. Você está se divertindo?

Lily sentiu um esgotamento com o uso desse verbo "divertir". Ela não tinha pensado em Buenos Aires em termos de "diversão"; tinha pensado nela em termos de "pureza transformadora". Mas agora percebia, com um pequeno choque, que tinha sido divertido — a descoberta, a revelação psíquica da aquisição de uma língua, a bebida, o envaidecimento literário, a crescente noção de si mesma como uma criatura elegante, abandonada, num filme estrangeiro. Tudo tinha sido muito divertido, até que, de algum modo, já não era.

— A diversão já acabou — disse ela, entristecida.

— Bem. Não vá se meter em encrencas. Olha, preciso me apressar. Garry Kasparov vai aparecer na CNN neste instante.

— Você adora esse cara.

— Eu *adoro* esse cara. Mas me diz uma coisa, está tudo certo com você? Tudo bem?

— Tudo certo, tudo bem. Mande um beijo meu para o Garry.

Andrew desligou, mas Lily continuou com o fone junto da orelha, escutando o silêncio de um telefonema concluído, com o olhar fixo na luz lá no alto até começar a ver riscas pretas. Pensou na mulher aos berros no portal. Tentou reproduzir na cabeça o que a mulher tinha dito, tentando decifrar as palavras e traduzi-las em retrospectiva, mas de nada adiantou. A mulher tinha sido indecifrável, e agora seria para sempre incompreensível. Lily pôs o fone no gancho.

Naquela noite, Lily ofereceu seu melhor comportamento aos Carrizo. Apareceu para jantar cedo, perguntando a Beatriz se ela precisava de ajuda com alguma coisa — embora tivesse certeza de que Beatriz podia ver sua nítida esperança de que não seria necessária ajuda alguma — e decidiu se certificar de ser mais gentil com Katy. Com Carlos, ela sabia que seria fácil. Tudo o que era preciso para fazer com que ele gostasse ainda mais dela era falar ainda mais sobre as tramoias das corporações multinacionais, as ambições inegavelmente imperialistas dos Estados Unidos, as maquinações covardes do FMI. Lily tinha uma vaga noção de que não acreditava rigorosamente em tudo aquilo. Em grande parte, esse era o tipo de conversa que as pessoas entabulam para participar de atividades sociais, para declarar sua identidade moral bem trabalhada. Mas estava claro que ela não ia questionar a opinião de um cidadão que realmente vivia numa economia em desenvolvimento a respeito das intenções do FMI. E além do mais, Lily não tinha total certeza de que Carlos realmente acreditasse em tudo aquilo. Ele encarava a conversa como um esporte; e Lily adorava as pessoas que consideravam qualquer coisa um esporte (com exceção dos esportes de fato).

— Ninguém nem mesmo acreditava que houvesse armas químicas no Iraque — disse ela a Carlos, como um pontapé inicial. E serviu um copo de vinho para si mesma.

— Ninguém — disse ele, com vigor. — Essa foi a grande trapaça. Agora todo mundo sabe que eles estavam errados, mas o que ninguém entende é que até *eles mesmos* nunca acharam que estavam certos.

Lily concordou, animada. Talvez fosse possível ver a depressão de Carlos por trás daquilo tudo, embora ela fosse tão diferente da depressão terminal, resignada, apavorada, da sua própria família branca, anglo-saxã, protestante. A tristeza de Carlos não era a lúgubre marcha fúnebre de Maureen — que no fundo tinha tomado uma decisão bem-pensada e discreta de simplesmente nunca mais ter prazer em nada. Em vez disso, a tristeza parecia empurrar Carlos na direção de uma indiferença fatal que quase se assemelhava a uma espécie de liberdade. Era provável que ele se dedicasse mais a rir do que a qualquer outra coisa.

— As questões não resolvidas de George W. Bush com o pai são o único motivo para vocês terem chegado a ir lá — dizia Carlos.

Katy e Beatriz ficavam caladas a maior parte do tempo, quando se discutia política, o que era sempre. Isso fazia Lily hesitar entre a suspeita sinistra de que Katy fosse politicamente desinformada e a suspeita ainda mais sinistra de que ela fosse politicamente moderada. Dava para ver que Beatriz estava só entediada de Carlos, o que Lily podia entender.

— A derrubada das Torres Gêmeas foi uma castração simbólica dos Estados Unidos — disse Lily. — Foi por isso que os EUA se ressentiram tanto. — De algum modo, o clima à mesa estava ficando sombrio. Beatriz estava fazendo uma careta para seu bife com uma pitada a mais de sua dose normal de contrariedade exasperada. Lily olhou para Katy em busca de socorro, mas Katy só fixou nela o olhar indiferente, com o que pareceu a Lily um certo grau de divertimento cansado. Lily estava sozinha.

A conversa avançou aos solavancos, e Lily se descobriu fazendo declarações cada vez menos instigadoras e anuências cada vez mais mornas, até perceber que Beatriz tinha tirado a mesa, que Katy tinha saído da sala e que tudo o que restava na garrafa de vinho eram algumas gotas fibrosas, vermelhas como rubis.

Depois, Lily encontrou Katy no beliche, lendo. Lily olhou espantada para ela por um instante, perguntando-se que tipo de total inconsciência conseguiria comprar tanta serenidade.

— Esse livro é sobre o quê? — perguntou ela.

— Sigilo governamental sobre taxas de inflação — disse Katy, sem olhar.

Lily não pretendia dizer nada, mas então falou.

— Por que você nunca fala?

— Como?

— Por que você nunca diz nada durante o jantar? Não tem nenhuma opinião sobre nada?

Katy largou o artigo.

— Você não está falando sério.

— Como eu poderia saber se você tivesse? Como eu saberia que você tem uma única opinião que fosse na cabeça?

— Não existia a menor possibilidade de você querer que eu participasse daquela conversa.

— É claro que eu queria.

— Não. Você não queria.

— Você nunca vai mudar as ideias de ninguém, ficando sentada ali, revirando os olhos.

— Eu não estava revirando os olhos.

— Estava, sim. Estava revirando os olhos para trás até onde conseguiam ir. — Lily podia sentir o vinho se escoando em algum ponto nos fundos do seu crânio. Teve um soluço. — Acho que você nunca quer dizer nada porque simplesmente não suporta que alguém fique com raiva de você. Só quer ter certeza de que todos gostam de você. Só se importa com isso.

— Melhor do que só querer achar que estou certa o tempo todo, mesmo que não esteja fazendo nada para consertar nada.

— Fui vice-presidente local da Anistia Internacional! — disse Lily, jogando em Katy um chinelo, que nem chegou perto dela. — Organizei três petições por uma Palestina Livre!

Katy olhou para o chinelo, com ar de avaliação, apanhou-o e o entregou a Lily.

— Calma! — disse Katy. — Não precisamos brigar por isso.

Fez-se silêncio. Lily esperava aparentar menos raiva do que realmente sentia.

— Vai ver que você está certa — disse Katy, conciliadora. — É só que... não sei. Acho que essas conversas não são boas. Acho que não fazem bem para Carlos. Ele bebe tanto. Fica tão deprimido.

— Estou tão cheia de todos viverem tão deprimidos — disse Lily. E estava. Puxa vida, como estava. Às vezes tinha a impressão de que sua própria família era no fundo a seita suicida mais passiva do mundo. A família que a acolhia não podia pelo menos ter problemas de um tipo diferente? — Será que ninguém entende que é preciso *tentar* não ficar deprimido? Que é preciso tornar a depressão uma prioridade menor? Que não se pode simplesmente passar batido por toda a realidade da vida só porque se está tão deprimido? Nós todos vamos morrer um dia. Estamos todos no mesmo barco.

Katy deixou isso sem resposta, e Lily pôde ouvir o que tinha dito girar pelo quarto, dando voltas cada vez mais largas. De repente, ela se sentiu péssima, infantil. De repente, e pela primeira vez, sentiu vontade de voltar para casa.

— Mas por que ele está tão deprimido? — perguntou Lily daí a um tempo.

Katy olhou para ela, assombrada.

— Eles estão sendo processados — disse ela. — Ele está perdendo a empresa. Você não presta atenção em nada?

CAPÍTULO 6

Fevereiro

Na noite após a visita à prisão, Andrew sonhou com Lily. No sonho, ela estava numa incubadora, toda enfaixada, com tubos entrando e saindo pelas orelhas, olhos e nariz. Tinha as feições delicadas e típicas de um bebê, mas com o tamanho de sua filha adulta; e quando falava — embora ele não conseguisse entender o que dizia —, falava com a voz grave, nítida, da Lily adulta e com um tom de súplica, até ele acordar.

Andrew estava decepcionado consigo mesmo. Toda a sua vida, seus sonhos tinham sido de uma banalidade desanimadora, toscamente metafóricos e sempre pontuais. Tinha sonhado com quedas, com nudez despercebida; tinha sonhado que se esquecia de um curso para o qual estava matriculado e, mais tarde, de um curso que deveria dar. Ele teria preferido ser pelo menos um pouco mais original numa crise.

Andrew levantou-se e foi ao banheiro. Acendeu a luz e se observou enquanto aparecia no espelho, barrigudo e com os olhos injetados. Andrew tinha passado os anos anteriores acompanhando seu próprio envelhecimento através de Maureen — tanto na aparência dela, como no seu modo de olhar para ele — cada vez que se viam. Na última vez, no Natal, percebeu que Maureen tinha perdido o brilho, tornando-se uma pessoa comum. Havia rugas finíssimas em torno dos seus olhos e uma insistente cor de ameixa nas olheiras. Seu cabelo já não era tão vermelho quanto ele se lembrava. Finalmente tinha acontecido: os melhores aspectos de Maureen já não apareciam. Um desconhecido que passasse por ela na rua jamais suspeitaria que ela uma vez tinha pulado para embarcar num trem em movimento na Áustria, ou que tinha fumado maconha no closet e caído rindo numa pilha de saias, muito antes que acontecessem coisas que a deixaram receosa, que teriam deixado qualquer pessoa neste mundo receosa. Uma espontaneidade alegre era, afinal de contas, um luxo. E às vezes Andrew ficava feliz por Lily de algum modo ter conseguido brotar da vida deles suficientemente despreocupada para fazer tudo o que quisesse fazer. Afinal de contas, outras garotas tinham essa atitude, saíam para estudar no exterior e então, depois de um semestre, voltavam para casa, comportando-se exatamente como Lily teria se comportado: fingindo ter resvalado para o castelhano ou o francês sem querer, alardeando a falta que sentiam de alguma comida de rua que tinham acabado de conhecer e adorar, contando histórias com a esperança de que elas fizessem outras pessoas admirar sua intrepidez tanto quanto elas mesmas admiravam. Era isso o que Lily deveria estar fazendo dentro de três meses. Deveria sair com amigas, todas tendo voltado recentemente de lugares diferentes, todas cheias de surpresa com a aparência estranha, leve e coriácea das cédulas de dólar americano. Mas ela não estaria nesse meio. Lily até poderia estar de volta a casa em três meses, mas, mesmo que estivesse, já não seria uma criança, e não diria as coisas que crianças dizem. E às vezes, especialmente agora, quando ele pensava nela dormindo naquela cela, enrodilhada em si mesma em busca de calor, Andrew não se sentia feliz por ela ter tido a oportunidade de se sentir livre e sortuda neste mundo. Nem mesmo por um instante, nem mesmo se ela merecesse a sensação. Porque, fala sério, quem eles estavam enganando? A família deles nunca tinha tido sorte. E Andrew e Maureen tinham errado com Lily — tinham errado totalmente —, se um dia permitiram que ela se esquecesse disso.

Andrew voltou na ponta dos pés para a cama. Do outro lado do quarto, Anna parecia estar irradiando um estado de vigília ressentida, apesar de estar muito imóvel. Ele temia que Anna acabasse se tornando o tipo de filha que nunca lhe diria que ele roncava. Andrew voltou a se deitar. Uma frase passou por sua cabeça: *Não existe outra vida a não ser a que temos.* Esse tinha sido uma espécie de mantra para ele depois que Janie morreu. Ele dizia a si mesmo que nunca haveria mais nada na vida dela neste mundo, além dos dois anos e meio que passou por aqui. Não há nenhum outro esboço, e nenhum fim alternativo. Não existe um único dia que pertença de modo legítimo à nossa vida, exceto aqueles que realmente a compõem.

Deitado na cama, Andrew ouviu o leve crepitar de uma folha contra a janela. Admirou a luz recalcitrante da lua que já ia diminuindo. Afinal de contas, o mundo era belo.

Todos os dias, ao amanhecer, Anna vestia sua roupa de ginástica e saía para correr. Voltava em silêncio, depois de uma hora ou mais, e se sentava diante do espelho, arrancando os Band-Aids dos calcanhares esfolados, enquanto Andrew olhava. A certa altura, durante seu primeiro ano da faculdade, ela havia se transformado numa única peça comprida de músculos. De tarde, Andrew fazia com que ela saísse com ele para ir a algum lugar — geralmente à lojinha da esquina, onde ele tentava em desespero criar alguma diversão com todos aqueles exóticos sabores artificiais. Anna ia atrás dele, inesperadamente lenta, sua expressão semelhante a um pedaço de basalto.

— Iogurte com sabor de castanhas? — dizia Andrew, apontando. — Você teria imaginado um dia?

— Ultimamente vejo muita coisa que eu nunca teria imaginado.

Andrew não a culpava. Ela estava dando o melhor de si. Aprender a ser adulto era aprender que o melhor de si raramente chegava a ser suficiente.

— Refrigerante com sabor de figo? — dizia ele. — Aposto que você nunca tomou nada parecido.

— Nunca fiz um monte de coisas que estou fazendo agora.

No terceiro dia depois da visita a Lily, enquanto Anna estava na academia, Andrew saiu para dar uma caminhada. Foi à catedral cor de areia; passou por casas sobre as quais o mato crescia como barba por fazer. Havia cocô de cachorro por toda parte, absolutamente por toda parte; e Andrew ficou impressionado com a aceitação serena desse fato, como se todos tivessem feito um acordo tácito de que era para isso que a cidade existia. O céu era de um azul-claro puríssimo. Andrew pensou em como seria ser jogado vivo de um avião e então cair riscando esse céu magnífico, da cor de um azulão ou de um lápis de cera. Pensou em como seria estar apavorado demais para gritar.

Andrew teria gostado de ser capaz de dizer a si mesmo que todos eles tinham sobrevivido antes, mas a verdade era que eles não tinham. Ele tentava se forçar a lembrar que o problema de Lily era totalmente diferente do de Janie. A situação de Lily decorria meramente de uma falha de racionalidade, uma falha de comunicação. Se ele pudesse explicar tudo bem devagar e com muito cuidado, tudo seria esclarecido; e todos veriam que tinha sido cometido um erro. Ele não precisava fazer parar uma doença terminal, o apocalipse ou um tsunami iminente. Não precisava atrair a atenção ou a graça de uma divindade. Tudo o que precisava fazer era descrever, com muita clareza e persuasão, um fato real sobre o mundo: que sua filha não tinha matado ninguém. Andrew era um explicador profissional. Para salvar Lily, só precisava fazer melhor o que já fazia bem. O que poderia ser mais simples? No fundo, o que poderia ser mais fácil? Deveria estar alegre por ter problemas desse tipo! Não havia nenhum tumor no corpo dessa filha, nenhuma faca encostada no pescoço dela — só um punhado de impressões incorretas, entranhadas na mente de alguns reacionários. No que dizia respeito a ameaças, essas não eram das piores.

Andrew passou por mais uma igreja. Esculpidos em seu exterior estavam santos, para sempre fora de perspectiva, com suas auréolas refulgindo como moedas. A igreja estava fechada. Ele parou do lado de fora dos portões primorosos de ferro batido e permaneceu ali.

Anna voltou às onze horas e tomou um banho de chuveiro. De tarde, Andrew a deixou comendo um sanduíche do serviço de quarto e assistindo a *Sex and the City 2* no HBO, que ele tinha pedido para ela, apesar de ela ter dito que já tinha visto a série e que a tinha tornado uma pessoa pior e menos inteligente. Andrew pediu que o pessoal do hotel chamasse um táxi e deu ao motorista o endereço da família que tinha acolhido Lily, em Palermo. A casa de Sebastien LeCompte, pelo que os e-mails de Lily tinham sugerido, era vizinha e enorme. E Andrew esperava ser impossível deixar de vê-la.

Algumas ruas no caminho até Palermo tinham um aspecto duvidoso — Andrew via estruturas semelhantes a quebra-cabeças de compensado; homens de ar suspeito, só de camiseta; nacos de carne de porco retalhada, assando em espetos ao sol e atraindo enxames de moscas brilhantes como pedras preciosas. Mas, depois que passaram por Figueroa Alcorta, ele relaxou. Por uma janela, viu agigantar-se um tipo de museu, enfeitado como um bolo de noiva, e as casas foram ficando maiores e melhores até se tornarem berrantes, cafonas e exageradas segundo o gosto dos novos-ricos assumidos. As coisas foram ficando mais calmas e mais limpas depois que o táxi passou para o Barrio Parque. Andrew começou a achar que estava num bairro habitado por pessoas que tinham feito pequenas fortunas honestamente. Por fim, o táxi virou uma esquina empoeirada e entrou na rua de Lily — na antiga rua de Lily —, e Andrew mais uma vez ficou aliviado. A casa que devia ser de Sebastien LeCompte era inconfundível: era a casa vizinha à dos Carrizo; e, como esperado, era imensa, desconjuntada e maltratada, visivelmente prejudicando os preços de todos os outros imóveis por ali.

Andrew não pôde deixar de esticar o pescoço para ver a casa onde Lily tinha morado. Ficou feliz de ver que era uma boa casa. Tinha imaginado valas negras, galinhas no quintal, só Deus sabe o quê. Mesmo assim, o que os advogados lhe disseram sobre os Carrizo não pareceu tranquilizador. A impressão era que os Carrizo tinham certas atitudes acerca de Lily, certos preconceitos e suspeitas, e Andrew sabia muito bem como ela podia ser irritante para pessoas que de fato não a amassem. Ele voltou a olhar de relance para a casa, tentando ver o interior do quintal, e então estremeceu e se repreendeu pela tendência macabra de querer ver. Ele desviou o olhar e indicou a mansão de Sebastien LeCompte. O motorista de táxi olhou para ele com ceticismo.

A casa era de fato imensa. Pela primeira vez na vida, Lily não tinha exagerado num cartão-postal. Três andares, com janelas de caixilhos, acarrapachados por baixo de um telhado que parecia estar cedendo num lado, conferindo à casa inteira o ar de uma pessoa que dá de ombros num colete abotoado.

Um caminho em curva levava a uma porta enorme que, como Andrew viu ao chegar, era entalhada e caríssima, mas estava sem a maçaneta. A aldraba era uma criatura de pedra que mostrava os dentes. Andrew flagrou-se mostrando-lhe também os dentes, sem querer. Ele poderia ter enfiado o punho na porta e entrado no interior assustador da casa. Mas não fez isso. Preferiu bater, e deu uns passos atrás. Estava suando. Um ventinho morno e reles começou a soprar e lhe deu ainda mais calor. Ele esperou.

Por fim, a porta se abriu, e um rapaz magro e muito jovem apareceu. Tinha o cabelo castanho e olhos espantosos; e estava usando um traje que Andrew não conseguia entender direito. Seria alguma espécie de robe? Algum tipo de traje para fumar? Talvez fosse, pensou Andrew, sombrio. Afinal, esse garoto estava por trás do hábito de fumar de Lily.

— *Buenos días* — disse Andrew, porque imaginou que essa era a melhor maneira de começar.

Sebastien LeCompte não pareceu surpreso. Apenas deu um sorriso distante, revelando dentes que deviam ter custado uma fortuna.

— Ora, *bom-dia* também para o senhor — disse ele. O sotaque não era o que Andrew esperava, era anasalado e áspero, o sotaque de atores britânicos representando americanos. Não combinava com o traje. — Eu poderia lhe perguntar o que o senhor está vendendo?

— Você fala inglês?

— Ouso dizer que falo.

— Você é Sebastien LeCompte?

— Ouso dizer que sou.

Em seus e-mails, Lily tinha se referido a Sebastien LeCompte como um "cara" com quem estava "saindo", um jeito de se expressar que tinha parecido cômico para Andrew na época, mas ao qual ele tinha se agarrado depois da prisão da filha. Talvez ela estivesse mesmo namorando um adulto, para variar, alguém que fosse razoável e maduro, alguém que de fato poderia ser de alguma ajuda agora. Essa esperança tinha diminuído quando ele viu o vídeo da câmera de segurança; e agora, olhando para Sebastien LeCompte em carne e osso, Andrew pôde sentir que ela quase desaparecia. Na realidade, estava lidando com um garoto: magro como uma tábua, de cabelo cheio, indolente em cada gesto e olhar, sardônico em cada fala, como um reflexo, a corporificação do gosto musical de sua geração. *Criem vitalidade, crianças!* Andrew tinha vontade de gritar, mas não gritava. Era uma sorte para o mundo o fato de Andrew não fazer metade das coisas que pensava em fazer. Em vez disso, ele estendeu a mão. Precisava tentar — era imperioso que tentasse — descobrir se havia a menor chance de que esse garoto pudesse ajudá-los, a despeito de si mesmo.

— Sou Andrew Hayes — disse ele.

Com isso, aconteceu alguma coisa com o rosto do garoto — ele o levantou um pouco, e suas sobrancelhas se ergueram em termos quase imperceptíveis. As narinas se dilataram.

— O pai de Lily.

— Sim. O pai de Lily. — Andrew fez uma pausa, tentando tirar o tom cortante da voz, só para se precaver. — Imagino que você saiba o que houve com Lily, certo?

A essa altura, o garoto pareceu se recompor.

— É verdade — disse ele, empertigando-se de repente. — Extremamente improvável. Se bem que nossos filhos realmente tenham seus jeitos de nos surpreender, não têm?

Andrew não sabia ao certo como interpretar isso, mas soube que não estava gostando. Recuou um passo.

— Nós, quem? — perguntou ele.

— Não, não. Estou brincando. Acho que sua linda Lily não teve participação no homicídio.

Andrew passou os dedos pelo cabelo, sentindo a teimosia resoluta de seu próprio crânio.

— Tenho a esperança — disse ele, com cuidado — de que você possa me ajudar.

Sebastien olhou para Andrew com ar plácido.

— Lamento muito saber disso — disse ele. Andrew também não conseguiu interpretar bem essa frase; mas, antes que pudesse pedir um esclarecimento, Sebastien pigarreou. — Permite que lhe pergunte — disse ele, já sem o toque animado na voz — como Lily está passando?

Andrew semicerrou os olhos. Parecia que o garoto realmente queria saber.

— Será que eu poderia entrar para nós conversarmos um pouco?

— Onde foi parar minha educação? — Sebastien recuou para as sombras da casa e fez um gesto de cortesia rebuscada para que Andrew o acompanhasse.

— Lily está péssima — disse Andrew, entrando. — Obrigado por perguntar. Ela está simplesmente péssima.

A reação de Sebastien a isso ficou perdida na estranha escuridão endêmica da casa. Andrew piscou, e uma sala de estar labiríntica e anacrônica surgiu. Havia um relógio decorado com arabescos no console da lareira; um piano antiquíssimo, meio cambaio ali ao lado. Vários volumes cobertos por lençóis, que Andrew desejava com fervor que fossem móveis. No canto, um mapa multicor, muito desatualizado, cobria uma janela. Um raio de sol iluminava o verde vivo de uma Índia não alinhada. Andrew apontou para ela.

— Eu achava que a União Soviética já era — disse ele.
— Ah, é? — disse Sebastien. — Eu não sabia.

Ele parecia realmente consternado. Estava ficando claro que aquela conversa ia exigir paciência de um tipo diferente daquele que Andrew tinha pensado em trazer.

— Saiu em todos os jornais.

Sebastien fez que sim, com ar severo.

— Receio que minha decoração esteja muito ultrapassada. Se a gente não mudar as coisas de lugar, acaba se revelando que elas não têm o hábito de se mudar sozinhas. Deve ser por isso que temos todos aqueles fóruns romanos espalhados por aí, por bem ou por mal.

Andrew como que concordou em silêncio. Tinha uma leve impressão de que talvez não fosse prudente continuar a demonstrar um óbvio assombro pela casa, mas ele realmente não conseguia se forçar a parar. Era aqui que morava o namorado da sua filha, havia um cacho de pingentes de candelabro suspensos do teto, e Andrew de algum modo tinha certeza de que a sala inteira estava cheia de teias de aranha. No console da lareira, Andrew discerniu uma coleção de licores antiquíssimos, um livro enorme que só poderia ser a Bíblia, um jarro com flores que davam a impressão de ser provável que tivessem sempre estado mortas. Numa parede havia uma tapeçaria — uma tapeçaria verdadeira, como algo encontrável no museu nacional de um pequeno país do Leste Europeu. É claro que ela estava desgastada, e é claro que mostrava uma caçada: cães azuis atormentavam um cervo vermelho com uma agressividade antropomórfica; os olhos do cervo, brancos de terror. Meu Deus, a ostentação mórbida daquilo tudo! Como o mundo tinha chegado a produzir uma pessoa como essa? Será que o garoto tinha sido deixado sozinho durante toda a infância, nessa casa decrépita, sem nada para ler a não ser livros de Evelyn Waugh, com seu ferino humor britânico? Agora, além de tudo o mais, Andrew precisava se preocupar com a autoestima da filha.

— Onde estão seus pais? — Andrew flagrou-se perguntando.

— Pois é, essa é no fundo a pergunta no cerne de todas as iniciativas humanas, não é? — disse Sebastien, em tom alegre. — Realmente, onde estarão? Diga-me o senhor, um grande pensador dos nossos tempos.

Andrew passou um instante sem compreender e então sentiu um golpe surdo de remorso.

— Ah — disse ele. — Sinto muito.

— *Pas du tout.* Posso lhe oferecer uma bebida?

— Não, obrigado.

— Espero que não faça objeção a que eu beba.

Andrew fez um vago gesto de permissão com a mão, e Sebastien LeCompte fez uma reverência, entrando na cozinha. Andrew foi examinar mais de perto o console. Ao lado do relógio, num estranho paralelismo temático com a tapeçaria, estava uma fotografia de Sebastien com algum tipo de animal assassinado. Não importa o que ele fosse, o bicho tinha levado um tiro perto do coração, com o ferimento cercado por uma guirlanda de sangue vermelho-papoula. Na foto, Sebastien era ainda mais novo do que agora. Seu pai — idêntico ao filho, e dramaticamente vestido em vários trajes de cor bege, cheios de divisões, botões e linguetas — estava com um braço em torno do filho.

— Tem certeza? — perguntou Sebastien, voltando com um copo esverdeado de alguma coisa que só poderia ser absinto. — Eu até poderia dar uma corridinha até a loja da esquina e trazer o quê? Cerveja?

Andrew não aceitou.

— E então — disse Sebastien, sentando-se num dos volumes e convidando Andrew a fazer o mesmo. — Sobre o que o senhor queria conversar?

Andrew escolheu um volume só para si.

— Bem — disse ele, sentando-se com certa hesitação. — Entendo que você e Lily eram... amigos.

Ficou observando enquanto Sebastien rapidamente cogitava uma resposta sarcástica e depois a rejeitava. Em vez de responder, olhou para o teto e deu a impressão de refletir de fato sobre a pergunta por um bom tempo.

— Sim — disse, por fim. — Acho que provavelmente éramos.

— E você também conheceu a... Bem. A colega que morreu. Katy.

— Superficialmente.

Andrew sentiu sua garganta se contrair.

— Tenho esperança de que você possa me ajudar a entender o que está envolvido em tudo isso; por que isso está acontecendo; por que eles imaginam que Lily fez isso. Porque, em termos objetivos, tudo isso é um absurdo. Como tenho certeza de que você concorda. Em termos objetivos, é um absurdo e é inacreditável.

Sebastien levantou-se e foi até a lareira. Passou o dedo ao longo da fotografia, desenhando um floreio na poeira. Então olhou com nojo para o dedo e o limpou na calça.

— Bem, Lily não era muito ligada em Katy, como tenho certeza de que o senhor já foi informado — disse ele, categórico.

— Eu não diria isso — disse Andrew. Ele engoliu em seco, tentando relaxar a garganta. — Pode ser que não fossem grandes amigas, mas creio que não havia nenhuma hostilidade especial entre elas.

— Imagino que o senhor tenha lido os e-mails. Ou as notícias da TV a cabo ainda não chegaram aos EUA? Seja como for, eles fizeram furor por aqui.

De repente, Andrew teve vontade de quebrar o pescoço magricela daquele garoto. De repente, Andrew achou que entendia o que era fúria homicida.

— Acho que "furor" talvez seja um exagero — disse ele. — E, de qualquer modo, esse é o jeito de falar dela. É o jeito de falar de muita gente.

Muita, muita gente diz coisas grosseiras sobre os amigos em e-mails, e ninguém é preso por isso, porque de fato não é ilegal. Nem mesmo aqui; já verifiquei. Não importa o que tenha escrito sobre Katy, Lily no fundo não queria dizer nada. Se você realmente passou algum tempo com ela, saberia isso.

Sebastien inclinou a cabeça para um lado.

— Lily tinha mesmo um idioleto muito especial, é claro.

— Certo, olhe só — disse Andrew, levantando-se. Já estava cheio daquilo. Sua família precisava dele... mais uma vez? ou finalmente? não fazia diferença... e ele não ia deixar essa caricatura de gato de Alice impedi-lo de ajudá-las. — Preste atenção. Você vai me dar algumas informações.

Sebastien olhou para ele, espantado, e Andrew se perguntou quanto tempo fazia desde a última vez que o garoto tinha recebido qualquer tipo de instrução direta.

— Fale-me da noite em que Katy morreu — ordenou Andrew. — Lily estava com você.

— Estava.

— E você falou à polícia sobre isso?

— Rapidamente.

— A polícia acha que você poderia estar envolvido?

— É provável.

— Por que não o prenderam?

— Eu na realidade não estava envolvido. — Sebastien baixou os olhos, e Andrew com caridade permitiu-se levar em consideração a possibilidade de que ele de fato pudesse estar arrependido do que tinha acabado de dizer. Talvez como penitência, Sebastien continuou, com a voz um pouco mais baixa, um pouco menos teatral do que antes. — Não há nada a dizer sobre aquela noite. Verdade. Lily estava aqui. Nós conversamos e tomamos uns drinques. Fomos dormir em torno das duas. De manhã, ela voltou para a casa dos Carrizo. Voltou para cá depois de encontrar Katy. Foi aí que ligamos para a polícia.

Foi estranho ouvir o garoto falar com tanta franqueza — relembrando acontecimentos de modo compreensível, construindo uma narrativa linear. O sol tinha avançado, e duas faixas de luz amarelo-cádmio de meio da tarde caíam sobre o assoalho e de um lado a outro do rosto de Sebastien, mostrando suas sardas e fazendo com que ele parecesse inocente e dolorosamente jovem.

— A polícia chegou bem rápido e isolou a casa — disse Sebastien.

— Prenderam Lily na manhã do dia seguinte. Não tenho mais nada que possa lhe dizer. Sinto muito. — Ele olhou para as mãos por um instante e então continuou, apressado. — Acha que eu poderia ver Lily?

Por um instante, Andrew teve muita vontade de suspeitar desse garoto. Era como se o universo estivesse empurrando Sebastien para ele: aqui estava um homem, envolvido com duas mulheres, vizinho das duas. Que bênção teria sido ter uma resposta tão óbvia. Mas agora Andrew enfrentava a realidade de que acreditar na culpa de Sebastien implicaria começar a acreditar na de Lily. E isso era inconcebível.

— Posso imaginar que eles não permitirão essa visita — disse Andrew, com delicadeza.

— Eu poderia escrever uma carta?

— Pode ser.

Fez-se um silêncio.

— Sinto muito — disse Sebastien por fim, naquela sua voz áspera, neutra demais. E depois repetiu. Foi então que o sentimento de Andrew mudou novamente, e ele se perguntou, com um arrepio de suspeita que tornou todas as outras suspeitas superficiais, exatamente o que levava Sebastien a demonstrar sentir tanto.

— Sente muito, por quê? — perguntou Andrew. Ele olhou ao redor: a solidão gritante, os enfeites macabros. E olhou para Sebastien: aquele cabelo de pateta, a roupa absurda, o rosto jovem demais, que passava da astúcia para a ingenuidade com o movimento da luz. Andrew não sabia por que Lily gostava de Sebastien LeCompte, mas precisava aceitar o fato de que ela gostava, sim, talvez até mesmo o amasse. E uma explicação para toda essa encrenca era que Lily estaria protegendo esse garoto, contra toda a sensatez, por alguma estranha noção de martírio, de infalibilidade ou talvez por alguma razão totalmente outra que Andrew jamais poderia começar a adivinhar.

— Por que motivo você sente tanto? — disse Andrew novamente, em tom irritado.

— Sinto muito — disse Sebastien — por sua sorte absolutamente abominável.

Quando Andrew voltou para o hotel, Anna estava olhando desanimada pela janela. O filme tinha terminado, e a tela tinha se tornado de um forte azul de aquário, mas ela não tinha desligado o televisor.

— E aí, minha boa camarada? — disse Andrew.

Anna olhou para ele com ar inexpressivo, sem se surpreender, apesar de não ter feito nenhum movimento quando ele entrou no quarto. De repente, Andrew teve vontade de chegar perto dela e abraçar seus ombros ossudos. Teve vontade de se enroscar em volta do corpo dela e sussurrar: "Calma", muito embora fosse improvável que Anna chegasse um dia a precisar que alguém lhe dissesse que se acalmasse.

— Papai — disse ela. Até seu jeito de dizer "papai" parecia a Andrew algum tipo de concessão relutante. — Vai dar tudo certo para Lily?

Andrew sentou na beira da cama e deu um tapinha no ombro de Anna.

— Nós vamos fazer tudo o que pudermos por ela.

— Meu Deus! — A voz de Anna estava severa, e ela se levantou. — "Vamos fazer tudo o que pudermos por ela"? Você é um pessimista incorrigível.

Vinda da boca de alguém tão jovem, a expressão "pessimista incorrigível" parecia ensaiada, repetida com obsessão. Possivelmente herdada, pensou Andrew, nervoso. Ou até mesmo pior, processada através de alguma terapia. Andrew deu a Anna o que ele esperou que fosse um sorriso de estímulo.

— Acho que ela tem tanta probabilidade de se sair bem quanto poderíamos desejar — disse ele. Andrew tinha visto uma filha morrer. Estava muito além de considerações de pessimismo ou de otimismo. Mas não queria que Anna também estivesse, e não queria que ela precisasse entender. — Acho que os advogados são incríveis. E, é claro, ela é inocente. Temos isso a nosso favor.

Um tremor balançou o queixo de Anna.

— É claro — disse ela. Seus olhos faiscavam. Ela detestava que ele tivesse dito aquilo, talvez por ser tão óbvio. Mas a verdade era que Andrew não era incapaz de afirmar o óbvio. Ele era o pai. Talvez mais do que qualquer coisa, fosse essa sua função.

— Uma vez — disse Anna —, uma única vez, você poderia me dizer que tudo vai dar certo?

Andrew fez que sim.

— Eu poderia. Poderia mesmo dizer isso. E talvez desse certo. Sem dúvida é isso o que todos nós temos esperança de que aconteça, e estamos nos esforçando por isso. Mas você agora é uma adulta. E isso aqui pode levar um bom tempo. E quero que você esteja preparada para qualquer coisa.

— Será que precisamos? Será que temos de estar eternamente preparados para qualquer coisa?

— Parece que sim, com muita frequência.

Anna virou e ficou de frente para a janela. A luz batia em seu cabelo esvoaçante; ela parecia angustiada e, pareceu a Andrew, angelical. Sua filha. Sua única filha viva e livre.

— Sinto muito, minha boa camarada.

— Detesto que você me chame assim, sabia?

— Eu... você... o quê? Eu não sabia disso.

— Nem teria como saber.

— Você detesta mesmo? Esse jeito de falar faz com que eu me sinta irônico e literário.

— É *exatamente* por isso.

Andrew sentiu-se atingido de uma forma quase física. Pensou inexplicavelmente naquelas pequenas criaturas peludas da Austrália, aquelas com esporões vestigiais, assustadoramente não típicos de mamíferos.

— Você podia ter me dito — disse ele.

— Pois acabei de dizer. — Anna foi batendo os pés até sua mala e dali tirou um saco plástico. Ornitorrincos, era o nome daqueles animais.

— Comprei essas coisas para Lily — disse ela, mostrando sabonete, papel higiênico, tampões. Xampu com letras manuscritas. Um barbeador.

— Onde você comprou todas essas coisas? — perguntou Andrew. — Você saiu do hotel?

— Pelo amor de Deus, papai. Não. Só fui à lojinha no saguão.

— Eles não vão deixar que ela fique com esse barbeador.

— Tudo bem — disse Anna, pondo o barbeador de volta na bolsa. — Ótimo. Mas nós precisamos levar essas outras coisas. Ela precisa delas.

— Só podemos voltar lá na quinta, amorzinho. — Será que ele ia ter de chamá-la de "amorzinho" de agora em diante? Sem dúvida era pior.

— Ela precisa delas — disse Anna, mais uma vez.

— Eu sei — respondeu Andrew. — Mas ela vai se virar. Já está se virando. — Ao ouvir sua própria voz, ele percebeu que estava com raiva. Queria ter ele mesmo comprado as coisas para Lily, mesmo que, no fundo, não fizesse diferença. De qualquer modo, só poderiam vê-la na quinta. Por isso, não importava que as coisas fossem compradas hoje ou dali a três dias. E ainda assim havia algo de mortificante em Anna ter feito as compras. Andrew imaginou a filha entrando no saguão, corada de seus exercícios, gastando sua moeda estrangeira (poupança de vários empregos, trocada com prejuízo no aeroporto), e então escolhendo as melhores versões de fosse o que fosse que ela achava que Lily poderia precisar. Tudo isso, tudo isso, era tarefa para um responsável. Em sua praticidade nada sentimental, talvez fosse tarefa para um pai. Não importava... é claro que não importava. E no entanto havia tão pouco que se podia fazer por Lily. Andrew não podia deixar de achar que tinha sido pouco generoso da parte de Anna fazer tudo aquilo sozinha.

— Você não entende — disse Anna, e Andrew ouviu na sua voz o timbre estranho que costumava significar lágrimas. Ela tossiu para se forçar a adotar um registro mais sério. — Você não entende nada disso.

Disso o quê?, ele quis perguntar. De não conseguir obter o que se quer? Até o narcisismo tacanho de quem é filho deveria poder abrigar uma generosidade suficiente para com seus pais, para que Anna entendesse que o que dissera não era verdade. Provavelmente não era verdade para ninguém. E com toda a certeza não era no caso dele.

— Vamos levar para ela o que ela precisar, Anna — disse ele. As coisas de que você precisa, que não consegue ter e, mesmo assim, consegue sobreviver sem elas... será que esse tipo de coisa em algum momento era uma *necessidade*? Se a necessidade de alguém era imensa, eternamente não atendida e não fatal, será que o que parecia ser necessário não tinha sido apenas um desejo? Depois que Janie morreu, todos sempre perguntavam a Andrew se ele estava bem, e ele nunca sabia o que responder. Porque, no fundo, o que ficava no lado oposto de estar bem? Quando você parava de estar bem, simplesmente ficava bem, de uma forma diferente e pior.

— Assim que pudermos, vamos levar essas coisas para ela — disse ele. Anna concordou, em silêncio, séria. — Foi muito bom você ter pensado nisso. — Esperava aparentar todo o cansaço que estava sentindo.

— Bem — disse Anna, e sua voz estava mais forte: a voz de um adulto ou de uma pessoa pragmática. — Era o mínimo que eu podia fazer.

No dia seguinte de manhã, Maureen chegou.

Andrew tinha rastreado seu voo pelo computador no centro de apoio a empresários do hotel, calculando quanto tempo ela levaria para encontrar a bagagem, chamar um táxi e percorrer os bulevares supostamente parisienses da cidade. Ele esperou até imaginar que ela já tivesse entrado no hotel e então se forçou a esperar mais uma hora e meia. Por fim, entrou no elevador, desceu um andar, para o apartamento 408, que calculou ser quase diretamente abaixo do seu, e bateu na porta.

Daí a um instante, ela apareceu.

— Oi, Maureen. — Ele queria lhe dizer que ela estava com ótima aparência, embora esse tom fosse inadequado; e, de qualquer maneira, ela não estava. Seu cabelo estava bagunçado, provavelmente por ela ter dormido inquieta no avião, e abaixo dos seus olhos havia duas covas azuladas de exaustão. Ele tentou detectar se ela estava mais magra do que de costume, mas não soube dizer.

— Oi, querido. — Maureen sempre o chamava por alguma palavra de ternura, perdão e carinho; e ele sempre a chamava de "Maureen". Andrew não sabia ao certo o que isso significava acerca de quem queria ou esperava mais do relacionamento pós-divórcio, ou quem tinha invocado maiores profundezas de humanidade ou caridade em seus contatos, mas ele suspeitava que eles dois tinham feito algum tipo de aposta em seu próprio jeito de agir; e ele agora se sentia totalmente dedicado ao seu.

Eles se abraçaram com uma formalidade exagerada, como sempre acontecia, embora Andrew nunca soubesse exatamente por quê. Depois de tudo por que tinham passado juntos, deveriam se deixar cair um nos braços do outro agora, como irmãos, filhotes de cachorros, soldados ou pacientes psiquiátricos. A proximidade de seus corpos não deveria ter significado algum. E no entanto uma nítida distância tinha se instalado entre eles, intrincada como uma trepadeira. E, quando Andrew tocou em Maureen, sentindo a paisagem proibida da clavícula dela através da camiseta, ele percebeu a afirmação de uma nova estranheza. Seu cheiro era como o de um avião, vagamente asséptico e estrangeiro, nem um pouco semelhante ao cheiro de que ele se lembrava do tempo de casados — ele se lembrava do leve odor de cebolinha do seu corpo por baixo de algum perfume de rosas que ela usava e sempre o fazia espirrar.

Maureen afastou-se e lhe deu um tapinha neutro no ombro.

— Como você está passando?

— Bem — disse Andrew. — Você sabe.

Maureen concordou em silêncio e lhe deu aquele seu olhar pesaroso que ele às vezes considerava tão irritante. Havia no olhar alguma coisa que fazia com que ele tivesse uma ligeira impressão de reprovação, como se Andrew a tivesse decepcionado terrivelmente, mas ela fosse maravilhosa por não perder a esportiva. Podia ser que fosse esse o problema dessa família — todos eles competiam entre si para ver quem conseguia fazer o maior esforço pelo outro, quem conseguia sofrer mais. Mas, na verdade, Andrew lembrou a si mesmo, ele e Maureen tinham se separado exatamente para interromper essa dinâmica. Eles já não eram uma família: eram apenas velhos amigos, e ainda por cima amigos bastante razoáveis.

— Como ela está? — perguntou Maureen.

— Parece bem — disse Andrew. — Está aguentando bem.

Maureen levantou uma sobrancelha, mas Andrew já sabia que essa resposta tinha sido insuficiente. Ao longo dos anos abreviados da vida e morte de Janie, ele e Maureen tinham desenvolvido uma taquigrafia refinada, cheia de pseudônimos, talismãs e símbolos, com seu próprio vocabulário, sintaxe e etiqueta. Certos eufemismos eram incentivados; outros eram desdenhados. Era inaceitável fazer referência à possibilidade da morte de Janie, mas também era inaceitável usar o termo "falecer" para designar a morte das outras crianças na enfermaria. E outras crianças também morriam. Morriam terrivelmente; morriam em silêncio. E essas mortes eram as que profetizavam a morte de Janie, que a tornavam concebível, mas nunca suportável, é claro, e decerto nunca mencionável. Quando Andrew e Maureen eram forçados a registrar o fato da morte das outras crianças, eles não diziam que elas tinham falecido. Diziam que tinham morrido. Eles entendiam — tinham concordado tacitamente — que qualquer evasiva era desrespeitosa. Andrew soube que *Está aguentando bem* era praticamente a pior coisa que ele poderia dizer a Maureen.

Maureen contraiu os lábios.

— Como ela está?

— Igual. Mais ou menos.

— Ela lhe pareceu perturbada?

— Quer dizer, não visivelmente.

— Como assim, "não visivelmente"?

Andrew sentiu-se constrangido.

— Quer dizer, ela não estava chorando nem nada.

— Ela já parou de chorar?

— E tinha estado chorando? — Em todas as conversas que Andrew tinha tido com ela, Lily tinha parecido cansada, mas valente, determinada a mostrar para ele que ela era tão resistente quanto eles sempre lhe tinham dito que ela era. Andrew pensava agora nela: chorando e escondendo isso, para protegê-lo. E soube que o problema era de um tipo maior e pior.

O rosto de Maureen estava se desfazendo numa expressão de uma gentileza medonha.

— Quer entrar e sentar um pouco?

No quarto, as roupas de Maureen estavam espalhadas em cima da cama, cardigãs delicados e calças de lã, peças que pareciam totalmente inadequadas para o clima. Era caricato como Maureen sempre usava roupas quentes demais, porque sempre sentia frio.

— Está me ocorrendo que não tenho nada para lhe oferecer que você já não tenha em seu próprio quarto — disse ela, dando uma espiada no frigobar. — Quer um refrigerante? Uma barra de cereais? Um pouco de vodca?

— Não, obrigado — disse Andrew, sentando-se pesadamente na cama.

— Você chegou a comprar para ela as coisas que ela queria? — perguntou Maureen, ainda encurvada diante do frigobar. — Os tampões, xampu e sei lá mais o quê?

— Anna comprou.

— Ah. — Esse "ah" não estava carregado de conotações. Não havia nele nenhum indício de surpresa ou de atribuição de culpa. Ele era apenas o reconhecimento monossilábico de uma informação recebida. Mas mesmo assim fez com que Andrew se colocasse na defensiva.

— É provável que você saiba mais como ela está do que eu, sabia? — disse ele. — Quer dizer, é óbvio.

— Tenho certeza de que não é verdade — disse Maureen, empertigando-se. — É só que ela conversa comigo. É uma menina.

— Todas elas eram meninas — disse Andrew, em tom sombrio. Ele se perguntava se Maureen sabia que Lily fumava, mas teve medo de perguntar. Achava que de algum modo isso seria visto como culpa dele — talvez porque tivesse sido ele quem descobriu, talvez por causa de algum tipo de divisão de funções da qual ele nunca tinha sido informado (Maureen cuida do sexo, Andrew cuida de substâncias carcinogênicas?) — e que seria revelado que ele era um pateta por não saber por quê.

— Todas eram meninas — disse Maureen. — Mas você realmente não pode me culpar por isso.

Andrew fez que sim, embora em parte ele tivesse a vaga suspeita de que poderia culpá-la, um pouquinho. Não que ele não amasse as filhas; e, sim, de certo modo, ele ainda amava Maureen, com um amor estranho e calcificado. Mas a feminilidade conjunta delas às vezes podia parecer um pouco intimidante.

De repente, ouviu-se um estampido lá fora.

— Meu Deus! — Andrew correu para a janela. — Foi um tiro?

Maureen juntou-se a ele. Do outro lado da rua, num pequeno parque, dois rapazes estavam mesmo portando armas, apesar de ninguém ao redor aparentar estar especialmente nervoso, com exceção de um bando de aves dispersas.

— Acho que eles estão tentando espantar os pombos — disse Maureen. Ela não tinha se sobressaltado com o disparo da arma. Era admirável e também suspeita essa sua tendência a não se sobressaltar.

— Eu me pergunto por quê — disse Andrew, embora realmente não estivesse se perguntando. Ele voltou a sentar na cama.

Maureen demorou-se um instante, olhando para a escuridão que se adensava.

— O que você achou dos advogados? — perguntou ela, dando meia-volta.

— Parecem competentes — disse Andrew. Essa era uma palavra-chave de quando avaliavam os médicos de Janie, nos tempos anteriores à internet, quando, depois de estudarem textos médicos na biblioteca, depois de procurarem terceiras e quartas opiniões, Andrew e Maureen tinham precisado no fundo adivinhar quem estava certo e qual era a verdade. O lustre da competência sempre os tinha impressionado. Parecia possível detectar a cascata e o medo, mesmo que não soubessem todos os detalhes.

— Que bom — disse Maureen, vindo juntar-se a Andrew na cama. Ela deu um aperto na mão dele, um gesto seco, assexuado. Andrew olhou para a mão dela: era vigorosa e sem enfeites, ligeiramente trêmula por conta do efeito das carradas apavorantes de cafeína que ela devia ter consumido. Ele sabia que ela estava facilitando as coisas para ele. Estava implícito que havia mais a dizer, mas que, por ora, ela ia fingir que ele tinha dito o bastante. — Bem — disse ela. — Imagino que você saiba o que realmente nos ajudaria agora.

— Uns cristais — disse Andrew, automaticamente. — Talvez num pingente ou coisa semelhante. — Era generoso da parte dela dar a ele a frase de impacto dessa piadinha antiquíssima e exclusiva, que remontava ao dia, durante a época mais sombria da doença de Janie, em que os vizinhos hippies tinham ligado e convidado Andrew e Maureen a sério para tomar chá com eles, e então uniram as mãos e lhes deram uma pilha de cristais engordurados. Maureen tinha rido, engasgado, chorado, depois. *Cristais? Eles marcam uma droga de visita como aquela e depois nos dão uns cristais de merda? Cristais? Cristais?* Ela tinha repetido "cristais" sem parar, com entonações ligeiramente variadas e expressões faciais cada vez mais absurdas, até que os dois estavam rindo, risadas complicadas, maníacas, perigosas, no piso, deixando seus ossos em processo de envelhecimento bater com força nos ossos do outro, fazendo comentários sobre a camada de sujeira que tinha conseguido se acumular no linóleo. Era a sujeira grudada de pessoas à beira de um ataque de nervos, disse Maureen, e então eles riram mais um pouco, mas não porque não fosse verdade. Naquela época, Andrew tinha mais intimidade com Maureen do que poderia ter imaginado ter com qualquer outra pessoa. Eles tinham uma afinidade que era mais estranha, mais assustadora e mais desesperadamente necessária do que qualquer coisa que tivessem sentido nos primeiros dias de seu amor. Maureen era a única que tinha condição de entender a premissa e o fato central da vida dele. Falar com qualquer outra pessoa começou a parecer uma apresentação teatral para a qual Andrew se sentia cada vez mais inadequado. Mas esse tipo de intimidade só pode durar algum tempo. Depois que tudo terminou, eles não tinham absolutamente nada a dizer um ao outro.

— Um pingente de cristal seria legal — disse Maureen. — Só estou achando que essa situação talvez exija uma intervenção mais séria dos cristais. — Ela se deixou cair para trás, casta e exausta; e Andrew fez o mesmo.

— Eu me pergunto se é possível usar cristais à vontade.

— Bem, é uma ideia — disse Maureen. — Você até podia perguntar para seus alunos. — Ela ficou calada por um instante, e Andrew imaginou a impressão que eles dois passariam para alguém que olhasse do alto. Eram dois adolescentes apavorados numa toca de raposa; duas criancinhas unidas pelo crânio, de modo terminal.

— Não consigo acreditar que ela tenha dado uma estrela — disse Maureen, sem abrir os olhos. — Ou seja, quem sabia que ela ainda podia fazer essa pirueta?

— Bem, nós gastamos o suficiente em aulas de ginástica.

— Puxa, e não gastamos? — disse Maureen. — Tantas aulas.

Tantas aulas, era verdade: de arte, música e patinação no gelo. Cada interesse passageiro de Lily atendido com entusiasmo, com abundância. Para não mencionar os muitos investimentos mais práticos: aulas particulares de química, quando ela enfrentou dificuldades; aprimoramento do inglês, quando ela brilhou; cursos específicos para adiantar sua vida na faculdade e depois, presumivelmente, na carreira de seus sonhos. Quantas despesas feitas, quantas objeções reprimidas, para entregar sua filha nos braços abertos da bela vida que a aguardava.

— Que será que aconteceu com o oboé dela? — perguntou Andrew.

— Aquele pobre oboé. Como sofreu!

— Lembra de *Oklahoma*!

Durante a apresentação de Lily de "People Will Say We're in Love", Maureen tinha se encostado em Andrew e comentado sobre como a filha deles parecia um ganso do Canadá, o que fez os dois rir tanto que os pais de outros alunos pediram silêncio.

— Meu Deus — disse Maureen, rindo. — Que mãe horrível que eu fui.

— Por falar em pais horríveis — disse Andrew —, fui visitar Sebastien LeCompte.

— Foi mesmo? — A voz de Maureen estava rouca, e Andrew imaginou como ela devia estar cansada. — Como ele é?

— É ridículo. Afetado. Parece um pirata homossexual.

Maureen mexeu a cabeça daquele seu jeito de demonstrar que o que se tinha dito era engraçado; e que ela riria, se tivesse a energia.

— Bem, parece que ela herdou o gosto da mãe no que diz respeito a homens, não é mesmo?

— Ele parece um mordomo pós-apocalíptico.

— Mordomo *e* pirata? Espantoso.

— Mas ele acredita nela.

— É claro que acredita. Por que não acreditaria?

— Pergunta racional.

— Eu sempre sou racional.

— Eu sei — disse Andrew, um pouco rabugento. Era verdade: Maureen sempre tinha sido racional. Ele estava começando a se perguntar se toda essa racionalidade talvez não fosse parte do problema.

— Tenho vontade de dizer que nunca deveríamos tê-la deixado vir para cá, mas isso é burrice — dizia Maureen. — Uma coisa dessas poderia ter acontecido em qualquer lugar.

Talvez toda aquela racionalidade — a amplitude, as aulas, os canais de comunicação abertos, o *excesso* de comunicação! —, talvez estivesse aí o erro deles. Lily tinha aprendido o oboé, mais ou menos; mas de algum modo nunca tinha aprendido que o universo não precisa de nenhuma desculpa para arrasar com você, absolutamente nenhuma desculpa. Por isso, o melhor é você se certificar muito bem de não lhe dar uma única que seja.

— Poderia ter acontecido em qualquer lugar — disse Andrew.

— Mas aconteceu aqui. — Lily. Minha querida florzinha. Pelos seus dois primeiros anos de vida, Lily tinha sido sua "única filha viva", sua "única filha sobrevivente". Tinha sido sua pedra preciosa, conquistada a duras penas, cheia de arestas duras. Eles tinham refreado sua tristeza para criá-la, como rios desviados para passar por baixo de uma cidade. Depois de tudo aquilo, como eles puderam não lhe ter dito tudo que ela precisava saber?

— Nós erramos em alguma coisa? — perguntou ele.

Maureen ficou quieta por muito tempo, e Andrew se perguntou se ela teria adormecido. Mas por fim, bem quando ele estava prestes a sair dali na ponta dos pés, ela falou.

— Podemos ter de levar em consideração que erramos em algumas coisas.

CAPÍTULO 7

Fevereiro

Na manhã de segunda-feira, Eduardo chegou ao escritório uma hora mais cedo. Tinha uma reunião marcada com a família de Katy Kellers. Lá em cima, o céu estava perfeito, de um azul limpíssimo, com alguns tons de nuvens lá para o oeste. Nas segundas, a avenida Cabildo ficava coberta com os restos das farras de fim de semana dos estudantes da Universidad de Belgrano, e Eduardo foi chutando para o lado latas de cerveja enquanto ia até o carro. À noite, ele sempre ouvia os jovens rindo e fazendo barulho. Parecia que eles eram de uma geração sentimental. Adoravam Cristina Fernández, agora que ela era uma viúva e tinha se tornado populista. Esses estudantes eram tão diferentes dos de uma década atrás, quando Eduardo tinha se mudado para Belgrano — aqueles jovens tinham sido em geral antipolíticos, eternamente insatisfeitos, sempre gritando: *Que se vayan todos!*, nas ruas —, mas uma coisa que eles pareciam ter em comum era uma necessidade de que todos os ouvissem, não importava o que dissessem. Deitado na cama de noite, Eduardo captava trechos de suas conversas, a subida e descida de suas vozes no sonar. A política mudou, mas a conversa continuou a mesma — sempre teatral, cada um sempre cheio de sua própria importância, quer estivesse debatendo o não pagamento de uma dívida, queixando-se de uma recessão, quer adotando aquele tom de carisma terrivelmente brincalhão que a pessoa esperava que pudesse (afinal!) lhe conseguir uma transa. Eduardo só podia imaginar que eles falassem tão alto por acharem que eram brilhantes e hilariantes; e estavam fazendo um favor a todas as pessoas da vizinhança por fazê-las escutar. Eduardo não conseguia se lembrar de um dia ter tido essa sensação. Quando estudante, ele se sentia acuado e humilhado. Até mesmo agora, enquanto se desviava de um trecho de vômito cor-de-rosa, financiado pelo Estado, produzido por um estudante, ele ainda achava que podia se lembrar de como a cidade um dia tinha lhe parecido majestosa, como ela no passado tinha tido uma certa claridade. Quando se é jovem, acredita-se que a claridade seja inebriante. Mais tarde, você percebe que estava inebriado com sua própria visão. Talvez Lily Hayes, quando chegou a Buenos Aires pela primeira vez, tivesse sentido algo semelhante.

    Na mesa de Eduardo havia um bilhete da secretária, avisando que os Kellers iam se atrasar. Eduardo sentou e ligou para que lhe trouxessem o jornal. Quando o jornal chegou, não lhe causou surpresa encontrar uma Lily Hayes granulada, com o olhar fixo nele, ali na primeira página. A foto era um quadro do vídeo de segurança do Changomas. Nela, o rosto de Lily estava tenso, sua expressão sugestiva, na opinião de Eduardo, de algum tipo de raiva mal reprimida. Nas páginas internas do jornal, a história do assassinato de Katy Kellers estava descrita em fontes sensacionalistas e tons estridentes. Eduardo leu com um interesse moderado. A imprensa geralmente, mas não sempre, ajudava a promotoria. Isso fazia sentido, de certo modo. Afinal de contas, a imprensa não era algum monólito abstrato. Ela era composta de pessoas, pessoas que — como todos nós — querem uma história em que possam acreditar. E quando um réu chegava ao noticiário, era alta a probabilidade de que esse réu fosse, de fato, culpado. O Estado já tinha aplicado seus recursos consideráveis para estabelecer essa verdade. Essa presunção da culpa naturalmente se infiltrava nas reportagens, e o tratamento dado ao caso de Lily Hayes não era uma exceção. A imprensa tinha conseguido desenterrar tudo o que ela um dia tinha escrito on-line (os e-mails grosseiros e insensíveis, os registros narcisistas e estranhamente prolixos em diários expostos ao público, as atualizações de status do Facebook, que tinham persistido, muito depois de ela ter se esquecido delas), além de tudo o que qualquer um tivesse escrito um dia a respeito dela (suas amigas de infância tinham algumas histórias interessantes). Eduardo tinha consciência de que tudo isso lhe dava uma vantagem injusta. Mesmo assim, ele não conseguia se forçar a lamentar. Gostava de viver numa nação que dedicava alguma atenção às vítimas de crimes. Como um país como a Argentina poderia ser diferente? Basta que se brutalize um povo por um tempo suficiente, para que esse povo comece a prestar muita atenção à brutalidade.

Os Kellers foram anunciados, e daí a instantes apareceram: a mãe, o pai e a filha restante, todos aconchegados num grupinho.

— Meus pêsames por sua perda — disse Eduardo, estendendo a mão ao sr. Kellers. Essa era a coisa mais verdadeira e também a mais importante a dizer. Por isso vinha em primeiro lugar.

— Obrigado — disse o sr. Kellers. Ele pegou a mão de Eduardo devagar, como se estivesse se movimentando através de água, mas seu aperto de mãos, quando finalmente aconteceu, foi firme. Sua mulher e filha ficaram ali atrás dele. Eram pequenas e louras e usavam trajes de ioga que pareciam caríssimos — pulôveres cinzentos, leves e macios que davam a impressão de serem feitos de cashmere; tecido preto poroso e elástico que se ajustava aos traseiros bem-feitos.

A família inteira irradiava algum tipo de glamour refinado de Los Angeles, muito embora, como Eduardo não parava de lembrar às pessoas, nenhum deles estivesse envolvido com a indústria cinematográfica. Vai ver que o glamour impregnava o ar lá na Califórnia; a certa altura, a pessoa o absorvia, o incorporava e o metabolizava. E Eduardo podia ver como essa família apareceria bem na televisão, toda saudável e lacrimejante. Ele podia ver como, nas coletivas que dessem à imprensa, eles quase com certeza diriam as coisas certas. Não era cinismo perceber isso. Fazia parte da função de Eduardo perceber essas coisas. E a única forma de poder ajudar os Kellers agora era cumprindo sua função muito, muito bem.

Eduardo encaminhou a família a poltronas e lhes ofereceu copos d'água. Eles responderam com agradecimentos sincopados, distantes, como que em reflexo. Quando se olhava para eles mais de perto, os efeitos da dor se tornavam mais aparentes. Os lábios da irmã estavam tão secos que pareciam quase rachados. O cabelo da mãe, puxado para trás num rabo de cavalo apertado, tinha obviamente ficado sem retocar a tintura por mais tempo do que seria normal. Alguns fios esparsos, grisalhos e quebradiços, se abriam do repartido, onde Eduardo podia ver alguns relances do couro cabeludo, rosa como o interior de uma concha.

Ficou comovido com todos eles.

O mais rápido possível, Eduardo explicou para eles o esboço do caso — sua crença no envolvimento de Lily Hayes, a certeza do envolvimento de outra pessoa, sua confiança em estar prestes a resolver todo aquele quebra-cabeça. Os Kellers faziam que sim, atordoados, perplexos, desolados.

Depois de explicar tudo o que pôde, Eduardo fez algumas tentativas de bater papo (como tinha sido o voo deles, que providências tinham sido tomadas e se eles poderiam falar um pouco sobre Katy — com esta última pergunta provocando um gemido tão lancinante na mãe, que Eduardo se flagrou inclinando-se para trás, como se de algum modo pudesse retirar fisicamente a pergunta).

A certa altura, a irmã de Katy começou a chorar baixinho, e sua mãe começou a consolá-la — fazendo-lhe afagos semiconscientes que negavam a cada movimento a ideia de que seria possível sobreviver a qualquer parte disso tudo, ao mesmo tempo que ela também começava a chorar baixinho —, de um jeito que deixou claro para Eduardo que essa era uma cena que já tinha se repetido muitas vezes e continuaria a se repetir muito tempo depois que sua participação ali tivesse sido concluída e eles já estivessem de novo em Los Angeles.

Quando eles estavam saindo, o sr. Kellers parou.

— Há quanto tempo você faz esse tipo de trabalho? — Seu tom não era desafiador. Ele estava só tentando se manter a par de todas essas novas realidades. Essa era a função dele.

— Sete anos — respondeu Eduardo.

— E consegue muitas condenações?

— Consigo.

O sr. Kellers fez que sim, com ênfase, como se estivesse satisfeito com alguma aquisição, muito embora ele e Eduardo soubessem que não lhe cabia escolha quanto a Eduardo.

— Vamos nos reunir daqui a alguns dias — disse Eduardo. — Assim que vocês estiverem instalados e tenham tido a oportunidade de se familiarizar um pouco com isso tudo.

Eles concordaram em silêncio. Eduardo acompanhou-os ao carro que tinham alugado. A sra. Kellers tirou os óculos de sol da bolsa. Eram enormes e enfeitados, um resquício de tempos menos utilitários que estes. A irmã não estava de óculos e, cheia de dor, virou os olhos — de propósito, como Eduardo foi forçado a imaginar — direto para a terrível claridade do sol.

Quando Eduardo chegou a casa naquela noite, uma tempestade estava começando. Eram só sete horas, e ele espiou cauteloso pela bocarra do entardecer. Podia sentir a borda negra da depressão já tentando se abater sobre seus ombros. Às vezes pensava nela como um fenômeno do tempo e às vezes como uma fera selvagem. Em geral, pensava nela como a tampa de um caldeirão enorme no qual ele seria posto a cozinhar. Em alguns momentos, como hoje, ele quase ouvia suas batidas metálicas ali em cima.

O vento parecia arfar, em tremores mecânicos, e o ar tinha um cheiro vagamente salobre. Eduardo olhava pela janela para a escuridão que descia veloz. De repente, teve a sensação de que estava olhando para dentro de, ou de dentro de, uma enorme mortalha. Teve um arrepio e subiu para ligar a televisão. Houve um baque surdo em algum lugar no andar inferior, e ele se congratulou por não se sobressaltar. Foi fechar as janelas do quarto de dormir. Ouviu mais um baque surdo, este inegável. Talvez a casa estivesse sendo roubada. Talvez um ex-réu descontente tivesse voltado, por fim, para matá-lo. Eduardo avaliou essa possibilidade com um interesse abstrato e resolveu descer.

Ali em pé, bem do lado de fora da porta aberta, com o cabelo escorrendo, estava Maria.

— Posso entrar? — disse ela. Seu rosto estava elétrico, aceso, por trás das ramificações rebeldes do cabelo. Eduardo teve a sensação de ter sido atirado contra uma parede. Ele saiu da frente da porta para deixar que ela entrasse.

— Desculpa, eu ainda tinha uma chave — disse ela, de modo descabido, exibindo a chave e se deixando cair nos braços de Eduardo. Ele a abraçou, entorpecido. Como ela estava com o rosto molhado de chuva, era muito difícil dizer se tinha estado chorando.

— O que houve? — perguntou ele. — Você está bem?

Ela olhou para ele e riu um pouco.

— Desculpa — repetiu ela. Seus lábios estavam cheios e escuros. — Você se importa se eu tirar os sapatos? Estão molhados.

— Tudo o que você está usando está molhado.

— Você é tão certinho.

Maria tirou os sapatos de qualquer maneira e foi descalça até a janela. O vestido estava grudado no corpo. Estava gotejando no carpete, mas ela parecia não se dar conta.

— O que houve? — perguntou Eduardo. Era provável que estivesse precisando de dinheiro. Se estivesse, ele não ia nem querer saber por quê. Se ela dissesse que precisava, ele acreditaria. Todo mundo deveria ter alguém que lhe desse crédito sem hesitação, de modo incondicional, sempre. — Está precisando de dinheiro? É isso?

Maria sacudiu a cabeça num gesto que não era nem afirmativo nem negativo. Era mais como se estivesse querendo tirar água do ouvido ou espantar algum pensamento. Ela se virou e olhou pela janela por um instante; e, quando se voltou de novo, seu humor já tinha mudado. Eduardo tinha experiência suficiente para não se surpreender.

— Não está parecendo tudo mágico lá fora? — disse ela.

— Está parecendo uma tempestade lá fora.

Eduardo nunca tinha acreditado nos portentos, impulsos, na capacidade de Maria para interpretar sinais. Mais para o fim, ele tinha parado de fingir que tentava acreditar; e, na maior parte das vezes, afirmações desse tipo provocavam alguma resposta terrivelmente autoritária e decepcionada por parte dela. Dessa vez, porém, ela só olhou para ele e bateu palmas.

— Ah, mas as tempestades *são* mágicas!

Eduardo fez que não. Ou tudo era mágico, ou nada era.

— Quer tomar uma chuveirada ou um banho? Você deve estar morrendo de frio.

Maria não deu atenção a isso e voltou a olhar pela janela.

— Soube que você está com um caso importante. Essa sua assassina é linda. Você não acha?

Eduardo deu de ombros. Nunca tinha considerado Lily Hayes especialmente bonita, mas respeitava o efeito de sua suposta beleza sobre o caso. Se achavam que ela era bonita, então de fato ela era. — É por isso que você está aqui?

Era verdade que isso tinha passado por sua cabeça uma vez ou duas: a aclamação que resultaria de uma condenação, de que modo isso poderia aumentar a estima de Maria por ele. A forma com que o caso poderia fazer com que ela visse, por fim... mas a verdade era que ele não sabia, no fundo, o que achava que ela veria.

Ela congelou a expressão por um instante, e então fez um biquinho e sorriu.

— Você não está feliz por eu estar aqui?
— Não sei. Você vai ficar? — Ela deu de ombros.
— Quem cometeu o crime foi a garota?
— Foi.
— Eu também acho que foi — disse ela, com um fervor repentino.
— As garotas são estranhas. — Seus olhos agora estavam como tiçõezinhos, negros, brilhantes e ferozes. Ela deu uma risada, maníaca, infantil. — Mas a verdade é que pode ser que não. Pode ser que não fora ela realmente. Já pensou nisso, Eduardo? Na possibilidade de não ter sido ela?
— Maria veio tremeluzindo até ele e começou a mordiscar sua orelha. Eduardo teve uma sensação repugnante de expectativa. — Pode ser que não tenha sido, Eduardo. Isso não seria trágico?
Ele não devia; e no entanto não importava se ele aceitasse ou não. De um modo ou de outro, só lhe restaria ficar com seu próprio coração solitário e destroçado.
— Decerto seria trágico se não tivesse sido ela — disse Eduardo, em tom formal. Ele cobriu a orelha como proteção para ela parar de lhe dar mordidas. — Mas garanto que também é muito, muito improvável.
— Só que ela cumpre um determinado papel, você não acha? — Maria afastou-se dele e cruzou os braços. — Ela tem uma função simbólica. Desperta certos sentimentos. É como a virgem a ser sacrificada. Ou a prostituta a ser sacrificada.
— Você não está falando sério — disse Eduardo. — Entendo o que está dizendo, mas não está sendo séria. No fundo, você não está falando dessa garota específica. Está falando em termos muito abstratos neste momento.
Maria suspirou, delicada e com veemência.
— Só estou pensando, é claro. Vai ver que você está certo. Tenho certeza de que você está certo, Eduardo. Não conheci ninguém tão generoso quanto você.

No fundo do coração, Eduardo sabia que isso não podia ser verdade. E, entretanto, ali estava ela. Ela estava ali. Com a expressão terna e serena. Como ele poderia quase não acreditar que fosse verdade? Era preciso uma força enorme para não acreditar.

— Senti sua falta — disse ela. E ele a acolheu num abraço. O cheiro de Maria cortava seu coração. Era uma violência contra todas as outras lembranças. Ela o beijou no pescoço. Talvez fosse uma manipulação, mas Eduardo não queria ser cínico o suficiente para querer ter certeza. Estava aberto a ser ferido. Estava disposto a se enganar. Pensou que esse era o preço de estar vivo.

— Você é tão bom para mim — disse ela, enquanto ele a carregava escada acima até o quarto. E suspirou. — Não sei o que eu faria sem você — disse ela, quando ele apagou a luz.

Eduardo poderia ter deixado as coisas por aí — poderia ter se retirado do quarto e descido a escada na ponta dos pés para tomar uma dose de uísque e se assombrar com a sorte espantosa de sua própria vida — mas não o fez. Esperou por um momento no escuro. Ele hesitava.

— Maria — disse ele, finalmente. — De quanto você está precisando?

Ela suspirou mais uma vez.

— Ah, Eduardo. — Ele podia ouvi-la se enfurnando mais nos lençóis. — De muito mesmo.

No dia seguinte, Eduardo acordou ouvindo uma respiração regular. A seu lado, Maria era um montículo de lençóis coroado com uma ramagem de cabelos escuros. Tiras de luz, gordas e brancas como velas, entravam pela janela e se achatavam no assoalho. E Eduardo sentia uma animação tranquila, que rapidamente se transformou em energia. Ele queria ir trabalhar.

Não teria esperado isso de si mesmo. Não teria imaginado que, tendo de algum modo conseguido invocar a volta de Maria, ele se dispusesse a deixá-la de novo mesmo que por um momento; muito menos que ele realmente fosse *querer* voltar à prisão para escutar as explicações lacrimejantes da vida de uma assassina pós-adolescente. O trabalho de Eduardo era executado com amor, mas era um amor muito abstrato. Ele teria previsto que, sendo abençoado novamente com um amor que era concreto, que estava dormindo bem ao seu lado, se recolheria, de imediato e cheio de gratidão, para uma felicidade egocêntrica. Teria esperado de si mesmo só querer ficar ali deitado agora, com a preguiça de sua própria sorte, deixando que os mortos fossem esquecidos.

Mas não foi o que fez. Eduardo olhou para Maria, e agora, mais do que nunca, queria ajudá-los. Desde que ele a tinha conhecido, Maria era a bússola que ele seguia ao mapear caminhos rumo a uma tristeza inimaginável. Ele sabia que era importante ter algum ponto de acesso emocional ao lidar com famílias de vítimas. Por isso, quando ia falar com elas, costumava dedicar um momento (um momento era tudo o que conseguia suportar) a contemplar a possibilidade de como seria perder Maria em decorrência de alguma violência. Imaginava o telefonema, a terrível certeza de que, de algum modo, ela sabia exatamente como se sentiria. Mas então ela o deixara e agora estava de volta; e o milagre de seu retorno tornava ainda mais intensa para Eduardo a incompreensibilidade de seu desaparecimento permanente. Pensou na dor que tinha sentido ao longo dos últimos meses, e viu como na realidade tinha sido superficial. Agora, quando pensava nos Kellers, nos ombros caídos do pai, no rosto destruído da mãe, ele de repente podia imaginar, de modo mais penetrante do que nunca, uma tristeza que seria realmente sem fim. Ele podia imaginar a cólera insuportável que eles sentiam; e como teriam de viver imersos nela se quisessem continuar vivos. E podia imaginar — por fim, plenamente e com uma terrível clareza — sua necessidade de que houvesse testemunhas para tudo isso. Eduardo sempre soube que as famílias das vítimas não eram motivadas pela vingança — por algum desejo primevo, bíblico, de que a dor fosse seguida pela dor — e ele sempre acreditou que a sociedade se alicerçava no testemunho. Mas até agora, enquanto estava ali contemplando sua Maria a dormir, ele nunca tinha sentido com tanta plenitude a força de um amor que não parava de olhar. Depois de todos esses anos, as Mães ainda se reuniam diariamente na Plaza de Mayo, usando seus xales brancos. É isso o que Maria lhe ensinaria.

Eduardo levantou-se e foi à cozinha. Deixou umas frutas e café instantâneo, com um bilhete em que dizia que voltaria no final da tarde. Já estava saindo pela porta quando deu meia-volta, subiu de novo a escada, tirou a aliança da caixa onde a guardava e a pôs no dedo.

Na prisão, Lily Hayes já estava com uma aparência pior, de certo modo. Seu cabelo estava mais opaco, seus olhos mais vidrados; abaixo deles havia olheiras cinzentas, como se ela tivesse recebido leves pinceladas de cinzas. A luz amarela encardida que entrava pela janela lançava ângulos estranhos sobre seu rosto. Se Lily Hayes tinha ou não sido bonita um dia, não havia como negar a rapidez de seu destroçamento. Ela simplesmente já não era a garota que se postara diante da basílica de Nuestra Señora de Luján, sem roupa, inebriada com sua própria juventude. Eduardo sempre se surpreendia com a natureza contingente da boa saúde, da boa aparência e da animação. A maioria das pessoas tinha a tendência a ter uma aparência horrível e um comportamento ainda pior depois de apenas alguns dias numa prisão, e para Eduardo era de rotina sair das entrevistas sentindo uma profunda insegurança quanto à estabilidade do caráter. A verdade era que ele não saberia como se sairia se estivesse no lugar de Lily. A outra verdade era que ele não queria saber. A verdade definitiva era que ele nunca faria nada que o forçasse a descobrir; e essa ignorância era a recompensa — possivelmente a única recompensa garantida — da virtude.

Mesmo assim, era impossível não sentir alguma pena de Lily Hayes agora, e Eduardo se permitiu esse sentimento. Essa era a pior situação que ela já havia enfrentado na vida, e a probabilidade era que tudo só fosse piorar. E é claro que era possível que ela nem mesmo acreditasse que tivesse feito aquilo. Afinal de contas, era possível que ela tivesse um autismo galopante não diagnosticado, algum tipo horrendo de desequilíbrio químico ou que tivesse sofrido abuso sexual na infância. A maioria dos réus que Eduardo via tinha tido a vida difícil desde o início, uma vida que teria exigido enorme esforço, sorte e bondade sobrenatural para deslanchar direito. Eduardo achava que a vida de Lily não tinha sido desse tipo, mas, mesmo assim, ele precisava admitir que poderia ter sido. E, mesmo que não tivesse sido, ela ainda poderia não saber, no fundo, o que tinha feito. Eduardo havia encontrado casos desse tipo — em que o perpetrador demorava um tempo para acreditar plenamente — e ele podia imaginar poucas coisas piores do que suportar essa conscientização. Uma pessoa que tivesse cometido um homicídio tinha se aventurado a pisar em territórios não mapeados. Ela não podia inserir seu problema em nenhum tipo de contexto redimível, nem situá-lo nos limites de nenhum tipo de mito. Não havia consolo na universalidade nem na inevitabilidade do fato. Ele era irredutível, e o sofrimento que uma pessoa devia sentir em períodos como esse ficava tão fora dos limites do sofrimento humano normal, tão além dos cenários naturais da dor, da perda e da consternação, que a única coisa que se poderia oferecer a essa pessoa era a generosidade. Ela estava totalmente só no que tinha feito. Tudo o que restava era que os detalhes de sua solidão interminável fossem codificados e solidificados, formalizados no tribunal. Para alguém como Eduardo, que temia tanto a solidão, esse destino parecia pior que qualquer outro.

— Posso beber um copo d'água? — perguntou Lily. Sua voz estava rouca e mais grave do que da última vez que ele a tinha ouvido.

— Depois — disse Eduardo, espalhando os papéis sobre a mesa. Ele sempre fazia isso com alguma ostentação, como se os papéis precisassem ficar numa ordem específica. — Antes tenho algumas perguntas a fazer.

— O senhor está de aliança hoje.

Eduardo sentiu um impulso instintivo de esconder a mão debaixo da mesa, mas resistiu.

— É verdade — disse ele.

Lily endireitou a inclinação da cabeça.

— Talvez eu devesse lhe dar parabéns.

Eduardo encostou-se na cadeira.

— Não estamos aqui para falar de mim.

— Que é isso, algum tipo de papo de terapeuta?

Eduardo deu um sorriso simpático.

— É só a realidade.

A questão era que qualquer coisa que pudesse estar errada com Lily Hayes não era o que realmente importava. A justiça agia em nome dos mortos e em nome dos que se lembravam dos mortos. Ela agia em nome da noção de que vidas, mesmo vidas mortais, tinham importância.

— Fale-me de sua vida aqui — disse Eduardo.

Lily olhou para ele com ar neutro e umedeceu os lábios.

— É bem chato, mesmo. — Sua voz estava ligeiramente embargada, e Eduardo percebeu que estava claro que ela não tinha falado o dia inteiro. — Sua visita é o melhor do dia.

Eduardo ficou feliz por ela ainda conseguir fazer uma piada, mas não sorriu.

— Aqui em Buenos Aires — disse ele. — Antes disso tudo.

— Já lhe contei tudo.

— Conte de novo.

— Contar o quê?

— Você morava com os Carrizo?

— O senhor sabe que eu morava com os Carrizo.

— E gostava deles?

— Gosto deles.

— Fale-me de novo sobre a noite em que Katy foi morta.

— Já lhe contei tudo.

— Conte de novo.

— Fui à casa de Sebastien. Tomamos uns drinques.

— Quantos?

— Não sei. Alguns.
— Três?
— Talvez mais.
— Talvez quatro.
— Talvez cinco.
— Talvez cinco. Certo. E vocês fumaram maconha.
— Fumamos maconha, sim.
— E onde você conseguiu essa maconha?
Lily hesitou.
— Posso lhe dar total garantia — disse Eduardo — de que esse é o menor dos seus problemas.
— Foi Katy que me deu — disse ela.
Eduardo levantou as sobrancelhas.
— Deu mesmo?
— Deu. Não sei onde conseguiu.
— Entendo — disse Eduardo. Era óbvio que ela estava mentindo a respeito da maconha. O mais provável era que estivesse tentando proteger algum idiota, colega seu de intercâmbio, para ele não ser preso. Até mesmo Eduardo de vez em quando considerava a política de drogas do país um pouco rebuscada, mas provavelmente não tinha importância. E se tivesse, Eduardo se lembraria. — E a que horas você e Sebastien foram dormir?
— Não sei. Às quatro da manhã, pode ser.
— Quatro da manhã, é o que você diz. Certo. — Se Eduardo usasse óculos, ele os teria tirado nesse momento. Em vez disso, ele beliscou a ponte do nariz. — Mas você é uma mulher relativamente pequena. Tinha tomado cinco drinques e consumido uma quantidade desconhecida de maconha. Você realmente pode ter certeza da hora que foi dormir?
— Não sei. Era tarde.
— Por sinal, você pode ter certeza de qualquer coisa que aconteceu naquela noite? Depois de tanto álcool e maconha?

— Quer dizer, não era LSD.

— Vou tomar nota disso. — Eduardo fez a anotação numa atitude sardônica. Ele não teria precisado anotar nada, mesmo que ela tivesse dito alguma coisa concreta, é claro. Mas tinha descoberto que a musculatura vigorosa da sua memória era mais formidável quando ele a mantinha em segredo.

— Sei que não matei ninguém — disse Lily. — E sei que fomos dormir tarde, de qualquer maneira. Era tarde.

— E você não ouviu nem viu nada de suspeito naquela noite?

— Não.

— Mas também nesse caso você não se lembraria necessariamente.

— Tenho certeza de que realmente me lembraria de ouvir alguém sendo morto. — Lily estava ficando agitada, mas isso ainda não estava explícito em seus maneirismos. Sua aflição estava apenas perturbando sua expressão, como um animal que conseguisse subir à superfície da água, vindo das profundezas. — Acho que uma coisa dessas teria deixado em mim uma impressão de verdade.

— Lily — disse Eduardo, inclinando-se para a frente —, vou lhe pedir que imagine uma coisa. Se tivesse sido você, por que você teria feito uma coisa dessas?

— Não fui eu.

— Vamos deixar isso de lado por ora. Só estou tentando entender de algum modo como isso poderia ter acontecido. Sei que você quer ajudar Katy. Sei que você teria querido ajudar Katy. Você faz alguma ideia do motivo pelo qual alguém poderia ter feito isso a ela?

— Não — disse Lily. — Não fui eu, e eu nunca teria feito uma coisa dessas. E não posso imaginar nunca, de modo algum, por que qualquer pessoa faria. E o senhor não pode me forçar a dizer que eu posso.

Eduardo recostou-se.

— Tudo bem, Lily. Não foi você, certo. Mas você precisa admitir que poderia ter sido você.

— Não fui eu. Não poderia ter sido eu.

— O que isso quer dizer?

— O senhor está tentando me fazer cair numa cilada. Deve pensar que sou incrivelmente burra.

— Ninguém está tentando armar uma cilada para você, Lily — disse Eduardo. Usar a palavra "ninguém" tornava vagas acusações específicas, enquanto fazia o acusador parecer levemente esquizofrênico. — Na realidade, trata-se de uma pergunta muito simples.

— Pelo amor de Deus — exclamou Lily, irritada. — Se tivesse sido eu, eu teria tido a noção de dar a descarga na droga da privada.

Eduardo levantou as sobrancelhas e abriu o caderno. *Se tivesse sido eu,* era o que ela dissera. E, muito embora Eduardo não fosse ter o menor problema para se lembrar disso, essa foi uma frase que ele realmente anotou.

— Tudo bem, Lily — disse ele. — Você tem razão. Chega de especulações. Vou lhe fazer agora uma pergunta muito direta. Deixe para lá o *motivo* pelo qual alguém poderia ter cometido o crime. Dá para você imaginar *quem* poderia tê-lo cometido?

Ela fez que não, com o rabo de cavalo sujo balançando pesado. Quanta indiferença o gesto poderia ter comunicado em tempos melhores!

— Não — respondeu ela.

— Não, mesmo? Não, você não consegue imaginar uma única pessoa que talvez pudesse ter cometido o crime? Na cidade inteira? Em todo o tempo que passou aqui?

— Não.

— O que acha de Carlos? Soube que ele tem um problema com a bebida.

— Não.

— Não, ele não tem um problema com a bebida?

— Não, ele não poderia ter cometido o crime.

— E Beatriz?

Lily deu uma risada sem alegria.

— Não.

— Sebastien?

— *Não* — disse ela, com um olhar furioso.

— Por que tem tanta certeza?

Lily Hayes não estava sozinha nessa certeza. A polícia não tinha prendido Sebastien LeCompte depois do interrogatório inicial. E no fundo Eduardo não acreditava que Sebastien tivesse presenciado o assassinato. Mesmo assim, parecia a Eduardo que Sebastien LeCompte era de algum modo o móvel original do crime, meio afastado nas sombras, fora do alcance dos detalhes da noite, a causa última por trás de todas as imediatas. Desde a prisão de Lily, Eduardo tinha ido três vezes à mansão de Sebastien LeCompte para tentar falar com ele. A cada vez, parecia que Sebastien LeCompte não estava em casa, apesar de isso ser improvável, já que todas as informações sobre o jovem sugeriam que ele não tinha nem amigos, nem emprego remunerado, nem envolvimentos amorosos além de Lily e possivelmente de Katy, que agora estavam respectivamente presa e morta. Era muito mais provável que Sebastien LeCompte estivesse se escondendo. Mas ele não poderia se esconder para sempre.

— Eu conheço Sebastien — disse Lily.

— Conhece? Até que ponto?

— O suficiente.

— Mas não o suficiente para amá-lo. Ou quem sabe o suficiente para saber que não devia amá-lo?

Lily amarrou a cara.

— Que sentimentos você acha que seu amigo Sebastien tinha por Katy Kellers? — perguntou Eduardo.

— Não sei.

— Mas se você precisasse adivinhar.

— Acho provável que gostasse dela.

— Você disse que eles estavam transando.

— O *senhor* disse isso — retrucou Lily, com um olhar fulminante.

— Você mencionou em sua conversa inicial com a polícia que Katy tinha sido informada por Sebastien do processo contra Carlos Carrizo.

— Ela disse que tinha.

— Você sabe por que eles dois poderiam ter tido ocasião de se encontrar?

— Ele era nosso vizinho.

— Você acha que eles se viam muito?

— Não faço a menor ideia.

— Mas se você precisasse dar um palpite.

Lily recostou-se na cadeira.

— Esta conversa está ficando um pouco chata, sabia? — Ela inclinou a cabeça para um lado. Na realidade, essa não era uma pose original para uma pessoa jovem sob custódia. Os réus talvez nem sempre fossem tão diretos, mas Eduardo tinha visto todo o resto com bastante frequência: a atitude, a expressão facial, a expressão corporal, tudo projetado para dizer: *Tenho problemas maiores do que você*. Mas eles não tinham. Lily Hayes sem dúvida não tinha. Lily Hayes nunca tinha tido um problema maior do que esse aqui. Antes disso, era perfeitamente possível que ela nunca tivesse tido nenhum problema de verdade.

— Chata? — disse Eduardo. — Esta conversa que é uma tentativa de estabelecer sua culpa ou inocência na questão do assassinato de sua colega de quarto? Essas perguntas que são destinadas a nos levar a saber quem a matou? Elas são chatas?

Lily abaixou a cabeça e não disse nada. Seu rabo de cavalo parecia ter se esvaziado.

— Posso beber um copo d'água?

— Não.

— Tenho o direito de beber água.

— Antes, tenho alguns e-mails que gostaria de ler para você.

Lily empalideceu.

— Não — disse ela.

Eduardo não gostava de fazer isso. Lily Hayes era jovem, estava perdida e tinha feito a coisa mais horrenda que se poderia imaginar, por motivos que provavelmente eram inescrutáveis até mesmo para ela. Ela estava num país estrangeiro, e era provável que nunca voltaria para seu país. Eduardo não tinha planejado ler os e-mails nesse dia. Mas, se ela já estava se mostrando agressiva, ele também precisaria ser. Mais cedo ou mais tarde, ele teria de fazer aquilo, de qualquer maneira. E seria possível até alegar que era melhor terminar logo com essa parte. Cumprir o inevitável cedo costumava ser — embora nem sempre fosse — uma espécie de ato de compaixão.

Eduardo pigarreou e passou para o e-mail mais importante: uma mensagem que Lily tinha escrito para o pai em sua primeira semana em Buenos Aires. Era como uma apresentação ao mundo de Lily. Nessa qualidade, serviria como uma introdução natural para a peça da promotoria, e era provável que Eduardo a citasse durante seus comentários iniciais.

— "A colega de quarto" — Eduardo leu em voz alta em inglês — "é Katy. Ela passa muito tempo lendo livros didáticos de economia. Está desolada com a recente partida do namorado, bem a tempo de passar seu primeiro ano estudando no exterior, e dá para acreditar que ela ficou surpresa?" Eduardo recitou tudo isso em tom impassível. Em outro contexto, pensou ele, aquilo poderia ser hilariante: sua voz pesada com o sotaque perceptível, lendo as palavras de uma garota pretensiosa, que se supunha superior. — "Seria de pensar que ela nunca assistiu a uma novela de adolescentes. Mas a verdade é que eu também não assisti... vocês não deixavam... mas acabei me saindo razoavelmente esperta, como gosto de pensar."

Eduardo olhou para Lily. A expressão dela era de pedra. Se alguma coisa estava se partindo em algum lugar dentro dela, ele não podia ver. Ele não sabia ao certo se iria continuar, mas então decidiu que sim, porque pôde ver que Lily não se lembrava do que vinha em seguida.

— "É provável que ela seja a pessoa mais típica que já conheci" — prosseguiu ele. — "Sua vida foi bem fácil. Simplesmente dá para ver. Afinal de contas, ela é da Califórnia." — Eduardo pôs o papel sobre a mesa. A expressão de Lily era implacável e calma. Talvez houvesse a mais leve sugestão de alguma coisa que começava a se desenterrar, mas se era medo, raiva, pena de si mesma ou remorso puro e verdadeiro, era muito difícil dizer. — Você achava que a vida de Katy era fácil?

Lily fez que sim, trêmula.

— Ainda acha que a vida de Katy foi fácil?

Com isso, Lily começou a chorar. Eduardo não gostou de fazer isso, mas insistiu.

— Eu deveria ler em voz alta o laudo da autópsia? E então nós podemos conversar sobre a vida de Katy ter sido fácil ou não?

— Não. Para. Por favor, chega. — O rosto de Lily estava manchado de vermelho. Apesar de tudo, Eduardo não gostou de fazê-la chorar. Essa coisa diabólica e lancinante que ela tinha feito estaria com ela para sempre e se lançaria como uma sombra sobre seu passado. Ela teria de entender, e todos os outros também teriam de entender, que aquilo estivera com ela o tempo todo. Seus pais se lembrariam dela como a adolescente confusa, com aparelho nos dentes, que ela um dia tinha sido, e aquilo estaria lá. Eles se lembrariam da pré-adolescente esperta, da criancinha de membros gorduchos e do bebê enrugado e chorão, e aquilo estaria lá. Sua mãe se lembraria da gravidez, do menor sinal dos primeiros movimentos da nova vida que se organizava, e descobriria que ali aquilo também estava lá. O que Lily tinha feito a Katy toldaria a vida inteira de Lily: sua irredutibilidade singular contaminaria todos os jogos de futebol, passeios da família e primeiro beijo, da mesma forma que enalteceria a vida inteira de Katy, transformando cada momento, por mais mesquinho ou banal, em algo predestinado, inútil e grandioso. Nelas duas, tudo tinha sido um esforço rumo a esse medonho horizonte. Ele estivera em toda parte, tinha sido tudo, mesmo que nenhuma das duas tivesse conhecimento disso.

Eduardo deixou o e-mail na mesa.

— Lily — disse ele, com delicadeza —, você está com problemas. Está assustada. Está confusa. É claro que está. Quem não estaria? É natural. E eu não sei exatamente o que aconteceu naquela noite. Mas o melhor que você pode fazer para si mesma agora, e o melhor para Katy também, é ser totalmente franca. Essa é a melhor solução. Já estive com muitos jovens em situações difíceis, como você, e posso lhe dizer, falando com toda a sinceridade, que ninguém nunca melhorou sua situação mentindo.

Eduardo sabia que essa declaração em si parecia uma mentira, mas na realidade, pela experiência dele, ela geralmente era verdadeira. Quanto mais cedo uma pessoa admitisse o que tinha acontecido, mais cedo ela poderia começar o trabalho árduo e prolongado de viver consigo mesma. Algo como o que Lily tinha feito nunca poderia ser corrigido, é claro. Tampouco poderia necessariamente ser amenizado. Mas poderia, sim, piorar em graus variados, e Eduardo acreditava que a franqueza era a forma de evitar isso. E sem dúvida uma coisa estava clara: Lily Hayes não tinha agido sozinha. E, por ora, o melhor modo de descobrir com quem ela teria agido era deixar que Lily exteriorizasse a cena; permitir que ela a visse de alguma distância, como se tivesse acontecido num filme, ou com alguma outra pessoa desconhecida. Uma vez que ela conseguisse ver a cena desse modo, eles poderiam trabalhar na ideia de fazer com que ela abrisse um pouco mais a cortina e se visse ali também, em pé no canto.

Eduardo pôs as mãos sobre a pasta, com a palma para cima, num gesto que ele sabia ser de uma súplica sutil.

— Katy tinha muitos amigos na cidade?

— Só do programa — respondeu Lily, baixinho. — E só garotas.

Só garotas. Como se a identidade sexual pudesse absolver alguém. Isso era esperteza ou negação? Eduardo virou a palma das mãos para baixo.

— Mais alguém que ela conhecesse? — perguntou ele. — Qualquer pessoa que lhe ocorra? Qualquer pessoa que tivesse algum problema com Katy, ou qualquer um com quem ela fizesse algum tipo de negócio escuso?

— Não.

— Esta é uma cidade grande. Uma cidade perigosa, para ser franco.

— Não. — A voz de Lily estava mais trêmula.

— Algum namorado, além de Sebastien LeCompte?

Antes, naquela semana, Lily poderia ter lhe dito, com um tom de deboche, que Sebastien LeCompte *não era* namorado de Katy. Mas agora ela só abanou a cabeça, sem energia.

— Você deve ter sabido de alguém — disse Eduardo. — Vocês estão na cidade há seis semanas. Você tinha o trabalho na Fuego. E sabia tanta coisa sobre a cidade.

— Não.

— O único jeito de você se ajudar agora é se lembrando de alguém. É o único jeito de você poder ajudar Katy.

Lily fez que não, mas Eduardo pôde ver que ela tinha pensado na pessoa que mencionaria, se fosse forçada a mencionar alguém.

— Basta um nome — disse ele. — Só um nome, e nós vamos dar uma verificada.

Ela fechou os olhos. As olheiras estavam agora da cor de berinjela.

— Pode ser Xavier. — Seus olhos continuavam fechados.

— Como?

— Xavier. — Ela abriu um olho.

— Xavier Guerra? Seu patrão na boate Fuego? — Ela fez que sim. — Você acha que ele poderia ter feito isso?

— Não.

— Mas é possível.

— Qualquer coisa é possível.

Era verdade. Qualquer coisa era possível. Maria tinha ido embora um dia, e depois tinha voltado. Qualquer coisa era possível, a beleza inconcebível e o horror inconcebível, os dois. Quanto mais cedo Lily percebesse que o impossível era possível, melhor seria para todos.

— Obrigado, Lily. Muito bem. Agora, aceita um copo d'água?

CAPÍTULO 8

Janeiro

Como não suportava a ideia de pedir a Katy notícias sobre o processo, Lily começou a procurar pistas pela casa. Passava na ponta dos pés pela porta do quarto dos Carrizo e ficava parada ali, escutando, para ver se captava trechos reveladores de alguma conversa, mas por algum motivo só ouvia a televisão. Perscrutava o rosto de Carlos durante o jantar. Tentava usar palavras como "corrupção", "fraude" e "ruína" para ver se alguma delas "colava". Deu-se conta de que tinha uma espécie de esperança de conseguir levar para Katy alguma informaçãozinha valiosa; de, como quem não quer nada, fazer alguma revelação espetacular numa conversa, como se fosse de conhecimento geral, para então arregalar os olhos, chocada, quando Katy demonstrasse sua surpresa. "O quê?", diria ela, com gritinhos de alegria. "Você não *sabia*?" Mas, apesar de se esforçar tanto, com grande frequência Lily se esquecia de espionar e deixava passar as melhores oportunidades — quando a correspondência chegava, quando o telefone tocava, quando Beatriz e Carlos falavam em murmúrios discretos na cozinha.

Ao redor de Lily, a cidade passou de espetacular para medonha e então para comum, como um céu num vídeo acelerado. Numa estranha inversão do que tinha vivenciado ao chegar a Buenos Aires, Lily agora se encontrava perdida em longos devaneios sobre a Nova Inglaterra. Ela se lembrava das brutais rodas de luz branca que saltavam dos rios; o emaranhado de folhas da cor de limão no outono, fazendo sons secos e quebradiços, como insetos mortos debaixo dos pés. Lembrou-se da brancura celestial de manhãs de inverno, do cheiro limpo e cauterizante do apocalipse. Lembrou-se da languidez, das casualidades e do drama do verão: o forte cheiro de enxofre antes de temporais; o balanço discreto das folhas, como se estivessem concordando com alguma coisa ou simplesmente indo dormir. Lembrou-se do jeito com que a luz lambia a casca das árvores em fins de tarde no verão, a sensação dolorosa da passagem do tempo, do tempo passando. O tempo passava.

Percebeu que estava fora de casa havia apenas um mês.

E, quando voltou os pensamentos para Buenos Aires, Lily descobriu que a cidade já não lhe parecia tão exótica. Flagrava-se tranquila andando de Subte, segura em todas as transações e manobras, sem segredos, sentindo-se muito independente e orgulhosa. Ela sabia quais restaurantes eram caros demais e quais ônibus tinham batedores de carteira; e sabia como evitar tanto uns como outros. Sabia que devia esperar beijinhos descuidados nas bochechas, dados por pessoas totalmente desconhecidas. E finalmente tinha aprendido a não demonstrar surpresa quando eles aconteciam. Nos fins de semana, observava os turistas carregando suas câmeras, cheios de timidez e admiração, e sentia algum desdém. Agora, Lily era diferente deles, para melhor. Tinha mais em comum com os *porteños* do que com os turistas. E, quando viu um cartaz anunciando uma vaga de emprego numa boate/café em Belgrano, chamada Fuego, sentiu-se animada o suficiente para entrar e se candidatar, mesmo não tendo um visto de trabalho. Quinze minutos depois, saiu dali contratada.

O patrão de Lily no café era Xavier Guerra, um brasileiro com a pele incrivelmente negra. Lily achava que nunca tinha visto uma pessoa com a pele tão preta. Havia quase uma pureza na cor, pensou. Era assim que as pessoas deviam ser, antes de começarem a migrar para o norte para climas nevados e ficarem pálidas e abatidas. Lily quebrou um copo de vinho na primeira noite no trabalho, e faltou dinheiro no seu caixa no segundo dia. Mas parecia que Xavier acreditava que se tratava de uma falta de competência, não de honestidade, e ele a manteve no emprego. Nas duas ocasiões, Ignacio, o barman da noite nos dias úteis, deu a Lily depois uns cigarros e lhe contou piadas obscenas para animá-la.

— Para que você quer um emprego? — disse Beatriz, uma noite, lavando pepinos na pia. — Não a alimentamos bem?

Lily franziu a testa. Não sabia explicar.

— É claro que alimentam — disse ela. — O trabalho é só para pequenas despesas.

Mas no fundo não era. Lily realmente gostava de trabalhar na Fuego. Gostava das brincadeiras com os garçons e os fregueses, gostava dos sons satisfeitos que vinham de uma mesa quando ela chegava com uma bandeja de drinques, e gostava de olhar as pessoas estranhas que de outro modo ela jamais conheceria — Xavier, com seu sorriso levado, impossivelmente branco; Ignacio, o barman, com seus olhos sonolentos e seu rosto semelhante a uma carapaça de jabuti; um freguês habitual muito gordo, que chegava com uma série inconstante de namoradas muito magras. Era um trabalho duro, e Lily sempre se sentia exigida, mas descobriu que era mais ou menos como se *gostasse* de ser exigida. Às vezes ela via relances de si mesma no espelho do banheiro, parecendo jovem, cansada e explorada, e ficava surpresa por se sentir tão satisfeita com a visão. É claro que ela não estava com sua melhor aparência nesses momentos, mas estava menos parecida consigo mesma do que nunca até então.

— Para os fins de semana — acrescentou Lily.

Beatriz não concordou.

— Só Deus sabe o tipo de gente que você vai conhecer. — Estava imaginando consumo de bebidas, uso de drogas ilícitas, várias extravagâncias indescritíveis e incognoscíveis, na casa de Sebastien LeCompte.

— É só para um dinheiro a mais. Para livros. Para viajar — acrescentou Lily, muito embora até aquele momento não lhe tivesse ocorrido viajar para qualquer lugar além de onde já estava.

Depois que começou a trabalhar na Fuego, Lily começou a se encontrar menos com Sebastien. Ele costumava enviar mensagens de texto para ela à noite: missivas indiretas, com um falso tom literário, que pareciam sempre começar no meio de uma conversa. Ela olhava de relance para elas enquanto trabalhava; e tinha de algum modo a sensação de já ter respondido, mesmo quando não tinha. Depois de voltar para casa tarde da noite, ela repassava todos os comunicados que tinha perdido, encobrindo a luz para não perturbar o sono de Katy, e tomava a firme resolução de responder no dia seguinte. Mas de manhã ela estava correndo para suas aulas, engolindo o final do café instantâneo que Katy tinha feito, e acabava se esquecendo novamente. Por fim, uma sexta-feira — depois de negociações, ofertas e contraofertas — Lily concordou em ir até a casa de Sebastien para tomar um drinque. Fazia quase uma semana desde a última vez que Lily o tinha visto.

Estava marcado para as dez, mas Lily só começou a atravessar o gramado às dez e meia. Por baixo das sandálias de dedo, a grama tinha um cheiro agradável de primavera. Ela sabia que Sebastien nunca mencionaria seu atraso, e sentia um prazer tremendo por saber e por explorar esse fato. Era o tipo de coisa que um garoto faria.

Na casa, Lily bateu na porta com os nós dos dedos — usar aquela gárgula lhe parecia uma concessão a uma afetação que ela não desejava fazer — e Sebastien abriu a porta depressa. Atrás dele, a casa tinha um cheiro de mofo, e Lily se perguntou quando ele teria saído dali pela última vez. O mofo, a escuridão, a inclinação irritante do assoalho... por que tudo isso tinha parecido de um romantismo tão trágico no passado?

— Bem, *olá* — disse Sebastien. — Você é um colírio para os olhos.

— E você está com ótima aparência — disse Lily. Ele estava. Estava usando paletó. E às vezes Lily gostava de perturbá-lo dizendo coisas óbvias. Era um hábito que ela descobria que estava adotando: quanto mais ele queria falar no abstrato, mais ela se descobria fazendo comentários sobre a maciez do cabelo dele, o verdor radiante das árvores. Foi forçada a se perguntar se não estaria tentando fazer com que ele gostasse menos dela.

Para sua surpresa, porém, Sebastien de fato enrubesceu um pouco e puxou as pontas do casaco.

— Eu bem que tento. E como você tem passado as muitas horas desde que nos vimos pela última vez?

— Ah, você sabe... — disse Lily, franzindo o nariz e entrando na casa.

— Uma coisa e outra.

— As rigorosas exigências da vida intelectual, imagino.

— É. — Lily aproximou-se e lhe deu um beijo, sentindo o calor do seu rosto, o vigor da sua clavícula. Ele seria tão adorável se ao menos parasse de falar. — É tudo muito estafante. Como você mesmo sabe, é claro.

— É claro — disse Sebastien. Ele foi à cozinha e voltou um instante depois com dois copos com alguma bebida da cor de âmbar.

— E por sinal — disse Lily, animada, pegando seu copo —, arrumei um emprego.

— Um emprego! — Sebastien largou seu copo. — Que coisa mais adoravelmente plebeia!

Por algum motivo, Lily não tinha querido falar da Fuego com Sebastien. Ela tinha pensado que ele talvez, de algum modo, visse seus motivos ocultos. Afinal, uma pessoa tão artificial como Sebastien tinha de ter algum tipo de insight sobrenatural a respeito dos caprichos alheios. Mas no instante em que entrou na casa, Lily percebeu, com uma ansiedade torturante, que não tinha pensado em gerar uma reserva de tópicos para conversar, e não conseguia pensar em nenhum outro assunto que eles conseguiriam abordar.

— Um emprego! — disse Sebastien, novamente, fazendo tim-tim com seu copo no de Lily. — Trabalhadores do mundo, uni-vos!

Lily sabia que ele reagiria dessa forma. — Provocar exatamente esse deboche era o favor à conversa que ela estava prestando a eles dois; e o fato de ter funcionado a deixou tanto satisfeita como triste.

— Pareceu um jeito bom de conhecer melhor a cidade — disse ela, tomando um golinho de seu drinque. Qualquer que fosse, aquela bebida fez com que ela se sentisse alguém muito velho.

— Uma moça destemida, simplesmente tentando abrir caminho no mundo.

— Alguma coisa parecida.

— Minha firme esperança é de que você não tenha resolvido vender seus raros encantos na rua.

— Sou recepcionista na Fuego.

— Que coisa mais França pré-revolucionária!

— Acho que vão me promover a garçonete depois de um tempo.

— Pois é, tenha altas ambições e pode ser que um dia você chegue lá, sabe? As pessoas viviam me dizendo isso na escola, e olhe só para mim agora. Não me tornei um adulto realmente sério e sólido?

Lily beijou-o outra vez, só para fazê-lo parar de falar. Sua boca tinha um sabor de limpeza.

— Não — disse ela. — Mesmo que a gente esteja bebendo conhaque. Você está tentando ser esse adulto?

— Não com muita frequência — disse ele, e a beijou de novo, com mais ardor. Às vezes, Lily quase podia sentir o coração dele pulsando através de um beijo, apesar de achar provável que isso fosse impossível. Ela se afastou e mostrou a língua para ele.

— Você por acaso sabe o que está querendo dizer, na metade do tempo? — perguntou ela.

— Não sei — disse ele, em tom majestoso. — E gosto de pensar que isso faz parte de meu charme pessoal e raro. — Isso fez Lily beijá-lo mais uma vez e pegar sua mão, que era áspera, meio infantil e ligeiramente calejada, apesar de ela não conseguir imaginar o que seria possível que ele fizesse que deixasse a mão daquele jeito. Ela o conduziu na direção da cama. De repente ela soube que agora eles iam transar. Nunca tinha decidido fazer exatamente isso, mas também nunca tinha decidido não fazer, o que, nas circunstâncias, era uma espécie de decisão. E afinal de contas ele era uma graça, se ao menos não dissesse tanta tolice.

Na cama, eles se embolaram um pouco até chegar o momento em que Lily geralmente pisava no freio. Dessa vez, ela não pisou; e Sebastien puxou sua mão para ele. Ela fez um carinho hesitante. Sempre se esquecia de como essas coisas eram duras, e como era rápido que ficassem desse jeito. Ficava um pouco espantada a cada vez. Ainda estava com o conhaque na outra mão e pôs o copo na mesa de cabeceira. Seu coração estava retumbando de medo — está bem, deixa para lá a fanfarronice, ela admitia que ainda ficava nervosa com isso tudo. Percebeu que ia acontecer. Ela era jovem, solteira e estava morando na América Latina, além de ter um estoque extraordinário de preservativos. Era para isso que estava ali. Estava quase batendo os dentes. Sebastien a beijava. Ele tirou a calça e a camisa e começou a atacar as roupas dela, com um ar profundamente sério o tempo todo. Lily desejava que ele soubesse que não precisava fazer aquela expressão. Ele estava por cima dela e então dentro dela. A entrada não foi nada de extraordinário. Depois, ele olhou para ela com aquele seu ar de assombro, hesitante.

— Eu te amo — disse ele.

Lily estava com os dedos enredados nos pelos do seu peito — em segredo ela gostava deles, apesar de saber que, com outras garotas, devia fingir que não gostava —, mas, com isso, ela parou. Essa representação, essa vulnerabilidade fingida dele, fez alguma coisa em Lily azedar e virar pedra. Ela não queria, nem esperava, que ele a amasse, é claro; mas também não entendia o uso dessa frase como teatro. A frase a deixava constrangida e um pouco insultada, muito embora ela não conseguisse descobrir exatamente por quê.

— Hã-hã — disse ela. — Tenho certeza. — Ela deu uma risada irônica para se permitir um instante para pensar no que dizer. Teria de se contentar com alguma coisa idiota. — Pois é. — Ela se sentou na cama e começou a retorcer o cabelo num rabo de cavalo. — Ando querendo lhe perguntar. Por que sua casa é assim?

— Assim como? — disse Sebastien. Lily não estava olhando para ele. Estava ocupada com o cabelo, mas pôde ouvir na sua voz um vazio, uma distância ressoante, como se ele estivesse falando do fundo de um cânion.

— Você sabe. — Lily deu de ombros, tentando pensar na palavra certa. Não conseguiu. — Enorme.

— Era a residência da embaixada.

— Seu pai era o embaixador?

— Você e sua misoginia incorporada.

— Ok. Sua mãe era a embaixadora?

— Não, na verdade, acho que nenhum dos dois era.

— Você *acha* que nenhum dos dois era?

— Mas estavam construindo uma casa nova para o embaixador, acho, e na época o embaixador não tinha filhos.

— Uau — disse Lily. Era estranho pensar em Sebastien no contexto de uma família: um garotinho calado, de cabelo da cor de palha, entediado do mundo aos 3 anos de idade. — Isso deve ter deixado seus pais na maior felicidade.

— A felicidade. Que conceito mais burguês! Dá para eu entender por que os velhos Andrew e Maureen se dão tão mal, se é a esse padrão que aspiram.

Sebastien sabia o nome dos pais de Lily, porque era assim que ela os chamava, mas ela agora percebia, tarde demais, que não gostava muito que ele os usasse.

— E eles deixaram que você ficasse com a casa?

— Foi o que aconteceu, sim. Em sua eterna gratidão pelo sacrifício máximo de meus pais. *Dulce et decorum est*, e tudo o mais. É verdade que há rumores de que estavam construindo uma casa nova e que esta seria abandonada de qualquer modo. Mas não tenho certeza se acredito nisso, já que procuro nunca acreditar em metáforas.

— E como eram?

— As metáforas?

— Seus pais.

— É muito difícil falar com segurança — disse Sebastien, dali a um instante. — Acho que nós realmente não chegamos a ter a oportunidade de nos conhecermos assim tão bem.

— Isso é... Uau! — disse Lily, de novo, se encolhendo. Não podia acreditar que tinha dito "uau" duas vezes no espaço de um minuto, mas agora não havia nada que pudesse fazer sobre isso. — É difícil de imaginar. Eu conheço meus pais bem demais. Não há nada que eles façam, digam ou pensem que não tenha sido prenunciado por Freud há cem anos.

Sebastien calou-se, e alguma coisa no que Lily tinha acabado de dizer começou a parecer errada para ela.

— Sinto muito mesmo por seus pais, sabe? — disse ela, com delicadeza. E realmente sentia muito. Talvez devesse ter dito isso antes, mas nunca havia uma hora adequada para dizer alguma coisa desse tipo. — Tudo isso deve ter sido um choque tremendo para você.

— Um choque? — disse Sebastien, num tom didático. — Bem, é claro que, em termos filosóficos, não foi um choque. Quando se é tão rico assim, é inteligente esperar alguma catástrofe. Eu já lhe contei que sou absurdamente rico?

Lily piscou os olhos.

— O que você está querendo dizer?

— Ah, sem dúvida você sabe. Se o universo lhe concede algum favor, ele vai se lembrar disso e acabar fazendo com que você pague de volta. Com juros. Com juros criminosamente escorchantes, na maior parte das vezes. Você não acredita nisso?

— É claro que não — disse Lily, tentando parecer tranquilizadora. Tinha a sensação de que Sebastien estava com raiva dela, se bem que talvez fosse só o pesar que ela estava ouvindo na voz dele. O pesar, como ela sabia muito bem, podia tornar as pessoas cruéis. — Eu acho que existe boa sorte e azar; e ponto final.

— Suponho que seja bom para você não acreditar — disse Sebastien, com frieza. — Seria provável que você tivesse muito com que se preocupar se acreditasse.

— Bem, eu não sei — disse Lily, fazendo um esforço para não parecer ofendida. — Meus pais perderam um bebê antes de eu nascer. E depois eles foram no fundo dois paranoicos rabugentos durante toda a minha infância. E então se divorciaram. De modo que eu acho que, se eu adotasse essa sua visão de mundo totalmente insustentável, que eu não adoto, agora teria a impressão de que nada de realmente medonho esteja me aguardando.

— Ah, eu não teria tanta certeza — disse Sebastien. — Quer dizer, isso foi quase nada, você não acha? Não leva a mal, como dizem os jovens. Mas você de fato não conheceu o bebê, certo? Não leva a mal, de novo, *il va sans dire*.

Lily pensou na expressão carrancuda de Janie, na rigorosa determinação de fazer o cavalinho balançar, na foto no console da lareira.

— Certo — disse ela, hesitante.

— E seus pais terem se divorciado. Veja bem, isso é pura estatística. Ninguém vai sequer comprar um sanduíche para você por esse motivo.

— Imagino que não.

— E é só isso? Nenhuma outra calamidade, nenhum outro desastre?

— Bem, meu avô...

— Por favor!

— Ok. Não. Nenhuma outra calamidade.

— E nenhuma das coisas que aconteceram à sua família foi no contexto de um sistema intrincado de repressão da sociedade que poderia ser uma tábua de salvação em termos morais?

— Bem, não. Nenhuma opressão.

Sebastien franziu a testa como um médico prestes a transmitir uma notícia terrível.

— Então preciso lhe dizer que pelo menos um acontecimento relativamente medonho a aguarda.

— É mesmo?

— Algum tipo de catástrofe mediana em seu futuro, se meus poderes de vaticínio não me enganam.

— De que tipo?

— Bem, talvez seu marido venha a ter um caso, mas não simplesmente qualquer tipo de caso. Ele será alguma autoridade de destaque e terá um caso que se tornará público; e você terá de prestar apoio a ele numa entrevista coletiva à imprensa.

— Ok, posso lidar com isso — disse Lily, e então se sacudiu. — Quer dizer, o quê? Não. Eu nunca vou comparecer a uma entrevista coletiva para nenhum sacana.

— Ou você vai contrair algum tipo de câncer que acabe se revelando curável, mas que a deixe desfigurada em caráter permanente.

— Isso seria triste.

— Mas você acharia que teve sorte por estar viva.

— É claro.

— É claro. Seu tipo de pessoa sempre demonstra uma alegria constrangedora por estar viva.

— Que tipo de pessoa é esse?

— No fundo, eu queria saber o que você ganha com isso. É essa minha pergunta.

Lily levantou-se e pegou a camiseta regata e a saia. Ficou virada para a parede enquanto se vestia e então voltou a sentar na cama.

— Ou pode ser que você tenha um filho que seja limitado em termos emocionais, com quem você tenha gastos exorbitantes — disse Sebastien. — Alguém profundamente perturbado, sabe?

De repente, Lily estava fervendo com uma raiva paralisante. Estava farta da dor de seus pais, mas também sentia que devia protegê-la, e detestava a ideia de essa dor ser considerada tão moralmente neutra, tão sem sentido. É claro que eles tinham tido sorte sob muitos aspectos. Mas uma coisa era saber que seu privilégio não era merecido; outra muito diferente era sentir que sua tristeza também não. Era de dar pena ter de se sentir tão feliz, com tanto remorso, pelas pequenas mordomias de uma vida de classe média diligente e opaca (a TV, velas especiais e uma viagem anual a um parque Six Flags). Talvez fosse por isso que a família inteira era tão reprimida. Talvez bem no fundo eles acreditassem, como parecia que Sebastien acreditava, que de algum modo, mais cedo ou mais tarde, ia sobrar para eles.

— É deprimente — disse ela a Sebastien, calçando as sandálias.

— Acostume-se com isso, é só o que estou dizendo.

— Já estou acostumada. Não estou acostumada a nada além disso.

— Não consigo imaginar — disse ele. — Minha vida sempre foi uma risada atrás da outra.

De volta à casa dos Carrizo, Lily viu que ainda havia luz por baixo da porta do quarto no subsolo. Deu uma olhada no celular, não era nem meia-noite. Abriu a porta.

— Oi! — disse, animada. Tinha certeza de que seu rosto ainda devia estar corado e realmente não queria falar no assunto. — Está lendo o quê?

— Um capítulo sobre o ressurgimento do protecionismo — disse Katy. — Sabia que todos os anos quatro milhões de toneladas de milho não podem ser vendidas pelos agricultores nem aqui nem no exterior?

— Eu não sabia — disse Lily. Por algum motivo, essas palavras saíram com uma voz do tipo de Sebastien LeCompte, com um entusiasmo inadequado.

Katy olhou para ela.

— Você transou com ele!

Por alguma razão, Lily sentiu uma alegria momentânea: teve vontade de gritar: *Não, não e não!*, como Anna poderia ter feito quando criança diante de uma acusação legítima, mas se forçou a permanecer calma.

— Parece que sim — disse ela. — Foi tão rápido que fica difícil afirmar com certeza.

— Sua vadia!

Lily riu sem achar graça.

— Acho que sim. — O lampejo de alegria tinha sumido, e ela sentia uma dormência estranha no peito, uma dor entristecida sob seu flanco esquerdo. Talvez estivesse desenvolvendo pancreatite por conta de todo o vinho. Talvez o trabalho no setor de serviços não combinasse com ela. Talvez estivesse finalmente envelhecendo, como todos sempre tinham dito que um dia iria acontecer.

— E então — disse Katy, fechando o livro com um baque decidido. — Como foi?

— Legal, acho. Depois, tivemos uma discussão esquisita. — Lily deu tapinhas nos ossos do quadril através da saia fina. Agora, eles pareciam estar mal encaixados, como peças de um quebra-cabeça colocadas no lugar errado. — E ele disse que me amava.

Katy deixou cair seu queixo perfeito.

— Não. Ele *não* disse.

— Disse, sim.

— Puta merda.

Lily suspirou.

— Só queria que ele soubesse que não precisa se esforçar tanto.

— Foi por isso que vocês discutiram?

— Não.

— Foi sobre o quê?

— Ter sorte — disse Lily. — Acho.

— E então, o que você disse?

Lily esvaziou os pulmões com força. Estava ficando mais sóbria, o que a fez perceber que tinha estado um pouco alta. Queria se agarrar à sensação de sagacidade que tinha tido ao responder à declaração de Sebastien. Naquela hora, as coisas estavam claras para ela — apenas uma hora atrás — e agora Katy estava estragando tudo com sua ingenuidade.

— O que se esperava que eu dissesse? — perguntou Lily. — Eu disse, tipo: "Ah, é? Hã-hã, tenho certeza." Ou coisa semelhante.

— Lily!

— Que foi?

— Você não disse isso.

— Quer dizer, *presta atenção* — disse Lily. — Ele não está falando sério. Você conhece o cara. Ele nunca quer dizer nada. — Lily já desejava não ter contado a Katy. Era tão cansativo ter de explicar tudo para ela o tempo todo. — Seja como for, não sou idiota. Só estou um pouco decepcionada por ele achar que sou.

— Não sei, Lily. — Katy soprou o ar para cima e sua franja se inflou como um animal projetando sua agressividade. — E se for verdade?

— Eca, como você é romântica.

— Pode ser. Mas nós estamos com 21 anos! Só se espera que sejamos românticas. Quem quer ser tão cínico na nossa idade? Tem algum coisa errada com você, se já é tão cínica aos 21.

— Estou com 20. Faço 21 no fim do mês.

— É isso aí. É ainda pior.

Lily virou de costas para Katy e começou a tirar a roupa. Normalmente ela não tinha muito pudor, não porque achasse que seu corpo fosse grande coisa, mas porque dava pouca importância a ele (que tipo de vaidade era necessária para considerar o próprio corpo tão especial que precisava ser protegido da visão alheia, quando bilhões, literalmente *bilhões* de pessoas, tinham a mesma constituição que você?); mas agora parecia estranho tirar a roupa na frente de Katy, quando tinha ficado com

Sebastien alguns instantes antes. Achou que isso poderia instigar algum tipo de exame avaliador que ela não queria levar em consideração.

— E então o que vai fazer no seu aniversário? Já pensou? — perguntou Katy.

— O quê?

— Você acabou de dizer que vai fazer 21 daqui a pouco.

— Ah, é. No dia 17. Não sei. Nada. Ir a algum lugar, acho.

— Você devia ver se seu patrão deixa você reservar uma sala na Fuego.

— Ele não vai deixar — disse Lily. Com a luz fraca, ela podia ver os leques de veias azuis que cercavam o alto das suas coxas. Às vezes era difícil para ela acreditar que de fato era um animal de sangue quente. Era tão visível que seu sangue era *azul*, que ele parecia ter origem no Ártico. Estava sentindo a ardência e a umidade vagamente desagradável de onde Sebastien tinha estado. Seu rosto estava ligeiramente esfolado pelo contato com o dele. Lily sempre tinha a impressão de que estava sendo *lixada* com vigor, quando beijava um homem.

— Nunca se sabe — dizia Katy.

— Às vezes, a gente sabe, sim. Meu patrão não gosta tanto assim de mim. Eu deixo cair coisas, e meu caixa não bate.

— Você deixa cair coisas?

— Bem, eu deixei cair uma coisa. Um copo. Não foi tipo uma bandeja inteira. Mas pode confiar em mim. Quanto a essa ideia da festa. Não vai acontecer.

— Tudo bem. — Katy voltou para seu livro. — Você está horrível com tanto negativismo.

— Não é negativismo — disse Lily, encolhendo-se por estar falando de um jeito tão parecido com o de seus pais. — Estou só sendo realista.

CAPÍTULO 9

Fevereiro

Uma noite, em meio a todos aqueles amassos, finalmente aconteceu. Aquela batida do impulso acalmado — o ponto em que Lily geralmente se virava para o outro lado, pegava de leve na mão de Sebastien, lhe fazia alguma pergunta desinteressante ou se levantava para pegar um copo d'água — esse momento chegou e passou, e Lily continuou a beijá-lo, com mais vontade do que nunca. Na cabeça de Sebastien, constelações, luminosas e lentas, foram criadas e destruídas. Sua mão foi se arrastando devagar, e depois mais depressa, até a mesa de cabeceira para pegar uma camisinha atávica. Depois, ele disse "Eu te amo", em tom neutro. Estava falando sério. Nunca queria dizer nada, mas aquilo era o que queria dizer.

— Hã-hã — disse Lily, tentando parecer experiente e fria, ou talvez ela fosse mesmo. Anos de mordacidade por reflexo tinham deixado Sebastien com poucas armas para avaliar o estado emocional de outras pessoas. Toda comunicação consistia em manobras. E ele se sentiu estranhamente só na cama, depois, com os lençóis agora torcidos em nós e o quarto cada vez mais escuro no frio da noite, e Lily a não mais que um palmo dele.

E então ela lhe perguntara alguma coisa sobre os pais dele. (Que tipo criminoso de conversinha íntima era essa! Ele culpou os filmes americanos.) Ela disse que sentia muito pelos pais dele, e o sentimento realmente parecia ser real, mas, para falar a verdade, ela também parecia um pouco irritada por ser forçada a sentir muito e observou que a perda deveria ter sido um "choque". E foi isso — nada anterior a isso, que fique registrado, sem o menor sentido de que ele tivesse direito ao amor (dela ou de qualquer uma), também não por nenhum orgulho ferido (ele não tinha orgulho que pudesse ser ferido) — foi nesse momento que Sebastien ficou furioso. Um choque? A morte de seus pais tinha sido um *choque*? Sim, um choque, é claro, embora a louca derrubada de expectativas acabasse não sendo o aspecto mais desafiador de toda aquela tortura. Tinha pensado na foto do pai no console da lareira. Seu pai era jovem naquela foto, percebeu Sebastien, talvez com pouco mais de 40 anos. Sem dúvida, as pessoas ainda queriam fazer coisas aos 40. Um choque? Sem dúvida. Mas essencialmente uma devastação, um estilhaçamento. O fim da vida, como Lily decerto tinha notado. A inadequação da palavra deixou Sebastien belicoso, e ele fez com que mergulhassem numa discussão idiota, transparente, de dar pena, composta de baboseiras sérias, na qual ele agiu com superioridade e desdém, apresentando profecias sinistras sobre o futuro de Lily e o seu próprio. Ele fez um monólogo sobre todo o azar que ela um dia teria, todas as dificuldades de proporções médias que um dia se abateriam sobre ela. Na realidade, não acreditava naquilo, é claro — ele realmente não acreditava em nada — e podia sentir a disposição de espírito do quarto se toldar: de início, com a raiva de Lily, depois com sua atitude defensiva banal, sua necessidade de fazer com que ele soubesse que ela já tinha sofrido o suficiente. Era só isso o que todo mundo queria que os outros soubessem a seu respeito — como tudo tinha sido difícil, como eles tinham se esforçado com bravura, quanto crédito invisível lhes era devido. Sebastien estava cansado disso. Estava cansado de tudo. A cada desdobramento da conversa, Sebastien podia sentir que ela o afastava ainda mais de Lily, mas mesmo assim não conseguia parar. Num momento, ele poderia ter estendido a mão para tocar nela, ele sabia, só que de algum modo não teria feito diferença. Teria sido o mesmo que não tocar nela. Teria sido o mesmo que se levantar, fechar a porta e nunca mais tocar nela.

Lily não sabia como seus dias estavam começando a descrever o mesmo arco emocional, repetidamente. Ela acordava de manhã, sentindo-se animada e elétrica, empolgada com sua própria vida. Era jovem e por enquanto nada estava realmente estabelecido. Era verdade que já não era virgem; era verdade que já tinha decidido em que área se formar na faculdade; mas no fundo, no sentido mais amplo, qualquer coisa ainda era possível, e como isso era assombroso. Ela dava voltas pela cidade à tarde, observando-se na terceira pessoa — sozinha em cafés, em museus — e na maioria das vezes via a pessoa que sempre tinha querido se observar ser: uma pessoa para quem todas as coisas boas ainda estavam pela frente. Essa sensação lhe retornava à noite, quando ela voltava a pé para a casa dos Carrizo, vindo da Fuego ou da casa de Sebastien, com as luzes da cidade tremeluzentes e sedutoras ao seu redor. Não havia absolutamente nada como uma cidade à noite. Era tão fácil acreditar que tudo que fosse possível acontecer estava acontecendo em algum lugar bem em torno dela, logo ali atrás de uma porta fechada, logo ali fora do alcance do seu campo visual. E ao que lhe fosse dado saber, estava acontecendo mesmo.

Só que entre as manhãs e as noites, alguma coisa não estava dando certo. Uma sensação começava a espicaçar Lily no final da tarde, quando o sol se tornava de uma certa cor enrubescida, enjoativa, lançando uma luz que assemelhava todos os prédios a brasas incandescentes. Nessas horas, Lily achava que estava se enganando, que alguma ficção crucial de sua vida estava se desgastando por excesso de uso, e que um dia ela se esgarçaria por completo. Lily então mergulharia numa melancolia trêmula, como se estivesse sendo atingida por uma estranha ressaca tardia e precisasse ir a algum lugar luminoso, capitalista e irreal, para tentar se animar. Às vezes, ela se descobria num Changomas, com o olhar perdido nos cereais infantis; ou no cinema, assistindo a filmes americanos dublados, que pareciam sempre usar os mesmos dubladores. Ela geralmente tentava se manter afastada dos e-mails, atitude que fazia sua vida na Argentina parecer incerta, insignificante e de certo modo menos urgente. Ela estava no fim do mundo, e queria se sentir no fim do mundo.

Mas às vezes, nessa disposição de humor que a atingia à tarde, ela cedia à tentação de ir a uma lan house, onde passava umas duas horas lendo blogs dedicados à expressão mal redigida de opiniões de ampla aceitação. Ficava observando os lobos irradiados dos computadores, se iluminando cada vez mais em contraste com a noite que caía.

E então anoitecia, e ela saía para as ruas, engolindo sôfrega o ar ainda quente. Ela se lembrava de que estava tão longe de casa que podia realmente usar uma camiseta regata em fevereiro. Tirava a blusa que tinha usado por causa do ar-condicionado na lan house, no cinema ou na loja. Haveria uma brisa amena que tocaria em seus ombros, e ela sentiria que essa brisa a impulsionaria, meio desconjuntada, pela noite adentro. Seu velho otimismo inato voltaria. Com a alegria suave e turbulenta da concessão de uma comutação de pena, ela perceberia que sua vida ainda não tinha acabado. E começava a se sentir muito melhor.

Por um tempo, Sebastien não esteve com Lily de novo. Ela começou a oscilar de modo enlouquecedor entre estar e não estar disponível. Mensagens de texto ficavam dias sem resposta; encontros eram marcados, desmarcados e marcados mais uma vez. Quando ela realmente se materializava, estava distraída, distante, sempre com um leve cheiro de *chorizo* queimado. Tudo isso, declarava ela com veemência, decorria daquele emprego infernal que tinha acabado de conseguir. Ela parecia querer que Sebastien acreditasse que ela de fato estava enlouquecidamente imersa nos detalhes de utensílios e gorjetas, bem como em altercações com fregueses agressivos em termos emocionais. Parecia querer que Sebastien considerasse que seu direito relativo à atenção dela, direito que apresentava uma redução palpável, não significava nada.

Uma noite de domingo, depois de assistirem a um filme de Antonioni, de que os dois fingiram gostar, Sebastien e Lily ficaram deitados em silêncio. A cabeça de Lily estava sobre o torso dele, e ele afagava, com o polegar, um fio do cabelo, admirando seu brilho multidimensional. Sebastien percebia com nitidez como seu tórax subia e descia.

— E então — disse Lily, num tom abrupto. — O que você vai fazer?

Sebastien não parava de tentar desacelerar o coração, mas, apesar disso, descobria que ele galopava cada vez mais rápido.

— Quando, meu docinho?

— Agora.

Pela janela, Sebastien podia ver o adensamento do azul do anoitecer. Ele ainda não tinha pensado em se levantar e acender velas.

— Provavelmente lhe dar mais uns beijos — disse ele —, se for do seu agrado.

— Eu quis dizer, no âmbito geral. — Lily rolou para ficar deitada de costas. Sebastien podia ver um trecho cuneiforme da barriga pálida e plana acima do jeans dela. Podia ver a protuberância do osso do quadril.

— Na sua vida.

— Não consigo imaginar do que você está falando — disse Sebastien, muito embora conseguisse, sim.

— O que estou perguntando é se você vai simplesmente ficar aqui para sempre? — Lily fez uns alongamentos meticulosos. Sebastien não conseguia deixar de ficar pasmo com a saúde ofensiva, descuidada, do corpo de Lily. Dava para imaginá-la brincando em algum regato por aí; pegando rãzinhas, pitus e outras criaturas, com as mãos desprotegidas, porque ainda não tinha aprendido a considerar essas criaturas nojentas.

— Você tem todo esse dinheiro — dizia ela. — E então, o que vai fazer com ele?

Sebastien sabia que isso acabaria por acontecer, mas se entristeceu por já estar acontecendo.

— Sustentar um elenco rotativo de lindas mulheres, acho eu. Pelo menos, até a velhice me deixar impotente.

— Não, de verdade — disse Lily. — Você é um cara inteligente. — Sebastien estremeceu com isso. Ninguém sentia necessidade de fazer comentários sobre uma inteligência na qual realmente acreditasse. — Alguma hora, você vai ter de voltar a estudar, certo?

— Não mesmo.

— Você podia arrumar um emprego. Já chegou a pensar nisso? Quer dizer, sei que você não precisa. Sei que não precisa do dinheiro. Mas podia ser bom para você. Podia ser bom para você sair de vez em quando.

— Já saí muito. Agora estou aposentado.

— Você podia ficar menos deprimido.

Sebastien virou as costas para ela e fixou o olhar nas rachaduras na parede.

Podia ser, de certo modo, que essa atitude autoritária fosse um bom sinal. Podia ser que, em vez de refletir uma decepção dolorosa, ela sugerisse algum tipo de preocupação de proprietária.

— Quem está deprimido? — disse ele. — Depressão é coisa de classe média. Estou me divertindo a valer.

— Quer dizer que você vai simplesmente ficar sentado aqui, apodrecendo?

— Bem, eu preciso ficar sentado em algum lugar apodrecendo. Tanto faz que seja aqui.

— Isso é medonho.

— Sinto muito — disse ele, levantando-se. Ouviu o rangido dos joelhos, o que o fez se sentir velho. Era preciso viver *muito* tempo para ser velho de verdade, mas Sebastien estava começando a se perguntar se as pessoas começavam a sentir a velhice muito mais cedo e passavam a vida esperando que seu corpo se adequasse à sua alma. — Você poderia ser mais específica sobre o que está imaginando? Algum tipo de empreendimento criado a partir de uma simples ideia? Investimentos de importância social? Capitalismo de risco? Começar a me envolver no crescimento acelerado das empresas ponto-com? Suponho que isso ainda esteja acontecendo. Ou talvez não seja tarde demais para ganhar algum com o finalzinho da Corrida do Ouro. — Era visível que Lily estava esperando que Sebastien parasse de falar, mas ele não conseguia. — Ou eu deveria mirar um pouco mais baixo, quem sabe? Começar a lavar roupa para fora? Você está pensando em quê? Diga aí.

— Você está querendo dizer, no fundo, que seu plano é ficar sentado aqui, pedindo comida para entrega em domicílio, até o dia em que morrer.

— Esse é, em termos gerais, o plano de todo mundo.

— Você é igualzinho à minha família.

— Devo suspeitar que sua intenção não foi gentil.

Houve um longo silêncio, durante o qual Sebastien pôde sentir Lily dando voltas em torno do que queria dizer, desistindo e depois voltando novamente, cada vez se aproximando mais.

— Você só quer ficar chafurdando... — começou ela, por fim.

— Chafurdando! Quem *não* gosta de chafurdar?

— Você quer ficar chafurdando na aceitação passiva da morte.

— Em contraste com o quê? A rejeição ativa da morte? Ou a aceitação ativa da morte? — Sebastien abriu um sorriso para lhe mostrar que não era tarde demais para eles pararem com aquilo. — Talvez a rejeição passiva da morte?

Lily riu um pouco.

— Você é impossível.

— Só quero saber quais são minhas opções nesse caso.

— Você é impossível. — Ela o beijou de novo, com força, mas foi um beijo complicado, um pouco agressivo e feroz. E, quando ele deu uma espiada no meio do beijo, viu que os olhos dela ainda estavam abertos.

Em sua segunda semana na Fuego, Lily aceitou trabalhar mais um turno e se esqueceu de ligar para Carlos e Beatriz para avisar. Mais ou menos na metade do segundo turno, ela se lembrou, mas a boate estava lotada, e até mesmo para ir ao banheiro ela precisava esperar por seu intervalo. Às dez e meia, enquanto tentava chegar a uma mesa cheia de belgas com uma bandeja de coquetéis, Lily avistou Katy em pé junto do balcão perto da porta. Foi estranho ver Katy ali. De longe, ela parecia tímida, linda e assustada — como algum tipo de animal noturno da selva, um filhote de jaguatirica ou coisa semelhante. E Lily pôde ver que ela já tinha atraído a atenção de abutre de algumas mesas de rapazes bêbados, além da atenção de Ignacio, o barman com cara de jabuti. Parecia que Katy não percebia nada daquilo. Lily olhou para as mãos, nuas e vermelhas da água quentíssima, com o cheiro dos restos de comida da pia, onde, momentos atrás, ela tinha desistido de um dia conseguir soltar de uma panela uma camada especialmente nojenta de sujeira. Olhando para Katy, Lily percebeu que estava sentindo um constrangimento estranho, como se Katy a tivesse apanhado usando uma fantasia para alguma apresentação que ela esperava que se mantivesse em segredo. Um dia Lily estava limpando vômito no banheiro masculino, e um homem tinha entrado e, com um sorrisinho debochado, tinha dito em inglês: "Aposto que você agora queria ter feito faculdade." E, junto com a indignação, Lily tinha sentido uma fisgada de prazer por alguém se enganar a seu respeito dessa forma. É claro que aquilo ali *era* um teatro. Ela realmente não precisava do emprego.

Agora Katy estava falando com Ignacio, o barman, que estava apontando para o reservado onde Lily estava. Ela baixou os olhos e se ocupou com uns talheres até sentir uma batidinha no ombro.

— Ah, oi — gritou ela para Katy, tentando aparentar surpresa. — *O que você está fazendo aqui?*

Katy gritou alguma coisa em resposta.

— O quê? — disse Lily. Ela não conseguia mesmo ouvir, com o barulho da música. *Me gusta marihuana, me gustas tú,* cantava algum desconhecido. A música era bem velha. Lily achava que a tinha ouvido pela primeira vez, quando caloura, na faculdade, na festa de uma república. Middlebury não admitia que havia repúblicas por lá, mas havia; e foi numa que ela ouviu essa música pela primeira vez. Lily passou os olhos pela boate e percebeu Ignacio olhando para Katy com uma expressão abertamente faminta. Quando seu olhar cruzou com o de Lily, ele levantou as sobrancelhas para ela, com um ar de indagação, movimentando a cabeça na direção de Katy. Lily fez uma careta para ele e puxou Katy mais para dentro do reservado, onde ficaram um pouco protegidas. Katy disse mais alguma coisa que Lily não conseguiu ouvir.

— O quê? — berrou Lily outra vez.
— *Eu disse, o quê?*
— O barman não tira os olhos de você.

Katy achou graça. Lily inclinou a cabeça na direção de Ignacio, com um olhar malicioso. Katy espiou pela esquina do reservado e balançou a mão num sinal de mais ou menos.

— Eca — disse Lily, encolhendo o nariz. — É mesmo?
— O quê?
— O quê?
— *Você está atrasada!* — gritou Katy. — *Vamos para casa.*
— *Não posso!* — gritou Lily. — *Vou trabalhar até as duas.*

Foi então que Xavier se aproximou, cortês, de gravata azul, e apontou para Katy.

— *Sua amiga não pode vir aqui atrás!* — gritou ele para Lily. — *A menos que queira vestir um avental.*

— *Duas* — disse Lily de novo, mostrando dois indicadores engordurados. Katy deu meia-volta para ir embora, e Lily percebeu Ignacio acompanhando sua saída. Havia algo de estranho num olhar de tamanho apetite num rosto tão reptiliano, embora, naturalmente, o coitado do Ignacio não tivesse como evitar o rosto que tinha. Mesmo assim, Lily sentiu uma paranoia gelada se espalhar ao longo da sua espinha por um instante, até Xavier lhe dar um tapinha nas costas e sugerir que agora seria uma boa hora para ela pensar em tentar pelo menos fingir cumprir suas funções.

Naquela noite, Sebastien enviou uma mensagem de texto às quatro da manhã, e Lily acordou para ler, mas se esqueceu de responder. Ela se esqueceu também no dia seguinte e no outro. E no terceiro dia, responder parecia falso e forçado, mas ela fez questão de responder e tentou parecer tão descontraída e animada quanto possível — "Oi, SLC, desculpa, andei sumida, nos vemos hoje à noite?" — como se fosse uma garota com muitos, muitos, muitos amigos, dos quais ele era apenas um, não menos querido por ser um entre tantos. A resposta dele veio um dia depois, fria e rígida — "Quase não percebi. Você sabe onde me encontrar", e Lily soube que tinha agido errado mais uma vez, que ela nunca acertava. Às vezes Lily tinha vontade de poder seguir flutuando no tipo de distanciamento despreocupado que impedia rancores, ressentimentos e complicações prolongadas, que tornava impossível levar qualquer coisa a mal. Só que na vida de Lily as coisas nunca funcionavam assim. A tentativa de Sebastien de lhe dar a pulseira de presente pesava muito sobre ela, da mesma forma que o sexo, embora ela detestasse admitir isso. Agora, de algum modo, ela sentia uma obrigação para com ele. Sentia que o tinha tratado com descaso. E, mesmo sabendo que não tinha sido de forma diferente daquela com que muitos rapazes a tinham tratado — talvez de uma forma nem um pouco diferente daquela com que era provável que o próprio Sebastien a teria tratado, se ela tivesse permitido —, ainda assim Lily não conseguia se livrar da sensação desagradável dentro de seu coração, a sensação enjoativa de uma culpa cíclica.

Ela ligou para Sebastien na manhã seguinte e propôs um jantar. Disse que ela levaria. Por conta dela. Ele aceitou.

Pelo menos, disse Lily a si mesma, era improvável que Sebastien mencionasse sua recente ausência. Essa era uma parte que a agradava nele. O estoicismo não era valorizado em Middlebury, onde todos queriam conversar, processar e purgar cada coisinha ínfima, interminavelmente. Se você ficasse com um cara, ele dava a impressão de que lhe devia uma narração em tempo real de toda a sua vida, um blog ao vivo de cada lembrança emocional dele. Se Sebastien LeCompte fosse um cara de Middlebury, ele e Lily já teriam se angustiado incessantemente sobre a natureza de seu relacionamento, sobre a questão da monogamia, o problema do impulso adiante, a perspectiva da distância e da separação futura, o significado das coisas, a falta de significado das coisas. Que alívio estar dispensada daquilo tudo, de qualquer maneira.

— Acho que o velho Sebastien está puto comigo — disse Lily a Katy naquela tarde. Ela e Katy conversavam muito sobre Sebastien, em parte porque não conseguiam encontrar muitos outros assuntos. Parecia que a família de Katy era muito amorosa e funcional para merecer ser discutida. Quanto à política, Lily percebia em Katy um nível de aversão a conflitos que sugeria que poderia acabar havendo discussão se Lily forçasse o assunto, o que, naturalmente, ela se esforçava muito por fazer, com afirmações bombásticas, citando estatísticas revoltantes. No entanto, revelava-se impossível provocar Katy. Ela nunca concordava, nem discordava; só fazia perguntas com o objetivo de levar Lily a esclarecer qualquer coisa que tivesse acabado de dizer. E assim Katy e Lily costumavam falar mais sobre homens, e sobre Sebastien mais do que qualquer outro.

— Ah? — disse Katy. Ela estava sentada na cama, aplicando quantidades de protetor solar do tamanho de uma moeda de dólar, em torno dos olhos, do queixo e do esterno. O quarto estava impregnado do cheiro de coco. — E por quê?

— Acho que ele está naqueles dias — disse Lily, dando de ombros.

Katy anuiu.

— E como está o sexo agora?

Lily ficou surpresa por Katy perguntar, mas não quis demonstrar. Ela balançou a mão.

— Mais ou menos — disse ela. — Você vai à praia ou a algum lugar semelhante?

— É para prevenir rugas — disse Katy, constrangida.

— Você não está com 21 anos?

Katy baixou a cabeça, entristecida.

— Sou paranoica.

— Ah — disse Lily. — Posso usar um pouco?

— Claro. — Ela jogou o frasco para Lily. — É preciso passar nas mãos também.

Obediente, Lily passou a loção nas mãos.

— Você acha que vocês vão continuar juntos depois que você for embora? — perguntou Katy, e Lily sentiu o arrepio de nervosismo que sempre surgia quando Katy fazia perguntas sobre Sebastien. Era possível que Katy ainda estivesse se sentindo mal por ter dito que Sebastien era um chato, agora que estava claro que Lily ia continuar a vê-lo. Mas, sem saber por quê, Lily suspeitava que essa atitude envolvia mais do que isso, que essas conversas eram o jeito de Katy de ser meticulosamente cuidadosa com ela, como se Katy tivesse concluído que Lily era uma pessoa que exigia tratamento especial ou paciência especial, e Lily não gostava nem um pouco dessa ideia.

— Ah, quem vai saber? — disse Lily. — Acho provável que não.

Lá em cima, Lily podia ouvir o ronco satisfatório de Beatriz passando o aspirador de pó. Esse era um dos ruídos preferidos de Lily na vida doméstica, junto com o som da cafeteira. Fazia com que pensasse em manhãs, em arrumar a casa para visitas. Ela fechou os olhos por um instante, para escutar.

— Não? — disse Katy.

Lily abriu os olhos.

— Ora, vamos ser realistas.

Lá em cima, o telefone tocou.

— Ele podia visitar você — disse Katy. — Não é como se não tivesse dinheiro para isso.

Lily deu de ombros e torceu o nariz. O telefone voltou a tocar.

— Acho que vou atender — disse ela. Subiu correndo a escada, com Katy vindo atrás.

Lá em cima, a sala de estar estava cheia de luz. As cortinas vermelhas ondulavam de leve com a brisa, revelando e depois escondendo um risco fraco de nuvem no céu. O aspirador parou, e Lily ouviu ao longe o som plangente de sinos da catedral. Que vida essas pessoas tinham! Ela poderia ficar ali para sempre. O telefone tocou uma terceira vez.

— *Sí?* — disse Lily, quase ofegante. Fez-se um silêncio.

— Ah, Carlos Carrizo está?

— Não está no momento — disse Lily. — Quer deixar um recado?

Mais um silêncio, e Lily estendeu a mão para a gaveta da mesinha para encontrar uma caneta. Quando a abriu, viu uma pilha assustadora de papéis: pastas e documentos pesados, repletos do que parecia algum tipo enfadonho de linguagem burocrática. Ela não reconheceu as palavras, mas alguma coisa nelas parecia substancial, ressoante. Para ela, o castelhano era uma língua bonita demais para esses assuntos. Ela prendeu o telefone entre o pescoço e o ombro e fez um gesto para Katy vir dar uma olhada.

— O quê? — Katy perguntou sem emitir a voz, mas não se aproximou.

O homem ao telefone estava dando seu nome e número, e Lily remexeu a gaveta para pegar uma caneta. Ela estava escrevendo o número na mão, quando Beatriz apareceu no alto da escada, com uma cesta de roupa para lavar apoiada no quadril. O homem desligou.

— O que você está fazendo? — perguntou Beatriz. Seu rosto estava gélido, os olhos opacos, o cabelo puxado muito apertado para trás. Lily ainda estava segurando o fone e o colocou de volta no gancho com excesso de cuidado, como se agora pudesse ganhar algum crédito atrasado por agir com consciência.

— Eu estava só pegando um recado para vocês — disse ela.

Beatriz começou a descer devagar a escada, e Lily soube que a conversa não ia ser agradável. Teve vontade de se virar e olhar para Katy, mas estava com medo, sem saber bem por quê. Havia algo exclusivamente medonho na raiva de um adulto que não se conhecia bem. Quando adultos desconhecidos chegavam a ficar furiosos com você? Nunca na vida real — só no trânsito ou na internet. Lily teve uma lembrança súbita de uma imagem de si mesma quando bem pequena, ouvindo os berros da mãe de uma amiga, por alguma infração abstrata demais para ser compreendida na ocasião. Lembrou-se do terror; de sua estranha noção distorcida de que o universo realmente estava posicionado contra ela, que talvez sempre tivesse estado e que ela só não tinha percebido até aquele momento. Beatriz chegou ao pé da escada e pôs no chão a cesta de roupa.

— Por que você atendeu o telefone? — perguntou ela, sem gritar.

— Você não estava atendendo.

— Eu estava passando o aspirador.

— Eu só estava pegando um recado para vocês.

— Da próxima vez, não atenda ao nosso telefone. Está entendendo? Posso lhe garantir que as chamadas não são para você.

Lily sentiu o estranho encrespamento por trás do nariz que às vezes significava que ela estava prestes a chorar.

— Eu não achei que fosse para mim — sussurrou ela. Não entendia por que estava se sentindo tão mal. Não tinha feito nada de errado. — Eu estava só tentando ajudar.

— E esses papéis? — Beatriz apontou para os documentos em desordem, ainda se projetando da gaveta aberta. — O que você achou que estava fazendo com eles? Ajudando?

— Não estava fazendo nada! — Lily fechou a gaveta com força. — Eu estava só procurando um pedaço de papel. Não vi nada, eu juro.

Beatriz recuou um passo e respirou fundo. Deu para Lily ver pela expressão de Beatriz que ela devia estar apavorada; e ela viu Beatriz decidir baixar um pouco o tom.

— Peço que no futuro respeite nossa privacidade e nossa casa. — A voz de Beatriz estava mais suave agora, mas Lily podia ouvir todo o esforço que ela estava fazendo para conseguir isso, o que era quase pior do que se ela manifestasse toda a raiva que estava de fato sentindo. Por fim, Lily virou-se e olhou para Katy em busca de apoio, mas a expressão de Katy permanecia franca e neutra, pronta para acreditar e para que acreditassem nela. Se tivesse descido trinta segundos mais tarde, Beatriz teria encontrado as duas olhando para aqueles documentos. Katy teria se aproximado para olhar. É o que teria feito. Lily tinha certeza.

— Vocês têm um quarto muito agradável lá embaixo — disse Beatriz, pegando a cesta de roupa. — Lá vocês deveriam ter tudo de que precisam. Se precisarem de mais alguma coisa, façam o favor de me pedir primeiro.

Com isso, Beatriz levou a cesta para o subsolo, e dentro de um instante Lily pôde ouvir a máquina de lavar.

Katy fez um barulho como o de um assobio.

— Putz — disse ela. — Que azar.

Lily passou o polegar ao longo da mesa perto do telefone. Desejou que houvesse ali alguma poeira para ela fingir tirar, alguma desorganização à qual pudesse dedicar sua atenção, mas a casa dos Carrizo era sempre impecável.

— O que havia naqueles papéis? — perguntou Katy, dali a um instante.

— O pior é isso — respondeu Lily. — Eu nem mesmo sei dizer.

Quando Lily ia seguindo apressada pelo caminho até a casa de Sebastien naquela noite, com uma pizza equilibrada no antebraço, ela já estava com um humor péssimo. Tinha decepcionado Beatriz, e agora estava prestes a decepcionar Sebastien. Era uma simples inevitabilidade. Ela bateu e esperou.

Mas, falando sério, disse ela a si mesma, era certo se esforçar um pouquinho menos por um cara. Às vezes, quando pensava em todo o trabalho que tinha dedicado na vida para se certificar de que os rapazes que conhecia estivessem numa boa zona de conforto — todo o esforço que tinha empenhado nisso! —, ela era forçada a se encolher. Com rapazes que eram especialmente difíceis ao telefone, ela às vezes tinha chegado a escrever perguntas para fazer a eles antes de ligar para eles. Algum dia alguém tinha se dado a todo esse trabalho por ela? E ela teria mesmo querido que o fizessem? Lily calculava que tinha sido alvo de alguma falta de consideração, e agora tinha chegado sua vez de manifestá-la.

Sebastien apareceu à porta daí a um instante. Estava usando um colete castanho, o tipo de traje que você via em acadêmicos em filmes, mas nunca, pela experiência de Lily, na vida real. O cabelo estava despenteado de um modo interessante. Estava crescendo um pouco, de um jeito que ela gostava, mas não ousava lhe dizer, para ele não acabar cortando rente só para contrariar. Ela lhe deu seu sorriso mais simpático.

— Oi — disse ela. — Não está com calor com esse colete?

— A mítica Lily Hayes! Meu bom Deus! — disse ele, lançando os braços para o alto e fingindo se abanar. — A que devo essa rara honra?

— Trouxe pizza — disse Lily, ainda sorrindo. — Você gosta? Um dia você foi um adolescente americano.

— Eu nunca fui americano. Nem adolescente, no sentido mais estrito do termo.

Lily trincou os dentes.

— Mesmo assim, será que pode me perdoar? E quem sabe me deixar entrar? Quero pôr isso em algum lugar.

— Perdoar é um tédio — disse Sebastien, fazendo-a entrar. Ali dentro, a casa estava um forno, iluminado por algumas velas que agora pareciam ter quase queimado até o fim, o que dava à sala um ar oscilante e medieval. Lily pôs a pizza na mesa de jantar.

— Você e seu protocristianismo, seu neoplatonismo — Sebastien ia dizendo. Ele abriu a caixa e olhou com ceticismo para a linguiça calabresa. — Ah, e seus derivados de porcos. Bem, acho que viver num constante estado de perdão e superioridade moral é uma compensação justa pela liberdade de consumir animais impuros numa pizza. Essa é a grande recompensa central das confissões abraâmicas, é o que sempre achei.

— Nós podemos separar a linguiça, se você não gosta. E eu já sei que você está chateado comigo, de modo que não precisa fazer todo esse monte de alusões. E, quer dizer, você nem está falando coisa com coisa, nem mesmo em termos da sua própria lógica interna, neste momento.

— Chateado com você, minha açucena? Nem pensar.

— Me perdoa por não entrar em contato esta semana — disse Lily, com cuidado. — Estive ocupada.

— Eu entendo. Eu mesmo fiquei atolado com mais de um milhão de afazeres. As crianças e seus intermináveis treinos de futebol, sabe?

— Sebastien, eu pedi perdão.

— E eu disse que não fazia diferença.

Por algum motivo, Lily não queria que Sebastien soubesse o quanto ela estava começando a achá-lo cansativo. Também não queria admitir isso totalmente para si mesma. Sentia uma saudade prematura (já!) do sentimento que tinha tido por ele naquelas primeiras semanas; e ainda nutria uma ligeira esperança de que o sentimento retornasse. Afinal de contas, havia certos momentos — o jeito especial de Sebastien olhar para ela quando ela chegou a casa dele pela primeira vez, o rosto franco, desprotegido e tão bonito em sua arquitetura e sua juventude — que ainda a afetavam muito. Mas então ele começava a falar. Invariavelmente, muito; invariavelmente, com ironia. E Lily sentia que ia se afastando, à deriva. Uma vez, Katy tinha comparado Sebastien a uma mosca morta, paralisada no âmbar de sua casa. E o preocupante era que essa imagem tinha ficado com Lily.

Ela apanhou no armário dois pratos empoeirados, lavou-os e os pôs na mesa. Serviu fatias de pizza em cada prato e pegou uma garfada do dela. Sebastien não comeu.

— Você está em greve de fome? — perguntou ela. Parecia que ele estava reluzindo e passando um pouco mal. Lily teve a sensação nítida, por um instante e pela primeiríssima vez, de como era escassa a atração que ele lhe despertava. — Gostaria de declarar o que deseja?

Pelo menos dessa vez, Sebastien LeCompte não disse nada.

Mais tarde, depois de uma transa espasmódica e decepcionante, Lily estava inquieta. Sentou-se na beirada da cama, de costas para Sebastien, e vestiu o sutiã. Ainda era cedo. As estrelas eram topázios opacos no céu, apenas começando a vazar sua luz discreta. A discussão com Beatriz pesava no esterno de Lily como um ataque cardíaco iminente. Ela deu um forte suspiro. Sebastien não disse nada. Lily queria ir a algum lugar. Eles nunca iam a lugar nenhum. Ela deu mais um suspiro.

— Alguma coisa te perturbando, meu anjo?

— Estou entediada — disse Lily, enfurnando-se na camiseta regata. — Podemos dar uma volta?

— Aonde você gostaria de ir? — Sebastien estava deitado na cama, ainda nu. Era exótica sua falta de timidez quanto à nudez. Antes do sexo, Lily sempre gostava muito desse aspecto dele. Depois, gostava um pouco menos.

— Não sei. — Lily girou as articulações dos ombros. O estalo foi audível, e ela ficou feliz por Sebastien se encolher. — A qualquer lugar. Sair daqui. Você escolhe.

Sebastien sentou e olhou para ela com uma expressão de intensa seriedade fingida.

— Lily Hayes, será que hoje você não está nos seus melhores dias?

Ela voltou a girar os ombros, mas dessa vez eles não estalaram.

— Vai ver que não — disse ela.

— Qual é o problema?

A franqueza dele pegou Lily de surpresa — ela pensava que ele iria manter seu tom habitual — e tornou possível, de repente, que ela lhe contasse o que tinha acontecido. Não que isso fosse ajudar —seria o mesmo que fazer perguntas sobre seus problemas a uma bola mágica vidente. Mas ela supôs que mal também não faria.

— Me encrenquei com a Beatriz — disse ela.

— De novo!

— É, de nóvo. — De algum modo, a situação parecia de uma injustiça monstruosa, maior e mais séria do que um simples mal-entendido, muito embora Lily ainda não conseguisse realmente identificar por quê. Sebastien levantou-se, vestiu a cueca — finalmente — e veio se sentar ao lado dela, encostando a cabeça em seu ombro. Lily sabia que a intenção dele era irônica — aquele era um comentário sobre esse tipo de gesto, uma paródia —, mas seu cabelo era macio, havia um calorzinho em sua pele, e Lily esperava que ele, de qualquer maneira, ficasse ali um minuto.

— Espero sinceramente não ter sido *eu* o responsável — disse ele.

— Não desta vez, para seu alívio. — Os dedos de Lily se enredaram no cabelo de Sebastien e afagaram de leve seu couro cabeludo. Ele realmente era tão bem-feito. — Ela ficou uma fera porque eu atendi o telefone deles.

— Que atrevimento!

— Eu sei! Quer dizer, em geral, eu entendo por que Katy nunca se mete em encrenca. Para começar, ela não sai de noite às escondidas.

Os olhos de Sebastien tremeram de leve.

— Não sai? — perguntou ele, e Lily mais uma vez teve a suspeita desagradável e passageira de que todos ao seu redor sabiam mais do que ela.

— Bem — disse ela —, acho que não sei. Quer dizer, eu durmo no mesmo quarto que ela. Katy teria de ser muito boa nisso para sair de mansinho o tempo todo. E ela também não parece ser do tipo que sai de mansinho.

— Hum — disse Sebastien. Lily parou de fazer cafuné e deu um tapinha no seu ombro para ele se sentar direito.

— Mas o que eu quero dizer é que eu me encrencar pelo que realmente fiz de errado é uma coisa. Eu me encrencar por alguma coisa desse tipo, enquanto Katy está *ali parada*, é pura burrice.

— O que você está querendo dizer é que é o princípio da coisa, certo? Noções abstratas de justiça e de certo e errado?

— É que Beatriz simplesmente me odeia, não importa o que eu faça. É, tipo, se Katy e eu estivermos as duas fazendo exatamente a mesma coisa, Beatriz atribui boas intenções a Katy e más intenções a mim. Mas pode ser que eu tenha boas intenções também. Pelo menos, às vezes.

Sebastien puxou-a para junto de si. Estava com um cheiro ligeiramente acebolado, de que Lily gostava um pouco. Ela descobria que sentia uma surpresa agradável por esses seus momentos de masculinidade inegável e de como eles compensavam os olhos claros, as sardas e o cerebralismo. De vez em quando, ela desejava poder lhe dizer isso. Tantas vezes quando ele não parava de falar, ela teve vontade de segurar sua mão ou agarrar sua coxa e dizer: *"Para. Para com isso. Você já me impressionou."* Mas ela achava que isso de algum modo o decepcionaria, que seria vulgar, que seria convencional. E chegou a ocorrer a Lily que, de qualquer maneira, talvez não fosse ela a pessoa que ele estava querendo impressionar.

— Boas intenções? — disse Sebastien, dando-lhe um beijo na têmpora. — Achei que você era uma mulher maldosa.

— Vai ver que sou — disse Lily, abatida. — Pelo menos, parece que essa é a avaliação predominante.

— Tudo bem, meu salmão amuado — disse Sebastien, dando tapinhas amistosos nos ombros dela. — Vamos sair. Vou pegar minha bengala.

Lá fora, a lua estava enorme e de um laranja-escuro, parecendo pesada demais para o céu. Lily achou que a história da bengala era uma brincadeira, mas Sebastien de fato tirou uma de um dos quartos dos fundos, semelhantes a cavernas, e agora a portava majestoso, batendo com ela no chão de quando em quando. Seus pais a tinham comprado em Fiji, disse ele. Era coberta com lascas de madrepérola que rebrilhavam como os olhos de alguma criatura noturna, e Lily se manteve bem afastada dela quando eles enveredaram por um bosque ralo e transpuseram um pequeno morro na direção em que Sebastien tinha dito que havia um rio. Lily queria fazer travessuras. A esquisitice da bengala a deixava nervosa, de um jeito meio tonto, infantil, não de todo desagradável. E ao ar livre, nessa noite suave de verão, o problema com Beatriz não parecia tão importante. Não se podia querer que todo mundo gostasse de você. Você podia passar a vida inteira se esforçando, e mesmo assim não funcionaria. Lily deu uma estrela. Sebastien pendurou a bengala na dobra do braço e bateu palmas com discrição. Ela deu outra. Passável, achou ela. Elas agora davam bastante trabalho. Lily não fazia ideia de quando tinham se tornado tão difíceis. Mas aquilo era como um monte de coisas, pensou ela. Você se afastava de uma coisa pelo que parecia ter sido um minuto; e, quando pensava em voltar à atividade, ela já tinha desaparecido havia muito tempo.

Só restavam a Lily três meses na Argentina.

Eles andaram até encontrar o rio. Lá no alto, o céu estava claro, e a lua estava tão grande que Lily podia ver seus desenhos. Parecia uma impressão digital de giz no céu. O momento poderia ter sido romântico — dava para Lily perceber que Sebastien estava se preparando para segurar sua mão, para beijá-la —, mas ela queria se livrar dessa sensação. Estava se sentindo travessa, ardilosa. Queria levar Sebastien a fazer alguma coisa inconsequente, alguma coisa que simplesmente o impedisse de parecer legal enquanto a estivesse fazendo. Não sabia por que não tinha pensado em levá-lo a sair antes. Sempre tinha lhe parecido algo escandalosamente típico, achava ela. Mas agora via que estar no mundo lá fora abalava Sebastien de uma forma que até lhe agradava bastante. Parecia que ela naquele momento estava com alguma vantagem, do tipo de um mando de campo.

— Quer brincar de varinhas do Puff? — sugeriu ela.

— O quê?

— Como no *Ursinho Puff*.

— Receio não estar familiarizado.

— Você nunca leu o *Ursinho Puff*?

— O gosto de meus pais era mais do tipo europeu, lamento dizer.

— A gente deixa cair uma varinha na água para ver qual varinha vai chegar ao outro lado da ponte primeiro.

— Parece emocionante.

— Bem, é uma brincadeira para bichinhos fictícios de pelúcia. Portanto, sim, é bobo. Vamos jogar. Procure uma varinha. — Também nunca tinha ocorrido a Lily fazer uma coisa dessas: simplesmente resolver dizer para Sebastien fazer alguma coisa. Ela sempre acatava tudo, sempre deixava que ele estabelecesse os termos das conversas, sempre permitia que ele a atraísse cada vez mais para um terreno pantanoso e sardônico, no qual ela nunca teria esperança de conseguir ficar em pé. Mas agora eles estavam ao ar livre, e o som do rio dificultava a caçoada; e Lily soube que Sebastien faria não importa o que fosse que ela lhe dissesse para fazer.

— O quê? — perguntou ele.

— Vá buscar uma varinha — disse ela, séria. — E que seja uma das boas.

Sebastien lançou-lhe um olhar maligno e foi entrando no bosque. Lily correu para uns arbustos raquíticos e pegou um galhinho. Voltou correndo, ofegante. Isso aqui era amizade. Era disso que se formavam recordações e a nostalgia futura. Eles voltaram a se reunir na ponte.

— Ok — disse ela, examinando a água. Abaixo deles, o rio turbilhonava, negro como obsidiana. O reflexo da lua era trêmulo e frágil.

— Solte.

Eles soltaram as varinhas. Lily agarrou a mão de Sebastien e o puxou para o outro lado. Uma varinha surgiu daí a um instante, e então mais uma.

— Não dá para saber qual é qual — disse Lily. Ela ria com um pouco mais de animação do que normalmente. Afinal, essa era sua aventurazinha impulsiva, e ela sabia que devia fazer com que parecesse que eles estavam se divertindo a valer e seguindo sua própria vontade. No mundo moderno, essa costumava ser a função da garota. Lily tinha visto filmes suficientes para saber.

— É a minha — disse Sebastien. — Eu a reconheceria em qualquer lugar do mundo. A minha ganhou.

— Você roubou! — disse Lily, batendo nele. O tempo todo, tinha planejado acusá-lo de trapaça, não importava o que acontecesse.

— Você me deixou ganhar! — disse ele.

Lily deu-lhe umas palmadas de mentirinha e então agarrou suas mãos e o puxou com ela para o chão. Estava tentando ser um elfo brincalhão, cheio de animação e curiosidade. Estava tentando ser uma pessoa que talvez causasse problemas uma vez ou outra, mas só por ser tão cheia de vida e não conformista; só por ser tão especial, não por chegar a pretender fazer algum mal.

Lily enlaçou os dedos nos de Sebastien. Ficaram ali deitados muito tempo na grama, e Sebastien lhe disse muitas coisas sobre as constelações. E, embora tivesse certeza de que pelo menos algumas das coisas que ele dizia estavam erradas, Lily decidiu fingir que não sabia.

Naquela noite, deitada na cama — depois de tirar os sapatos na entrada da casa, atravessar o linóleo pisando com extremo cuidado e fechar a porta que dava para o subsolo com o mais suave dos estalidos —, Lily não conseguia dormir. Dentro dela, um mar de tremenda inquietação estava se transformando num ciclone; a magia onírica da noite tinha terminado, e só lhe restava um fato evidente e desagradável: Beatriz a detestava. Beatriz a *detestava*. E não só pelo que ela fazia, mas por coisas que não tinha feito. Katy conseguia voar abaixo do alcance do radar, e por que conseguia? Era só porque seu rosto era tão bonito, e bonito de um jeito tão doce? Era porque ela nunca manifestava uma opinião que fosse durante o jantar? Ou será que havia alguma coisa que Katy estava fazendo direito, algo com que Lily poderia aprender alguma coisa? Será que era verdade que Katy de algum modo estava prestando mais atenção? Lily sentou-se de repente na cama.

— Como você soube que eles estavam sendo processados? — perguntou ela.

Era possível que Katy estivesse dormindo — era tarde, as luzes estavam apagadas, e Katy não tinha falado quando Lily entrou e subiu a escada para o beliche de cima, com os dedos dos pés abraçando doídos cada degrau. Mas, por algum motivo, Lily achava que não. O quarto vibrava com algum tipo de consciência, e Lily de repente teve certeza de que Katy estivera esperando por ela.

Silêncio. Lily sentiu o levíssimo movimento de Katy se virando na cama.

— Sebastien me contou — disse ela, por fim.

Com isso, Lily quase bateu com a cabeça no teto.

— Sebastien lhe contou? Como?

— Fui lá e perguntei para ele.

Lily voltou a se deitar. Seu coração retumbava. Ela tentou manter a voz firme e leve.

— Eu não sabia que vocês dois eram amigos.

Deu para Lily sentir Katy encolher os ombros.

— Nós não somos, no fundo.

No fundo não somos amigos, como Lily sabia muito bem, podia significar uma infinidade de coisas. Podia significar que eram inimigos, amigos-inimigos, amizades coloridas, inimizades coloridas ou quaisquer incontáveis variações. Seria horrendo demais pedir qualquer esclarecimento, é claro, e por isso Lily não pediu.

— Achei que você não conseguia suportar o cara — ela preferiu dizer.

— Bem, eu disse que *não éramos* amigos, no fundo. E de qualquer modo, não, eu consigo suportá-lo perfeitamente bem.

Uma conscientização estava se abrindo para Lily, um conhecimento de vastidão e obviedade galácticas. Estava claro. Ela se lembrou de como Katy sempre desviava a conversa para Sebastien. Realmente, quem se importava tanto assim com a vida sexual de outra garota? Lembrou-se da noite, depois daquele primeiro jantar, quando Sebastien e Katy tinham ficado parados no alpendre juntos — Sebastien parecendo alvoroçado, Katy fumando um cigarro (quem diria?). Lily tinha visto os dois pela janela do banheiro do subsolo, mas na ocasião não tinha dado importância a ponto de pensar no assunto. Agora, porém, via que Sebastien provavelmente tinha preferido Katy desde o início e tinha ficado com Lily só como um prêmio de consolação. E talvez os dois tivessem tido algum tipo de ligação — atração, flerte ou caso —, a natureza exata não fazia diferença. Na realidade, não mudava nada. Talvez Sebastien até mesmo amasse Lily, ao que ela soubesse, com uma espécie de amor difuso, redirecionado, anônimo. De acordo com a sua experiência, era assim que a maioria dos garotos era: eles podiam amar com uma ternura verdadeira, mas seu amor quase sempre era voltado para as qualidades mais genéricas de uma mulher, sua doçura, suavidade ou beleza relativa, suas características femininas arquetípicas, quaisquer sombras maternais freudianas que ela lançasse. Por isso, esse amor era permutável, não específico. Vazio, enfim, mesmo que fosse verdadeiro em termos estritos. Basta olhar para Harold e a formanda em contabilidade! Tinha sido prudente da parte de Lily ensaiar uma estratégia de resistência passiva, de objeção de consciência, ao longo de todo aquele relacionamento. Os garotos eram todos iguais, até mesmo Sebastien, que tinha parecido de uma esquisitice tão promissora. Tudo o que ele realmente queria era uma mulher (qualquer mulher!) que fosse amena, razoável e atraente. E Katy era tudo isso. Na realidade, em tudo, ela era mais do que Lily um dia chegaria a ser.

— Seja como for, ele pode não ser minha pessoa predileta no mundo — dizia Katy. — Mas está na cara que ele é totalmente louco por você.

A isso, Lily não deu resposta. Ela virou na cama. Ficou com os olhos fixos no teto por um bom tempo. Não dormiu. E dessa vez tinha certeza absoluta de que Katy também não estava dormindo.

CAPÍTULO 10

Março

Na quarta-feira, chegaram os resultados dos exames de DNA. Como Eduardo tinha calculado, não havia nada de Sebastien Le-Compte em lugar algum da casa. Como também tinha imaginado, não havia nada de Xavier Guerra, o proprietário da boate que Lily tinha mencionado. E mais, Guerra tinha fornecido um álibi irrefutável — uma noite numa boate de striptease, corroborada com gravações de vídeo da segurança que você não queria ver, e intercalada entre saques em caixas eletrônicos. O DNA que estava por toda parte na cena do crime — no sêmen no corpo de Katy, nas manchas de sangue no carpete, no vaso sanitário no qual espantosamente deixaram de dar a descarga — era de um homem chamado Ignacio Toledo, que trabalhava como barman vez por outra na boate Fuego e parecia não ter ido trabalhar desde que Katy foi morta.

Toledo já tinha sido preso duas vezes — uma pela posse de *paco*, uma forma de cocaína, e outra por vandalizar um carro, embora o que ele estava fazendo fosse sem dúvida uma tentativa de roubo. Nas duas ocasiões, ele tinha prestado depoimento contra os colegas e tinha passado um ano e meio em Villa Concepción pela segunda condenação. Não apresentava um histórico de violência, pelo menos não que o Estado tivesse percebido, mas isso não importava. Nós todos criamos nossas histórias à medida que as vivemos. Todo assassino viveu no passado muitos anos como inocente. E, pela experiência de Eduardo, se havia dois grandes democratizadores da violência, eles eram a prisão e o *paco*.

Como Eduardo também tinha calculado, havia alguns sinais substanciais da presença de Lily Hayes na cena do crime — na boca de Katy (a defesa tentaria explicar isso com a improvável tentativa de ressuscitação), num dos sutiãs de Katy (Eduardo não conseguia imaginar direito o que eles iam conseguir apresentar para isso) e, o mais incriminador, na faca. Eduardo sabia o que a defesa diria a respeito disso. Afinal de contas, era uma faca de cozinha, à qual todos os moradores da casa tinham acesso. Nas entrevistas que Eduardo tinha realizado, nem Beatriz nem Carlos Carrizo conseguiram se lembrar de uma única vez sequer que Lily tivesse preparado alguma coisa. Além disso, a própria Lily nunca tinha mencionado a culinária em conversas anteriores com Eduardo, conversas durante as quais ele tinha conseguido obter um relato extenso de todos os aspectos costumeiros de sua rotina diária. Mesmo assim, era provável que os juízes considerassem perfeitamente plausível que Lily pudesse ter manuseado a faca de cozinha em algum ponto durante sua estada com os Carrizo — e, para ser franco, quem poderia ter certeza total de que ela não tinha tocado na faca? No final, era o fecho do sutiã que de fato era mais suspeito e, sob certos aspectos, mais importante. Aqui estava um objeto que Lily não deveria ter tido nenhuma oportunidade de tocar; e aqui estava a prova de que tinha tocado.

— Por que você nos disse que foi Xavier Guerra? — perguntou Eduardo a Lily. Ela estava com seus dois advogados, que tinham sido contratados pela família Hayes dias antes, mas que pareciam só recentemente ter se inteirado da propensão constante de sua cliente a ter bate-papos com a promotoria sem sua supervisão. Eduardo conhecia os dois superficialmente. Velazquez, cuja careca reluzia tanto que parecia ter sido alisada com massa corrida, e Ojeda, que era tão gordo que dava a impressão de que, se você ficasse muito, muito calado, chegaria a ouvi-lo engordando. Ojeda era bom no que fazia — era brilhante, implacável e de uma eficiência meticulosa — e se valia de sua gordura, disso Eduardo tinha certeza, como um método para fazer com que as pessoas subestimassem sua capacidade. Eduardo não podia deixar de sentir uma admiração sinistra por essa tática, além de certa afinidade com ela. Naturalmente Velazquez e Ojeda proibiriam Lily de participar de mais qualquer conversa com Eduardo que estivesse ligada a seu papel como ré. Mas sua menção ao nome de Xavier Guerra como um possível suspeito significava que qualquer hipótese de acusá-lo envolveria a convocação de Lily por Eduardo, como uma de suas próprias testemunhas. E nem mesmo os advogados de Lily poderiam impedi-lo de falar com ela sobre isso.

— Eu não disse isso — retrucou Lily.

— Você poderia ser acusada de calúnia, sabia? Poderia haver um processo civil contra você.

— Eu não lhe disse que foi ele.

— Quer que eu leia para você a transcrição?

— O senhor me forçou a dar o nome de alguém!

Eduardo franziu o rosto numa expressão de perplexidade.

— Como eu a forcei? Você foi ameaçada? Sofreu algum tipo de coação física?

Lily baixou a cabeça. Seu cabelo sem lavar formava cortinas pesadas em torno do rosto. Por trás dele, seus olhos pareciam de quartzo, cintilantes. Ela não respondeu.

Eduardo inclinou-se para a frente.

— Por que, Lily? Por que você citou o nome de Xavier? Você teve problemas com Xavier? Problemas no trabalho?

Lily fez que não.

— Eu nunca tive nenhum problema com Xavier.

— Mesmo assim, ele a demitiu.

— Por causa da festa, sim.

— Ouvi dizer que você teve problemas antes disso.

Lily endireitou-se de imediato.

— Quem disse isso? — Teria sido comovente, se não fosse tão doentio. Ela realmente ainda se importava com a percepção que as pessoas teriam de seu desempenho no emprego.

— Você deixava cair coisas, ao que eu soube. Seu caixa não batia.

— Eu estava começando!

— Você nos deu esse nome, Xavier Guerra, e isso nos fez seguir uma pista errada.

— Não foi minha intenção.

— Mas nós estivemos o tempo todo na pista certa, não é, Lily?

— Muito bem — disse Velazquez, levantando-se. — Chega.

À noite, Eduardo escutava as gravações de suas conversas com Lily, na esperança de ouvir alguma novidade. Tinha a impressão de que o tempo tinha se bifurcado ultimamente, que sua vida estava seguindo por trilhas paralelas. A cada instante, lá estava Maria: as costas lisas, a inclinação aquilina do nariz, a certeza perfeita e duradoura de seu sono. E a cada instante, simultaneamente, lá estava Lily. Fragmentos das conversas de Eduardo com ela atravessavam sua consciência como marés.

Você diz que dormiu o dia inteiro, não é? E não achou estranho Katy não aparecer? Nem mesmo uma vez? Não pensou em procurar por ela?

Eu fui procurar por ela. Meu Deus. Fui eu quem a encontrou!

Repetidamente, Eduardo escutava. Ele pressionava a tecla play e se encontrava outra vez entrando na prisão, com os sapatos sociais rangendo no piso, a sensação de imundície subjacente, por toda parte, inexorável, reforçada ainda mais pelo cheiro adstringente de produtos de limpeza em toda a sua volta. A cada instante, parecia que ele estava olhando fixo para aquelas mesmas paredes da cor de café com leite, com a luz que entrava pelas janelas no alto parecendo cinzenta e opaca ou de um amarelo forte e extasiante, dependendo da hora do dia. A cada instante, parecia que ele estava em pé abaixo da placa enorme de PROHIBIDO FUMAR, ansiando por um cigarro, com a cabeça ficando infimamente mais leve com a fúria, o desânimo, ou uma clareza firme, penetrante.

Mas você não pensou em procurar por ela antes.

Achei que ela estava dormindo.

Nas gravações, a voz de Lily tinha um levíssimo ceceio que Eduardo nunca tinha percebido na vida real. E as gravações tinham outros segredos menos banais a revelar. Aos poucos, a ligação de Lily com Ignacio Toledo começava a ganhar forma na mente de Eduardo. De início, Ignacio Toledo parecia não se encaixar na vida de Lily. Mas, quando se olhava com mais atenção — quando se conhecia Lily Hayes como Eduardo conhecia —, dava para ver que na realidade ele se encaixava.

Talvez o mais importante fosse o fato de ele ser o oposto de Sebastien LeCompte. Sebastien LeCompte era bonito, para um determinado gosto, além de ser inacreditavelmente rico. Mas, segundo a opinião geral, ele era também impossível: indecifrável, de uma indiferença enlouquecedora, sempre fazendo rodeios na vida e na fala, em redemoinhos meio irônicos, repletos de enigmas. Para alguém como Lily, qual seria uma melhor forma de se rebelar do que passar uma noite com um homem que não era nenhuma dessas coisas — um homem que era descomplicado em sua masculinidade, nitidamente da classe operária? Afinal de contas, essa era a garota que tinha tirado fotos de um menino sem calças, de uma mulher desfigurada: uma garota em busca de coisas grotescas, autênticas da Argentina, coisas que ela pudesse fazer e ver para mais tarde poder contar o que tinha feito e visto. Ao lado de Sebastien LeCompte, Ignacio Toledo parecia totalmente real e mais do que um pouco perigoso.

É claro que, quando a noite começou, Lily não sabia até que ponto ele era perigoso. Mas a verdade era que ela começaria aquela noite sem saber até que ponto ela mesma podia ser perigosa. E assim a noite começaria com uma crueldade insignificante: sua raiva por terminar com Sebastien e pelo envolvimento dele com Katy encobriria sua raiva menor por ser demitida da boate Fuego, e ela iria lá para encontrar Ignacio Toledo, a única pessoa com quem poderia se vingar de uma só vez de todos eles — de Sebastien e Katy, de Xavier, até mesmo de Beatriz Carrizo (que sem dúvida teria um ataque com a ideia de um homem daqueles visitando sua casa para um chá, imagine para um homicídio). No fundo, era de uma eficiência magistral: mesmo que Lily não tivesse plena consciência do que estava motivando suas decisões naquela noite, como Eduardo supunha que ela não tivesse, suas motivações estavam aglomeradas dentro do gigantesco iceberg azul de seu subconsciente, avultando-se sem serem detectadas por baixo do fragmento branco e cego de seus pensamentos. E assim Lily iria à boate, na hora em que estivesse fechando, talvez sem saber ao certo por que, mas se sentindo inconsequente, competente e afoita. Parece que você está chateada, poderia Ignacio Toledo lhe dizer, oferecendo uma bebida por conta da casa. Eu não deveria estar aqui, poderia ela responder. Ele levantaria a sobrancelha e levaria um dedo à boca, dizendo que não contaria a ninguém.

Dali em diante, eles seriam cúmplices — para começar, num segundo drinque talvez, e depois num terceiro. Mais tarde, eles sairiam da boate, e a certa altura Toledo mostraria o *paco*. E, apesar de Lily não ter aceitado (seus exames para drogas revelaram apenas o uso de maconha), a proximidade dessa outra droga representaria como que uma injeção de adrenalina, uma empolgação rebelde por presenciar alguma coisa tão mais próxima da subversão verdadeira do que não importava o que fosse que estivesse na moda entre os jovens brancos de alto rendimento acadêmico do Vermont. Com o tempo, Ignacio Toledo proporia algum plano para a noite, e Lily concordaria com ele. Talvez ela não o conhecesse tão bem assim — até aí era provável que fosse verdade. Mas Lily queria ter uma aventura. Queria sair para explorar os cantos escuros da cidade. E, àquela altura na noite, Ignacio Toledo talvez ainda se sentisse como uma espécie de acompanhante.

Eduardo não duvidava que eles não tinham planejado matar Katy. Só o vaso sanitário sujo já deixava isso claro. Mas eles tinham ido para a casa — bêbados, alterados e querendo de Katy alguma coisa que ela não queria dar, ou talvez tentando lhe dar alguma coisa que ela não queria aceitar: drogas, sexo ou dinheiro (dela ou, quem sabe, dos Carrizo), ou alguma combinação deles. E talvez Katy tivesse ameaçado ligar para os Carrizo, ou talvez para a polícia, e de repente Lily — com sua agressividade desfigurada pelas drogas, suas inibições destruídas pelo álcool — sentiu todos os seus ressentimentos irromperem, transformados numa fúria. Essa violência não era inevitável para ela. Lily não era uma pessoa que teria acabado por matar alguém um dia, não importava o rumo que sua vida tivesse tomado. Mas ela sempre tinha sido alguém que *poderia* ter matado — da mesma forma que um número apavorante de pessoas era, segundo a experiência de Eduardo. No fundo, era esse potencial que Lily tinha levado consigo até o crime. Ignacio Toledo levou as drogas, os antecedentes criminais, talvez até mesmo a ideia, a centelha inicial de brutalidade que incendiou o quarto inteiro. Mas Lily levara o modelo: a sociopatia latente, a pretensão a direitos. E, na realidade, ela levara a oportunidade. Afinal de contas, Lily tinha fornecido a casa — não havia sinal de arrombamentos — e, ao fazer isso, tinha fornecido Katy.

Repetidamente, as gravações terminavam. Repetidamente, Eduardo deitava na cama ao lado de Maria. Ele sabia que era a volta dela que lhe possibilitara ver a verdade em Lily — que lhe dera a coragem de continuar olhando até enxergar — sem se deixar ofuscar pelas histórias equivocadas ou se deixar paralisar por sua repetição. O pessoal da televisão estava obcecado por Lily Hayes, além de estar inteiramente convencido de sua culpa. Mas, com o passar das semanas, tinha se tornado claro para Eduardo que eles estavam convencidos por todos os motivos errados. Sua certeza podia estar correta, mas ela era, em essência, reacionária, imerecida. O mundo não conhecia Lily como ele conhecia. Fotogramas do vídeo da segurança eram exibidos junto com fotos da própria máquina de

Lily; e a TV não parava de passar imagens que eram consideradas as piores por todos. Lá estava Lily diante da igreja, com os seios transbordando loucamente; e lá estava ela no meio de um beijo em Sebastien no dia da morte de Katy; e lá estava ela diante de um mostrador de preservativos, com a sobrancelha erguida num confuso triângulo isósceles, apenas algumas horas depois. É claro que essas fotos eram prejudiciais. Mas na opinião de Eduardo elas não eram tão ruins quanto as outras, aquelas em que a própria Lily não aparecia — a da mulher com a bolha de sangue, a do menininho nu. Era ali que estava a verdadeira Lily Hayes — não como modelo das fotografias, mas como sua implacável diretora, nos bastidores. Pena, costumava pensar Eduardo, que a TV não mostrava *essas* fotos. Mas esperar que a mídia percebesse sua importância seria semelhante a esperar que um cachorro olhasse para onde você estivesse apontando, em vez de olhar para seu dedo.

Por pior que fosse a qualidade da certeza do mundo, Eduardo ainda gostava de se imaginar proporcionando a justiça que o mundo queria — e é claro que isso era só típico de um ser humano. E ele sabia que, se Maria não tivesse voltado, poderia ter se afogado nas potenciais consequências do sucesso, bem como nos potenciais custos do fracasso. Era verdade que Eduardo já tinha fracassado antes. Não muitas vezes, mas eventualmente — uma vez, num caso notável, quando um acusado de estupro e homicídio, totalmente julgado pela imprensa, tinha sido absolvido porque um policial inexperiente não tinha seguido todos os procedimentos ao colher o sêmen da cena do crime. Isso não teria sido suficiente para invalidar o processo em si, mas o fervor — o "fanatismo", dissera com severidade um comentarista de TV — com que o DNA tinha sido colhido resultou na rejeição da prova mais importante, por parte do tribunal. A argumentação de Eduardo de nada valeu na ocasião. Depois do veredicto, ele saiu do tribunal direto para o meio de um grupo de jornalistas que batucavam em seus BlackBerrys pequenos e irritantes, que todos tinham conseguido comprar antes que os estoques se esgotassem. Eduardo tinha andado pela cidade inteira à procura de um — desde a Movistar em Palermo, até a Claro em Recoleta —, mas sem sucesso. Por isso, ele precisou andar toda aquela distância até o escritório para começar a mandar os necessários e-mails de desculpas.

E, se Maria não tivesse voltado para ele, Eduardo podia se imaginar agora perdendo-se em meio ao peso de seus medos, os corolários espectrais de cada uma de suas esperanças. Se ela nunca o tivesse deixado, de fato, se Eduardo nunca tivesse conhecido a dor daquela perda, as coisas poderiam ser até mesmo piores que isso. Ele poderia ter se deixado consumir pela ambição terrena, o desejo de fazer com que esse sucesso o impelisse concretamente para o território profissional que ele merecia habitar, o território que ela merecia que ele habitasse, para que suas vidas pudessem por fim vibrar até algum tipo de conclusão enevoada e satisfatória. Mas perder Maria e depois recebê-la de volta tinha dado a Eduardo uma visão mais profunda da perda, exatamente como a farsa da execução de Dostoievski deve ter lhe dado um entendimento mais aguçado da ressurreição, quando ele se ergueu, trêmulo, para se descobrir ainda vivo. Agora Eduardo estava mais sábio, e conseguia olhar, escutar e estar preparado para tudo o que pudesse aprender.

O dia inteiro? Você achou que ela estava dormindo o dia inteiro?
Eu estava dormindo.

A certeza de Eduardo já não estava crescendo. Mas estava se movimentando. Estava passando de seu cerebelo para suas entranhas. Seu cabelo agora se espetava quando ele ouvia a voz de Lily nas gravações. Ainda não sabia como o homicídio tinha acontecido, exatamente, ou que estranha combinação de drogas e luxúria tinha contribuído para detoná-lo. Mas agora, quando olhava para as fotos de Lily, com sua expressão singularmente distante, aquela neutralidade estranha em torno de seus olhos, ele começava a entender, em termos ainda mais viscerais do que nunca antes, que ela realmente tinha feito o que ele dizia que tinha feito.

Você estava dormindo ou achou que ela estava dormindo?
Não sei. As duas coisas.
Ao mesmo tempo, você estava dormindo e tinha a impressão de que Katy estava dormindo?

Suas conversas giravam em torno de tanta coisa que às vezes Eduardo ficava confuso com suas redundâncias, suas repetições, seus ajustes insignificantes na sintaxe. Ele começava a se sentir perdido na separação entre mudanças pertinentes e mudanças descabidas.

E então você tentou ressuscitá-la.
Tentei.
Já tinha realizado o procedimento antes?
Não.
Você alguma vez tinha feito um curso sobre como fazer a ressuscitação?
Não.
Então, me diga exatamente o que você estava tentando fazer?

E no entanto Eduardo persistia, deixando a voz de Lily ecoar dentro dele enquanto se arrumava de manhã — olhando fixo para o espelho cromado, com um olho fechado, enquanto raspava pelos incipientes de seu queixo. Todos os dias Eduardo parecia o mesmo, e ainda assim uma parte dele acreditava estar assistindo a um aprimoramento seu; que um dia toda a sua virtude de repente se revelaria de algum modo.

Fale-me de Sebastien LeCompte.
Já lhe disse tudo o que sei.
Repita.
Já lhe disse literalmente tudo. Já lhe disse coisas que eu nem mesmo sei.
Você me disse coisas que não sabe?
Porque o senhor me fez adivinhar.
Você está dizendo que mentiu para mim.
Não!

Eduardo sabia que nunca deveria ser grato por seu trabalho, já que ter trabalho significava que algum mal tinha sido feito e que tinha ocorrido sofrimento. Por isso, ele tentava não pensar nesse seu novo ímpeto como um tipo de felicidade, embora fosse claro que era isso o que era.

Você não gostava de Katy. Não há crime nisso.

Eu gostava de Katy, sim.

Não gostava.

E mesmo que não gostasse...

Mesmo que não gostasse, o quê?

A verdade viria à tona, como segredos que sobem até a superfície do mar, como fósseis saindo do barro, como tudo que nos faz entender nosso mundo e, por fim, a nós mesmos.

Mas você era simpática com Katy, apesar de tudo.

Era.

Apesar de tudo o quê?

O quê?

Você acabou de dizer que era simpática com Katy apesar de tudo.

Foi o senhor que disse isso.

A cada instante, Eduardo entrava no quarto na ponta dos pés. A cada instante, Maria largava o livro apressada. Por motivos que ela nunca se dispunha a expor, Maria era de uma privacidade feroz quanto ao que lia. Eduardo tinha aprendido muito tempo atrás que esses segredos de Maria poderiam magoá-lo se ele permitisse; e que não levá-los em conta era seu único recurso, por insuficiente que fosse.

— O que ela diz? — perguntava Maria, tirando os delicados óculos bifocais com sua corrente de ouro, escondendo o livro por baixo dos lençóis. Suas unhas dos pés eram polidas até um brilho de opalina. Sua pele era quase translúcida. À luz do abajur, ela parecia lançar uma luminosidade interior.

— Isso eu não posso lhe dizer — respondia Eduardo.

— Ela não está dizendo nada. Dá para eu ver.

— Não está dizendo nada que não tenha dito antes. Estou ouvindo gravações.

Mas essa não era a verdade completa. Podia ser que Lily não estivesse dizendo nada de novo, mas Maria tinha ensinado Eduardo a escutá-la novamente — e, depois de refletir, ele tinha se dado conta de que a fala mais condenatória que Lily tinha proferido durante as entrevistas não foi algo que ele ou ela tivessem chegado a considerar condenatório na ocasião. A Argentina sempre tinha lhe parecido um sonho, dissera ela. Nada do que lhe acontecera ali tinha chegado a lhe parecer totalmente real. E Eduardo agora percebia que a noite em que ela matou Katy devia ter parecido a menos real de todas — simplesmente a parte do sonho que desanda num pesadelo nos últimos momentos de escuridão da noite. Devia ter parecido tão ruim quanto isso, e nada pior. Foi Maria que ensinou Eduardo a ver isso. Foi Maria que o ensinou a olhar para além do significante, até o significado. Ele lhe diria algumas dessas coisas um dia. Demonstraria sua gratidão por elas.

— Paciência, *mi amor* — Maria sussurrava, batendo com carinho na coxa de Eduardo. — Logo ela vai dizer alguma coisa.

Na quarta-feira, Andrew levou Anna num passeio a Tigre, ao norte da cidade, para ver o oceano.

— Não é o oceano de verdade — disse Anna, levantando os olhos do folheto que estava lendo. Estava toda espalhada sobre uma barra de apoio, porque no trem só havia lugar para passageiros em pé. Andrew tentava não dar atenção aos cartazes do serviço público, acima da cabeça da filha, com óbvias advertências contra os mosquitos da malária. Tanto ele como ela estavam usando shorts com estampas vistosas e sandálias de dedo, trajados segundo algum ataque de otimismo ou delírio que agora ele não conseguia entender.

— É só um delta — disse Anna. Andrew deu de ombros.

— Vai ser legal mesmo assim.

Quando eram pequenas, Lily e Anna adoravam o mar. Andrew e Maureen geralmente as levavam à praia no verão — saindo cedo para evitar o calor, empilhando-se no carro, com Cocas esquentando no porta-malas, às vezes chegando lá antes que o sol tivesse acabado de evaporar o orvalho, enquanto o nevoeiro ainda vinha chegando do mar, como se fosse de tule. Andrew lia *The Economist* enquanto as meninas o enterravam e o desenterravam. Às vezes, eles iam lá no inverno, quando o mato estava ralo, a neve se estendia como areia e a água era como prata ondulada. Andrew e Maureen enchiam uma garrafa térmica com chocolate quente e, de um jeito cômico, entrouxavam as meninas em macacões de andar na neve, novinhos em folha. Quando estava esperando Lily, Maureen quis guardar algumas das coisas de Janie para o novo bebê. Mas Andrew não conseguia suportar a ideia de ver outra criança nas roupas de Janie — parecia um pesadelo forte demais para ele contemplar. Por isso, Maureen tinha feito essa concessão, porque naquela época havia realmente uma regra muito simples sobre quem fazia que tipo de concessão. Sempre que um deles encontrava um jeito de amenizar a dor do outro, era isso o que faziam. Portanto, foram comprados novos macacões de andar na neve, junto com novas bolsas para fraldas, sapatinhos novos e todo um novo arsenal de cachorros e ursos de pelúcia. Andrew tinha pintado de novo o quarto das crianças. A decoração inspirada nas histórias de Beatrix Potter foi trocada pela do Ursinho Puff.

— Exatamente que parte vai ser legal? — perguntou Anna.

— Vamos alugar uma canoa — disse Andrew. No folheto, Tigre era um lugar lotado de famílias nucleares, remando felizes em caiaques vermelhos. Para Andrew era estranha a ideia de que outras pessoas viessem àquele país para passar férias. — Vamos andar de barco. Você continua a gostar de barcos?

O trem parou, e as portas se abriram. Anna estava na contraluz, e Andrew precisou espremer os olhos para vê-la.

— Amanhã — disse ela — quero ir junto com vocês à reunião com os advogados.

No dia seguinte, Andrew e Maureen iam se encontrar com os advogados para conversar sobre os resultados dos exames de DNA. Parecia que o DNA de Lily tinha sido encontrado na boca de Katy — o que não era surpresa, considerando-se a tentativa de ressuscitação, e na arma do crime, o que de fato também não era surpreendente, considerando-se que a arma do crime era uma faca de cozinha que pertencia aos Carrizo. O DNA de Lily tinha também aparecido, o que era um pouco estranho, num dos sutiãs de Katy. Era tranquilizador que a maior parte do DNA colhido perto do corpo de Katy era de outra pessoa. Tudo o que Andrew sabia sobre essa pessoa era que ele era um homem, com passagem pelo sistema prisional, o que era suspeito e, portanto, encorajador. Depois de desligar o telefone, Maureen tinha ficado olhando para Andrew com uma expressão vazia.

— Olha, você bem que podia levar Anna a algum lugar, já que não há mais nada que se possa fazer hoje. — Ele tinha se alegrado com a oportunidade. Desde a chegada de Maureen, Anna praticamente tinha se mudado para o quarto de hotel da mãe, e as duas passavam a noite juntas, cochichando e assistindo a telenovelas. E, um dia em que foi apanhá-las para o café da manhã, Andrew percebeu que elas vinham bebendo tudo o que encontravam no frigobar. Isso causou em Andrew uma frustração estranha. Não era que Andrew encarnasse o policial repressor e Maureen fosse o bonzinho. Era que Maureen simplesmente cumpria os dois papéis. Andrew tanto não conseguia permitir que Anna bebesse qualquer coisa do frigobar, como não conseguiria impedir a filha de fazê-lo, bem no seu nariz, se ela decidisse que era isso o que queria. O fato de ela não beber ele entendia como uma cortesia que ela lhe fazia, como a de ainda chamá-lo de "papai" e Maureen de "mamãe", quando Lily muito tempo atrás já tinha começado a tratá-los pelos nomes.

— Vai ser uma chateação, amorzinho — disse Andrew, acompanhando Anna na saída do trem, para a estação, que tinha um cheiro agressivo de salgadinhos. Havia quiosques por toda parte vendendo goma de mascar, refrigerantes e jornais sensacionalistas. Andrew se esforçava muito para não ler as manchetes.

— Chateação? — perguntou Anna. — Você está brincando?

— Com licença, vocês falam inglês? — Um casal com ar de preocupação estava parado diante deles.

— Não — disse Andrew, apressando Anna para sair da estação. Lá fora, o céu era de um azul ofuscante; as palmeiras, detestáveis.

— Papai, o que deu em você? Eles só estavam tentando pedir informações.

— Bem, nós não temos como lhes dar informações, temos? Ora, dá uma olhada nisso tudo. — Andrew fez um gesto majestoso. Diante deles, a água do delta, da cor de cerveja, batia desanimada nos cascos de barcos de aluguel. Ali perto, um homem estava levando nos ombros uma mulher de biquíni. Andrew não conseguia entender o que levaria uma mulher adulta a se permitir ser carregada daquela forma. A cidade inteira parecia cheirar a protetor solar de coco e a Quilmes. Andrew ouvia as coxas da mulher batendo nas costas do homem.

— Papai — disse Anna. — Estou tentando falar com você.

— Presta atenção, amorzinho, ai, droga! — Um mosquito estava zumbindo ameaçadoramente perto de Anna; Andrew curvou-se para espantá-lo da perna da filha, que estava descoberta e bem hidratada, como ele percebeu. Como era possível que ela tivesse energia para continuar a raspar as pernas? E então ele se endireitou de novo. — Vai ser uma conversa séria.

— Sei que vai ser uma conversa séria — disse Anna. — É exatamente por isso que quero estar lá. — Outro mosquito veio se desviando descaradamente na direção da outra perna dela, e Andrew também conseguiu espantar esse, muito embora ele visse que talvez essa fosse uma causa perdida. Ele realmente não poderia proteger Anna da malária, de uma morte demorada ou de uma detenção injusta e interminável. Mas era melhor ele continuar a fingir que poderia.

— Papai — disse Anna —, você precisa parar com isso.

Andrew empertigou-se. Do outro lado da rua, viu uma pequena banca vendendo sorvetes e Coca.

— Quer um sorvete?

— Pela madrugada, papai. Você está tentando me subornar com sorvete? Não tenho 9 anos.

— Anna, sinto muito. Você não pode ir à reunião. De qualquer maneira, eles querem falar só comigo e com sua mãe. — A rigor, essa não era a verdade. Andrew fez Anna atravessar a rua até a banca de sorvetes. — *Uno helado, por favor* — disse ele para o vendedor, com um largo sorriso.

— Que sabor?

— Humm. Chocolate, por favor.

— Por que você não quer que eu vá, papai? — perguntou Anna. — Sério. Diz aí. Acha que na tal conversa vai ouvir alguma coisa que não quer ouvir?

— Bem, é claro que vamos ouvir. — Andrew baixou a voz. Desejou não ter como saber se o sorveteiro falava inglês. — Foi medonho o que aconteceu, e nós vamos ouvir todos os detalhes. E aconteceu com uma garota só poucos anos mais velha que você. Que é parte do motivo pelo qual não é uma boa ideia você vir junto. Esta viagem já está sendo bastante perturbadora para você. — Andrew remexeu no bolso em busca de dinheiro trocado.

— Sei de tudo isso, papai. Não é isso que fico me perguntando.

— Então é o quê? — Andrew entregou-lhe o sorvete e ficou aliviado quando ela aceitou.

— Fico me perguntando se não há mais alguma coisa que a gente vá ouvir que não se quer ouvir. — Anna falava com cuidado; e Andrew por um instante, sem compreender, se perguntou se ela estaria falando da vida sexual de Lily.

— Não sei, amorzinho — disse ele. Ele agora via que tinha sido um erro trazer Anna para Buenos Aires. Tudo era demais. Ela era muito nova. Sua vida, que mal tinha começado, com todos os seus próprios dramas e decepções, estava sendo posta em compasso de espera, e para quê? — Mas, por favor, não se preocupe. — Ele puxou Anna para lhe dar um abraço, e ela permitiu, com dificuldade, mantendo o sorvete longe do corpo com uma falta de jeito exagerada. Andrew não conseguia compreender como Anna era alta; como era sólida e esguia. Seu corpo tinha gerado seu próprio desdobramento decisivo a partir da carga genética do pai, como se ela fosse o resultado de algum tipo de manipulação perversa do DNA recombinante. A possibilidade de que uma filha dele pudesse quase chegar a ter sua altura, pudesse um dia ultrapassá-lo, era quase tão inconcebível quanto o fato de que uma criatura dessas pudesse um dia morrer. Andrew percebeu, horrorizado, que era possível que ele precisasse de Anna ali. Afinal de contas, ela já tinha feito mais por Lily do que ele, ou do que qualquer outra pessoa tinha conseguido fazer. Mas nada disso era desculpa para permitir que ela ficasse.

— Anna, você acha que gostaria de voltar para casa?

— O quê? — Ela se desvencilhou do abraço. Andrew tinha pretendido que suas palavras fossem um oferecimento, mas percebeu que tinham saído como um tipo de ameaça.

— Podíamos pedir para seu tio Phil apanhá-la no aeroporto e levá-la de carro a Colby.

— Não quero voltar.

— Você vai acabar precisando voltar.

— Quando Lily for solta. Ela precisa de mim aqui, agora.

— Anna, veja bem. — Talvez Andrew tentasse ser simplesmente franco. Talvez, pela primeira vez em muito tempo, ele tentasse falar sem rodeios. — Eu preciso de você aqui. Lily precisa de você aqui. Sua mãe precisa de você aqui. Mas só porque todos nós precisamos de você aqui, isso não quer dizer que você tenha de ficar aqui. E enquanto tentamos resolver tudo isso, Maureen e eu precisamos agir como seus pais. Nós ainda somos seus pais.

Anna estava deixando o sorvete derreter, escorrendo pela sua mão agora, numa demonstração de indiferença autêntica ou simulada. Andrew tirou a mochila das costas e começou a remexer nela em busca dos lencinhos umedecidos bactericidas que ele sabia que Maureen teria posto ali.

— Está entendendo, Anna? — Andrew encontrou os lencinhos e ficou maravilhado, pela milionésima vez, com a sombria previdência de Maureen, sua capacidade de se antecipar e se preparar para todos os tipos de desastres futuros, grandes e pequenos. — Quero você aqui. Preciso de você aqui. Mas tudo tem seus limites. Precisamos proteger Lily. Precisamos proteger você. E o que precisamos de você amanhã é que você fique no hotel.

Na expressão de Anna, houve uma espécie de flutuação solar, que então se reduziu, e ela sorriu. Andrew entregou-lhe os lencinhos, e ela lambeu o sorvete do pulso.

— Ok, papai.

— Ok?

— É. Ok. Agora, quer tratar de alugar um caiaque?

No dia seguinte, Maureen e Andrew foram em silêncio a Lomas de Zamora. Andrew segurava um saco de papel com um sanduíche de ovo para Lily. Tinha acabado de comprá-lo, e ele já estava vazando, deixando o papel oleoso e translúcido. Na prisão, Maureen pagou ao motorista com uma nota de vinte pesos, e Andrew teve certeza de que ela receberia o troco em notas falsas, mas faltou-lhe ânimo para fazer um comentário sobre qualquer dessas duas coisas.

Na sala de espera, eles ficaram sentados. Maureen ainda não tinha vindo à prisão, e Andrew ficou satisfeito por poder encaminhá-la para passar pelo detector de metais, para indicar onde era o banheiro, para lhe mostrar que as coisas não eram tão terríveis quanto ela poderia ter imaginado que seriam. Eles esperaram. Maureen remexeu na bolsa e tirou a carteira. Junto com recibos e seu cartão de embarque da United Airlines, Andrew viu projetar-se a ponta azul do passaporte dela e a cutucou.

— Você não deveria andar com isso por aí — sussurrou ele.

— Eu sei — disse ela, em tom de desculpas.

Sem dúvida, ali estava de onde Lily tinha herdado aquilo. Andrew nunca tinha se dado conta até então, mas agora parecia óbvio. Maureen tinha perdido uma filha para a morte e outra para o encarceramento, e no entanto ali estava ela, passeando despreocupada pela cidade com o passaporte na bolsa e aceitando punhados de notas de troco, sem sequer examiná-las diante da luz do sol.

— Quer ler uma coisa que vai partir seu coração? — perguntou Maureen.

— Não — respondeu Andrew, porque estava um pouco zangado com ela. — No fundo, não.

Maureen não fez caso. Ela compreendia que Andrew queria, sim, ver a coisa que partiria seu coração, que ele não aguentaria deixar de ver, agora que lhe tinha sido oferecida. Ela tirou um diário da bolsa cheia demais.

— Abra na página marcada com um clipe — disse ela, entregando-o a ele. O papel do diário era macio, caríssimo e coberto com a letra de Lily; e Andrew percebeu, com uma fisgada de angústia, que Maureen (ou Anna) tinha pensado em comprar um caderno e uma caneta para Lily e tinha dado um jeito de fazer com que chegasse às mãos dela. Ele leu.

COISAS QUE VOU FAZER EM CASA:
— COMER UM BIFE
— SER VOLUNTÁRIA NUM ASILO PARA IDOSOS
— PRATICAR O OBOÉ
— ACORDAR CEDO O SUFICIENTE PARA VER O SOL NASCER 4 VEZES POR ANO (UMA POR ESTAÇÃO)
— SER GENTIL COM TODO MUNDO
— CRIAR UMA ORGANIZAÇÃO PARA LEVANTAR FUNDOS EM MEMÓRIA DE KATY
— PEDIR DESCULPAS A HAROLD
— PEDIR DESCULPAS A SEBASTIEN
— PEDIR DESCULPAS A MAMÃE E PAPAI

Andrew ficou olhando para a página — o papel branco e limpo, a caligrafia hesitante (do quê?, perguntou-se ele. De desnutrição ou pavor? Ou simplesmente de anos de uso da internet?) — e seus olhos se encheram de lágrimas. Com toda a prática que tinha, ele sabia que a melhor coisa a fazer agora era manter os olhos baixos e abri-los muito para evitar o transbordamento. O que realmente o atingiu foi a linha sobre ser gentil com todo mundo. Para Lily, todo aquele desastre devia realmente parecer resultante de ela não ter sido gentil o suficiente. Ela não tinha matado ninguém, mas tinha escrito alguns e-mails cruéis. E agora estava presa, e aqueles e-mails estavam sendo exibidos por toda parte como prova de sua degeneração. É claro que ela estava prometendo se comportar, prometendo ser um cordeirinho, prometendo nunca ter um mau pensamento, ou qualquer pensamento, nunca mais, se ao menos a deixassem sair da prisão.

— "Mamãe e papai"? — disse Andrew.

— Eu sei. Quem diria?

— Como você recebeu isso?

— Ela pediu aos advogados que mandassem pelo correio.

Andrew voltou a fixar os olhos na letra de Lily. Alguma coisa ali fez com que tivesse medo da aparência que ela poderia ter nessa semana. Não gostava de admitir para si mesmo, mas tinha algumas dúvidas quanto à capacidade de recuperação interna de Lily. Ela não era a mais mimada de todas as jovens de classe média, é claro. Sempre trabalhou durante a faculdade. Durante o verão, trabalhava mais do que o expediente integral, recusando oferecimentos de ajuda financeira. Isso era proveniente de algum sentido confuso e contraditório de autossuficiência que aceitava substanciais empréstimos governamentais e pagamentos ainda mais substanciais da anuidade por parte dos pais, enquanto rejeitava todas as outras formas de caridade — e estava claro que ela chegava a curtir uma pobreza temporária e imposta por ela mesma. Quando o dinheiro do salário ia acabando, Andrew sabia que ela se alimentava principalmente com pipocas e cachorros-quentes de seu emprego num cinema. Mas é claro que tudo isso decorria de sua infância não ter sido caracterizada nem pela privação, nem pela ostentação de riqueza: uma infância em que desejos comedidos se atinham firmemente ao que era de fato possível. Não lhe ocorria encarar a ausência de conforto com medo — em parte porque não era particularmente materialista, nem se julgava com direito a privilégios; mas em parte porque não acreditava, mesmo, que um estado daqueles pudesse realmente ser permanente. E Andrew agora via que isso *era* um privilégio — essa expectativa da benevolência do universo. Lily achava que não fazia mal a ninguém, e que isso exigia que nenhum mal fosse feito a ela. A simplicidade desse raciocínio era inacreditável. Era de uma tristeza quase perigosa demais para Andrew contemplar.

Um guarda acabou aparecendo e os levou pelo corredor, com Maureen agarrando a mão de Andrew. Na sala de visitação, Lily estava sentada com a cabeça baixa, exatamente onde Andrew a tinha deixado na última vez. Ele lutou contra a imagem de ela ter ficado a semana inteira ali sentada, à espera de que eles voltassem.

Maureen aproximou-se de Lily e a levantou num abraço.

— Mamãe — disse Lily, soluçando, com a cabeça inclinada para o colo de Maureen. Andrew debruçou-se sobre as duas e deu um beijinho na bochecha de Lily. Seu cabelo estava grudento, e ela estava com um cheiro de óleo e roupa suja. Andrew não sabia se isso era desafio ou desespero, nem qual seria pior.

— Meu amor — disse Maureen. Com delicadeza, ela envolveu com as mãos a cabeça de Lily, como se Lily fosse um recém-nascido, frágil, com a moleira ainda não ossificada. — Eu te amo. Te amo. Te amo.

Essa deveria ter sido a primeira coisa a dizer, quando Andrew viera visitá-la. Essa deveria ter sido a "primeira", não a última coisa. Andrew afagou o ombro de Lily e então enfiou a mão na bolsa para pegar o sanduíche.

— Trouxemos isso para você — disse ele. Era de *chorizo* com ovo. Lily tinha gostado tanto desse sanduíche que chegou a escrever para casa a respeito dele. E tinha sido ideia de Andrew levar um para ela. Lily levantou a cabeça e ficou olhando para o sanduíche com ar lamentável, como se não conseguisse se lembrar do que se devia fazer com uma coisa daquelas.

— Não está com fome? — perguntou Maureen.

— Não sei — disse Lily.

— Por que não dá uma mordida? Pode ser que descubra que está com fome, sim — disse Maureen. Esse era um estratagema dela do qual Andrew se lembrava, do tempo em que as meninas eram pequenas e propensas a baixos níveis de glicose no sangue. Elas corriam sem parar e se esqueciam de comer, e então começavam a chorar. Maureen precisava convencê-las a aceitar pedacinhos de queijo quente, até se acalmarem. Agora, Maureen entregava a Lily o sanduíche, que a filha segurou desanimada por um momento antes de dar uma mordida hesitante. Ela mastigou por muito tempo, como se não estivesse produzindo saliva suficiente para a tarefa. Com um jeito amaneirado, ela encobria a boca com a mão — uma estranha afetação que tinha aprendido com alguém na faculdade, tornada ainda mais esquisita agora pelo cabelo sujo e pele oleosa, como se ela fosse alguma aristocrata arruinada no estilo de *Grey Gardens*, do luxo à decadência. Sua Lily nunca tinha sido uma criança vaidosa. Sempre havia manchas de grama no macacão, um cílio na bochecha ou uma migalha de biscoito no canto da boca. Estava sempre pegando no colo gatos e cachorros, contra a vontade deles, ficando assim com as roupas cobertas de pelos dos animais. No entanto, sempre tinha sido fundamentalmente limpa, no fundo uma criança apresentável. Do jeito que estava agora, ela não parecia ser ela mesma.

Maureen deve ter estado pensando a mesma coisa, porque começou a remexer mais uma vez na bolsa enorme.

— Aqui, meu amor, eu lhe trouxe uma escova.

Lily parou de mastigar, mas não engoliu.

— Está falando sério?

— Acho que seria uma boa ideia tentar se arrumar um pouquinho para os advogados — disse Maureen.

— Puta que pariu, fala sério. — Havia uma lasquinha de ovo no lábio de Lily, ou talvez fosse uma lasca de pele solta. — Você quer que eu escove a porra do meu cabelo? É com *isso* que está preocupada? Essas são suas prioridades?

Andrew olhou para Maureen. Nos velhos tempos, Maureen tinha sido muito, muito rigorosa a respeito de palavrões. Uma vez Lily a tinha xingado quando estava ao telefone com uma das amigas, e Maureen havia desligado o telefone da tomada calmamente, mas agora sua expressão era de submissão e súplica.

— Amorzinho — começou ela.

— Para de me chamar desse jeito, ok? Para com isso. Sou uma adulta. Se você tem idade suficiente para todo mundo achar que matou alguém, você tem idade suficiente para que os merdas dos seus pais parem de chamar você de amorzinho.

— Nem todo mundo acha que você matou alguém — retrucou Maureen. — Nós todos sabemos que você não matou ninguém. Só acho que seria uma ótima ideia você dar a impressão de que não matou. E dar a impressão de que não desistiu totalmente de si mesma.

— Bem, e daí se desisti? — rosnou Lily.

— Isso faz parte do problema — Andrew arriscou-se a sugerir. E tanto Lily quanto Maureen se viraram para ele como se estivessem surpresas por ele ainda estar na sala.

— Do que você está falando? — perguntou Lily. Ela nem mesmo parecia com raiva. Dos dois, não era ele que era digno da sua raiva.

— As impressões fazem diferença é só o que estou dizendo, amorzinho.

Andrew estava só reiterando o que Maureen tinha literalmente acabado de dizer. Por isso, não pôde entender por que Lily e Maureen estavam olhando para ele como se ele tivesse acabado de se revelar o homem cruel que as duas sempre tinham suspeitado que fosse.

— Vocês estão brincando? — disse Lily, voltando a olhar para Maureen. — Vocês dois estão brincando? Porque vocês nunca tiveram senso de humor.

— Está bem, Lily — disse Maureen. — Está bem. — Ela estava desenhando arabescos delicados nas costas de Lily agora, e de algum modo Lily estava permitindo. Andrew teve um relance de uma imagem de Lily aos 3 ou 4 anos... era verão, e ela estava jogada no sofá usando um short minúsculo, lambendo um picolé azul vivo e cantarolando a música tema de alguma novela desgraçadamente prolongada, enquanto Maureen desenhava letras através da sua camiseta. A luminosidade daquele fim de tarde tão remoto entrava prateada pelas janelas panorâmicas. No canto, o monitor estalava com os sons de Anna ainda bebê, suspirando em meio a seus sonhos vermelhos inescrutáveis, e talvez todos eles por um instante tivessem achado que a vida ia acabar se revelando razoável, afinal de contas. *Eu te amo*, escrevia Maureen, repetidas vezes, muito antes que Lily soubesse o que as formas que ela estava fazendo significavam. *Eu te amo. Eu te amo.*

— Pronto, pronto — disse Maureen, e Andrew viu que ela estava se inclinando com a escova e a levando com delicadeza ao cabelo de Lily, que não oferecia resistência. Andrew imaginou que Maureen fosse dizer alguma coisa — arrulhar um pouco, oferecer algumas palavras reconfortantes ou de algum modo reconhecer que Lily estava se submetendo, mesmo quando antes tinha sido desafiadora —, mas Maureen nada disse. Ela só ficou escovando com uma das mãos e acariciando as costas de Lily com a outra. E aos poucos o cabelo de Lily voltou à normalidade; e ela começou a parecer uma garota como qualquer outra, num dia muito ruim, mas não necessariamente numa vida muito ruim.

Velazquez e Ojeda entraram na sala, e Maureen e Andrew se levantaram para cumprimentá-los. Lily permaneceu sentada. Andrew não estava gostando dessa nova passividade dela, essa tolerância a maus-tratos, ordens e planejamento por parte de outros. Os advogados se sentaram e espalharam na mesa algumas pastas de papel pardo. Não foram carinhosos com Lily, nem estalaram a língua por causa dela, nem manifestaram sua solidariedade com ninguém. Talvez porque a situação dela não fosse tão ruim quanto outras que tinham visto, ou talvez porque fosse tão ruim que eles já tivessem desistido de tudo. Ou talvez — e Andrew foi forçado a concluir que era o mais provável — fosse só porque os advogados estavam absortos nos detalhes específicos de sua própria vida e já estavam na expectativa do jantar que os esperava em casa.

— Bem — disse Ojeda, já suando. Sua gravata estava apertada demais e parecia uma cobra de seda roxa sufocando-o pelo pescoço. — Acabou acontecendo que os resultados dos exames de DNA são bastante bons para nós. Em primeiro lugar, e o mais importante de tudo, há por toda parte DNA de um homem, um homem com antecedentes criminais, que agora se tornará o principal suspeito para a promotoria. Ele foi preso duas vezes, uma por drogas e a outra por tentar roubar um carro, e cumpriu quase dois anos na prisão. Esse é o homem que cometeu o crime, e nós não temos palavras para salientar como é significativo que ele já esteja identificado.

Maureen e Andrew anuíram. A cabeça de Lily inclinou-se para um lado, com sua expressão séria e serena.

— O DNA de Lily estava presente em três lugares, porém — disse Velazquez. — Na boca da vítima, num sutiã que pode ter pertencido à vítima e na faca. Nossa primeira preocupação é com a faca.

— Quando o senhor diz "a faca" — perguntou Maureen —, está se referindo à que foi usada no crime?

— À arma do crime, sim.

— Meu DNA está nela? — perguntou Lily, em voz baixa.

— Bem, era uma faca da cozinha — disse Velazquez, olhando para Maureen. — Era uma faca de uso geral. O DNA de Beatriz Carrizo também está nela. E Lily sem dúvida teve ocasião de usá-la ao cozinhar. Não teve, Lily?

— Claro que sim. — Lily fez que sim e juntou as mãos no colo, com um pouco de afetação, pensou Andrew. — É claro que tive.

— Você consegue se lembrar de uma hora específica em que poderia ter usado aquela faca para cozinhar? — perguntou Ojeda.

— Em particular, você consegue se lembrar de alguma hora em que alguém a tenha *visto* usar aquela faca para cozinhar? — disse Velazquez.

O rosto de Lily empalideceu, de repente parecendo tão oval e frágil quanto um ovo. Andrew fez um esforço para conseguir uma lembrança, qualquer lembrança, de Lily preparando qualquer coisa na cozinha, mas não conseguiu. Lily era de uma indiferença notória e estridente à cozinha. No dia de Ação de Graças, ela ficava por ali discursando e bebendo vinho, enquanto Maureen regava o peru, Maureen espremia as batatas, Maureen picava a abóbora. Podia ser que ela desse a Lily uma eventual tarefa insignificante — carregar alguma coisa do balcão para a mesa, dar brilho num copo, encontrar uma concha —, mas Andrew nunca a tinha visto tomar a iniciativa de pegar um utensílio de cozinha de qualquer tipo, e ele tinha sérias dúvidas quanto à possibilidade de ela ter começado recentemente a se interessar.

— Bem — disse Ojeda —, você não precisa se lembrar disso neste instante.

— Quanto ao corpo — disse Velazquez —, o fato de seu DNA estar na boca da vítima confirma seu relato de ter tentado uma ressuscitação.

Andrew pigarreou, e todos à mesa se voltaram para ele.

— Desculpem, mas isso não acabaria com a peça da acusação? O fato de haver provas de DNA de que Lily tentou salvar Katy, exatamente como ela disse que tinha feito?

Ojeda olhou calmamente para Andrew.

— Isso se encaixa com nossa versão, sim — disse ele. — Mas a acusação encontrará uma versão que também se encaixe.

Andrew abriu a boca e então a fechou de novo.

— Finalmente — disse Velazquez, abrindo mais uma pasta. — O fecho do sutiã. Isso também deveria ser fácil de explicar. Lily morava lá também. O sutiã poderia até mesmo pertencer a ela, ao que nos seja dado saber. Ele tirou uma foto de dentro do envelope e a empurrou para o outro lado da mesa na direção de Lily. Andrew inclinou-se para ver. A fotografia era de um sutiã branco com uma florzinha azul no fecho. — Lily, esse sutiã era seu?

Lily franziu a testa.

— Não sei — disse ela. — Pode ser.

Velazquez olhou de relance para Ojeda.

— Você não sabe?

— Amorzinho — disse Maureen.

— Não — disse Lily, afastando rapidamente o olhar da fotografia. — Não era meu.

— Você e Katy usavam as roupas uma da outra? — perguntou Ojeda.

— Não — disse Lily, com a voz muito baixa. — Quer dizer, não que eu soubesse. Ela não usava o mesmo manequim que eu.

— Não importa, não importa — disse Ojeda, fazendo uma anotação no seu bloco. — Você poderia tê-lo apanhado do chão em alguma hora. A roupa lavada de vocês poderia ter ficado misturada. Vocês moravam juntas. Qualquer coisa é possível. Não surpreende que seu DNA esteja em alguns objetos dela. E houve irregularidades com a coleta de provas, de qualquer modo. Nenhum dos resultados de DNA foi obtido ou manuseado com o devido rigor. Infelizmente, isso não é incomum. Comprovar essa falta de rigor será nossa abordagem para quaisquer resultados com que não possamos trabalhar de outro modo. Mas você não precisa se preocupar com nada disso agora, Lily.

Velazquez debruçou-se sobre a mesa.

— A verdadeira questão no caso, Lily, é o outro suspeito. Ele é a pessoa que cometeu o assassinato, até aí nós sabemos, e a promotoria sabe também. Então, o que eles vão tentar fazer é colocar você na cena com ele. E, para fazer isso, eles vão ter de dizer que você o conhecia. Na realidade, eles vão querer dizer que você tinha algum tipo de relacionamento com ele.

Numa vida anterior — algumas semanas antes — Lily poderia ter dito: "Mas eu não tive", como se isso fosse fazer alguma diferença. Mas agora ela permaneceu calada e fez que sim, numa atitude sombria, aceitando essa última afronta sem comentários.

— Por isso, é muito importante que você nos diga agora se o conheceu. E, em caso positivo, exatamente qual era a natureza de seu relacionamento com ele. — Velazquez empurrou mais uma foto: essa, de um homem de pele coriácea, com um olhar sonolento; e Lily se inclinou para a frente para olhar. Estava com uma expressão franca e um pouco curiosa, como se achasse possível que talvez ela o conhecesse no final das contas, que talvez eles tivessem transado, que talvez ela de fato tivesse feito todas as coisas que diziam que tinha feito e que, de algum modo, tivesse se esquecido.

— Ah. É. Esse é Ignacio. Ele trabalha na boate Fuego. — Lily levantou os olhos, espantada. — Acham que foi ele?

Ojeda e Velazquez trocaram mais um olhar.

— Quais foram suas experiências com ele? — perguntou Velazquez.

— Nenhuma — disse Lily. — Quer dizer, praticamente nenhuma.

— É importante que você tente se lembrar disso com muito cuidado — disse Ojeda. — Se você disser que nunca passou nenhum tempo com ele, nunca falou com ele, e a acusação descobrir provas de que você esteve, sim, mesmo que tenha sido só uma vez, isso será muito, muito negativo para nós. Sinto muito, Lily, mas é a realidade.

Lily olhou com mais atenção, e um novo ar hesitante dominou seu rosto. Se era de reconhecimento ou de invenção, Andrew não pôde ter certeza.

— Não sei — disse ela. — Ele trabalhava lá à noite nos dias de semana, acho. Acho que às vezes conversamos. Não muito.

Ojeda fez que sim.

— Entendo — disse ele. — E houve mais alguma coisa? Qualquer outra ligação específica com esse homem? Qualquer outra transação com ele?

Lily fez que não.

— Desculpe, mas é nosso dever perguntar. Você teve algum envolvimento romântico ou sexual com ele? Qualquer coisa desse tipo? Podemos pedir a seus pais que saiam um minuto, Lily, se você preferir.

Lily voltou a abanar a cabeça.

— Não — disse ela. — Eles podem ficar. Não houve nada desse tipo. Como eu disse, eu o conhecia do trabalho. Só um pouco. — Ela enfiou a cabeça nas mãos. — Puxa vida, eu me lembro dele olhando para ela naquela noite.

— Que noite? — perguntou Velazquez, incisivo.

— A noite em que Katy veio me ver no trabalho.

— Quando foi isso?

— Não sei. — Lily mordeu o lábio inferior. — Acho que foi uma semana antes do meu aniversário.

— Uma data ajudaria mais.

— Pode ser que tenha sido no dia 10 — disse ela, hesitante.

— Dez de fevereiro?

— Por aí. E eu vi os dois se beijando. Bem, acho que vi. Na minha festa de aniversário. No dia 17. Acho.

Dessa vez, Ojeda e Velazquez não trocaram um olhar. Talvez, dessa vez, não fosse necessário. Velazquez inclinou-se para a frente.

— Lily, logo, logo, nós vamos conversar detidamente sobre tudo isso. Mas antes preciso lhe fazer mais uma pergunta, e é muito importante que você nos diga a verdade. Está entendendo?

Lily arregalou os olhos ainda mais.

— Estou.

— Ignacio Toledo chegou a lhe vender drogas?

— Pense bem, Lily — acrescentou Ojeda rapidamente. — Não seria uma boa ideia você nos dar a resposta errada.

Lily soltou a respiração com força, e Andrew pôde ver que ela a estivera prendendo.

— Sim — disse ela.

Maureen recuou, como se estivesse se encolhendo ao ouvir um tiro.

— Foi só maconha — disse Lily. — E foi só uma vez.

— Certo — disse Velazquez. — E quando foi isso?

— No dia em que fui demitida.

— Mais uma vez, precisamos de uma data, por favor.

— Talvez no dia 18.

— Katy Kellers, como você deve se lembrar, foi morta no dia 20. Portanto, isso foi dois dias antes?

— Acho que foi, sim — disse Lily.

— E Lily, desculpe, mas preciso esclarecer. A maconha que Toledo lhe vendeu foi além da maconha que você disse à promotoria que conseguiu com Katy?

— O quê? — disse Maureen, voltando-se para Lily. — Do que eles estão falando?

— Lily — disse Ojeda, sério. — Não vamos lhe chamar a atenção. Estamos aqui para ajudá-la. Mas, para permitir que a ajudemos, você precisa nos contar a verdade.

Lily fixou os olhos arregalados na mesa.

— Não — disse ela. — Quer dizer, não, eu nunca peguei maconha com Katy. Só com Ignacio. Eu menti quando disse aquilo.

Os advogados se entreolharam, concordando em silêncio. Essa resposta Lily tinha acertado. E Andrew viu como era possível convencer Lily a mudar de ideia. Viu como era possível persuadi-la a dizer absolutamente qualquer coisa.

CAPÍTULO 11

Fevereiro

Quando Lily acordou, era tarde, com o sol entrando pela janela em cordões empoeirados e exuberantes. Abaixo dela, a cama de Katy estava vazia e bem arrumada; e as suspeitas de Lily da noite anterior pareciam injustificadas, possivelmente paranoicas. Afinal, qualquer coisa que acontecesse entre Katy e Sebastien no fundo não era da conta de Lily. Ela era jovem, liberal, filosoficamente contrária à monogamia compulsória, e, se Katy e Sebastien tinham tido uma paquera ou algo mais, ela não tinha nada a ver com isso. Ela era livre para encontrar suas próprias paqueras — e algo mais! — e talvez o fizesse. Talvez simplesmente fizesse isso.

E ao longo dos dias seguintes, Lily foi em geral mais simpática tanto com Katy quanto com Sebastien, do que tinha sido até então. Ser carinhosa com eles era na realidade um alívio em comparação com a rebuscada campanha de invisibilidade que ela estava conduzindo em casa. Lily imaginava que a única maneira de evitar provocar sem querer mais uma vez a ira de Beatriz consistia em manter-se distante, fora do alcance. Ela parou de ver televisão com os Carrizo antes de dormir, na hora do jantar pedia licença para sair da mesa cedo, tentava ficar na rua o máximo possível. Era difícil negociar a questão das tarefas domésticas. Lily tinha medo de parecer mimada e tinha um medo igual de parecer presunçosa. Com isso, ela se descobria equilibrando as coisas de um modo estranho: lavando a própria louça na pia até brilhar e depois deixando-a junto do lava-louça para Beatriz colocá-la na máquina com a do restante da família. Ela até começou a comer menos, como que para dizer que já não podia ter certeza de que também a comida não lhe era dada de má vontade. Ela sabia que tudo isso era um pouco de exagero. Lembrava-se de adotar comportamentos semelhantes em momentos de séria mortificação na infância, fazendo trabalhosas demonstrações de grande melancolia diante de injustiças graves como, por exemplo, a imposição da hora de ir dormir. E sabia que não deveria agir desse modo agora que já era adulta. Mas não conseguia se conter. E, de qualquer maneira, se Beatriz percebia — ou se sentia o menor arrependimento pelo seu modo de falar com Lily naquele dia —, ela nada demonstrava.

Na faculdade, Lily faltava cada vez mais às aulas. Revelava-se que todos os rumores acerca de estudar no estrangeiro eram verdadeiros: na realidade, bastava que o aluno se apresentasse para fazer as provas. Na boate, ela estava aprendendo a ser mais confiante em seus movimentos e mais eficiente com a louça. Seu vocabulário em castelhano para comidas e bebidas estava se expandindo em termos exponenciais. Ela começou a parar, projetando um lado do quadril, enquanto anotava pedidos; e começou a acompanhar o pessoal da cozinha em seus intervalos para fumar, e para essas ocasiões (e somente para elas) Lily comprou seu primeiro maço de cigarros. Nessas paradas, todos ficavam ali numa roda, parecendo muito, muito entediados com o trabalho na Fuego, e Lily tentava parecer entediada também. Simular esse tédio era um dos muitos pequenos prazeres que, no conjunto, tornavam o trabalho um dos grandes prazeres da vida de Lily.

Na cama, nas noites em que tinha deixado Sebastien para lá, Lily se descobria elaborando listas imaginárias de tudo o que faria quando voltasse para casa. Ela consumiria todas as marcas americanas que raramente chegava a consumir, mas que agora de repente lhe faziam uma falta enorme: Laffy Taffy sabor banana, manteiga de amendoim Skippy, os deliciosos sabores sazonais do Coffee-mate, o acompanhamento cremoso para café. Prestaria mais atenção às notícias para poder conversar com Andrew. E o mais importante, ela sairia mais de casa. Os morros na periferia de Middlebury eram tão bonitos — roxos no outono, verde-maçã no verão — e pareciam estar tão perto que se poderia subir neles andando. E vai ver que se podia — ela nunca tinha tentado! Por que nunca tinha tentado? Faria isso quando voltasse. Iria caminhar nos bosques com as sombras levemente arfantes. Ligaria para suas amigas, especialmente as do ensino médio, as que tinham sumido no que parecia uma série interminável de boas faculdades de ciências humanas de segundo escalão no norte do estado de Nova York, e perguntaria como estavam suas vidas. Seria uma irmã melhor para Anna. Em vez de mensagens de texto, ela lhe enviaria uma cesta de presentes, cheia de itens que atendessem às necessidades de uma corredora de longa distância. Depois ela iria pensar em quais poderiam ser esses itens. E, talvez o mais importante, Lily refaria a ligação com seus pais. Ela se imaginava em brunches preguiçosos e prolongados com sua mãe, em longas caminhadas ao pôr do sol com seu pai. Por que será que nunca havia tempo ou interesse para essas coisas, quando elas de fato estavam disponíveis? Por algum motivo, ela culpava a internet. Mas não importava. Buenos Aires estava fazendo com que se tornasse uma pessoa melhor e mais sábia. Ia fazer 21 anos dentro de poucos dias. E, quando voltasse para casa, as coisas seriam diferentes. Ela iria acampar. Daria caminhadas por outonos vagarosos. Iria se levantar cedo para assistir a alvoradas geladas da Nova Inglaterra.

Na noite de seu aniversário, Lily já começou a festa no quarto com Katy. As duas bebericavam de uma garrafa de vodca que — junto com uma pistola de água de plástico no formato de um tubarão, um copinho de Buenos Aires com as cores do arco-íris e um sanduíche de ovo e *chorizo*, enorme e amarelo, que ainda tinha algum calor quando foi desembrulhado — tinha feito parte do presente de aniversário de Katy para Lily. Por um instante, olhando para o sanduíche, Lily tinha sentido um lampejo de suspeita — será que Katy estava tentando puxar saco? Estava tentando pedir perdão? Estava tentando ser engraçada? —, antes de dizer a si mesma para parar com aquilo.

— Valeu! — disse ela, mostrando o sanduíche. — Você sabe que sou louca por eles.

— É! — disse Katy, dando-lhe um abraço. — Hoje vai ser um barato!

Lily concordou, animada. A noite ia *mesmo* ser um barato. Por insistência de Katy, Lily tinha perguntado a Xavier se poderia comemorar o aniversário na boate; e, para surpresa de Lily, ele tinha concordado. Agora Lily observava Katy se vestir — jeans justíssimo que Lily nunca tinha visto e uma blusa preta e brilhosa que parecia molhada e metálica à luz — enquanto ouvia Beyoncé. Katy dançava, pulava e agitava o dedo, reproduzindo a dança do vídeo.

— Acho que essa música realmente mudou as relações entre os gêneros na nossa geração — disse Katy, ainda pulando. Ela já estava um pouco alta. Lily inclinou a cabeça de lado. Normalmente era ela quem fazia pronunciamentos importantes, defendia teorias abrangentes. Mas hoje, no fundo, ela não estava com vontade de especular sobre nada maior do que sua própria vida. — Você não acha? — perguntou Katy.

— Pode ser — disse Lily. Aquela animação de Katy a estava deixando nervosa. Ela teria preferido que Katy estivesse com um bom humor mais comedido. — Você trouxe isso de casa?

— Isso o quê?

— A calça.

— Ah, não. Comprei aqui. — Katy passou para "Alejandro" de Lady Gaga, e então girou e tentou ver como estava o próprio traseiro, que era tão menor e mais bem-feito do que o de Lily a ponto de ser irreconhecível como a mesma parte do corpo. — É tão justa que acho que vai me dar uma infecção urinária.

Lily concordou em silêncio, mas não riu.

Katy adotou sua melhor expressão de Gaga.

— "*Sei que somos jovens e sei que pode ser que você me ame...*" — Ela reprimiu um risinho. — Ai, eu não devia ter comido tanto bolo.

Lily mais uma vez fez que sim e tomou um gole da garrafa. Beatriz de fato tinha feito um bolo caseiro — com glacê rosa, um *Feliz cumpleaños* numa caligrafia toda enfeitada, tudo enfim —, mas Lily não tinha conseguido curtir aquilo. Ela ainda se sentia mal acerca do incidente do telefonema, além de se sentir culpada por antecedência por qualquer tipo de encrenca em que poderia se meter naquela noite. Lily sabia que, por algum motivo, Katy e ela chegariam tarde da noite e bêbadas, mas seria Lily que ouviria o sermão de Beatriz no dia seguinte — talvez ela tossisse, tropeçasse, quebrasse alguma coisa ao entrar pela porta, ou deixasse um recibo denunciador atrás de algum objeto. E Beatriz acabaria berrando com Lily, enquanto Katy dormia, usava o marcador no seu manual de economia ou assistia a toda aquela cena, calada e com ar inocente. Lily estava bastante resignada a essa sequência de acontecimentos, mas não estava exatamente louca por sua chegada.

— Essa música é igualzinha àquela do Ace of Base — disse Katy. — "Don't Turn Around"? A melodia é a mesma. Você não acha?

— Eu achava em 2009 — disse Lily. Ela andou até o espelho e se inclinou para perto, com a boca muito aberta, para aplicar um pouco de delineador.

— Sebastien vai aparecer hoje? — perguntou Katy.

Lily voltou-se para fazer o outro olho. Dessa vez, seu maxilar estalou quando ela o abriu.

— Não — disse ela. Ela pôde sentir a dose que tinha tomado. Estava curtindo a sensação da vida se abrindo. No espelho, viu suas sardas desaparecendo por baixo do pó. Tornou sua expressão penetrante e belicosa. O que Sebastien sabia? Ele não sabia nada sobre ela. Nem mesmo sabia quando era seu aniversário. Essa ideia deu a Lily uma sensação tão deliciosa de privacidade que, enquanto maquiava o resto do rosto, ela começou a entoá-la mentalmente, como uma espécie de fórmula mágica: *Ele não sabe que é meu aniversário, ele não sabe que é meu aniversário.* No espelho, Lily aplicou um lilás rosado nas faces, um roxo nos olhos; nos lábios, um vermelho intenso, sexual. Estava fantasiada, estava sedutora. Ela teve um soluço. Estava calibrada.

— Por que não? — perguntou Katy, e Lily percebeu que ela já tinha feito a pergunta uma vez.

— Não o convidei.

— Você não *o convidou*?

Lily encolheu os ombros. Gostava da perturbadora concavidade da clavícula quando dava de ombros. Era a única hora em que ela de fato parecia magra.

— Só acho que ele não ia se divertir muito — disse ela, numa voz mais alta do que a natural.

Era verdade. Lily achava que Sebastien não se divertiria mesmo, mas isso era porque ela pretendia passar o tipo de noite que ele não apreciaria presenciar. Se Sebastien gostasse mais de Katy do que de Lily — ainda ou desde o início —, então tudo bem. Era só razoável. Na verdade, era o certo! Mas Lily era uma mulher moderna, e homens na boate às vezes davam em cima dela. E hoje era seu aniversário. Assim que ela tivesse dado uns amassos em outra pessoa, tudo estaria equilibrado de novo entre Katy, Sebastien e ela. Eles todos seriam pessoas igualmente progressistas com um número igual de possibilidades fantásticas diante de si. Nenhum ressentimento. No amor e na guerra, tudo era lícito. E isso aqui não era nem uma coisa nem outra.

— Não sei — disse Katy. — Aposto que ele ia querer ser convidado.

— Bem — disse Lily, dando de ombros mais uma vez. — Pode ser que tenha chegado a hora de eu conhecer outra pessoa.

Katy franziu a testa por um instante, e Lily viu transparecer seu eu sério — interminavelmente preocupado com sentimentos e com o comportamento apropriado, como Lily sempre tinha achado, mas agora começava ter suas dúvidas. Mas então Katy sorriu.

— É, pode ser — disse ela. — Você está sexy!

Lily forçou uma risada e rebolou com a música.

— Você acha? — Ela girou no mesmo lugar e deu um tapinha de leve no braço de Katy. — E o que dizer de você, mocinha? Pronta para abandonar o luto e se divertir um pouco?

Katy corou. Corar sempre fazia Lily dar a impressão de que tinha acabado de ter algum tipo de ataque, mas Katy só parecia bronzeada, saudável e brilhante.

— Pode ser — disse ela.

— Pode ser! — gritou Lily, com a voz aguda. Isso não era natural nela, e ela não gostava muito das vozes que se descobria empregando quando tentava ser simpática com outras mulheres. Mas, como muitas coisas na vida, esse era um mal necessário. — Ouça o que você disse. O quê? Está gostando de alguém?

Katy enrubesceu ainda mais.

— Pode ser — disse ela. — Ainda não.

Na Fuego, Lily logo viu como ia curtir conhecer pessoas que Katy não conhecia. Ela se descobriu acenando feito louca para colegas de trabalho com quem geralmente não conversava, usando prenomes mais do que o normal ou do que o necessário, fazendo referência a incidentes bastante triviais como se fossem piadas particulares ("Tomara que mais ninguém peça tequila Patrón hoje, certo, Roderigo?", disse ela. Roderigo ficou meio confuso).

— Oi, Hector! — gritou ela para Hector. — Dá para você pegar duas vodcas-tônicas para nós? — Ela entregou a Katy o drinque com uma magnanimidade teatral, como se a boate fosse sua casa e Katy, sua convidada. Katy aceitou a bebida com prazer, devolveu-a quase de imediato para Lily e saiu à procura de um banheiro.

Lily dirigiu-se para um canto discreto e tomou seu drinque inteiro, acompanhando o ritmo da música com a cabeça. Ela podia sentir a batida no peito, mais insistente que seu próprio coração. Cumprimentou os colegas com um gesto de cabeça, mas todos eles estavam trabalhando. Ficou de conversa fiada com dois estudantes do programa que tinham entrado na boate na esperança de alguma boca-livre. Ela começou a bebericar do copo de Katy. Sentiu uma onda de constrangimento por estar ali parada, sozinha, então foi dominada por uma indiferença liberada e vigorosa, e depois uma segunda onda de um desconforto gélido e recalcitrante. Ela terminou o drinque de Katy e se encaminhou de volta ao bar. Enquanto estava pagando — porque estava implícito que só o primeiro drinque era de graça —, ela viu Ignacio, o jabuti, com o canto do olho. Ele estava no reservado dos fundos, perto da cozinha, com uma mulher. Lily espremeu os olhos. Era Katy. A mulher era Katy, e Ignacio estava agarrando o traseiro dela com as duas mãos. Lily deu mais uma olhada. Quando ela se voltou, eles só estavam conversando. Katy estava perturbada? Parecia traumatizada? Era difícil dizer. Ao seu redor, a boate era um borrão vibrante e turbulento; e Lily se sentiu muito longe daquilo tudo. Ela pegou seu drinque e foi na direção deles.

— Preciso que você venha comigo — disse ela, puxando o braço de Katy. Tentou fazer uma cara de aflição, para que Ignacio imaginasse que se tratava de algum problema feminino chato, mas sentiu que uma aflição verdadeira irrompia em seu rosto e percebeu que não havia necessidade de fingir.

— Que foi? — disse Ignacio. — O que você está fazendo?

— Vem comigo — disse Lily. Ela apontou para o banheiro e derramou um pouco de seu drinque no chão. Katy deu de ombros, pedindo desculpas a Ignacio, o jabuti, e acompanhou Lily ao sanitário feminino. À luz forte do banheiro, Katy olhou impaciente para Lily, com a mão no quadril.

— Você está bem? — perguntou.
— Eu é que pergunto. *Você* está bem? — disse Lily.
— Do que você está falando?

De algum modo, Lily não conseguia se lembrar exatamente do motivo pelo qual tinha levado Katy para o banheiro, mas sabia que havia alguma coisa de importante sobre a qual precisavam conversar.

— Precisamos conversar — disse Lily.

Katy ficou séria.

— Ok — disse ela.

— Nós precisamos conversar mesmo — disse Lily, e então parou. Ela foi derrapando dentro do próprio cérebro por um instante, até tropeçar no objeto mais pontudo. De repente, foi tomada da certeza penetrante que decorre da descoberta de uma conspiração. — Por que você não me defendeu?

— O quê?

Ouviu-se a descarga de um vaso, e uma garota saiu, cambaleante e parecendo uma corça com seus saltos altos, indo lavar as mãos, sem usar sabonete. Por uma estranha noção de privacidade retroativa, Lily esperou que ela fosse embora para continuar.

— De Beatriz.

— Como? Quando?

— Quando ela me encontrou olhando aquele papel. — Sim, era a isso que tudo se resumia. Katy a tinha traído, e agora estava na hora de elas, por fim, falarem sobre o assunto.

— Defender você? Não sei do que você está falando.

— Beatriz simplesmente não gosta de mim — disse Lily. — Só isso. Simplesmente não é justo.

— É, mas Carlos gosta — disse Katy. Nesse momento Lily soube que também Katy estava um pouco bêbada.

— Carlos gosta de todo mundo — disse Lily.

— Não. Ele não gosta de mim. Acha que eu sou chata, porque eu quase não falo.

— Ele não acha.

— Não é o que você acha também?

Lily remoeu isso. Era uma verdade tão óbvia que ela não sabia o que dizer. Tinha imaginado que esse era aquele tipo de verdade que tinha sido reconhecido tacitamente de modo tão exaustivo a ponto de se situar muito além de ser mencionada — como quando uma garota magra não para de se queixar de seu corpo para uma amiga gorda, e a flagrante crueldade disso é ao mesmo tempo mutuamente entendida e mutuamente impronunciável.

— Você alguma vez pensou em como Beatriz podia se sentir por Carlos gostar tanto de você? — perguntou Katy.

Lily teve uma sensação de algodão seco na boca.

— Não é assim — disse ela.

— Eu sei que não é. Mas você não acha que Beatriz podia se sentir desse jeito? Com toda a bebida, os risos e os debates? E você sendo tão jovem e linda?

Lily abanou a cabeça. Katy realmente não deveria ter dito "linda". Realmente deveria ter escolhido uma palavra mais discreta. Agora a boca de Lily estava tremelicando com persistência e peso de verdade. A cada instante parecia que ela ia perder o controle totalmente e começar a chorar, mas isso insistia em não acontecer. Do mesmo modo, ela não conseguia dominar o tremor dos lábios. Lily sabia que devia estar parecida com um garçom que se esforça com um empenho tão cômico para não deixar cair uma bandeja cheia de louça, que você simplesmente torce para ele jogar tudo aquilo no chão de uma vez.

— Não estou dizendo que ela ache que alguma coisa está acontecendo — disse Katy, que estava observando o rosto de Lily, com certo espanto. — É claro que não. Só acho que, se você quiser que Beatriz goste mais de você, talvez fosse bom pensar em baixar um pouco o tom com Carlos.

— Baixar o tom do *quê*? — perguntou Lily, quase uivando. Ela não conseguia imaginar a que Katy estava se referindo. Não era a seu jeito de se vestir. Não eram os assuntos de suas conversas com Carlos. Sem dúvida, não era por seu jeito de se comportar: ela não tocava no braço de Carlos, não batia os cílios para ele, com um olhar sedutor, não jogava a cabeça para trás para rir, não torcia o cabelo nos dedos. Ela sabia que não fazia. Não gostaria de si mesma se fizesse.

— É só — disse Katy. E mordeu o lábio inferior. — É sua personalidade.

— Minha personalidade?

— É só, sabe? As coisas que você faz.

— *Que* coisas?

— Bem, tipo, atender o telefone é um exemplo perfeito.

— Foi só uma cortesia! Do que você está falando? Você não teria atendido?

— Bem, pense nisso. Eles têm uma secretária eletrônica, certo? Quer dizer que não é como se eles fossem perder essa ligação que só vem uma vez na vida para avisar que eles ganharam na loteria, e por isso nunca vão descobrir que ganharam.

Lily estava de queixo caído.

Uma revoada de garotas — de blusas brilhantes, de cabelos brilhantes — entrou no banheiro e se amontoou num único cubículo, onde se ouviram farfalhadas, psius, fungadas e então, por fim, risinhos.

Katy baixou a voz.

— E, ainda por cima, Carlos tem uma empresa, certo? — disse ela. — E você sabe que eles estão com problemas na justiça...

— Como se eu chegasse a me importar com o que possa estar acontecendo por esse lado! Como se eu pudesse *imaginar* alguma coisa mais chata que isso!

— Por isso, é provável que um recado que qualquer pessoa pudesse deixar fosse bastante técnico. E, você sabe, seu castelhano não é tão bom assim...

— Ele é bom! Eu entendo tudo que eles dizem!

— Com a gente, eles falam mais devagar. Falam *muito* mais devagar com a gente. Você entende tudo que desconhecidos dizem? E ao telefone, não se pode ver a pessoa, o que dificulta demais as coisas.

As garotas reluzentes saíram do cubículo, limparam o nariz, alisaram o cabelo diante do espelho e foram embora.

— E depois — prosseguiu Katy —, qual é a impressão que você acha que dá o fato de alguma mocinha desconhecida atender o telefone na casa deles, no meio do dia? Poderia parecer estranho para alguém? Você acha que poderia ser o tipo de coisa que deixaria Beatriz um pouquinho envergonhada ou constrangida?

A boca de Lily estava tremelicando de novo.

— E para terminar, você está tão chateada por Beatriz estar com raiva, que anda pela casa o tempo todo parecendo *tão* arrependida, mas você chegou a pedir desculpas direto a ela? Quer dizer, você explicou, mas alguma vez chegou a pedir desculpas?

Lily ficou calada. Ela não tinha pedido.

— Viu? Não se trata de nada que você esteja de fato *fazendo* — concluiu Katy, com o ar de finalmente encerrar um discurso que, havia muito tempo, estava ansiosa por proferir. — É só que você não pensa nessas coisas.

Katy estava certa. Lily não pensava nessas coisas. Ela não queria ter de pensar. Não queria andar pela vida na ponta dos pés. Queria agir com impulsividade. Queria ser compreendida e, se necessário, perdoada. Queria que todos soubessem que ela tinha boas intenções. Puta que pariu, queria que todo mundo *relaxasse*. Sentia um zumbido nos ouvidos; suas narinas estavam tomadas de um cheiro letal de prata; e por um instante ela achou que ia desmaiar. Mas então se recuperou, voltou a se concentrar e endireitou os ombros. Ia ser ela mesma, ia dizer o que pretendia dizer e não ligava a mínima para o que qualquer outra pessoa pensasse a respeito.

— Não me importo com você e Sebastien — disse Lily. — Seja lá o que for.

Katy recuou um passo, com os olhos arregalados.

— Não tenho nada com Sebastien.
— Mas Ignacio é um *tremendo* de um tosco. Puxa, você podia arranjar coisa melhor do que qualquer um desses dois.
— Do que você está falando? Não tenho nada com Sebastien. Você pirou.
— Não, eu realmente não me importo.
— Você não tem com que se importar. Quer ligar para ele e perguntar?
— Não tenho mesmo. — Lily sentiu um desespero estranho, contorcido, uma solidão chocante em sua totalidade e profundidade. Ela se perguntou se isso era porque estava bêbada ou se sempre se sentia mais ou menos assim, mas se reprimia tanto que beber era a única coisa que conseguia fazê-la se manifestar. — Me perdoa — disse ela, investindo para cima de Katy com um abraço desajeitado e inconveniente, e sem nenhuma certeza do motivo para pedir perdão. Ela viu um relance de si mesma no espelho e percebeu que a maquiagem dos olhos estava borrada. Lambeu os lábios e sentiu o sódio da transpiração junto com o gosto seco de giz da maquiagem.

— Tudo bem — disse Katy, afagando o ombro de Lily, obviamente surpresa com o rumo que a noite tinha tomado. No espelho, Lily parecia vulgar, caricata. Que merda ela estava tentando provar? Para quem era toda aquela cena? Sebastien nem mesmo estava ali. Ela estava com a dor de cabeça que vem depois do choro, muito embora não tivesse chorado. E Sebastien nem mesmo estava ali. Sebastien nem mesmo sabia que aquele era o dia de seu aniversário.

CAPÍTULO 12

Março

Quando Eduardo foi novamente à casa de Sebastien LeCompte, ela parecia tão abandonada quanto em suas visitas anteriores. Pela quarta vez, Eduardo seguiu pela entrada empoeirada e descuidada; pela quarta vez bateu com a aldraba pesada; pela quarta vez, espanou teias de aranha de uma das janelas do térreo e se esforçou para enxergar o interior da casa. Em sua maior parte ela estava escura, como de costume, mas dessa vez Eduardo pôde ver o que achou que eram candelabros num canto, escondendo parcialmente uma janela sem cortinas, voltada para o oeste, lançando sobre o assoalho sombras em forma de mãos. A mobília estava coberta com lençóis brancos, parecendo dunas de areia.

Era estranho para Eduardo que pudesse existir uma casa como aquela em Buenos Aires, ou de fato em qualquer lugar. Era tão gritante que ela consistia num resquício de outros tempos, tempos em que elegantes homens da inteligência em outras partes do planeta passavam seu tempo combatendo seus rivais durante coquetéis e partidas de tênis, embora aqui no sul eles se concentrassem principalmente em fazer vendas desaconselháveis de equipamento militar. E, se tivesse sido bem cuidada, ela teria sido bonita. Mas estava decrépita por falta de manutenção, e Eduardo não conseguia imaginar por que um rapaz, com tantas outras opções, fosse querer ficar nela; ou, por sinal, por que a propriedade de uma casa dessas tinha sido transmitida para um adolescente mimado para começo de conversa. Eduardo só podia supor que era uma forma sombria de compensar qualquer coisa desagradável que tivesse acontecido aos pais de Sebastien LeCompte; e talvez, no final das contas, tivesse sido uma troca justa.

Eduardo andou até a lateral da casa e tentou espiar pelas janelas ali; mas essas, de modo arbitrário, estavam cobertas por pesadas cortinas de veludo verde. Deu a volta até os fundos da casa e ficou olhando para um trecho de bosque ali atrás. Não tinha ido lá em suas visitas anteriores. Estava prestes a dar meia-volta para investigar a indefesa janela dos fundos, quando seus olhos deram com um pequeno trecho de um verde exagerado. Um jardim. Eduardo chegou mais perto. Viu rebentos de vida vegetal, recém-regada, junto dos bulbos suspensos de algum tipo de legume que Eduardo não reconheceu. Isso poderia ser obra de Sebastien LeCompte, playboy e desocupado? Talvez a casa tivesse invasores.

Eduardo deu mais uma volta, batendo em cada janela, repetindo metodicamente em voz alta.

— Sei que você está aí dentro. Sei que está aí dentro.

Quando deu a volta numa quina da casa, para experimentar a porta da frente uma última vez, encontrou ali, parado descalço no caminho da entrada, um pós-adolescente de pijama listrado.

— Olá — disse Eduardo. — Você deve ser Sebastien LeCompte. Eu sou Eduardo Campos. — Ele sacou sua identidade e a mostrou, mas o rapaz não estava olhando. — Trabalho na promotoria pública.

— Até que enfim — disse Sebastien. — Estou com a mesa posta há dias. — A voz dele tinha uma vibração de queixas domésticas, que Eduardo interpretou como alguma piada desagradável. Mas então o rapaz fez um gesto para dentro de casa; e, através da porta aberta, Eduardo pôde ver que a mesa estava de fato posta: arrumada com pratos, facas e copos de pé de liga de estanho sem brilho, lugares postos para uma família de fantasmas deprimidos.

— Quero falar com você sobre Katy Kellers — disse Eduardo, guardando a identidade no bolso. — Posso entrar?

— Que tipo de anfitrião eu seria se dissesse não?

Ali dentro, a sala estava ocupada por talvez meia dúzia de objetos grandes — mais do que Eduardo tinha conseguido ver de lá de fora —, todos ocultos por lençóis de musselina, fazendo com que a casa desse a impressão de ser a residência de inverno de uma família rica, que estivesse passando uma temporada na praia. No console da lareira, estava acachapado um relógio encarquilhado e cheio de arabescos, que parara de funcionar em algum final de tarde, ou início de manhã, muito tempo atrás. Por algum motivo, Eduardo tinha certeza de que fazia muito tempo mesmo. Ao lado do relógio, estava uma foto de Sebastien jovem, em pé ao lado de um homem que era obviamente seu pai, exibindo-se com uma anta morta. No centro da sala, estava um Steinway oscilante, em deterioração. Era inquestionável que aqui estava o verdadeiro desperdício do status. Que pena que os estudantes em protestos permanentes já não estivessem por aqui para protestar contra isso.

— Quer se sentar? — disse Sebastien. Ele puxou um lençol de um dos objetos e pareceu surpreso quando se revelou que era um sofá. Deu um tapinha nele para convidar Eduardo a sentar e então descobriu um sofá diferente para si mesmo. Eduardo sentou. E indicou o piano.

— Esse aí parece que foi caríssimo.

Sebastien virou-se para o piano com uma expressão de interesse moderado, como se lhe tivessem pedido um comentário sobre uma peça insignificante de museu.

— Ah, estarrecedoramente caro, imagino — disse ele.

— Você toca?

— Sim. Tenho um talento extraordinário, mas, infelizmente, meu senso de privacidade é fortíssimo e protejo muito meu dom. E o senhor toca? Realmente deveria nos brindar com uma peça.

— Talvez em outra ocasião.

— Eu o ofereceria de presente ao senhor, se não temesse que ele fosse ficar um tiquinho apertado em seu carro.

Eduardo não fez caso disso. Apontou para a foto de Sebastien e da anta no console da lareira.

— Belo animal — disse ele. — Foi você mesmo que o derrubou?

Sebastien virou-se para olhar para a foto.

— Aquele ali? Ah, não sou eu.

Eduardo olhou de novo. O homem mais velho era exatamente idêntico à pessoa que naquele instante estava sentada diante de Eduardo. A criança tinha todas as feições em miniatura.

— É seu irmão, então? — perguntou ele.

— Nenhum parentesco. Comprei a foto num mercado de pulgas. Por quê? O senhor encontrou uma semelhança? Estranho... nunca percebi.

Com isso, Eduardo simulou fazer uma anotação no bloco. Era curioso que Sebastien mentisse tão cedo e por tão pouco. Com frequência, as pessoas que sabiam que estavam planejando mentir procuravam estabelecer a maior credibilidade possível com antecipação. Elas ofereciam informações extensas e precisas sobre si mesmas; faziam revelações; respondiam ao enorme volume de perguntas verificáveis, dando detalhes vistosos e rebuscados; admitiam prontamente alguma ambiguidade sempre que pudessem concedê-la — como se qualquer uma dessas coisas tivesse a menor importância. Como se a justiça tivesse vindo investigar sua capacidade caracterológica geral para a insinceridade, não a questão muito específica em pauta — o que viram, onde estavam, o que fizeram naquele dia ou naquela noite em particular. Considerando-se essa tendência muito disseminada, Eduardo normalmente começava entrevistas com uma série de perguntas diretas, cujas respostas ele já sabia e às quais a maioria das pessoas está disposta a responder sem mentir — nome, idade, ocupação, vários outros perfis de sua vida de conhecimento público —, a fim de estabelecer um padrão e um canal de comunicação; e, às vezes, para permitir que a pessoa relaxe. O relaxamento de um entrevistado costumava ser favorável a Eduardo, embora poucas pessoas entendessem isso. Uma pessoa que estivesse aterrorizada ao longo de todo um teste com um polígrafo — tanto para as afirmações verdadeiras quanto para as falsas — tornaria impossível a interpretação do teste. Era o relaxamento relativo que fornecia a medida padrão, motivo pelo qual Eduardo geralmente tentava criá-lo em suas entrevistas.

No entanto, Eduardo percebeu que a abordagem comum não funcionaria com Sebastien LeCompte e somente deixaria os dois entediados. Ele simulou mais uma anotação no bloco.

— Você conhece Lily Hayes há quanto tempo? — disse ele, sem olhar para Sebastien.

Eduardo ouvia Sebastien tamborilando os dedos com delicadeza na musselina.

— Já dei um depoimento à polícia.

— Ajude-me a lembrar — disse Eduardo, olhando para ele. — Estamos começando de novo. Você conhece Lily Hayes há quanto tempo?

— Mais ou menos um mês.

— E como se conheceram?

— Os Carrizo me convidaram para jantar. Começamos a nos ver.

— E como você classificaria seu relacionamento com ela?

— Espantosamente sexual!

De um modo geral, Eduardo teria preferido conversar com quase qualquer um dos seus tipos costumeiros — um traficante pé de chinelo, com pelos faciais oleosos, um sociopata diagnosticado, um esquizofrênico de fala descontrolada — a falar com Sebastien LeCompte. Era importante que Sebastien não percebesse isso.

— Quer dizer que vocês eram íntimos? — disse Eduardo.

Sebastien recostou-se, cruzou os braços e pareceu refletir.

— Poderíamos definir melhor nossos termos aqui?

Eduardo juntou as mãos no colo, com perfeição. Permitir um pouco de perda de tempo só ressaltava a inutilidade da manobra.

— Quando dizemos "íntimos", qual é o significado da palavra? — perguntou Sebastien. — Quer dizer, num sentido, éramos tão íntimos quanto duas pessoas podem chegar a ser; e em outro sentido nós não nos conhecíamos de modo algum.

— Poderia ser mais específico?

— É provável que não.

— Vocês transavam?

Sebastien deixou o queixo cair, num estilo teatral.

— Francamente, o senhor tenta esgotar meu cavalheirismo. Como se pode responder a esse tipo de pergunta e continuar sendo um cavalheiro?

— Você estava tendo um relacionamento romântico com Lily?

— Eu estava tentando, sem dúvida.

— Fale-me da noite em que Katy morreu.

— Creio que se o senhor consultar seus arquivos, verá que toda a história sórdida está lá.

Eduardo sentiu a lâmina cega de uma dor de cabeça começar a tentar serrar sua têmpora. Desejou com ardor poder dizer a essa criança que parasse de desperdiçar a inteligência deles dois nesse tipo de pequena batalha.

— Sabe de uma coisa? — disse ele, forçando a voz a seu tom mais professoral. — Você realmente não está ajudando Lily desse jeito. Pode ser que não esteja tentando ajudar. Eu não ia querer supor isso. Entendo que você é lendário por ser tão inacessível. Mas, se quiser ajudar Lily, talvez seja bom saber que não está.

A expressão de Sebastien permaneceu neutra. Uma brisa soprava pela janela, causando um leve farfalhar nas cortinas.

Eduardo inclinou-se para a frente.

— Fale-me da noite em que Katy Kellers morreu.

— Lily e eu passamos a noite aqui. Como eu já disse muitas vezes.

— E o que vocês fizeram?

— Assistimos a um filme.

— Que filme?

— Será que seu sadismo não tem limites? Vocês vão realmente me fazer admitir isso mais uma vez?

— Que filme?

— *Encontros e desencontros*. Vimos *Encontros e desencontros*. Se eu soubesse que vocês iriam prendê-la no dia seguinte, se eu soubesse que teria de dar o título a tantos desconhecidos, teria me certificado de escolher algum filme mais obscuro.

— E vocês foram dormir a que horas?

— Provavelmente em torno das quatro.

— E você acordou a que horas?

— Mais ou menos às onze.

— E Lily estava com você o tempo todo?

— Sim.

— Tem certeza?

— Tenho.

— Ela não poderia ter dado uma saidinha enquanto você dormia?

— Impossível.

— Como você sabe?

— Nós dormimos enroscados um no outro. Compartilhamos sonhos lúcidos, sexo a cada hora, em ponto. É uma verdadeira relação cósmica essa que temos.

— Entendo. — Eduardo fez mais uma anotação, arrastando a caneta seca no papel. — E, levando-se em conta essa relação, como você imagina que Lily se sentiu acerca de sua ligação com Katy Kellers?

Sebastien emitiu um som gutural, o resto do que talvez pretendesse ser uma risada incrédula.

— Ligação? — disse ele. — É assim que se chama esse tipo de coisa hoje em dia?

Eduardo rangeu os dentes, mas teve o cuidado de manter a boca descontraída.

— Alguma coisa mais curta? Uma única ocasião, talvez?

— Suponho que se deva chamá-la de ocasião nula, nenhuma, se o senhor realmente estiver interessado nos números exatos. — A voz de Sebastien estava agora muito além de opaca: estava polida, lustrada.

— Você está dizendo que não dormiu com Katy Kellers? — perguntou Eduardo.

— Puxa, o senhor é entediante.

— Nem uma vez? Essa é sua declaração?

— Nem uma vez. Nunca. Tenho certeza de que me lembraria.

— Não foi isso o que Lily Hayes informou.

— Quanto a isso, e somente a isso, receio que Lily Hayes esteja equivocada.

A dor de cabeça de Eduardo estava passando dos lados da cabeça para seu centro. Estava se enraizando, se acomodando, se preparando para uma permanência prolongada. Eduardo não permitiria que ela se infiltrasse até seu rosto.

— Você não precisa mentir para mim — disse ele, por causa da dor de cabeça. Foi seu primeiro passo em falso.

Sebastien deu um riso de escárnio.

— Se eu tivesse qualquer motivo para mentir, sem a menor dúvida eu mentiria para o senhor. Acontece que não tenho. E também não tive nenhuma relação sexual com a morta. Francamente, estou estarrecido com o senhor chegar a me fazer uma pergunta tão vulgar.

Eduardo insistiu.

— Lily e Katy — disse ele — foram vistas discutindo na boate Fuego na noite do aniversário de Lily.

Diante disso, houve algum leve tremor quase incorpóreo no rosto de Sebastien, algum tipo de agitação psicomotora que por pouco não foi reprimida. Eduardo fixou o olhar em Sebastien por tempo suficiente para deixar que o rapaz percebesse que Eduardo tinha visto. Ele jamais tecia comentários sobre mudanças na expressão facial durante entrevistas — se o fizesse, ficaria claro para o entrevistado como esse tipo de coisa era efêmero, como era fácil questionar a percepção de outra pessoa, com que rapidez as interpretações de um acontecimento por duas pessoas se tornam forças iguais e opostas, uma anulando a outra. Deixar pistas faciais obviamente registradas e, de modo incisivo, sem serem mencionadas fazia com que as pessoas sentissem que tinham revelado alguma coisa significativa, mas por enquanto não utilizada. Isso as abalava um pouco e as levava mais para perto de dizer de fato algo de valioso, o que, naturalmente, era só o que de fato poderia chegar a ter importância.

— Você está me dizendo que não era sobre você que as duas estavam discutindo? — perguntou Eduardo.

— Posso garantir que não era — disse Sebastien, recuperando o controle sobre seu rosto.

— Sobre o quê, então?

— Não sei. Por que as mulheres brigam? Tamanho do sutiã? Ascendência sexual? Previsões antagônicas sobre as prováveis consequências dos limites às restrições comerciais no Mercosul? Não sei.

— Diga-me o que ouviu. Pode ser que nós dois consigamos montar o quebra-cabeça.

— Não sei. Eu não estava lá.

— Você não estava na Fuego naquela noite?

— Não.

— Você está me dizendo que não compareceu à festa de aniversário de sua própria namorada?

— A verdade é que não.

— Nós podemos verificar isso, sabe?

— O trabalho da polícia moderna está se tornando incrivelmente bom.

— Por que você permaneceu afastado? Porque não lhe pareceu uma boa ideia ter de lidar com Lily e Katy no mesmo ambiente?

Sebastien LeCompte levantou a cabeça.

— Permaneci afastado porque não fui convidado. — Sua voz tinha de estar com uma nova categoria de caradurismo. — Essa era sua invenção singular nesta vida, sua única contribuição para este mundo.

— De nada adianta você me mentir a respeito dessas coisas — disse Eduardo. E era verdade mesmo. Não havia como mentirinhas serem úteis.

— Assombro-me com sua insistência quanto a esse ponto.

— Por que Lily Hayes, sua namorada, a garota com quem você estava transando, não o teria convidado para sua festa de aniversário?

— Acho provável que seja melhor fazer essa pergunta a Lily. Peço que me informe quando souber. — Agora a voz de Sebastien apresentava uma espécie de fibrosidade, e Eduardo de repente entendeu que ele não estava mentindo quanto àquele ponto. E, embora talvez não fosse a única verdade que ele tinha dito até o momento, era a única verdade que de fato tinha algum significado para ele. Nesse caso, tratava-se de um detalhe que agora precisaria ser examinado com vigor.

— É uma atitude bem agressiva, você não diria? — perguntou Eduardo. — Não convidar o próprio namorado para seu aniversário?

— Bem, eu talvez não dissesse "agressiva". Sem dúvida foi uma atitude muito *emancipada* da parte dela. Essas mulheres do século XXI, certo?

Eduardo agora já sabia que não havia variação tonal entre sinceridade e ironia, quando Sebastien LeCompte falava, e ele podia ver que essa estranha característica da fala — esse tipo de monotonia semântica — era profunda, onipresente e de fato autêntica em Sebastien, embora naturalmente talvez tivesse sido um pouco amplificada pelo contexto da entrevista. A implicação disso tudo era que, mesmo que Sebastien LeCompte raramente falasse sério, não se podia concluir que ele sempre estivesse brincando. Eduardo decidiu experimentar uma abordagem nova.

Ele se inclinou para a frente, recuou, abanou a cabeça um pouco e voltou a se inclinar para a frente.

— Sabe? — disse Eduardo, dando à voz um tom de confidência, de conspiração, como se ele fosse um ator cansado de estar na mesma peça desagradável que Sebastien e que não havia mal algum em fazer um intervalo para fumar nos bastidores por um instante. — Minha mulher é bastante imprevisível também.

Sebastien ergueu as sobrancelhas num ar estudado de divertimento, mas não disse nada.

— Ela fica com raiva de mim, dia sim, dia não. E, para ser franco, na metade das vezes, eu não tenho a menor pista do motivo. Realmente não tenho. É um enorme jogo de adivinhação. Você não acha que às vezes acontecia isso com Lily? Não, tudo bem, você não precisa responder. É claro que acontecia. — Eduardo quase acrescentou alguma coisa do tipo: *Afinal de contas, nós todos vimos as postagens dela no Facebook,* mas decidiu não fazê-lo. Aludir a algum fato de conhecimento geral a respeito de Lily naquele momento poderia não ser má ideia, talvez induzisse Sebastien a reprimir com remorso um risinho travesso, mas fazer menção a material que tinha sido coletado durante a investigação só poderia fazer Sebastien recuar de imediato, afastando-se de Eduardo. Isso, se ele já o tivesse atraído para seu lado. O que era perfeitamente possível que não tivesse conseguido.

— Mas sabe de uma coisa, Sebastien, a questão é que, quando minha mulher está furiosa comigo e eu não faço a menor ideia do motivo, e preciso tentar adivinhar, às vezes eu consigo. Se eu pensar muito, muito. Pode ser que seja só um quarto das vezes, mas, mesmo assim, isso não é insignificante em termos estatísticos, sabia? Então diga aí. Se você precisasse arriscar um *palpite*, por que acha que Lily poderia estar tão furiosa com você naquela noite?

Sebastien continuou sem dizer nada. Sua expressão estava tão vazia que nem mesmo parecia haver nela um vazio forjado para ocultar alguma coisa. Eduardo teria pensado que não havia, se não soubesse que não era bem assim.

— E é claro que Lily estava com raiva tanto de você como de Katy — disse Eduardo. — Até aí nós sabemos. Quer dizer que é provável que essa seja uma pista. O que poderia ter deixado Lily com raiva de vocês dois ao mesmo tempo?

O rosto de Sebastien continuava com uma expressão de total falta de envolvimento. Não era algo descaradamente evasivo — ele não baixou os olhos, não desviou o olhar, não ficou inquieto, nem piscou demais, nem tocou no cabelo. Permaneceu sentado com as mãos pousadas de leve no colo. Sua postura era de total calma, atenção e paciência, como se fosse ele que estivesse esperando as respostas, não o contrário. Eduardo achou que Sebastien era muito bom nisso. Que talvez devesse ter seguido as atividades da família.

— Bem — disse Eduardo, levantando-se e entregando um cartão para Sebastien. — Pense nisso. Não se preocupe. Às vezes, demora um pouco para eu captar também. Mas não deixe de me procurar com qualquer coisa que lhe ocorra.

E com isso, Sebastien — despertando finalmente de seu estado de fuga e acompanhando Eduardo à porta — respondeu, com segurança e entusiasmo, que o faria.

Andrew e Maureen estavam em pé, bebendo, na sacada do hotel, sem falar. Um andar acima deles, no quarto de Andrew, Anna estava dormindo. A quase cinco quilômetros dali, na prisão, Lily esperava. Andrew e Maureen estavam bebericando direto de garrafinhas de vodca, deixando que o álcool lhes macerasse a boca. Do outro lado da rua, havia um prédio de escritórios, escuro a não ser por uma única sala que luzia como um selo postal iluminado. Acima dele, as estrelas eram alfinetadas opalinas, parecendo tão frias e distantes que Andrew não conseguia acreditar mesmo que elas fossem fogo. Não era certo que ele pudesse estar ali e ver essas coisas, quando Lily não podia. Uma vez, anos atrás, durante um voo sobre o Atlântico Norte, Andrew tinha avistado um misterioso ponto pálido no oceano negro lá embaixo. O ponto tinha feito com que ele se lembrasse daquela famosa fotografia da Terra vista do espaço — pequenina e luminosa, como uma pérola brilhando no vazio — que todos acharam, por cerca de trinta segundos, que poderia trazer a paz ao mundo. Esforçando-se para enxergar o ponto, Andrew tinha pensado que era um iceberg, o reflexo da lua numa baleia ou alguma bioluminescência ártica até então não descoberta. Ou quem sabe, pensou ele, quem sabe não era alguma outra coisa. Andrew ficou surpreso com sua disposição para acreditar que fosse alguma outra coisa — como estava disposto, também, a manter-se calado a respeito, a fazer daquilo um segredo entre ele e o universo. Já estava quase chegando à Inglaterra quando se deu conta de que era só o reflexo do avião.

O resto da entrevista com os advogados naquela tarde tinha sido repetitivo e interminável. Andrew tinha tentado fazer anotações, mas acabou sublinhando nervoso as anotações já feitas. Depois da revelação de que Lily tinha comprado drogas de Ignacio Toledo, nada de novo veio à tona. De um modo tranquilizador, ela se manteve fiel à sua história sobre o dia do crime; e, em suas repetidas narrações, a história pareceu passar do específico para o arquetípico. Como um trecho da Bíblia ou uma canção dos Beatles, ela se tornou familiar demais para ser de fato ouvida. Lily contou a história tantas vezes que Andrew quase sentiu que estava assistindo ao desdobramento da cena diante de seus olhos. Ele quase podia ver a sombra espectral de Sebastien LeCompte, maconhado; quase podia ouvir os gritinhos metálicos dos game shows que Lily tinha visto enquanto o corpo não descoberto de Katy — meu Deus — jazia um andar abaixo dela, no subsolo.

Quando os advogados finalmente foram embora, a visita de Andrew e Maureen já estava encerrada. Maureen tentou convencer Lily a comer o resto do sanduíche, mas ela não o quis. Eles o deixaram numa pilha cascuda na mesa, apesar de Lily ter dito que era provável que os guardas a fizessem jogá-lo fora. Então eles dois lhe deram beijos no rosto, e ela se agarrou a Maureen por mais tempo do que foi do agrado dos guardas. E então chegou, de novo, a hora de eles a deixarem.

— Vem — disse Maureen, puxando o pulso de Andrew. — Vamos entrar.

Andrew entrou no quarto, atrás dela, segurando a vodca entre o indicador e o polegar, e afastou uma pilha de recortes de jornais para poder sentar na cama. No canto de um dos artigos, ele pôde ver a borda daquela foto medonha de Lily, feita com sua própria câmera, em pé diante da igreja, com o decote despudorado e o sorriso exagerado. Andrew virou o jornal para baixo, e Maureen veio se juntar a ele na cama. Ela cheirava a musgo, cedro e a algum perfume novo, mais recente na vida. Praticamente era o cheiro de uma desconhecida.

Maureen deu um suspiro.

— Não posso acreditar que ela tenha mentido a respeito das drogas.

— Bem, acho que ela não mentiu — disse Andrew. — No fundo, não. Ela só não forneceu essa informação.

— Ela devia saber como agir.

— Ela está assustada. Falando com advogados. Não sabe o que dizer. — Andrew passou a mão pelo cabelo. — Seja como for, foi só um pouquinho de maconha.

— Só um pouquinho de maconha? Aqui neste país? Meu Deus. Só um pouquinho de maconha já teria sido um problema de bom tamanho, mesmo que ela por acaso não a tivesse comprado de um assassino. — Maureen suspirou de novo e abanou a cabeça. — Meu Deus. Sabe, eu no fundo nem devia me permitir pensar nisso, mas poderia ter sido ela. Teria sido tão, tão fácil que fosse ela, no lugar de Katy.

— Eu sei — disse Andrew. Era verdade. Poderia ter sido ela. *Tinha sido* ela no passado. Tinha sido Janie.

Maureen passou o dedo mindinho pela borda da vodca e então o levou à boca.

— Você acha que eu não fui razoável na história do cabelo dela?

— Você não estava errada.
— Mas você acha que eu não fui razoável?

Andrew voltou a ver de relance aquela fotografia — a sobriedade intimidante da igreja, o busto de Lily se derramando da regata ridícula, que provavelmente tinha lhe custado menos do que o equivalente a três dólares em algum canto. Ela não tinha condições para comprar uma blusa com tecido suficiente para chegar a cobrir seu corpo? Eles teriam comprado uma para ela! Lily não sabia disso? Isso é tudo que teria sido necessário? Andrew fez que não.

— É só que talvez tenha sido um pouco tarde, sabe?
— O que você está querendo dizer? — A voz de Maureen estava ácida como vinagre.
— Eu só quero dizer — respondeu Andrew, devagar. — Parece que há certas coisas sobre as quais nós deveríamos ter falado com ela. Em termos de como ela se apresenta. Provavelmente algum tempo atrás.
— *Eu* deveria ter falado, você está querendo dizer. — Maureen estava roendo uma unha ruidosamente. A fisiologia da sua ansiedade era como uma linguagem infantil da qual Andrew até agora não sabia que ainda se lembrava.
— Estou querendo dizer que *nós* deveríamos ter falado.

Andrew não sabia se era isso de fato o que tinham feito errado, mas estava claro que tinham errado em alguma coisa. E realmente, como poderiam não ter errado? Estavam simplesmente se esforçando para não desmoronar, e Andrew ainda tinha orgulho deles — nunca deixaria de sentir esse orgulho — por terem conseguido dar um jeito por todo aquele tempo. Em situações como a deles, era comum que o divórcio viesse muito mais cedo. Logo depois da morte de Janie, é claro, tinha havido um momento em que eles oscilaram. A mãe de Maureen tinha vindo ficar com eles. Ela era rígida e desprovida de humor, mesmo nas melhores circunstâncias, com o rosto impassível e branco como o de uma imperatriz japonesa. Eles três atravessaram aqueles tempos com o entorpecimento enlouquecido de criaturas das profundezas do mar. Eles eram pequenos caranguejos translúcidos, arrastando-se perto das chaminés vulcânicas; eram polvos do tipo dumbo, cegos, mudos e agigantados. Maureen andava para lá e para cá com uma expressão de um vazio persistente e feroz; e Andrew sabia que ela não teria percebido naquela ocasião se ele tivesse deixado que ela se afastasse à deriva, ou se ele próprio tivesse se desgarrado sem destino: entrando talvez para o Corpo da Paz geriátrico (ele sabia que eles tinham um setor para os portadores de idealismo de manifestação tardia) ou caindo nos braços de uma mulher mais jovem, não destruída. Para Andrew agora era quase inacreditável que eles tivessem se dado ao trabalho de tomar banho e trocar de roupa, menos ainda que tivessem se agarrado a seu casamento por um tempo. Dava para ele ver como alguém de fora poderia considerá-los santos, embora fosse claro que essa nem de longe fosse a verdade. De fato, eles eram desprovidos de compaixão por qualquer ser que não fosse Janie nem eles próprios (e, por um breve período logo antes da morte, só por Janie; e, por um breve período depois da morte, só por eles mesmos). A morte de Janie era o planeta monstruoso em torno do qual tudo o mais orbitava. Até mesmo as outras crianças no hospital viviam e morriam meramente em relação a Janie. Por esse ângulo, a morte de outra criança podia parecer um arauto da partida de Janie, a realidade medonha que tornava mais real a potencialidade mais medonha. De outra perspectiva, ela podia dar a sensação de alguém conseguindo sair ileso de um tiro (e, como disse Churchill, não existe nada tão extasiante quanto levar um tiro sem resultado algum). E se apenas uma determinada percentagem de crianças com X estava condenada, e se a criança Y morresse, isso significaria em termos estatísticos que a morte de Janie era mais provável ou menos? Andrew e Maureen chegavam a falar sobre isso. Maureen salientava que eles estavam confundindo probabilidades com chances. Nenhum dos dois chamaria atenção para o fato de que, no narcisismo de sua dor, eles se esqueciam da outra criança, da outra família, que estava em algum lugar chorando, escolhendo um caixão minúsculo com detalhes dourados. Não existia outra família. Não existiam outras crianças. Só havia Janie, Maureen e Andrew, no mar num barquinho, e todos os continentes do mundo estavam submersos.

Como eles puderam se amar de novo depois daquilo? Como eles nem sequer puderam olhar um para o outro? Mas foi o que fizeram, de algum modo fizeram. E então houve os primeiros anos de Lily e Anna: mãos gorduchas, cabelos finos como penugem de dente-de-leão, animaizinhos de estimação adoráveis — um gatinho preto e branco que cresceu até o peso assassino de dez quilos, uma gracinha de coelho anão de orelhas caídas, que se transformou num predador sexual do dia para a noite — e dava para levar a vida, pelo menos até as meninas entrarem para a escola. Mas, assim que entraram, o espetáculo acabou: as luzes se apagaram; a orquestra se desfez; a plateia, cada um inebriado com sua própria vida, desapareceu pela noite adentro. E Maureen e Andrew se descobriram olhando fixamente um para o outro, sozinhos, juntos por fim.

Andrew quase teve vontade de dizer algumas dessas coisas para Maureen, mas baixou o olhar e a encontrou num sono superficial e conquistado a duras penas. Ele se levantou, com cuidado, para não amassar os jornais e apagou a luz.

Andrew subiu um andar de elevador e então ficou parado um momento diante da luz amarela agressiva da máquina de vender refrigerantes, ouvindo os borbulhos da máquina de gelo, antes de voltar para o quarto. Ele acionou a chave, viu o lampejo verde do display e abriu a porta.

Anna não estava na suíte.

Não estava no closet, em nenhum dos dois quartos, nem no banheiro. Também não estava na academia, quando Andrew desceu para verificar. Ela não tinha sido vista pelo encarregado da recepção. Andrew voltou ao quarto para calçar seus tênis. Não estava pronto para despertar Maureen e confessar que tinha perdido mais uma filha.

Dessa vez, quando ele abriu a porta, Anna estava sentada no canto, no chão, com as pernas compridas dobradas, como se fosse algum equipamento obsoleto de vídeo. Andrew hesitou no vão da porta.

— Onde você estava? — perguntou ele.

— Você andou bebendo? — perguntou ela. Ao luar, seu cabelo parecia quase grisalho, e Andrew achou que quase podia vê-la como ela seria um dia, em algum futuro inimaginavelmente distante, que ele não estaria vivo para presenciar.

— Peraí, *você* andou bebendo? — perguntou ele. — Onde foi que você se meteu?

— Estou com 19 anos — disse Anna, levantando-se. Ela era quase oito centímetros mais baixa que Andrew, mas sua agilidade e juventude se associaram para fazer com que ele se sentisse diminuído. — Você não pode me manter trancada aqui. Não sou eu que estou presa. — Ela deu um soluço.

— Você não pode simplesmente sumir desse jeito. Esta é uma cidade perigosa. — A voz de Andrew estava trêmula. — Você calcula como fiquei preocupado?

— Com medo de que alguém me matasse?

— Meu Deus, Anna. Sim. É claro. Entre outras coisas. — Andrew queria se aproximar dela e lhe dar um abraço, mas não conseguia suportar a ideia de que ela se desvencilhasse dele.

— Outras coisas? Que outras coisas? — perguntou ela. — Tipo eu talvez matar uma pessoa?

— Pare com isso — disse Andrew, com a voz forte. Anna ficou surpresa. Como Andrew normalmente falava com tanta delicadeza, ninguém jamais se lembrava de que ele tinha uma voz possante, quando queria usá-la.

— Papai. — Anna hesitou mais uma vez. — Seu amor por ela continuaria, mesmo que ela fosse culpada?

— Pare com isso — repetiu Andrew. — Sente-se.

Ela se sentou.

— Tire os sapatos — disse Andrew, apesar de não saber por que estava dizendo para ela fazer isso. Podia ser que ela, sem os sapatos, não fugisse outra vez. Ou podia ser que fugisse. Talvez ele não fizesse a menor ideia do que suas filhas fariam ou não fariam. Talvez Andrew simplesmente quisesse mandar Anna fazer alguma coisa e ver que ela de fato cumpria a ordem. — Entregue-me os sapatos — prosseguiu ele. Ela obedeceu. Andrew estava se sentindo com um pouquinho mais de controle.

— Tudo bem — disse ele. — Vou pegar um pouco d'água para nós.

Andrew foi até o banheiro e deixou a água correr até ficar fria. No espelho, sua pele em torno dos olhos e da boca estava sulcada. Ele podia ver que seus dentes estavam amarelecendo a cada dia. Estava muito claro para Andrew que ele agora estava mais velho do que nunca. Pior, ele tinha a forte suspeita de que, de agora em diante, só ia ficar cada vez mais velho.

Quando voltou para o quarto, Anna estava sentada na cama. Andrew entregou-lhe um copo d'água, bebeu o dele de uma vez só e limpou a boca.

— Não foi ela — disse ele.

— Eu sei. — Anna olhou para sua água, com um ar funesto. — Mas e se tivesse sido?

— Não vale a pena pensar nisso.

— Vale a pena pensar em tudo. Citação direta de palavras suas. Você de fato as pronunciou.

— Bem, mas não neste caso.

— Situações hipotéticas. Você sempre diz que lida com situações hipotéticas.

— Anna...

— Situações contrafatuais, certo? É essa a palavra que você usa. E então, e se fosse ela? E se tivesse sido ela?

— Pare com isso.

— Ou então, e se fosse eu? E se eu fizesse alguma coisa horrível? Andrew fixou os olhos semicerrados dentro do copo. Lembrou-se de quando Anna e Lily eram pequenas e tinham pavor de pesadelos. Elas entravam na cama com Andrew e Maureen, para fazer os pais prometerem que não iam morrer. Andrew nunca se sentira propenso a fazer essa promessa, já que, na realidade, ele e Maureen um dia *iam mesmo* morrer; e a melhor das hipóteses possível era a de que Anna e Lily tivessem de assistir. E Andrew imaginara algum acerto de contas futuro, alguma espécie de confronto (embora não ficasse claro quando exatamente isso ocorreria), em que Anna e Lily apontariam dedos acusadores para ele e voltariam para a gravação de vídeo, dizendo: *Olhe, você prometeu não morrer; e olhe, você morreu. Prometeu que não morreria e morreu.* Mentir para elas acerca desse fato da máxima importância parecia a Andrew uma tapeação imperdoável: ele estava lhes transmitindo a ideia errada sobre exatamente tudo, se lhes desse a ideia errada sobre a morte.

Mas Maureen não tinha concordado. Ela achava que as crianças eram crianças e precisavam de uma promessa para poder dormir de noite — naquela noite específica, com o vento soprando aterrorizante pelos pinheiros brancos do lado de fora da janela, com seus lençóis com um vago perfume de alfazema — e que, quando chegasse a hora de Maureen e Andrew morrerem, as filhas já seriam adultas, com seus próprios filhos, que elas entenderiam a mentira e, em retrospectiva, os perdoariam.

E assim Andrew e Maureen tinham prometido. Tinham olhado nos olhos de suas duas filhas vivas e prometido que não morreriam. E Andrew lembrou-se de como isso tinha acalmado Anna. Como, cheia de um alívio sonolento, ela tinha dado um puxão na própria orelha, agarrado seu coelhinho de pelúcia, Honey Bunny, por uma pata de feltro, e o tinha arrastado de volta escada acima. Mas também se lembrou de que Lily continuou acordada, encarando-os com olhos ferozes, de ágata, dizendo: "Isso não é verdade. Eu sei que vocês não podem prometer isso. Sei que não é verdade."

Andrew tomou uma decisão.

— Você não faria nada de terrível — disse ele a Anna. — Você não teria como fazer nada de terrível. Mas, se fizesse, eu sempre te amaria. É o que me cabe. — É provável que ele não estivesse mentindo. É provável que ele continuasse a amá-la. Essa era a elasticidade e a permanência do amor dos pais: tudo que fosse abominável nos filhos era em certo grau algo de abominável em você mesmo; e renegar um filho por seus defeitos somente agravaria os próprios defeitos dos pais.

Anna olhou para ele, impassível; e, por um momento, Andrew viu nela a criança, bocejante e tranquilizada, balançando o coelho, dando meia-volta para subir a escada. E então o olhar mudou, cristalizando-se em algo quebradiço, obstinado e sábio, algo que sabia coisas que Andrew não sabia, que Andrew talvez nunca soubesse.

— Não — disse ela, por fim. — Você não me amaria mais.

CAPÍTULO 13

Fevereiro

No dia seguinte ao do aniversário, Lily acordou para um amanhecer luminoso. Uma luz de um rosa ridículo entrava pelas janelas. Era como acordar dentro de um búzio, e Lily teve uma sensação de emergência — o apocalipse, a guerra, uma invasão de alienígenas — até se dar conta de que era só o nascer do sol. Isso acontecia todas as manhãs. Todas as manhãs ela era banhada rapidamente por essa luz de outro mundo; e nunca estava nem acordada para isso. Ela se apoiou nos cotovelos. Era estranho, talvez um pouco invasivo, que o quarto ficasse dessa cor sem que ela percebesse. Passou a cabeça por cima da lateral da cama para olhar para Katy e, quando fez isso, sentiu o primeiro sopro ameaçador de uma ressaca que duraria o dia inteiro. Ali embaixo, Katy estava composta, até mesmo dormindo. Quando a viu, Lily se lembrou de tudo o que tinha acontecido na noite anterior e de que ela agora teria de romper com Sebastien. Voltou a se deitar.

Lily tinha pena de terminar com Sebastien, mas não via alternativa. Tinham lhe passado a perna, e não fazer nada agora só faria dela uma otária. Lily não sabia como tinha se metido numa situação em que se tornar uma otária chegava a ser possível, já que ela realmente era tão empenhada em ter ligações transparentes, sem estresse e sem drama, quanto seria possível, mas a verdade era que essa era a situação. Lily não tinha pedido nada a Sebastien. No fundo não queria nada dele. Não tinha exigido dele nenhuma promessa. Não o tinha posto numa posição em que ele precisasse lhe contar alguma mentira. O fato de que ele a tinha tratado mal, de qualquer modo, só podia significar que era isso o que ele queria fazer.

Lily rolou na cama e reprimiu um gemido. Agora via que tinha sido infantil. Desejara que todos fossem liberados e generosos uns com os outros; e, em algum ponto do caminho, começara a acreditar que isso significava que as pessoas de fato seriam assim. Por que tinha acreditado nisso? Seria por ter assistido, quando estava crescendo, a um excesso de reprises de *Friends*? Em que todo mundo transava e parava de transar com todo mundo, mas ninguém ficava magoado, e a amizade — o relacionamento verdadeiramente sagrado do título — permanecia intacta? Ou talvez a culpa pelo problema de Lily fosse de seus pais: talvez algum tipo de ingenuidade herdada. Podia ser que ela tivesse origem na juventude supostamente hippie de Maureen e Andrew (embora a única prova que sustentava essa afirmação fosse a alegação de Maureen de ter andado descalça durante todo o verão de 1971). Ou podia ser que de algum modo ela proviesse da visão de mundo acadêmica, antiquada e exageradamente otimista de Andrew — toda aquela droga de Francis Fukuyama, do fim da história, que ele tinha abraçado vinte anos atrás e agora tinha de manter num artigo atrás do outro, já exausto e sem sinceridade. Lily não sabia. Tudo o que sabia era que ela iria admitir quando estivesse errada. Era verdade que na geração dela as pessoas não precisavam ser cruéis e falsas para obter o que queriam, a menos que ser cruéis e falsas *fosse* o que elas queriam, e nesse caso elas tinham todo um novo panorama de oportunidades para ser desse jeito. Sempre que Lily saía com mais de um rapaz, tinha agido assim porque realmente *gostava* de alguns homens ao mesmo tempo: queria conversar sobre política com um deles, sobre música com outro e, com um terceiro, ela queria participar de aventuras brincalhonas no meio da noite, indo em busca de mobília de graça na rua, quando chegava o primeiro dia do mês e todo mundo se mudava dos apartamentos. E foi com essa disposição de espírito que Lily tinha feito coisas diferentes: foi a um comício de sindicato, apesar de sempre ter achado as questões trabalhistas terrivelmente chatas; encontrou na rua uma pinhata abandonada com a forma de cangambá, de alguma criança, e a guardou no alojamento da faculdade por meio ano; assistiu a um concerto de uma banda intolerável cuja música era como a derrubada violenta do próprio conceito de música, e depois de um tempo se flagrou dançando, realmente dançando, muito embora continuasse a detestar as canções. O motivo pelo qual Lily não queria um namorado residia no fato de que ela realmente gostava de todos aqueles caras. Todos eles eram seus amigos, e Lily se importava com seus amigos. Ela não estava apaixonada por nenhum deles, mas teria dado a qualquer um deles um rim. Ela agora compreendia que não era esse o sentimento que Sebastien tinha por ela. Uma situação como a deles surgia não porque um homem gostasse de um número excessivo de mulheres, mas porque ele detestava um número excessivo delas.

Lily percebeu que estava com uma sede monstruosa. Desceu do beliche e foi ao banheiro beber água direto da torneira. Quando se ergueu, viu a si mesma no espelho e se espantou. O que havia de errado com seu rosto? Naturalmente, estava com os olhos de guaxinim, manchados da maquiagem, mas não era isso. Na noite anterior, Lily tinha achado que estava com um ar um pouco feroz: fantasiada de modo parcialmente convincente como o tipo de garota diante da qual ela se sentia, em segredo, intimidada. E de manhã, depois de uma noitada, ela geralmente só parecia meio pateta, como uma pessoa cuja fantasia de Halloween tivesse se desmanchado porque ela estava se divertindo demais na festa. O que parecia diferente agora? Lily chegou mais perto e examinou o rosto. Recentemente, levíssimas linhas em forma de lua minguante tinham aparecido em torno da sua boca. De algum modo, Lily soube que eram rugas — rugas embrionárias, protorrugas, sabe-se lá o quê —, mas, mesmo assim, ela as tinha encarado até agora como imperfeições temporárias, alguma coisa que superaria com o tempo, como a acne. Afastou-se do espelho. As rugas quase não eram visíveis, mas estavam lá; e ela se deu conta de que elas eram parte da razão para ela estar com uma aparência diferente: estava mais velha. É claro que não estava velha, mas com idade suficiente para parecer um pouco menos triunfal no desleixo, como uma garota cuja beleza impecável tivesse se desgastado o suficiente para que seus óculos severos por fim parecessem realmente de velha. À luz da manhã, com a maquiagem borrada, o cabelo um desastre, Lily não parecia ser uma pessoa cujos trajes não tivessem importância. Parecia, sim, ser uma pessoa cuja roupa era de fato muito importante. Lily curvou-se e esfregou o rosto, deixando marcas pretas na toalha de mão. Então esfregou furiosamente a toalha, até o próprio movimento fazer com que parasse. Sem conseguir nada, ela jogou a toalha no cesto de roupa suja, tentando não pensar em quem a encontraria, e se retirou, voltando pelo corredor.

O sol ainda estava se enroscando pelo quarto, acumulando-se nos cantos, quando Lily subiu de novo na cama. Havia um raio de luz no seu travesseiro. Talvez não fosse de modo algum uma invasão, esse jeito de a luz ir entrando sorrateira. Talvez fosse lindo. Significava que podia haver beleza, benévola e não solicitada, em toda a sua volta, mesmo que você não soubesse. Havia um toque agridoce nisso, mas talvez houvesse um toque de esperança. Logo, logo, Lily já teria acabado de romper com Sebastien. E logo, logo, Lily acordaria cedo o suficiente para essa luz. Ela jurou que se lembraria, que usaria o despertador para acolhê-la com gratidão. Mas não hoje. Hoje, ela estava cansada. E assim Lily voltou a se deitar — cheia de prazer e culpa, com o fastio delicioso dos recém-velhos — e mergulhou de novo no sono.

Quando acordou de novo, estava absurdamente tarde. A luz do lado de fora da janela já envelhecia. Dormir até a parte da tarde sempre dava a Lily uma sensação medonha, como se tivesse desperdiçado uma vida inteira, não apenas uma parte de um dia, e ela se levantou de um salto. Olhou para o relógio e zombou de si mesma. Eram quase três e meia. Havia uma possibilidade real de chegar atrasada ao trabalho.

Dez minutos depois, Lily seguia apressada ao longo da avenida Cabildo. Lá em cima, os céus estavam se abrindo com uma atípica chuva de final de tarde, o que contribuiu para sua impressão de perseguição. Chegou à Fuego encharcada, mas só com cinco minutos de atraso. Xavier estava sentado na ponta do bar, examinando alguns papéis. Ele lançou para Lily um sorrisinho sutil. Ela abaixou a cabeça e tratou de pegar logo o avental, tentando parecer diligente e humilde. Mas, quando olhou de volta na direção de Xavier, viu que ele estava acenando para que ela se aproximasse dele. Isso pareceu ameaçador, mas Lily tratou de se lembrar de que absolutamente tudo nesse dia parecia ameaçador. Ela se encaminhou para a ponta do bar.

— Oi, Xavier — disse ela. — E aí?

— Está se sentindo bem hoje, Lily?

Ela riu, resignada, e fez um gesto de mais ou menos com a mão.

— Não estou tão mal assim. Um pouco cansada.

— Bem, não se preocupe com isso. Pode ir para casa agora.

— Como? — Lily indicou a sala dos funcionários, onde a planilha de horário estava exposta na parede. — Estou na programação para hoje à noite.

— Eu sei, Lily — disse Xavier. — Mas não está funcionando.

— Como? — Lily teve a sensação de ter mordido uma faca. — Por quê?

— Espero que meus fregueses deem espetáculo, não minhas garçonetes.

— O quê? — Lily tinha dado um espetáculo? Talvez, segundo padrões muito, muito puritanos, tivesse dado mesmo. — Mas era meu aniversário — disse ela, em vão.

— Bem, seu presente de aniversário foi ter dado um espetáculo — disse Xavier. — Parabéns. Hoje você está sendo demitida.

— Mas o que eu quero dizer é que eu nem estava trabalhando. Ou seja, não estava no meu turno.

— É mesmo. Foi um favor que lhe fizemos.

— E isso não quer dizer que eu era simplesmente uma freguesa? Logo, tinha o direito de dar espetáculo também? — Lily riu de leve, mas Xavier não riu.

— Falando sério, Lily, você realmente gostava desse trabalho? Você achava que era boa nele?

Na realidade, sim. Lily achava que era boa nele. De qualquer modo, achava que era razoável nele e que estava melhorando. Achava que os fregueses e os colegas de trabalho gostavam dela. Eles riam e faziam brincadeiras animadas, sempre que ela se aproximava, e ela sempre tinha achado que isso demonstrava afabilidade, talvez até carinho por ela. No entanto, exatamente como a relação com Beatriz, com Sebastien, com todos os homens e possivelmente com todas as coisas e pessoas, Lily agora via que talvez tivesse havido uma tendência subjacente, diferente, mais ameaçadora, em todas aquelas provocações — algo que ela não tinha detectado, ou que tinha interpretado mal de propósito, só para se manter feliz.

— Eu gostava desse emprego — disse Lily. — Eu gosto dele.

A expressão de Xavier abrandou-se um pouco.

— Bem, sinto muito, Lily. Mas sei que você realmente não precisa desse serviço.

— Eu nunca fui demitida antes.

— Você já tinha trabalhado antes?

Diante disso, de modo constrangedor, os olhos de Lily ficaram marejados. Por que todo mundo sempre pensava o pior a respeito dela?

— É claro que sim — disse ela, com ênfase, e esperou um instante para ver se isso poderia lhe conquistar uma prorrogação. Quando viu que não ia ganhar nada, ela disse a Xavier que ia esvaziar seu armário.

Daí a alguns minutos, armada com sua garrafa d'água, livro e sapatos sociais, Lily saiu da boate para o dia que já estava escurecendo. A chuva tinha parado. Ela de fato nunca tinha sido demitida até então. Fazia anos e anos, na verdade, que ela não se metia em nenhum tipo de encrenca, se não contassem as broncas de Beatriz. Ela ainda tremia com o forte choque de adrenalina da conversa — tão parecido com a energia entorpecedora que surge quando a pessoa se machuca, apenas uma fração de segundo antes da dor.

— Oi!

Lily deu meia-volta. Era Ignacio, o jabuti, encostado na lateral de uma caçamba de lixo. Lily teve um lampejo da imagem que tinha visto, ou achava que tinha visto, de Ignacio e Katy, ele com as mãos no traseiro dela, aparecendo intermitente à luz estroboscópica. Lily tinha querido perguntar a Katy o que havia acontecido na noite anterior, mas naquela hora estava tão bêbada que não podia ter certeza. E agora que ela e Katy tinham finalmente discutido e chegado a uma paz hesitante e precária, Lily não sabia ao certo se queria voltar a tocar no assunto.

— Oi — disse Lily. — Acabei de ser demitida.

Ignacio abanou a cabeça.

— Que azar — disse ele. Lily estava sentindo o cheiro penetrante de maconha. Ele devia ter acabado de fumar.

— Parece. Ei! — Lily de repente se sentiu audaciosa. Ela já era uma desempregada; bem que podia também cometer um delito insignificante.

— Posso comprar de você um pouco disso aí?

Ignacio levantou as sobrancelhas, com uma expressão de divertimento.

— Claro que pode. Quer uma trouxinha?

— Hum, acho que sim.

Ignacio começou a remexer na mochila.

— Ah, agora? — perguntou Lily.

Ignacio olhou ao redor do beco vazio.

— Quer mais tarde?

— Não, não — disse Lily. — Agora está bem.

Ignacio fez que sim e tirou um pequeno saco plástico com algumas rosetas pretas.

— Para você, quarenta pesos — disse ele. Lily estava torcendo para ele se apressar. — Um desconto, já que você teve um dia difícil.

Lily encontrou na bolsa uma nota úmida de cinquenta pesos, entregou-a a Ignacio e pegou a trouxinha. Estava começando a transpirar nas costas e se afastou apressada dali, sem pegar o troco.

— Valeu — disse ela, para trás, enquanto saía do beco para a rua.

— Ei — disse Ignacio. — Disponha.

Lily entrou na rua e de imediato quase trombou com uma mulher com um exército de cachorrinhos trotando ao seu lado. Os cachorros eram tão pequenos que as cabeças pulavam feito loucas à velocidade que estavam indo. Os olhos do menorzinho estavam brancos, com cataratas que brilhavam como madrepérola.

— *Permiso* — murmurou Lily. A mulher lançou-lhe um olhar e seguiu em frente.

Enquanto ia na direção do Subte, Lily decidiu que não ia dizer nada a Sebastien acerca da demissão. Não ia contar a Sebastien, a Katy, a Beatriz ou a qualquer outra pessoa. Não suportaria fazer isso. E, de qualquer modo, era provável que ela encontrasse um uso para a liberdade das noites sem ter aonde ir e sem dar satisfação a ninguém. A consciência da trouxinha na sua bolsa se contraía e se abrandava como uma pulsação. Ela não tinha em mente nada em especial: nem planos, esquemas, travessuras; nem mesmo tinha amigos, além de Katy e Sebastien. Mas qualquer coisa que você fizesse simplesmente lhe pertencia mais, quando nenhuma outra pessoa sabia que você estava fazendo aquilo. À frente de Lily, um paredão de crepúsculo azul-pervinca estava descendo sobre as ruas. Em torno dela, os bares estavam só começando a ganhar vida. E lá fora na cidade ela poderia encontrar qualquer coisa, absolutamente qualquer coisa, menos alguém que estivesse esperando por ela.

Lily teve o cuidado de permanecer fora de casa até sua hora habitual. Quando voltou, encontrou Katy na sala de estar, assistindo a desenhos animados. Lily parou à porta e pensou em dar meia-volta, mas aí ela acabaria chegando mais tarde do que Beatriz esperava, e não queria correr esse risco. Em vez disso, parou diante da sala de estar.

— Oi — disse ela. — Está vendo o quê?

— Não sei — disse Katy. Ao seu lado, estava largado um livro didático de economia, com uma caneta destampada servindo de marcador.

— É totalmente surreal. Faz mais ou menos uma hora que liguei, e não consigo parar de assistir. Tudo bem no trabalho?

Lily tinha se sentido ansiosa diante da perspectiva de estar com Katy e tinha esperado algum tipo de movimentação cautelosa entre as duas agora, mas Katy parecia indiferente.

— Tudo bem — disse Lily. — Você sabe. — Na tela, um roedor falante, com olhos enlouquecidos, estava dando saltos mortais. — Esquisito esse desenho.

— É. Eu fico me perguntando por que um dia parei de assistir a desenhos animados. Acho que foi porque entrei para o ensino médio.

— A idade realmente não faz diferença. — Lily foi se aproximando do sofá, ainda segurando a bolsa. Não queria deixá-la largada na casa. Era provável que Beatriz tivesse a seu dispor cães farejadores de drogas.

— Muitos amigos meus veem desenhos o tempo todo.

— Tipo agora?

— É.

— Por quê?

— Não sei — disse Lily, sentando-se. — Acham engraçado.

— Nossa geração tem uma relação tão estranha com coisas de criancinhas — disse Katy, depois de um instante.

— O que você quer dizer?

— Coisas como livros para colorir e camisetas irônicas, com dinossauros e coisas desse tipo.

— Acho que é uma nostalgia precoce.

— Mas você também tem essa sensação?

— Que sensação?

— A de que você poderia voltar a algum tempo passado. Como se você se flagrasse pensando, por que não vou mais lá e por que não vejo mais aquelas pessoas e não frequento mais aquelas festas? E então você se lembra que isso acontece porque aquela vida terminou. E você já não pode fazer nada daquilo.

Lily concordou em silêncio, muito embora não tivesse certeza se algum dia tinha tido aquela exata sensação. Sob o regime de Maureen e Andrew, nunca houve confusão quanto ao rumo que a vida seguia, ou sobre qual seria seu destino final. Mesmo assim, Lily nunca tinha ouvido Katy dizer nada semelhante, e teve vontade de oferecer alguma coisa em retribuição.

— Pode ser que seja porque, quando somos crianças, não acreditamos realmente que o tempo só se mova para a frente — disse ela. — E então aprendemos isso, mas no fundo não conseguimos nos convencer.

— Você acha que é por aí? — perguntou Katy.

— Acho. — O rato-almiscarado vermelho dançava frenético na tela. — Pode ser. — Parecia que podia ser verdade, e por isso talvez fosse. Afinal de contas, não se tinha contado uma história a uma criança enquanto não se tivesse recontado aquela história à criança. As crianças despertavam para a percepção das sensações na vida com fábulas e contos de fadas já conhecidos; e podia ser que isso significasse que as primeiras histórias que elas ouvissem nunca dessem a impressão de ser narrativas lineares, de modo algum. Talvez elas fossem mais como rituais, autos da paixão, que estabelecem um sentido da vida como algo recorrente e recursivo, uma noção de que tudo o que acontece está de algum modo sempre acontecendo. — Mais ou menos, sabe, como quando se é criança e realmente se acredita que se esteja dentro de uma história? — disse Lily.

— Eu não sei — disse Katy, lá com suas dúvidas. — Acho que não.

— Puxa — disse Lily. — Eu realmente tinha essa sensação. Eu acreditava totalmente que vivia numa história. E me sentia bem confusa a respeito, na realidade. Eu sempre estava pensando, essa é a parte em que *isso* acontece.

— Em que o que acontece?

— Bem, como... — Lily pensou por um instante —... como na vez que meus pais contrataram um cara para se vestir de Ursinho Puff e aparecer no alpendre de casa no meu aniversário de 5 anos, por exemplo.

— Parece apavorante.

— Mas não foi! Essa é a questão... Não fiquei nem um pouco assustada. Acho que eu tinha visto tantos filmes sobre a vida de crianças normais que se tornava mágica, que encarava aquilo como meu direito inato. — Era verdade. Lily tinha uma nítida lembrança da ocasião. Quando viu o Ursinho Puff subindo pela entrada, Lily tinha unido as mãos num gesto de felicidade tão contida e típica de uma velhinha que Andrew e Maureen riram e tiraram um retrato dela. "Quem é esse aí?", Maureen tinha perguntado, com sua voz de menina, num tom suspeito, como sempre acontecia quando ela dizia alguma mentira para crianças. Era um tom que Lily tinha percebido em parte, mesmo naquela época, apesar de tê-lo registrado apenas como a voz que Maureen usava quando alguma coisa incrivelmente especial estava acontecendo. No entanto, o que Maureen e Andrew não sabiam, o que eles nunca tinham sabido, era que Lily no fundo não se surpreendeu. Não ficou nem um pouco surpresa. Naquela fotografia, ela estava pensando: "É isso aí. Finalmente está acontecendo. É nessa parte que começa a magia."

— Parece que você tem pais muito bons mesmo — disse Katy.

— Tenho sim — disse Lily, surpresa com a força da sua sinceridade.

— Muito, muito bons mesmo.

No dia seguinte, Lily saiu de casa na hora de sempre. Tinha prometido a si mesma que terminaria com Sebastien naquele dia, mas descobriu que estava procurando ganhar tempo — observando os trapézios inconstantes de pássaros no céu, sentindo um desejo agradável e solitário de viajar. A chuva tinha deixado no ar o cheiro acastanhado de folhas ensopadas. Lily estava aproveitando esse breve adiamento purificador. Calculava que podia se permitir mais um dia. Por isso, pegou o Subte até o fim da linha e voltou. Percorreu o perímetro do zoológico, que estava fechado porque era domingo. Não importa, pensou Lily; afinal, metade da graça de um zoológico estava nos cheiros! Ela riu alto, virou uma esquina e viu uma cabine com um gordo telefone público vermelho no meio.

Passou os dedos pelos bolsos e sorriu ao encontrar moedas. Para quem ligaria? Talvez Anna. Assim que pensou na irmã, Lily sentiu uma saudade violenta, o que era estranho, e chegou a discar a maior parte do número de Anna antes de desligar. Afinal de contas, Anna era muito ocupada. Não era legal falar com Anna ao telefone. Nem era preciso dizer que Anna jamais teria perdido um emprego de qualquer tipo, mesmo um tão idiota quanto o de Lily. Talvez o principal fosse que Anna era uma pessoa adulta, e às vezes Lily desejava que não fosse. Mas não havia o que fazer: Anna simplesmente não era a mesma menininha que tinha ajudado Lily a tentar entrar em contato com o espírito de Janie através de um tabuleiro Ouija — plano que foi debatido interminavelmente e então, por fim, executado numa noite de verão, densa de umidade e magia negra —, a menina que molhou as calças, quando o indicador começou a se mexer.

Antes de decidir se queria falar com Andrew, Lily descobriu que já estava ligando para ele. O telefone tocou três, quatro, cinco vezes, e Lily ficou surpresa com o alívio que sentiu quando ele por fim atendeu.

— Alô — disse ele.
— Oi, Andrew. Sou eu.

— Ainda bem. A gente vê esse monte de dígitos e tem de supor que seja a Interpol.

Lily ficou em silêncio para ele saber que, se estivessem no mesmo ambiente, ela estaria revirando os olhos.

— Como estão as coisas por aí, menina?

— Bastante bem — disse Lily. — Mas, presta atenção, tenho uma pergunta séria a fazer. — Agora teria de inventar uma pergunta.

— Ai, meu Deus.

— Não tão séria assim. Não se preocupe. — Lily bateu com o polegar na parte inferior do fone. — Você gosta do seu trabalho? — disse ela, por fim.

— Que pergunta! — disse Andrew. — Qual é o motivo de todas essas sondagens do tipo "conheça melhor seus pais" ultimamente? Meu reitor contratou você para me espionar? Você entrou para algum tipo de programa de doze passos?

— Ainda não! — disse Lily. — E aí, você gosta?

Andrew deu um forte suspiro.

— Acho que sim — disse ele. — De qualquer maneira, é interessante.

— Mas é mesmo? — disse Lily, encontrando um ponto de apoio.

— Ainda é interessante? Quer dizer, você ainda tem a impressão de que aprende coisas no trabalho?

Do outro lado da linha, Lily podia ouvir Andrew refletindo. Uma coisa legal no velho Andrew era que ele realmente pensava quando você lhe fazia uma pergunta.

— Bem — acabou dizendo ele —, de qualquer modo, aprendo o que sua geração pensa sobre as coisas. E realmente gosto de vê-los aprender, o que suponho ser um tipo de aprendizado.

Lily suspirou. Às vezes tinha pena dos pais. Tudo de bom que um dia aconteceria a eles praticamente já tinha acontecido. As somas à sua vida já estavam encerradas. É claro que era maravilhoso ter o que perder; mas, de agora em diante, era só isso que eles chegariam a fazer.

— Você não para de falar sobre como sua geração é fantástica — Andrew estava dizendo. — Dê um exemplo.

— Nós lidamos melhor com a tecnologia.

— Ah, sim, aleluia!

— Nós somos menos racistas.

— Certo, tenho que concordar com isso. — Andrew ficou em silêncio. — Lily, minha florzinha, você está bem?

Andrew não a chamava de Lily, minha florzinha, havia séculos. Era um nome que remontava aos tempos do berço, quando ele criava músicas para distraí-la: *Lily Florzinha, Lily Florzinha, para de chorar, não fica tristinha! Lily Florzinha, Lily Florzinha, dorme logo, não irrita a Mãezinha! Lily Florzinha, Lily Florzinha, chega de bagunça, seja boazinha!* Lily gostava do apelido quando era muito pequena. Mas ele tinha se tornado mortificante no período da pré-adolescência, quando a palavra "florzinha" — bem como quase todas as outras palavras, pessoas e acontecimentos — podia detonar nela paroxismos de humilhação, o que a fez implorar a Andrew que parasse de usá-la.

— Estou bem — disse ela, na esperança de parecer estoica.

— Está parecendo deprimida. Está parecendo com sua mãe.

— Estou? Não. Só um pouco cansada.

— Bem, vá dormir um pouco, por que não? — A voz de Andrew apresentou um ritmo momentâneo; e, por um segundo, Lily achou que ele fosse realmente começar a cantar para ela. Pelo menos, pareceu possível que ele estivesse cogitando isso. Se estava, porém, ele também devia estar pensando em como seriam cruéis as zombarias de Lily, o que o fez se refrear. Lily o tinha treinado bem. Podia ser que houvesse um toque de tristeza nisso.

— Te amo, papai — disse Lily, com emoção.

— Te amo, Lily! — disse Andrew, parecendo surpreso. — Te amo muito, muito.

Lily voltou para a casa dos Carrizo à hora de costume e se flagrou como que torcendo para encontrar Katy vendo televisão, quando chegasse lá. Lily quase podia imaginar que isso fosse se tornar um ritual noturno — algo terno, arbitrário e inexplicável, algo de que se lembraria com carinho nos anos por vir. Mas naquela noite Katy não estava em parte alguma. Em vez dela, lá estava Beatriz, sentada junto do balcão da cozinha, com um copo d'água e um jornal. E quando Lily entrou pela porta, Beatriz levantou os olhos, com a boca já formando aquela sua frase predileta.

— Onde você estava? — perguntou ela.

— No trabalho — respondeu Lily, sem entender. Ela largou a bolsa devagar e se espreguiçou, esperando parecer devidamente cansada.

— Pensei que você tinha perdido o emprego.

— Como? — Lily se descobriu apanhando de novo a bolsa, talvez com a sensação de que poderia precisar estar preparada para fugir a qualquer instante.

— Achei que você tinha sido demitida — disse Beatriz.

— Onde ouviu falar sobre isso? — Lily estava perplexa. Será que Xavier Guerra tinha ligado para os Carrizo para dedurá-la? O que poderia levá-lo a fazer uma coisa dessas?

— Não estou querendo fazer com que se sinta mal a respeito do trabalho, Lily. — Beatriz começou a dobrar o jornal. Lily não podia acreditar que ainda houvesse gente que sabia fazer isso. — Mas eu preciso, sim, saber onde você está, especialmente à noite, e não posso aceitar que me diga mentiras a esse respeito. Sou responsável por você.

Não, não poderia ter sido Xavier. Ele não tinha o telefone dos Carrizo; Lily achava que nem mesmo tinha mencionado o sobrenome deles; e, de qualquer maneira, não faria sentido ele fazer uma coisa daquelas — demonstraria um excesso de retaliação, um excesso de envolvimento. Em certo sentido, um excesso de preocupação. Então como eles souberam? Será que tinham olhos e ouvidos na cidade inteira? Quem eram essas pessoas, no fundo?

Beatriz pôs a mão no ombro de Lily.

— Lily, veja bem. Eu entendo que você esteja embaraçada.

Isso era algo que a própria Lily poderia ter admitido, se Beatriz tivesse esperado só mais um pouquinho. Mas era insuportável ouvir de outros que você tinha se colocado em situação embaraçosa. Havia um tipo de excesso de presunção nessa vergonha ser considerada natural por terceiros. Foi assim que Lily descobriu que se abaixava para se esquivar da mão de Beatriz e fugia correndo para o quarto, onde se deitou na cama e, numa atitude apavorante, começou a soluçar. Disse a si mesma para parar de imediato com aquilo. Disse a si mesma que, agindo dessa forma, estava perdendo o controle sobre todas aquelas reivindicações de maturidade, meticulosamente estruturadas, que ela mal estava começando a estabelecer. Mas essa ideia só a fez soluçar ainda mais forte; e Lily acabou se entregando ao choro. E, com o mesmo impulso que dá a alguém a vontade de destruir alguma coisa totalmente, uma vez que a tenha destruído só um pouco, ela permitiu que o choro se tornasse mais alto e mais confuso do que até mesmo ela achava que seria realmente necessário.

No dia seguinte, os Carrizo viajaram para comparecer ao batizado do sobrinho, e Katy foi dar um passeio com suas amigas tranquilas. Para comemorar, Lily faltou às aulas e passou o dia à toa pela casa. A não ser por abrir uma das gavetas de Katy para ver o tamanho do seu sutiã (era 32B — mas Lily não sabia ao certo o que ia fazer com essa informação), Lily até que se comportou. Ela se deixou cair descuidada no sofá, simplesmente porque podia fazer isso. Tirou o telefone do gancho e o pôs de volta no lugar. Vasculhou os armários da cozinha e inspecionou os incompreensíveis aparelhos culinários de Beatriz. Mas não abriu nenhuma gaveta particular que pertencesse aos Carrizo. De qualquer modo, era provável que Beatriz tivesse instalado armadilhas em todas elas. Também não ultrapassou a fronteira sinistra da porta do quarto do casal. Aproveitou apenas a precária sensação de propriedade que decorria de lavar a própria louça, de passar a televisão para um canal diferente. Deixada por sua conta, Lily era no fundo bastante confiável, mas, pensou ela, com amargura, ninguém jamais saberia.

Quando entardeceu, Lily começou a atravessar a entrada de carros na direção da casa de Sebastien, arrastando os pés na grama. Ela lhe dissera que chegaria às sete e meia e já estava atrasada. Sabia que não poderia de modo algum adiar a conversa nem mais um instante. E, fosse como fosse, a expectativa sempre era pior que o fato em si: a expectativa e a lembrança, é claro. E a expectativa da lembrança talvez fosse o pior de tudo, pelo menos para Lily. Em sua vida, até então, Lily tinha conseguido se lembrar com uma clareza espantosa de todas as conversas realmente difíceis que tinha tido. Elas lhe passavam pela cabeça como fórmulas mágicas, como discursos importantes decorados durante a infância. (Lily desejou ainda se lembrar de discursos — por que acontecia de nada ficar tão gravado no cérebro quanto alguma coisa inscrita ali, contra a sua vontade, quando se é criança?) Lily sabia que a conversa que estava prestes a ter com Sebastien não seria diferente; e não lhe agradava a ideia de reproduzi-la mentalmente por toda a vida, com a cena tornada de algum modo mais sinistra e mais ridícula, ao mesmo tempo, por sua ambientação naquela sala absurda, diante daquela tapeçaria medonha, que, ocorreu-lhe então a ideia cruel, Sebastien tinha provavelmente encomendado de propósito para que parecesse desgastada.

Do outro lado do quintal, a casa de Sebastien foi se avolumando cada vez mais e de repente estava ali à sua frente. Lily ficou um instante parada no alpendre, sentindo, por cima da tristeza, aquele estranho arrepio de entusiasmo que muitas vezes se abatia sobre ela em seus momentos mais sombrios. Era uma sensação de curiosidade distanciada e de energia em potencial; uma sensação de que aqui diante dela estava por acontecer algo de importante que ela poderia presenciar, um mistério importante que poderia desvendar, um desafio importante que poderia enfrentar. Essa sensação acompanhava Lily desde os primeiros passos em falso da infância. Ela se lembrava dessa sensação daquela época em que matou a lesma-banana, da vez em que tinha sem querer feito Maureen chorar por causa de Janie — mas ela também tinha tido apresentações mais sinistras. Estava com Lily na hora em que Anna fraturou o tornozelo fazendo ginástica na sala de estar. Estava com ela quando ela estava sentada na sala de aula da sexta série, ouvindo o professor tentar explicar o que tinha acabado de acontecer com os prédios na cidade de Nova York. Lily levantou a mão até a aldraba. Era inegável que a sensação a acompanhava novamente, em pé, ali, agora — a mesma sensação de quando ela estava com seus coleguinhas entorpecidos (sendo os alunos da sexta série pequenos demais para saber do que sentir pavor ou tristeza e grandes demais para entrar numa histeria automática, de uma forma ou de outra). A mesma sensação de quando tinha subido correndo a escada, entrado no corredor e discado 911 enquanto Anna berrava lá atrás. Junto com o horror e uma espécie de mania enfurecida, havia também alguma coisa semelhante a uma exultação. Era a exultação de saltar de uma ponte, talvez — o delírio momentâneo que você sentiria na queda livre —, mas, fosse o que fosse, estava com ela agora, enquanto batia na porta de Sebastien LeCompte pela última vez e o ouvia se aproximando. *Pronto. Chegou a hora.* Lily fechou os olhos. *Um dia nós todos estaremos mortos, mas ainda não estamos.* Ela prendeu a respiração. *E finalmente alguma coisa está acontecendo.*

CAPÍTULO 14

Fevereiro

Antes da última noite, a noite em que Katy morreu, Sebastien já sabia que estava tudo terminado.

Lily apareceu à sua porta quase às oito horas — atrasada — e ele a recebeu nos braços com frieza. Podia sentir o cheiro grosseiro de água sanitária, a cerveja seca que tinha respingado nos sapatos, algum tipo de odor de planta fedorenta no cabelo. Agora que estava trabalhando, Lily sempre tinha o cheiro do mundo. Ela se submeteu ao abraço com a resignação de uma pessoa que já planejou levar embora alguma coisa enorme e, por isso, não vê problema algum em dar alguma coisa insignificante.

— Desculpa o atraso — disse ela, muito embora devesse saber que ele nunca o teria mencionado. Ela estava com muito cuidado, com muita gentileza. Ele podia ouvir na sua voz a magnanimidade de quem já se decidiu. Sebastien sabia que tinha pouquíssimo dela, que sempre teve. Mesmo assim, o que poderia fazer? Precisava se comportar como de costume. Precisava agir como se o que estava obviamente acontecendo não estivesse acontecendo.

— Atraso? — Sebastien agora estava deixando exausto até a si mesmo. — Eu mesmo nunca percebo o tempo newtoniano.

Lily fez que sim, distraída — ele não pôde deixar de pensar, tolerante — e se desvencilhou dele, tirando os sapatos de qualquer maneira. Sebastien decidiu que não ia desperdiçar seus últimos momentos com indignidade e ansiedade. Não ia ficar todo carente, fazendo carinho, implorando por seu amor, afagando seu cabelo e perguntando: *Qual foi o problema, meu amor, qual foi o problema?* Afinal de contas, ele tinha saído aos pais. Se havia alguma coisa que podia suportar, era a solidão. Se havia alguma coisa que podia suportar, era o abandono. Se havia alguma coisa que podia suportar, era tudo.

— Se importa de eu me servir de um drinque? — perguntou Lily. Ela nunca tinha feito esse tipo de pergunta.

— Eu sirvo para você — disse Sebastien. — Você comeu em casa?

— Eles estão fora — disse ela, seguindo para o banheiro. — Beatriz deixou umas sobras para nós.

Ela fechou a porta e abriu a torneira; e num instante Sebastien pôde ouvir os bipes do celular. Não ficou surpreso. Era assim que as coisas eram. Lily era jovem, estava viva e pertencia à terra dos vivos. Sebastien não ia tentar forçá-la a morar nessa casa-sarcófago, a descansar com ele naquela sua vida pós-mortal por toda a eternidade.

Lily voltou do banheiro e conseguiu forçar um sorriso.

— Quer ver um filme? — perguntou Sebastien. Ele tinha querido dizer: "A senhorita gostaria de apreciar um produto da mais medíocre das artes cinematográficas?", mas, por algum motivo, tudo o que era sardônico estava se estragando em algum ponto no fundo da sua garganta. Ele sentiu que estava regredindo, transformando-se em alguém jovem e descomplicado, alguém que nunca tinha precisado ser corajoso.

— Acho que sim — disse Lily, com ar vazio. Ela estava repuxando suas pontas duplas com o nervosismo de uma vítima de trauma. Talvez, afinal de contas, não fosse assim tão especial: só uma garota bonitinha, um pouco menos do que seria convencional chamar de linda, um pouco mais do que seria convencional chamar de inteligente, provida de todos os fragmentos convencionais de sorte que acompanhavam uma vida convencionalmente privilegiada. Sebastien disse a si mesmo que talvez fosse mais fácil esquecê-la do que estava imaginando.

Sebastien pôs no aparelho de DVD *Encontros e desencontros* e apagou a luz. Lily pegou um baseado, acendeu-o e o passou para ele, sem dizer nada. Sebastien ficou surpreso, mas não ia fazer perguntas. Em vez disso, tragou fundo, esperando obter algum tipo de embotamento emocional. Na tela, uma Scarlett Johansson calada percorria uma Tóquio frenética. Sebastien começou a sentir as ondas da erva, suas oscilações de calma e surtos de paranoia. O tempo foi passando. Ele não tocou em Lily, e ela não tocou nele. O filme terminou. Sebastien olhava para Lily, que ainda estava com os olhos fixos na tela escura. Ele não estava pronto, mas também sabia que nunca estaria.

— Vamos deixar para lá o melodrama, ok? — disse ele.

— Que melodrama? — disse Lily, com as pupilas enormes da erva e do escuro.

— Por favor, não insulte minha inteligência — disse Sebastien, percebendo de imediato que o "por favor" fazia com que a frase parecesse mais um pedido que uma exigência.

— Não faço a menor ideia do que você está falando.

— Acabou, não é? — Sebastien detestava, simplesmente detestava, o que essa nova energia dela estava fazendo com ele: deixando-o calado, monossilábico, comum. Se pudesse ter sentido raiva dela por qualquer motivo, o que ele ainda não conseguia, teria sido por isso.

— Sebastien. — Lily olhou para outro lado. Ele não sabia ao certo se por frustração, tristeza ou raiva. — Eu não me importo com você e Katy, sabe?

Uma nova sensação de fatalidade começava a surgir no fundo da cabeça de Sebastien, mas ele agora não se sentia com inteligência suficiente para compreendê-la. Sua fala estava engrolada e deselegante.

— Eu e Katy, o quê?

— Não me importo. De verdade. Sei que não tem nada a ver com a gente. Não sou possessiva.

Sebastien estava se esforçando muito para entender, mas a maconha tornava impossível acompanhar uma frase do início ao fim. Lily parecia triste.

— Mesmo assim, acho que talvez a gente devesse passar menos tempo juntos — disse ela.

Em resposta a isso, Sebastien não disse nada. Não conseguiu pensar em absolutamente nada a dizer.

— Vou dar uma caminhada — disse Lily, levantando-se. — Preciso respirar.

— Vou com você. — Sebastien deu um jeito de se levantar. Naquele instante, não tinha certeza se teria como cumprir os movimentos necessários para o ato físico de andar, se Lily tivesse concordado. Mas também sabia que ela não concordaria.

— Não — disse ela. — Quero ficar sozinha. Falamos sobre isso de manhã.

— Como queira — disse Sebastien, fazendo uma reverência descuidada, só pela estética.

Ela demorou bastante para voltar. Mais tarde, Sebastien tentaria se lembrar da duração exata da sua ausência, mas era difícil ser preciso. A maconha tinha tornado um pouco suspeita sua relação com o tempo; e todos os minutos em que ela não esteve ali pareciam mais longos, mais duros e mais robustos do que poderiam realmente ter sido. Ele se lembrou de ter ficado olhando pela janela para a casa dos Carrizo por um tempo. Do outro lado do quintal, todas as luzes estavam apagadas. Depois, Sebastien passaria noites intermináveis, desejando ter vigiado o jardim, desejando ter prestado atenção à movimentação de quaisquer sombras que pudessem ter passado por lá. Mas ele já tinha perdido tanto tempo olhando para aquela casa por causa de sua luz que tudo de que conseguiria se lembrar daquela noite era de sua escuridão.

Sebastien nunca chegou a ter certeza se Lily voltou. Ele sonhou com ela a noite inteira — sonhou que eles se falavam, que se beijavam, que ela voltava, repetidas vezes. E, em algum momento no mar de seus sonhos, ele achou que ela realmente voltou, a certa altura, e se deitou ao lado dele, pelo menos por um tempo. Mas não conseguia ter certeza absoluta, porque voltou a dormir muito depressa. Queria estar com a Lily que o amava.

De manhã, quando Sebastien acordou, ela já não estava lá. Tiras de luz dourada iluminavam o mapa na parede — todos os lugares aos quais ele já tinha ido ou aos quais nunca iria. Não havia um lugar naquele mapa que ele já não tivesse visitado, mas que visitaria um dia, ele se lembrava de ter pensado. Na cama ao seu lado, os lençóis estavam ainda ligeiramente úmidos e com aquele perfume doce de adolescente que Lily usava. Ela não estava lá, e Sebastien pensou — de uma forma dramática e implausível — que não a veria nunca mais.

Mas viu. Naquela tarde, ela voltou, subindo a escada da frente correndo, com o rosto branco como giz, com exceção de uma mancha de um vermelho vivo na bochecha. E estava chorando, com um abandono descontrolado, áspero, assustador, chorando como nunca chorou depois, chorando como nenhuma outra pessoa jamais a viu chorar, ao longo de toda aquela situação. Seu cabelo estava todo esvoaçante. E Sebastien ficou parado no alpendre, apavorado, pensando: *Qual foi o problema? O que foi, meu amor? Qual foi o problema?*

PARTE II

CAPÍTULO 15

Fevereiro

Na manhã do dia seguinte, dois policiais apareceram à porta de Sebastien. Depois de uma ida surreal e alucinante à loja para comprar uma escova de dentes, Lily e Sebastien tinham se recolhido de volta à casa dele. Lily tinha passado a noite chorando e vomitando — às vezes ao mesmo tempo — enquanto Sebastien lhe trazia oferendas, que com o tempo foram ficando cada vez mais bizarras: água; depois torradas; então, às quatro da manhã, ovos fritos revigorantes; e às sete um pouco de vodca reconstituinte. Ela recusou tudo. Sebastien achou que a certa altura dormiu um pouco. De qualquer maneira, ele desmaiou num dos sofás por um tempo. Mas um canal de sua consciência pareceu permanecer ligado a noite inteira. E, quando finalmente bateram à porta na manhã do dia seguinte, ele realmente não teve a impressão de ter sido acordado.

Sebastien foi à cozinha e passou um pente molhado pelo cabelo. Ainda estava usando a roupa do dia anterior. Ouviu-se outra batida, mais agressiva que a primeira. Ele foi ao banheiro e abriu a porta. Lily estava sentada no chão encostada na lateral de louça da banheira. Ela olhou para ele. Seu rosto estava massudo e descorado, como se ela estivesse sofrendo de uma hemorragia interna.

— Tem alguém aí? — perguntou ela.

Sebastien estendeu-lhe a mão.

— Vamos — disse ele.

Eles abriram a porta para dois policiais jovens e vigorosamente bem apresentados; e Sebastien fez grande questão de se oferecer para preparar um café para eles. Era só um blefe, porque ele nem tinha café em casa, mas os policiais não estavam mesmo interessados. Eles disseram a Sebastien e Lily que gostariam de levá-los à delegacia. Disseram que queriam conversar com eles.

No carro, Sebastien sentiu alívio pelo fato de a polícia não tê-los forçado a usar algemas. Sebastien tinha a impressão de que os agentes da lei estavam sempre à caça de oportunidades para praticar barbaridades desnecessárias. Ter as mãos livres significava que ele podia descansar uma delas de leve na de Lily — não exatamente segurando-a, só pairando sobre ela, num gesto que ele esperava que transmitisse apoio, não posse. Ele precisava supor que os dois ainda estavam com seu relacionamento rompido.

A palavra "conversa" tinha levado Sebastien a pensar que ele e Lily falariam juntos com a polícia; mas pareceu que não era esse o caso. Eles foram separados quase de imediato, sendo Sebastien levado por um corredor escuro, e Lily, por outro, para conversas separadas, que se revelaram muito, muito prolongadas.

Sebastien foi entrevistado de início por um dos policiais que tinham ido à sua porta. As perguntas feitas por ele eram diretas, e, pelo menos dessa vez, Sebastien não embelezou suas respostas, muito embora, depois de anos em que conduzia todas as conversas como se estivessem sendo gravadas, ele soubesse que essa conversa, sim, estava sendo gravada.

— Como vocês passaram a noite? — perguntou o policial.

— Vimos um filme — disse Sebastien.

— A noite toda?

— A maior parte.

— Que mais?

Sebastien não sabia o que Lily estava dizendo a seus interrogadores, ou mesmo se ela estava sequer dizendo alguma coisa, apesar de quase sentir que seria capaz de detectar suas respostas — que conseguiria detectar suas respostas, que conseguiria sentir quais eram, por meio de algum tipo de alteração magnética no universo, se ao menos o policial parasse de falar por um instante e simplesmente o deixasse prestar atenção.

— Nós conversamos — disse Sebastien, com uma venenosa noção de degradação, acompanhada de uma horrível sensação de aperto. Ele se deu conta de que vinha se preparando para mentir muito antes de saber que seria forçado a isso.

— Vocês passaram a noite inteira juntos?

Vou dar uma caminhada, Lily tinha dito. Seria difícil fazer alguém acreditar que ele não tinha perguntado aonde, mas na realidade ele não tinha perguntado. Naquela hora a única coisa que importava era sua partida iminente. O destino ou mesmo a duração da saída pareciam, naquele momento, não vir ao caso. Com as pálpebras pesadas, enevoadas pela maconha, Sebastien a tinha visto sair pela porta. E em algum ponto daquele momento, um pouquinho antes ou um pouquinho depois, Sebastien tinha sentido toda a causalidade do universo desmoronar. A única coisa que lhe parecia concebível naquele instante era olhar fixamente para a tela azul do menu do aparelho de DVD. Ela era fascinante, petrificante. Ele tinha se sentido flutuar ameaçadoramente perto do teto. Tinha de fato se segurado à colcha para não chegar a bater nele. Tinha pensado que talvez estivesse morrendo. E tinha se relembrado de que não estava. Tinha sentido um frio que veio se avolumando de algum lugar bem fundo nele, como um respiradouro soprando ar cáustico a partir de um metrô, uma fonte jorrando água de algum vasto aquífero subterrâneo ou uma sonda de petróleo vomitando de dentro da terra sua bile cor de cobalto. Tinha se detido em cada imagem à medida que ela lhe ocorria, esquecendo-se por longos momentos de qual sensação estava tentando capturar em termos figurativos. Mas então o feroz gelo interno fazia com que se lembrasse, e ele sentia medo de estar aprendendo alguma coisa acerca de si mesmo, alguma coisa terrível, alguma coisa que jamais conseguiria desaprender.

Estava muito, muito chapado.

— Sim — respondeu Sebastien.

— Vocês ficaram juntos a noite *inteira*?

Mas quem haveria de dizer que Lily não tinha passado o tempo todo ao seu lado? Tinha parecido que ela passou muito tempo longe, mas podia ser que não tivesse sido assim. Tinha parecido que ela saiu da casa, mas podia ser que nunca tivesse saído. E, uma vez que contou a primeira mentira, foi fácil para Sebastien contar a segunda.

— Sim — repetiu ele.

Quando o primeiro policial saiu, o segundo apareceu e realizou o mesmo interrogatório de novo. De algum modo Sebastien entendia, embora não soubesse por quê, que essa troca significava que todas essas conversas não passavam de preliminares. O segundo policial tinha o tipo de rosto que fazia qualquer um ter muita vontade de mentir, mas Sebastien resistiu ao impulso de introduzir qualquer outro engano. Em vez disso, ele se ateve ao seu primeiro conjunto de respostas; e dessa vez sentiu que estava muito mais seguro delas do que antes — e teve certeza de que também pareceu muito mais seguro.

Depois, a polícia levou Sebastien para casa. Estava escuro, o que queria dizer que era muito tarde. Eles o deixaram em casa, e ele entrou para esperar que Lily viesse vê-lo. Uma semana depois, ainda estava esperando.

Aos poucos, foi ficando claro para Sebastien que não iam deixá-lo ver Lily — apesar de ele ir lá todos os dias pedir (de modo bastante cavalheiresco, pensava ele). Somente a família tinha permissão de vê-la, diziam, e apenas às quintas-feiras. Mas permitiam que ele deixasse coisas para ela: bilhetes, cartões telefônicos pré-pagos e, num ataque de inspiração e suborno, um diário e uma caneta. Mas nunca o deixaram entrar, e o pai de Lily — que tinha aparecido um dia à porta de Sebastien, encrespado com a cólera mais bem-educada que Sebastien jamais vira, e demonstrando com clareza estar mais ou menos esperando encontrar Sebastien cometendo um homicídio no vestíbulo da casa — disse que era improvável que eles sequer permitissem que Sebastien ligasse para ela.

Sebastien tinha esperado encontrar alguma oposição à sua ida à prisão — pelo menos o suficiente para ele poder sentir que estava sofrendo junto com Lily em algum grau menor. Além de Sebastien fornecer sua amostra de DNA — uma terrível indignidade tornada suportável apenas pela noção de que estava fazendo aquilo por ela —, não lhe tinham pedido muita coisa. Ele desejava poder se jogar naquele lugar medonho onde Lily estava, dar socos nas paredes, exigir sair ferido também. Mas todos na prisão eram enlouquecedoramente corteses, a ponto de pedir desculpas, quando diziam a Sebastien, pela quinta, sétima ou décima vez, que não, ele não poderia vê-la. Quando ele insistia, eles davam de ombros, indiferentes, como quem está representando um roteiro escrito por outros e nem mesmo acha necessariamente que ele seja muito bom. Uma funcionária da segurança, que piscava os olhos para Sebastien por trás do vidro à prova de balas, dava a impressão de considerar a situação dele ternamente divertida, e por fim Sebastien começou a entender que ela teria de fato *gostado* de permitir que ele visse Lily, se fosse possível, mas não era. Quando se deu conta de que não estava enfrentando alguma coisa que realmente pudesse ver, Sebastien ficou exausto. Parou de ir à prisão por alguns dias. E então, numa decisão lamentável, acabou comprando uma televisão.

No todo, a televisão revelou-se uma péssima ideia. Quando o instalador chegou — surpreso por não estar substituindo um aparelho nem fazendo uma extensão de outro —, Sebastien explicou que pretendia obter informações sobre um caso específico no noticiário. Naquela hora ele não poderia ter imaginado quanta informação obteria. Os canais diurnos de notícias, em especial, pareciam atender exclusivamente a pessoas com o perfil exato de Sebastien — pessoas sem emprego ou distrações, pessoas que não tinham nada a fazer a não ser ficar sentadas, com roupas de baixo e de queixo caído, examinando obsessivamente cada detalhe do caso de Katy Kellers, a assassinada, e de Lily Hayes, a acusada. As reportagens eram especulativas, circulares, redundantes e intermináveis. E Sebastien flagrou-se mergulhando naquilo por muitas horas estranhas, de amnésia. Depois de um dia com a televisão, Sebastien tinha visto os ciclos dos noticiários começar, terminar e recomeçar. Tinha visto cada âncora repetir praticamente as mesmas palavras diversas vezes. A surpresa dos/das âncoras nunca se reduzia com a repetição. Por exemplo, o fato de Lily parecer ter dado uma estrela durante o interrogatório era alvo de assombro, com um espanto que parecia só ficar mais vigoroso com o passar do tempo. Ao final do primeiro dia, Sebastien já suspeitava de que todos os âncoras sofriam de alguma lesão cerebral traumática. Ao final do segundo dia, ele suspeitava que todos fossem gênios. Ele tentava acompanhar a variação em tom e ênfase, as mudanças sutis na sintaxe, as inversões na ordem das palavras, à medida que relatavam a mesma notícia ainda mais uma vez. Chegou a ocorrer a Sebastien que eles pudessem estar falando num código por demais sofisticado e matizado para os toscos instrumentos da compreensão cotidiana. Afinal de contas, não existia algo de fundamentalmente diferente entre o significado de *Era de conhecimento geral que Lily Hayes tinha um comportamento imprevisível* e o de *O comportamento imprevisível de Lily Hayes era de conhecimento geral*? Após dois dias com a televisão, Sebastien começou a achar que sim.

Pelo que Sebastien pôde deduzir, a suspeita que o pessoal da televisão tinha em relação a Lily parecia se basear em parte na ordem segundo a qual ela teria feito certas coisas no dia seguinte ao homicídio. Parecia que o fato mais incriminador era que um motorista de caminhão de entregas tinha visto Lily atravessar correndo o gramado, com o rosto sujo de sangue, antes de ligar para a polícia, da casa de Sebastien. Na televisão, esse ponto acabava gerando duas perguntas com insinuações diferentes, repetidas sem parar por um punhado de comentaristas que se revezavam — embora sempre fossem apresentadas no mesmo tom de indagação enérgica que instava os telespectadores a acreditar que essas perguntas importantes tinham simplesmente acabado de lhes ocorrer (aos comentaristas), que eles (os espectadores) estavam assistindo a processos significativos de pensamento em tempo real na televisão ao vivo e que era por isso que valia a pena pagar pela TV a cabo.

As perguntas eram as seguintes: 1. Por que, perguntavam os sabichões, Lily não tinha ligado para a polícia antes de correr até a casa de Sebastien? (A menos que, naturalmente, ela estivesse fugindo, cheia de culpa, procurando em desespero sair da cena antes que a lei chegasse.) 2. E *por que*, ponderavam os sabichões, ela teria permanecido na casa de Sebastien naquela noite, a poucos passos de onde Katy foi morta — já que ela não teria como saber que o assassino não voltaria à vizinhança? (A menos que, naturalmente, ela soubesse quem era o assassino ou os assassinos e soubesse até que ponto precisaria ter medo dele/deles.) As premissas ocultas dessas questões pareciam contraditórias aos olhos de Sebastien, mas aparentemente aos olhos de mais ninguém. As duas perguntas eram apresentadas em destaque juntas; e com frequência eram mencionadas na mesma fala, como se uma agravasse a outra, em vez de uma subverter a outra em termos significativos.

Embora o grosso da informação fosse repetitivo, todos os dias a televisão desenterrava mais algum detalhe insignificante. Ali estava o boletim de Lily (ela só tinha tirado Bs em castelhano!); e aqui uma foto de Lily, criança, numa peça na escola (vestida de pimentão e nitidamente exagerando na atuação; e mais adiante umas mensagens maldosas no Facebook que Lily tinha trocado com uma amiga sobre uma terceira garota (cujo nome estava omitido, mas que, na opinião de Lily, "simplesmente não dava para acreditar"). Sebastien flagrava-se fascinado e um pouco grato pelas informações que a televisão conseguia obter para matérias sobre a personalidade on-line de Lily — no final das contas, *esse* é o perfil de rede social de uma assassina? —, antes de se lembrar de se sentir horrorizado e depois envergonhado. Ele juraria resguardar-se dessa curiosidade, mas não desligava a TV. Em algum momento, tinha se convencido de que, se a informação significava o poder, a coleta enlevada de informações significava lealdade.

Em momentos esporádicos, Sebastien se espantava de ver uma imagem de si mesmo na tela — embora fechasse os olhos sempre que mostravam aquela sequência perto da prateleira de preservativos no Changomas ou aquela imagem dele e de Lily se beijando, com a boca visivelmente aberta, a fita de isolamento da polícia sendo soprada pelo vento atrás deles. (Uma das tragédias menores decorrentes dessa grande tragédia, calculou Sebastien, era que ele nunca mais conseguiria beijar ninguém.) Ele começou a imaginar como sua vida inteira apareceria, vista através de gravações de vídeo de segurança. Aqui está ele todo eufórico servindo café numa loja de conveniência em Cambridge, durante o fim de semana de visita dos alunos aceitos por Harvard; aqui está ele procurando comprar um terno para usar no enterro dos pais, com o rosto amorfo e cinzento como uma ostra; aqui está ele comprando cereal na *bodega* da esquina, repetidamente, e sozinho. Todas essas imagens existiam em algum lugar no universo, Sebastien agora percebia, e elas mostrariam uma versão de sua biografia, se alguém um dia decidisse recolhê-las e organizá-las. E Sebastien via como seria convincente essa narrativa de sua vida através de vídeos de segurança — para o telespectador médio ou mesmo para ele próprio — por mais que estivessem faltando outras coisas verdadeiras.

O pior era quando eles passavam imagens de Katy — o que faziam a intervalos de uma frequência cruel, quase tanto quanto fotos de Lily. Muitas vezes, as fotos eram mostradas lado a lado. A cada vez que aparecia, a imagem de Katy enchia Sebastien com uma espécie de vertigem mental. Ele ainda não conseguia forçar o cérebro a registrar automaticamente que ela estava morta. O fato de ela estar morta simplesmente não parecia ser intuitivo, talvez porque o fato de conhecidos distantes estarem mortos era desagradavelmente semelhante ao fato de estarem vivos. Sebastien tinha visto Katy de vez em quando na vida real; e agora ele a via de vez em quando na televisão. Ela ainda era linda, ainda distante, ainda era uma pessoa que no fundo ele não conhecia. Por mais que se esforçasse, Sebastien não conseguia fazê-la parecer tão morta quanto realmente estava, e permaneceria para sempre. Ele queria muito poder fazer isso. Não conseguir parecia de certo modo um desrespeito. E cada vez que a imagem de Katy aparecia, antes que Sebastien se lembrasse plenamente do que tinha acontecido, ele vivenciava uma sensação momentânea de ansiedade — fragmentada, subconsciente, pré-verbal — de que ela era uma pessoa que ele tinha sido encarregado de proteger e, não sabia como, tinha se esquecido disso.

E esses momentos forçavam Sebastien a refletir sobre uma questão que ele vinha se empenhando em evitar. Por que, perguntava-se ele, não o tinham prendido junto com Lily? Sebastien repassava aquele dia repetidamente. Sua lembrança já estava se encolhendo, de tanto olhar direto para ele. O dia estava saturado por uma luz ofuscante, de outro mundo, começando pelo instante em que Lily veio atravessando o gramado, correndo. Sebastien ainda não sabia o que estava acontecendo, e por um segundo achou que ela estava voltando para pedir desculpas. Tinha imaginado que ela estivesse chorando de medo de ter provocado um estrago irreparável entre eles dois. Tinha esperado que ela estivesse finalmente revelando que, como ele, tinha tido o tempo todo um coração frágil, oculto. Será que houve um momento, quando ela grudou a cabeça no ombro dele, aos soluços, em que Sebastien se alegrou por ela ter lhe sido devolvida desse modo... por ela ter lhe sido devolvida de absolutamente qualquer modo? Não houve. Mas Sebastien tinha se parabenizado momentaneamente, em retrospectiva, por esse comportamento virtuoso — e ele sabia que isso era tão ruim quanto se aquilo tivesse ocorrido, ou até pior.

Se estivessem emitindo ordens de prisão por impulsos morais questionáveis, Sebastien imaginou que o melhor era ir logo se entregar.

Todos os dias, Sebastien ficava alerta para desdobramentos na casa dos Carrizo. Eles tinham de repente sido chamados de volta de sua viagem (para comparecer ao batizado de algum sobrinho no norte do país, segundo as mulheres da Pan y Vino e o noticiário), e de início Sebastien achou que eles estavam sendo mantidos isolados na casa, muito embora ele não os visse. Durante a noite, adolescentes passavam por ali buzinando e berrando, mas Carlos jamais aparecia para enxotá-los. O carro às vezes estava lá e às vezes não estava. Suas idas e vindas, acompanhadas de luzes sendo acesas e apagadas na casa, pareciam repudiar toda a lógica. Mas, de certo modo, isso fazia sentido para Sebastien. A normalidade e a sanidade tinham sido suspensas, afinal de contas. Katy tinha morrido. Lily estava na cadeia. Não surpreendia que o carro dos Carrizo já não cumprisse uma programação regular.

Sebastien levou uma semana para entender que os Carrizo já não estavam morando na casa. Ele estava olhando à toa pela janela, usando seu traje de fumar, excessivamente quente, às duas da tarde, e chegou a dar um tapa na testa quando se deu conta. Os Carrizo já não estavam morando ali. É claro que não. Quem poderia suportar continuar morando ali? A casa estava assombrada. Ela era apavorante. E, o que não era menos importante, era a cena de um crime. Os Carrizo não moravam mais ali. Eles simplesmente entravam e saíam para apanhar o que fosse necessário.

Sebastien levou quase mais um dia para registrar plenamente que isso significava que ele estava morando totalmente só na ladeira, totalmente só, de fato, pela primeira vez na vida, desde que Katy tinha sido morta.

Ainda assim, por força do hábito, ou por força de alguma outra coisa, Sebastien não parava de vigiar a casa dos Carrizo, sentindo uma estranha repulsa cada vez que olhava de relance para o outro lado do quintal.

Nesses últimos dias, o sol estava com a intensidade errada: sempre fraco demais ou brutal demais. Também a grama estava da cor errada — tinha começado a se tornar de um vermelho enferrujado, e o simbolismo dessa cor Sebastien percebeu com um horror supersticioso nada desprezível, até se dar conta de que aquilo significava simplesmente que os Carrizo tinham parado de regar o gramado. Nos fins de tarde, a casa lançava sombras compridas que não se alongavam simplesmente na direção da rua. Elas pareciam se *arrastar* de um jeito sorrateiro e intencional, como Sebastien não conseguia deixar de sentir. Os dias estavam começando a ser intermináveis. À luz medonha e implacável do entardecer, ele cobria as janelas com lençóis.

Ele se esquecia de ter medo do assassino, embora soubesse que deveria ter. Acreditar que Lily não tinha matado Katy — e nisso ele acreditava piamente — tinha de algum modo tornado difícil para ele acreditar que Katy de fato tinha sido morta. Mas a verdade era que ela tinha sido, e Sebastien tentava imaginar a pessoa que tinha feito aquilo. Ele invocava uma imagem de um homem, à espreita, vigiando as duas casas, talvez. Talvez entrando na dos Carrizo por acaso. Afinal de contas, havia muito mais para roubar na casa de Sebastien. Podia ser que o assassino tivesse matado Katy por engano. Podia ser que fosse Sebastien que ele deveria ter matado, se ele realmente fosse insistir em matar alguém. Ou quem sabe o assassino não estava atrás de Lily — talvez ele a conhecesse daquela boate horrível em que ela trabalhava, onde rapazes com a gola levantada e o cabelo num lascivo estilo europeu iam se exibir e pagar preços exagerados por bebidas. Talvez ele fosse um deles, ou talvez não fosse um deles e quisesse ser. Ou podia ser que *realmente* tivesse sido Katy que o assassino perseguira, por motivos que Sebastien não esperava jamais chegar a compreender. Cada teoria era perturbadora de um modo diferente, embora elas compartilhassem um elemento incômodo: o assassino, qualquer que tivesse sido seu plano, parecia saber que Sebastien não representava ameaça alguma. De algum modo, o assassino tinha suposto, com acerto, que Sebastien não era uma pessoa com quem ele devesse se preocupar — que era provável que ele fosse covarde demais para fazer qualquer coisa, caso ouvisse os gritos, e que era provável que estivesse chapado demais e inerte (e com o ar-condicionado no máximo, por sinal) para chegar a ouvi-los para começo de conversa. E assim, por respeito, Sebastien tentou sentir medo. Sabia que deveria estar pensando em se mudar dali. No mínimo, deveria pensar em instalar fechaduras de verdade nas portas. Mas ele não estava com medo, não de verdade. Quando seus pais morreram, ele tinha sentido medo — e não um medo qualquer, mas uma paranoia profunda, num grau que parecia definitivo e de algum modo verdadeiro. A sensação tinha atingido seu apogeu dois dias depois do acidente, o dia do voo do próprio Sebastien de volta para a Argentina, quando ele estava com a total convicção de que quem quer que tivesse matado seus pais o tinha acompanhado, passando direto por toda a performance da segurança posterior ao 11 de setembro, conseguindo entrar no Aeroporto Internacional de Logan, para terminar o trabalho. Cada pessoa que Sebastien viu naquele dia pareceu-lhe ter recebido um papel na sua própria história — uma história que, como se revelava, tinha o tempo todo se esforçado por atingir esse final único e terrível. Sebastien agora tentava invocar parte daquele medo, sentado sozinho na casa da ladeira. Mas não conseguia. O que sentia não era exatamente medo. Em seu lugar, o que sentia era um temor surreal, não reconhecido. Ele não parava de ter sonhos em que se lembrava, com uma sensação chocante, de que tinham lhe confiado cuidar de alguma coisa — uma vez um bebê, uma vez um filhote de cachorro, uma vez uma criatura peluda inventada, um pouco parecida com um porquinho-da-índia —, que ele tinha se esquecido dela por muito tempo e voltava correndo, em desespero, sabendo que já era tarde demais. Sebastien percebia que um medo tão abstrato e metafísico poderia enlouquecer uma pessoa. E, depois de um tempo, começou a achar que talvez fosse uma forma estranha de alívio, se um assassino de verdade aparecesse — tão desenfreada era sua ansiedade; tão descomunal era seu desejo por um horror que ele de fato pudesse ver.

Finalmente divulgaram a chamada para a emergência da polícia, como Sebastien sabia que acabaria acontecendo. Ele não estava presente quando Lily ligou. Na hora estava atravessando o gramado correndo para estar pronto para encaminhar a polícia ao porão, mas Sebastien teve dificuldade para se lembrar disso, enquanto escutava a gravação repetidamente, junto com o resto do mundo. Na televisão, a gravação descortinava novos horizontes de especulações sintáticas e tonais, profundezas anteriormente insondáveis de calúnia, universos inteiros e inexplorados de improvisação. Os canais de notícias reagiram ao seu surgimento com uma alegria desenfreada — e, na opinião de Sebastien, indecorosa. A certa altura, Sebastien deparou com um programa em que um "analista vocal" apresentava sua opinião abalizada sobre o que os padrões de fala de Lily revelavam sobre sua constituição psicológica — muito embora Sebastien achasse que o analista vocal, além de ser um charlatão, estava de posse de uma amostra muito pouco representativa da voz de Lily. Na gravação da chamada ao atendimento de emergência, ela simplesmente não parecia ela mesma. (Sebastien não estava inteiramente convencido de que de fato aquela fosse a voz de Lily, e, sem muita vontade, pensou em ligar para o analista vocal, talvez em seu programa seguinte que aceitasse chamadas telefônicas, talvez em casa no meio da noite, para lhe dizer isso.) Em vez de parecer sem fôlego, como era comum, a Lily na gravação de algum modo parecia o contrário. Dava a impressão de só ter fôlego, e de não se lembrar do que supostamente deveria fazer com ele, ou mesmo para que ele servia.

Sebastien chegou a ouvir a gravação tantas vezes que se tornou impossível não pensar nela como uma volta ou ciclo, ou ainda como algum tipo de evento mítico que de algum modo estava sempre ocorrendo, porque realmente nunca tinha ocorrido. Como a literatura, o drama ou textos sagrados, a gravação parecia exigir o tempo presente. Na gravação, a voz de Lily dá a impressão de estar sendo retirada do seu corpo com alicate. Ela fornece o endereço dos Carrizo antes de dizer qualquer outra coisa. Durante toda a conversa, fala em inglês com o atendente e parece não perceber. *Qué es su emergencia? Ela morreu, morreu. Ai, meu Deus, meu Deus, depressa, por favor. Ai, meu Deus. Ela morreu. Quién? Katy. Minha colega de quarto. Meu Deus, depressa, por favor.*

    É claro que tudo isso deu aos âncoras sua nova pergunta preferida. Se Lily tinha tanta certeza de que Katy tinha morrido, eles perguntavam — ofegantes, encantados —, então por que ela tinha tentado ressuscitá-la com tanta bravura? *Eu não sei,* respondeu Lily, aflita, segundo o relatório policial vazado que era repetido incessantemente. *Acho que no começo pensei que ela não estava morta. Mas depois, na hora em que fiz a chamada, eu simplesmente já sabia que ela estava. Eu simplesmente sabia.*

    E essa era mais uma coisa que Sebastien gostaria de poder contar à televisão, ou pelo menos contar a alguém. De algum modo, ele também tinha sabido, enquanto estava ali parado abraçado a Lily, do lado de fora da casa dos Carrizo. Ele sabia que Katy Kellers estava morta. Era uma certeza tão nítida e inegável quanto uma sensação física, embora fosse de algum modo mais profunda. Não como o resfriamento que se sente quando o sol se esconde atrás de uma nuvem, mas como a sensação específica de desamparo que isso provoca. A polícia estava se espalhando pela casa adentro, e Sebastien estava em pé, atrás de Lily, segurando-a pelos ombros, depois pelos cotovelos, sentindo o coração dela chocalhar no corpo. Estava cerrando os punhos com tanta força que seu corpo inteiro se sacudia. Essa ferocidade assustou Sebastien. Ela sugeria uma desolação que ele não teria conseguido suportar ver em ninguém. Mas principalmente, principalmente, não podia suportar ver nela. Foi por isso que ele a tinha beijado — primeiro de leve; e depois, na segunda vez, com mais vigor. Era certo que não era o desejo que o levara a agir assim. Não era nem mesmo a ternura. O único pensamento de Sebastien era realmente o de distraí-la, de fazer com que suas mãos se soltassem daquela forma apavorante que estavam assumindo.

Só que as câmeras nunca pegaram nada disso. Pelo contrário, elas mostravam Sebastien se debruçando sobre Lily. Mostravam o rosto de Lily, estranhamente relaxado, vazio e dando a impressão, diziam os comentaristas, de que ela estava quase entediada. E mostravam Sebastien beijando-a repetidamente, enquanto os homens do lado de fora da casa desenrolavam a fita de isolamento, marcando uma fronteira entre Katy e todas as outras pessoas.

CAPÍTULO 16

Março

Às dez da manhã, na quinta, um táxi veio para levar Andrew, Anna e Maureen mais uma vez a Lomas de Zamora.

Anna sentou entre Andrew e Maureen, cujo cabelo ainda estava molhado do banho. Andrew podia ver alguns fios resistentes, de um branco lunar, perto da têmpora. A violenta familiaridade do perfume de seu xampu permeava o táxi, lançando Andrew de volta, de modo desagradável, a um passado indefinível. Ele tinha a sensação de ter acordado em algum ano remoto e desconhecido de sua vida, sem nenhuma ideia se o aguardava uma enorme alegria ou uma enorm tristeza. A noção de tempo de Andrew oscilava. Ele simplesmente não podia acreditar em todo o tempo que já tinha se passado — não nos anos desde que pela última vez ele tinha andado regularmente de táxi com Maureen e Anna juntas; nem na semana desde sua última visita a Lily —, e que proporção pequena daquele tempo parecia ter passado direito. De algum modo era como se uma grande parte dele tivesse sido apagada, como as horas perdidas por conta de uma anestesia.

Na prisão, eles foram encaminhados rapidamente para a sala. Andrew deixou que Maureen e Anna fossem na frente, não querendo negar a Lily um único instante com sua mãe. Por isso, ele estava meio para trás, sem poder ver nada, quando ouviu Maureen respirar fundo e exclamar:

— Ai, meu Deus!

— O quê? O que houve? — disse Andrew, entrando apressado na sala. Por cima do ombro de Maureen, ele pôde ver que Lily estava sentada no lugar de costume, na posição de costume, só que dessa vez estava careca.

— Ai, meu Deus! — repetiu Maureen. — O que fizeram com você?

Lily estava com as mãos abertas sobre a mesa de novo. Andrew tinha torcido tanto para encontrá-la numa posição diferente dessa vez.

— Peguei piolhos — disse ela.

Maureen abrigou a cabeça de Lily entre as mãos. Seu rosto estava fundo de horror, e Andrew sabia que parte do que ela estava imaginando era a aparência de Lily na TV agora.

— Como você pegou piolhos?

— Todo mundo tem piolhos.

— Eles não podiam ter lhe dado algum xampu especial para isso?

— Mamãe! — disse Anna.

— Mamãe, fala sério! — disse Lily, abaixando-se para se esquivar de Maureen. — Aqui não se tem xampu. Decididamente não se tem nenhum xampu especial. Nós mal temos sabonete. — O tom de superioridade exausta na sua voz foi estranhamente consolador, por um instante. Lily tinha usado aquela voz muitas, muitas vezes, afinal de contas, em inúmeras ocasiões. Uma frase passou pela cabeça de Andrew, possivelmente lembrada, possivelmente imaginada: *Mamãe, estou na faculdade, é claro que os banheiros são mistos!* Mas, assim que Andrew invocou essa frase, ele percebeu que havia algo de diferente — algo diferente e perturbador — no tom de Lily agora. Após um instante, ele reconheceu que se tratava da total ausência de triunfalismo. Fazia anos que Lily acreditava saber mais sobre o mundo do que Andrew e Maureen, e fazia anos que estava errada. Agora ela por fim estava certa, e não queria estar.

Andrew olhou de novo para a careca de Lily. Ele agora via que o cabelo da filha não estava totalmente desaparecido. Ele tinha sido cortado aos pedaços de um lado, mal arrumado e torto, e raspado até formar uma cúpula lisa só perto do alto da cabeça. Era o tipo de coisa que ela poderia ter feito a si mesma, na realidade, sob circunstâncias diferentes. Andrew viu de relance a imagem de uma Lily diferente: rebelde, decidida a experimentar e ensaiar novas identidades; adotando o lesbianismo, por um curto período ou em termos permanentes, numa das Seven Sisters — faculdades femininas de ciências humanas do nordeste dos EUA; voltando para casa com a cabeça raspada, no dia de Ação de Graças de seu ano de caloura e dizendo: *Vocês não entendem, não entendem, simplesmente não entendem,* por mais que Maureen e Andrew se esforçassem para lhe garantir que entendiam, entendiam, sim, entendiam totalmente. Essa imagem saltava para uma mais assustadora: uma Lily diferente, num tipo diferente de rebeldia dos vinte e poucos anos, como membro de alguma seita ou mendicante de ordem religiosa. Seu cabelo, num gesto de humildade, arrumado na tonsura de algum tipo de ordem monástica oriental; dizendo a Andrew e Maureen: *Vocês não entendem, não entendem, simplesmente não entendem,* sendo que dessa vez era verdade. Aquela imagem se dissolveu, e por fim ele foi atingido por aquela que permaneceria com ele, por mais que se esforçasse para se livrar dela: a imagem espantosa e apavorante de uma Lily condenada. Ele viu uma Lily careca, queimada por bruxaria; uma Lily careca, sujeitando-se à Inquisição espanhola; uma Lily careca, sendo carregada num vagão de gado, voltado para o leste. Andrew sabia que essas comparações eram inadequadas. Sabia que, ao invocá-las, ele estava superestimando em termos históricos os problemas da filha, enquanto menosprezava o sofrimento das verdadeiras vítimas da história; e que isso era tão desrespeitoso quanto inútil. Mas não conseguia parar de ver essas outras Lilys, e seus joelhos quase cediam quando ele pensava nelas: todas jovens, carecas e inocentes. Todas, fora do alcance de sua ajuda, ou da ajuda de qualquer pessoa. Todas, eternamente vivendo histórias cujo final o mundo agora sabia.

— Tudo bem, mamãe — disse Lily. Maureen estava em pé ao seu lado, tentando não chorar. Lily estendeu a mão e lhe fez um afago, num movimento estranho, abrangente. O gesto não era natural, como se Lily tivesse lido um manual sobre como tocar num ente querido, mas nunca tivesse visto como se fazia. — Não chora. É só cabelo.

— Eu sei — disse Maureen. — Não estou chorando. — Mas era claro que estava, ou que viria a chorar, apesar de não haver nenhuma lágrima. Maureen tinha a capacidade de adiar visivelmente o choro, se a hora não fosse conveniente para chorar. Era algo que Andrew a tinha visto fazer muitas, muitas vezes.

— Tudo bem, mamãe — disse Lily, de novo. — Tudo certo. Estou bem.

O rosto de Maureen continuava com seu silencioso desmoronamento interno. Ver isso era muito mais excruciante, sempre, do que se ela tivesse chorado de verdade. Aquilo significava que alguma coisa tinha acontecido que ela não podia suportar e que não haveria de suportar — desde que a suportasse só mais um pouco.

No táxi, no caminho de volta para o hotel, Maureen fazia carinho na cabeça de Anna.

— Sei que não é isso que é importante — disse Maureen. — Só que o cabelo dela era tão bonito.

O resto do tempo que passaram com Lily tinha sido hesitante e calado. Tendo ficado para trás a urgência das primeiras visitas, uma timidez estranha e cortante dominava todos eles. Num momento especialmente doloroso, Lily tinha chegado a recorrer a lhes passar recomendações desanimadas sobre o que ver na cidade. Talvez esse terrível constrangimento decorresse da careca de Lily.

— Nós sempre quisemos ter cabelo ruivo — disse Anna a Maureen. — Quer dizer, cabelo vermelho, de verdade. Como o seu.

Ou talvez fosse apenas a estranheza de se encontrarem eles quatro, juntos, sozinhos, numa sala. Embora tivessem se reunido com alguma regularidade depois do divórcio, geralmente tinha sido em festas, casamentos, funerais ou outras ocasiões especiais, na presença de parentes, de amigos em comum ou de um dos namorados acuados de Lily.

— Culpe seu pai e os genes dominantes dele — disse Maureen.

Mas o provável, no final das contas, era que a estranheza não tivesse sido por causa do cabelo de Lily ou da reunião póstuma de sua família. Era provável que tivesse sido porque Lily estava presa; e, depois de uma hora, eles três sairiam dali sem ela. E, mesmo que Lily soubesse racionalmente que não havia nada que Andrew e Maureen pudessem fazer, como esse abandono poderia não lhe parecer uma traição? Afinal, quando chegasse a hora e os guardas viessem, Andrew ou Maureen entravam em confronto físico com eles? Eles agarravam Lily e tentavam fugir com ela? Eles se atiravam diante dela e diziam aos guardas que podiam levá-los, mas que de modo algum poderiam levar sua filha? Não. Em vez disso, eles se levantavam, abraçavam Lily e murmuravam promessas e palavras de estímulo. E então, na hora marcada, iam embora, abrindo ainda mais o abismo novo e apavorante entre Lily e todos os outros. Andrew quase podia ouvir aquilo acontecendo. Sem dúvida ele o tinha ouvido na voz de Lily — *Nós mal temos sabonete,* dissera ela; e, naquele "nós", pareceu a Andrew que ela designara uma lealdade para com um território diferente. Sob alguns aspectos muito fundamentais, e por nenhuma culpa dela mesma, Lily agora tinha mais em comum com as piores pessoas do mundo inteiro do que com sua própria família.

— Verdade, ele era tão lindo — disse Maureen. — Como o seu.

— Não era lindo — disse Anna. — O meu também não é. Como Lily disse, é só cabelo. — Mas ela não se encolheu para se afastar de Maureen. Andrew achou que na realidade ela se aconchegou mais à mãe.

Naquela noite, Andrew sonhou que ia embora, voando. Quando acordou, ficou olhando para o ventilador de teto ali em cima, esperando pelos efeitos sedativos de seu chiado ciclônico. Em três dias, ele deveria deixar Buenos Aires. Seu lugar no avião já estava reservado.

Andrew tinha tido o sonho do voo muitas vezes quando Janie estava doente. No sonho, não havia cogitação quanto a ele estar fugindo para sempre — ele sabia que delirava com a perversidade de fazer exatamente isso —, embora nunca conseguisse se localizar na lembrança impalpável do sonho e decifrar como tinha deixado aquilo acontecer, para começo de conversa. Só conseguia se lembrar mesmo era da exultação. Nos sonhos, ele voava baixo o suficiente para uma detalhada visão aérea do mundo. Por algum motivo, sempre rumava para o norte (para o Canadá, talvez, como um escravo fugido? Ou como quem foge ao alistamento militar?). E não importava o que fosse que, de início, lhe tivesse permitido a fuga, agora já tinha ficado muito, muito para trás, e ele não tinha como explicar sua existência. Não era assim tão diferente de como devia ser, na vida real, fazer coisas inconcebíveis, pensou Andrew. Não havia em nosso corpo uma única célula que fosse a mesma do dia em que nascemos. Não obstante, nós éramos responsabilizados por tudo o que nossos eus anteriores tinham feito um dia.

Mesmo assim, depois dos sonhos, Andrew sempre tinha sentido uma culpa que era quase palpável, não diferente da culpa que ele costumava sentir depois do eventual sonho sexual (com antigas namoradas, antigas quase namoradas ou com alunas) na época em que ele e Maureen estavam casados. Andrew mal conseguia acreditar agora que esse tipo de trivialidade tivesse um dia tido tanta importância para ele. Houve enormes períodos de ausência de sexo entre ele e Maureen durante aqueles meses áridos e sombrios em que Janie estava morrendo, e um tocar o outro parecia inconcebível (não proibido e, portanto, sedutor, mas fora dos limites da compreensão, fora do reino das ocorrências possíveis, algo que pertencia à parafísica ou ao mito), e Maureen tinha até mesmo chegado a lhe dizer que não se importava se ele transasse com outra. A possibilidade de Andrew realmente agir em conformidade com essa permissão era implausível, como sem dúvida Maureen sabia (com quem seria possível que ele transasse?), e, no entanto, ele não considerou esse oferecimento um desafio, uma provocação nem mesmo uma armadilha. Quando Maureen disse que não se importaria, Andrew realmente acreditou nela. Durante aquele período, e seguindo com exatidão as previsões da psicologia, ele sonhava que perdia os dentes.

Andrew levantou-se e vestiu o roupão de banho. Acendeu a luz. Lá fora, um cadavérico gato de rua estava miando para uma lata de lixo. Ele abriu a porta que dava para a sala de estar e teve um sobressalto. Anna estava sentada na borda do sofá, vendo televisão praticamente sem som.

— Oi — disse Andrew, com a voz áspera. — Por que está acordada?

— E você, por que está acordada?

Andrew deu de ombros e começou a procurar um filtro para fazer café. Abriu o frigobar e ficou olhando dentro dele, como um pateta.

— Quer um iogurte? — perguntou ele. Anna mostrou o iogurte que já estava na sua mão. Andrew fechou a geladeira.

Quando fosse para casa, a ideia era ele tentar retomar a vida. Faria uma reunião com Peter Sulzicki, o advogado; faria uma reunião com o contador. Talvez até aparecesse para dar aula. Daquele momento em diante, ele e Maureen alternariam semanas em Buenos Aires — um plano criado em conjunto que Andrew sabia que não poderia adiar para sempre. As trocas semanais significariam que Lily sempre teria uma visita, e que Andrew e Maureen poderiam, cada um por seu lado, manter um pé, ou pelo menos uma unha do pé, como Maureen tinha dito, na vida que levavam antes. Estava implícito que eles teriam de fazer isso porque precisariam do dinheiro e das migalhas provisórias de sanidade que o trabalho lhes proporcionava. Também estava implícito, embora nunca fosse mencionado — da mesma forma que a possibilidade da morte de Janie nunca fora mencionada até já ter se tornado uma realidade, até já ter ficado para trás, até já ser um acontecimento do qual estavam se afastando a cada segundo que passava — que talvez não conseguissem sair daquela situação. Era mesmo possível que ficassem assim a longo prazo, e eles precisavam tentar guardar agora o que fosse necessário para todo o período. Andrew tinha conversado explicitamente sobre isso com seu diretor, que o ouvira com os dedos unidos, como em oração, e com uma generosidade atípica. Ele usava a barba cheia e parecia saber o quanto todos esperavam que ele a cofiasse. Andrew suspeitava que ele não o fazia só para contrariar. Mesmo assim, o diretor tinha sido gentil. Mais um professor assistente tinha sido designado para a turma de Andrew. Uma programação de avaliação tinha sido organizada.

Andrew serviu um café e foi até o sofá. Na televisão, um repórter estava entrevistando um atleta.

— Quem é esse? — perguntou Andrew.

— Um tenista — disse Anna.

— Ah. — Por que Andrew nunca pensava em ligar a televisão? Era uma presença tão simpática. Ele inclinou a cabeça e se deixou envolver pelo castelhano. Era uma sensação de um maravilhamento singular... essa de alguma coisa turbilhonando ao redor de nós, exatamente fora do alcance da nossa compreensão. — Eu não sabia que eles jogavam tênis aqui.

— Ele ganhou o U.S. Open.

— É mesmo? Ele está dizendo alguma coisa interessante?

— Não sei. Quer dizer, acho provável que não.

Andrew levantou-se e foi até a janela. Ele encostou a cabeça na vidraça. Lá fora, a luz estava rala e sepulcral; e Andrew se lembrou da luz de seus sonhos: o sol que passava inclinado pelas nuvens, lançando enormes treliças de sombra no solo; Andrew, acima de tudo aquilo, deslizando sobre bosques de majestosos abetos, vastos prados floridos de aliáceas, trens chocalhantes em pontes de cavaletes. No sonho, Andrew sempre ficava surpreso com a facilidade com que conseguia fazer tudo isso. Ficava assombrado por não tê-lo feito antes.

Andrew deu meia-volta e descobriu que Anna olhava séria para ele.

— Eu deveria lhe perguntar se você está bem? — disse ela.

Andrew sabia que essa não era uma expressão de preocupação autêntica. Era uma tática de confronto, herdada de Maureen e fundamentada na premissa de que o falante tinha sofrido em silêncio mais do que o interlocutor —, mais do que este jamais poderia sequer imaginar que alguém sofresse — e que aceitar lidar com a fraqueza do interlocutor agora era nada mais do que a última prova a ser suportada com a máxima capacidade de recuperação e elegância.

— Estou bem — disse Andrew. — É claro que estou. É óbvio que não há nada de agradável nessa história do cabelo de sua irmã.

— Olha só, é o tipo de coisa que era provável que ela mesma tivesse feito a si mesma, de qualquer maneira. — Anna pegou o controle remoto e aumentou o volume da televisão. — Ela sempre foi esquisita.

Andrew refletiu sobre isso. Lily era esquisita? Ela era, sem dúvida, animada; e talvez tivesse havido ocasiões em que isso a teria deixado num descompasso com relação a seus colegas, de várias formas insignificantes. Era verdade que ela só tinha começado a usar sutiã um pouco depois do que deveria. Essa tinha sido uma questão de princípios, e Lily demonstrava convicção e falta de senso de humor quanto a esse ponto. Havia também alguma coisa um pouco estranha, e mais do que um pouco engraçada, numa criança tão nova travar uma batalha tão velha e tão perdida. Mas isso só significava que Lily tinha suas próprias ideias. Andrew, com seu excesso de sensibilidade, tinha até mesmo sentido um pouco de orgulho dela.

— Esquisita? — disse ele. — Você acha?

Anna ergueu as sobrancelhas e não disse nada.

— O que você quer dizer com "esquisita"? — perguntou Andrew. Podia ser que Lily fosse um pouco desajeitada em termos sociais. Era possível que ela não tivesse uma intuição tão natural acerca de outras pessoas como se espera que as garotas tenham. Ele se lembrava de um telefonema dela, de algum momento no seu ano de caloura na faculdade, em que se queixava de uma aula de iniciação à ciência política. Disse que não podia fazer a matéria porque não conseguia decifrar o que funcionava para as pessoas — por que alguns slogans eram eficazes e outros não; por que alguns momentos de descontração eram vistos como enternecedores e humanizadores enquanto outros eram vistos como gafes; por que as pessoas confiavam em certos políticos e desconfiavam de outros? Por que, perguntava-se ela, "É a economia, idiota" era uma expressão com tanta ressonância?

— Bem — dissera Andrew —, acho que é porque *era* a economia, idiota.

— Mas isso não faz tanta diferença com esse tipo de coisa — disse Lily. — Era só alguma espécie de fórmula mágica ou coisa semelhante.

— É esse tipo de coisa que estão lhe ensinando por lá? — perguntara ele, preocupado.

— Não sei como você faz — dissera ela. — Como você consegue adivinhar o que as pessoas estão querendo?

— Não consigo — respondera ele. — Eu adivinho o que Estados estão querendo. É muito mais fácil. Eles se comportam de acordo com o previsto.

Na televisão, o programa tinha dado a vez a um comercial, e as sobrancelhas de Anna estavam subindo cada vez mais na direção do cabelo.

— Deixa pra lá, papai. Se vocês nunca perceberam, não vou ser eu quem vai lhes dizer.

— Anna — disse Andrew, em tom severo. — Está claro que você está tentando dizer alguma coisa. Eu gostaria de saber do que se trata.

— Podia ser que Lily fosse um tantinho desprovida de aptidões sociais, mas isso não era "esquisito" em si, como Anna tinha dito em termos tão pouco caridosos. E podia ser que ela fosse um tantinho mais inteligente que o grupo, o que tornava o grupo um pouco inacessível para ela, mas esse sem dúvida não era um estado de coisas de proporções extraordinárias. E, fosse como fosse, o abismo entre Lily e a maioria das pessoas era muito, muito estreito. Ela era inteligente, mas não tão inteligente quanto achava que era. Um ligeiro exagero na avaliação do próprio intelecto era um tipo conveniente de ilusão sobre si mesmo, acreditava Andrew. Essa ilusão forçava a pessoa a ser confiante, a assumir riscos e a perseguir realizações superiores. Era uma qualidade que Andrew tinha visto inúmeras vezes em seus alunos e quase nunca em suas alunas. Por isso, ele não podia deixar de considerá-la enternecedora numa filha.

Anna mantinha os olhos fixos na televisão. Se ela não quisesse responder, Andrew não fazia ideia de como poderia forçá-la. Mas então ela se voltou para ele, com uma expressão cheia de uma paciência adulta e terrível, que ele nunca tinha visto antes.

— Você se lembra — disse ela — de quando Lily matou aquele bicho?

Andrew começou a rir, mas pôde ouvir o medo no riso.

— Não — disse ele.

— Era uma lesma-banana, ou coisa semelhante. Você realmente não se lembra?

— Uma lesma? Por que eu me lembraria de uma coisa dessas?

— Ela e a amiga a mataram.

— Entendo.

— Elas a encontraram no quintal. Lily estava com 7 anos, acho.

— E essa lesma — disse Andrew. — Qual era sua importância, exatamente? Ela era um animal de estimação nosso? Uma colega de trabalho da sua mãe?

— Foi ideia de Lily. Ela como que induziu a amiga a fazer aquilo. Foi bastante perturbador.

— Perturbador? Ora, Anna. Se ela estava com 7, você estava com quanto, 5 anos? Tenho certeza de que seu conceito de perturbador não tinha chegado ao máximo da sofisticação.

Anna deu de ombros.

— Ela gostou de matar o bicho. Dava para ver.

Andrew podia ouvir como Anna tinha pouca expectativa de que ele acreditasse nela, e como se incomodava pouco com o fato de ele não acreditar. E, de repente, ele sentiu uma tristeza avassaladora, asfixiante, que se transformou em raiva na voz.

— Ah, é? E daí? Você vai querer me dizer que ela fazia xixi na cama e ateava fogo às coisas quando eu não estava olhando? Era uma lesma, Anna. Ponha a história em perspectiva. Matar uma lesma não é o mesmo que torturar um cachorrinho.

— Acho que vocês também não teriam percebido se ela estivesse fazendo isso.

— Meu Deus!

— Não estou dizendo que ela fazia isso — disse Anna. — Ela não fazia. Eu sei porque sei o que ela fazia e sei como ela era.

— Você anda se sentindo deixada de lado ultimamente, Anna? — disse Andrew. — Será que não está com um pouco de ciúme da sua irmã neste instante? — Ele sabia que de nada adiantava dizer uma coisa dessas, mas estava com raiva, e fazia muito tempo que tinha decidido nunca berrar nem levantar a voz quando estivesse com raiva. Perder o controle nunca mostrava que se estava com a razão. Só fazia com que a pessoa parecesse boba, descontrolada e incapaz de articular as ideias. Sempre que Andrew ouvia pessoas dando berros descuidados ao celular, ele não conseguia deixar de pensar em como sua raiva pareceria muito mais séria se elas conseguissem ter uma conversa calma, com um raciocínio firme e sob controle. Quando estava com raiva, Andrew tentava ser comunicativo e não adotar uma postura defensiva; explicar intenções e interpretações; fazer declarações na primeira pessoa. Ele tentava nunca deixar a agressão se infiltrar para áreas intocadas. Tentava manter a hostilidade numa quarentena, para melhor extirpá-la. No entanto, nem mesmo Andrew conseguia ser calmo o tempo todo; e, quando percebia que estava ficando com raiva demais para manter a calma, ele dispunha de uma tática que era sua marca registrada: esforçar-se por averiguar as verdadeiras origens do comportamento de seu adversário. Essa atitude tinha a vantagem de parecer impregnada de altos princípios (até mesmo quase acadêmica), ao comunicar como ele considerava totalmente irracional o comportamento da outra pessoa (tão fora do alcance da compreensão que ele só podia supor — na realidade, era *forçado* a supor — que havia outras forças ocultas atuando sobre ela); e, naturalmente, ao mesmo tempo tornando-o incrivelmente exasperante.

— Tenho certeza de que essa viagem vem sendo difícil para você — disse Andrew. *Pelo menos, você não está presa injustamente num país estrangeiro!*, era o que ele queria dizer aos berros. *Pelo menos, você não morreu! Porque poderia ser muito pior do que isso, Anna, minha boa camarada.* — Sei que estivemos muito voltados para Lily. E pode ser que você não esteja recebendo de nós o que precisa neste exato momento. Mas, querida, essa não é a forma certa de se manifestar. Essa não é a coisa certa a fazer com esses sentimentos. Esse não é um jeito bom de chamar a atenção.

Anna estava espumando de raiva.

— Você está sendo um tremendo panaca, papai.

— Ok. Com essa você me pegou. Eu sou um panaca. Nós todos estamos aqui tentando ajudar sua irmã a não desistir da vida, só para torturar você. Porque essa é minha ideia de uma boa diversão. Porque eu sou um panaca.

— Você sabe que não é isso o que eu quero dizer.

— Bem, então o que você quer dizer exatamente? Por favor, entre em detalhes. Temos todo o tempo do mundo, Anna. Sem dúvida não temos nenhuma preocupação maior neste exato momento.

Anna então gritou com ele. Xingou e gritou como nunca tinha feito durante a adolescência, muito embora Lily às vezes fizesse isso, e então saiu do apartamento, batendo a porta com violência. E Andrew ficou sentado na cama um tempo, dando tapinhas no próprio peito, como se pudesse alisar todos os torrões que tinham recentemente sido arrancados da terra de seu coração.

Andrew foi ao andar de baixo algumas horas depois, disposto a negociar algum tipo de paz provisória. Ele bateu na porta de Maureen, que veio atender.

— Oi — disse ela.

Alguma coisa em ver Maureen, quando tinha esperado ver Anna, fez Andrew examinar seu rosto novamente: as linhas fractais em torno de seus olhos, entretecidas como fragmentos de tapeçaria; a forma pela qual elas de algum modo tornavam seus olhos mais vivos, em comparação. Andrew ficou aliviado de ver que ela não tinha andado chorando, pelo menos não recentemente.

— Não posso viajar — disse Andrew, surpreendendo-se. Aquilo não era de modo algum o que ele tinha pensado em dizer.

— O quê? — Maureen mantinha a porta aberta. Andrew passou por cima de uma pilha de roupas de ginástica de Anna e entrou no quarto.

— Eu simplesmente não posso — disse ele.

— Porque ela cortou o cabelo? Nós temos problemas maiores que esse. — Maureen foi à janela e abriu a cortina. No banho de luz cinzenta, Andrew não soube ao certo se de fato podia ver o ruivo no cabelo de Maureen. Talvez ele apenas tivesse uma sensação dele, como um vestígio de uma pintura abandonada, transparecendo através da camada de tinta que o encobre.

— Seja como for, nós já falamos sobre isso — disse Maureen. — Você precisa voltar. É lá que está sua vida.

— Será? — perguntou Andrew, impaciente. — Não sei. Ela não para de mudar de lugar.

— Vai ver que você só a está deixando no lugar errado. — Maureen sentou-se na cama por fazer. — O preço da idade, sabe?

— Não seria a única razão, hoje em dia. — Andrew juntou-se a Maureen na cama. Girou as articulações dos ombros. — Sua filha está uma fera comigo — disse ele, daí a um instante.

— Eu sei.

— Certo — disse ele, rabugento. — Ela disse alguma coisa?

— Qual foi o problema?

— Sem dúvida, você já sabe disso também.

— Não sei. Mesmo.

Andrew ficou olhando para a tela muda da televisão. Havia algo de estranhamente reconfortante nisso. Ele sentiu uma esperança súbita e irracional de que a tela se transformasse num oráculo e lhe oferecesse uma profecia.

— Ela disse alguma coisa sobre Lily — disse Andrew. — Alguma coisa sobre ela ter matado um animal.

— Ah — disse Maureen, em tom neutro. — Estava se referindo à lesma?

— O quê? — disse Andrew. — Estava. Por que eu não soube disso?

— Não sei.

— Quer dizer, por que será que absolutamente todo mundo sabe disso, menos eu? Não é um exagero dizer que é provável que essa história tenha de fato aparecido no noticiário. Não entendo por que eu nunca soube disso.

— Também não entendo. Ela passou como que uma semana chorando.

— Então, por que ela matou o bicho?

— Não faço ideia.

— Bem, não importa — disse Andrew, sombrio, daí a um instante. — Uma lesma não é um animal de verdade.

— Não.

— E no fundo acho que é bastante enganoso que Anna classifique uma lesma como animal. — Andrew fechou os olhos. — Sou forçado a me perguntar se ela na realidade não está com bastante raiva de Lily.

— Tenho certeza de que está — disse Maureen. — Quer dizer, você não está?

— Com raiva dela? Não. Por que estaria?

— Bem, ela andou tomando umas decisões bem idiotas.

— Ela não passa de uma criança.

— Ela tomou decisões bem idiotas até mesmo para uma criança. Fez coisas que nós não teríamos feito na idade dela. Fez coisas que Anna não teria feito.

— Acho que sim.

Maureen deu um suspiro.

— É só que... no fundo queremos que eles acabem sendo mais espertos que nós.

— É claro — disse Andrew, entristecido. — Quer dizer, qual é o sentido se não for assim? Isso é tudo. Só estou falando, ok? Nós tentamos, demos o melhor de nós e de nossa vida, nos saímos bem. Mas a maior esperança é que alguém mais saia ainda melhor.

— Você transfere sua competência para sua próxima encarnação — disse Maureen. — É por isso que é tão terrível e assustador.

— E chato — disse Andrew. — Pelo menos com Lily.

— Foi chato! Ela era um bebê *tão* entediante, não era? — Maureen riu. — Por que foi assim? Essa é uma coisa horrível de se dizer?

— Os bebês são chatos quando os pais não estão apavorados, acho eu — disse Andrew. Verdade. Era provável que Janie também tivesse sido chatinha, mas eles estavam apavorados demais para perceber. — Sentir um medo mortal torna qualquer coisa interessante. Aposto que você não está entediada agora, ou está?

— Não! Estou fascinada! — Maureen riu de novo. — Puxa, nossa sorte não é das melhores, né?

— Não é o suprassumo — começou Andrew a dizer. — Seria possível imaginar melhores... — Mas então ele parou de falar porque ele e Maureen estavam se beijando. Ele não tinha percebido que iam se beijar.

Talvez tivesse havido um breve indício de intenção, talvez a mão dele tivesse estado no rosto dela por um instante, antes de acontecer. Mas seria impossível dizer com certeza de quem foi a culpa. Para Andrew, os dois mantiveram o tempo todo a plausibilidade da negação. O resto era memória muscular: uma rotina tão rotineira que estava elevada quase ao nível de ritual. Todos os milhares de vezes que tinham feito isso. Era estranho como você ainda se lembrava das coisas, quer quisesse, quer não. Eles eram como bailarinos envelhecidos dançando o primeiro balé da sua juventude, só para ver se ainda sabiam.

Depois, dormiram. Pela primeira vez desde que tinha chegado a Buenos Aires, Andrew não sonhou.

Na quinta, Ignacio Toledo foi preso em Ciudad Oculta.

Ele não era o tipo de pessoa que Eduardo tinha esperado. Na realidade, era difícil dizer que tipo de pessoa ele chegava a ser. Toledo apareceu no escritório de Eduardo, usando um casaco marrom pesado, que se negou a tirar, muito embora o calor estivesse sufocante. De modo diferente da maioria dos dependentes de *paco* que Eduardo conhecia, ele não era sacudido pelos espasmos de um sistema nervoso atingido por choques irregulares; também não parecia particularmente destroçado. Era difícil imaginá-lo parado num pátio de presídio, cozinhando querosene e ácido sulfúrico numa colher. Na realidade, sob uma perspectiva, Ignacio Toledo parecia de fato possuir um tipo estranho de carisma. Tinha olhos preguiçosos, semicerrados, que pareciam expressar um enorme estoicismo masculino. Quando se olhava para ele pela primeira vez, via-se uma pessoa que poderia ter sido amante de Katy, de Lily, ou das duas; uma pessoa que poderia até mesmo — quem sabe? — ter inspirado paixões letais numa delas.

Mas então você piscava os olhos e, quando olhava de novo para Ignacio Toledo, via outra coisa. Percebia que ele tinha olheiras empapuçadas, com o formato e a cor de foles de lareira, que seus dentes davam a impressão de ser mais velhos do que ele mesmo. Você percebia que seu olhar era sobressaltado e malicioso ao mesmo tempo. Ou será que não era? Eduardo não tinha certeza. Quando se tratava de Ignacio Toledo, Eduardo não tinha perfeita certeza de nada, o que era atípico para ele. Até mesmo o surgimento de Toledo, desacompanhado de um defensor público, era difícil de interpretar. Com Lily, essa decisão tinha brotado de uma ingenuidade que era de uma arrogância que beirava o suicídio. E talvez alguma coisa semelhante estivesse em andamento aqui. Ou talvez com Toledo fosse algo mais calculado — talvez essa decisão decorresse da ideia de que aceitar um advogado fosse uma admissão tácita de culpa. Mas essa era apenas uma ingenuidade de natureza diferente, no fundo, e havia momentos em que Eduardo se perguntava se Ignacio Toledo estava pretendendo convidá-lo a acreditar numa ou na outra. Eduardo não sabia e não estava chegando perto de saber. Cada vez que ele sentia que se aproximava de ter alguma noção de Ignacio Toledo, alguma coisa em Ignacio mudava, de forma tão sutil, aparentemente de forma tão desprovida de astúcia, que Eduardo nunca podia ter certeza total de que tivesse chegado a ocorrer alguma mudança. Era como captar um relance fragmentado de um peixe através dos juncos, dando meia-volta só a tempo de ter certeza do movimento, que, afinal de contas, poderia ter sido sua própria sombra na água.

— Olhe — disse Eduardo. Ele semicerrou os olhos como se isso pudesse de algum modo corrigir o estranho descompasso psíquico que parecia estar ocorrendo ali. Do lado de fora da janela por trás de Toledo, o sol estava de um laranja berrante, quase abóbora. Eduardo já estava frustrado, e estava com vontade de urinar havia uma hora. Ele deveria ter sentado Toledo de frente para a janela, mas agora era tarde demais para trocar de lugar. — Você não tem nada a perder agora — disse Eduardo.

— Nós sabemos que você estava lá. Seu DNA está absolutamente por toda parte.

Quando Eduardo disse isso a Lily, tinha sido um blefe — mas dessa vez era a verdade. E era enlouquecedor que Toledo agisse como se eles estivessem jogando algum jogo de estratégia no qual Eduardo ainda pudesse ser derrotado. O que ele esperava ganhar com isso? Será que era suficientemente burro para acreditar que eles tinham total certeza de Lily e que admitir qualquer ligação com ela seria um erro fatal? Eduardo não sabia se acreditava numa imbecilidade tamanha. Afinal de contas, Ignacio Toledo devia *saber* que seu DNA estava por todos os cantos. Ele devia *saber* que seu próprio envolvimento estava tão estabelecido que ele deveria estar disposto a implicar absolutamente qualquer pessoa — Lily Hayes, inclusive — por todo o tempo que Eduardo lhe permitisse. Em vez disso, Toledo tinha permanecido na maior parte do tempo em silêncio, enquanto a ânsia de Eduardo pelo mictório aumentava cada vez mais.

— Eu não estive lá — disse Toledo.

Eduardo ergueu a mão. Estava tentando interromper Toledo sempre que ele começava obviamente a mentir.

— Absolutamente *por toda parte* — disse Eduardo, severo. — Nós sabemos que você esteve lá. Essa não é uma pergunta.

Agora Toledo estava torcendo as mãos de um jeito que parecia quase animalesco num momento e só aflito em termos gerais no momento seguinte. Talvez estivesse pensando em simular uma defesa por insanidade. Se fosse isso, sua representação estava muito, muito sutil. Não obstante, qualquer tentativa nesse sentido seria problemática, já que ela naturalmente lançaria suspeitas sobre qualquer coisa que Ignacio Toledo pudesse ser persuadido a confessar acerca de Lily Hayes, o que Eduardo ainda esperava que fosse muito.

— O que *é* realmente uma pergunta — disse Eduardo — é exatamente qual foi o envolvimento de Lily Hayes. O DNA dela também estava na cena do crime, e nós estamos tentando descobrir por quê. Você está entendendo?

Eduardo estava começando a levar em consideração a possibilidade de que Ignacio Toledo no fundo não acreditasse em DNA. Afinal, era muito difícil imaginar alguém tão alheio ao mundo moderno a ponto de literalmente deixar sua merda num vaso sanitário na cena de um crime. Eduardo sentiu um leve abatimento com essa perspectiva. Era tão chinfrim pegar um cara como esse... era como ganhar uma partida de futebol porque o outro time de repente pegou a bola e fugiu correndo.

— Essa é Lily Hayes — disse Eduardo, empurrando a foto dela para o outro lado da mesa. — Tenho certeza de que você a reconhece. — Eduardo deu uma batidinha no rosto de Lily, mas não olhou para ele. Não gostava de olhar para a foto. Não queria ver mais uma vez os gestos da mortalidade por trás da saúde e relativa juventude de Lily: o cinza abaixo dos olhos, como impressões digitais de papel de jornal; os dentes já amarelecendo, como uma foto em sépia desbotando com o tempo. A Lily no retrato acha que escapou das restrições da infância e se esquivou das exigências da idade adulta, mas está enganada. As consequências de seus atos, como a mortalidade, já estão no seu encalço. Elas já estão logo ali atrás de seu ombro esquerdo, muito embora ela não saiba, muito embora ela não sinta sua presença, muito embora elas ainda não lancem uma sombra.

Eduardo inclinou-se para a frente. Achou que sentiu em Toledo uma exalação vagamente salobre, subaquática, mas ela logo desapareceu.

— Eu soube que você passou noventa e sete dias preso no ano passado por vandalismo.

Toledo encolheu os ombros.

— Parece que o senhor sabe mais do que eu saberia.

— Você deve ter gostado da estada por lá — disse Eduardo. Ele se recostou, e sua cadeira resvalou de lado num rodízio quebrado. Um leve ar de asco passou ou não pelo rosto de Ignacio Toledo. Ele bocejou, revelando dentes que eram estranhamente pequenos e pontudos, como pedaços de botões quebrados.

— Você está me ouvindo? — perguntou Eduardo, batendo na mesa. Ele mordeu a parte de dentro do lábio inferior, determinando-se a ficar mais alerta. — Preste atenção. A única coisa que você pode fazer agora é nos ajudar a entender de que modo Lily Hayes se envolveu. Essa não é somente a melhor coisa que você pode fazer para se defender a esta altura. Ela é também, no fundo, a *única* coisa que você pode fazer pelo seu caso. É só isso. Está entendendo? Esta é a última escolha que vão lhe dar em toda essa história. Esta, na realidade, é a única escolha.

Com essas palavras, pareceu que alguma coisa decisiva passou de relance pelo rosto de Toledo —talvez a parte branca de seus olhos tenha aumentado momentaneamente; ou talvez não —, e Eduardo sentiu uma náusea que reconheceu como a instalação de uma certeza indesejada.

— Não acredita em mim? — perguntou Eduardo. — Trate então de arranjar um advogado. Ele vai lhe dizer exatamente a mesma coisa. Eu lhe garanto. — Houve outro silêncio carregado. Eduardo tentou respirar superficialmente para não perturbar a crescente pressão em sua bexiga. E então, afinal, Ignacio Toledo começou a falar.

— É, eu conheci Lily. — Toledo suspirou com uma dramaticidade inesperada. — A gente conversou algumas vezes, e eu lhe vendi maconha uma vez. Naquela noite, ela apareceu lá realmente contrariada, bem na hora do meu turno terminar. Tinha sido demitida alguns dias antes, e eu não queria que Xavier a visse e ficasse ainda mais irritado; e parecia que ela precisava mesmo conversar com alguém, e eu me dispus a tomar uma cerveja com ela. A gente saiu; e, bem, a noite acabou ficando bem maluca.

— Certo — disse Eduardo. — Isso ajuda. Obrigado. Alguém, além de você, viu Lily chegar à Fuego naquela noite?

— Acho que não. — Agora parecia que Toledo estava remexendo em alguma coisa no canto da boca, mas Eduardo não conseguia realmente ver direito o que era. Cada vez que o encarava direto, Toledo parava. — Quer dizer, eu vi Lily no beco dos fundos, e tentei tirar ela dali rapidinho. Porque, como eu disse, não queria que Xavier descobrisse que ela estava lá.

— Entendi. E depois, o que aconteceu?

— Bem, a gente saiu...

— Foram aonde?

Toledo baixou os olhos semicerrados, olhando para o próprio colo. Quando as pessoas estão mentindo, elas costumam virar os olhos para cima, mas a verdade é que isso é de conhecimento geral de qualquer um que tenha tido oportunidade frequente de mentir ou de ouvir mentiras de outros.

— Não me lembro — disse ele. — Um lugar na Juramento. Posso tentar me lembrar.

— Isso sem dúvida seria útil. Alguém viu vocês por lá?

Toledo deu de ombros.

— Não sei. É que estava mesmo muito cheio, tipo apinhado. Tenho certeza que as pessoas nos viram, mas não sei se alguém se lembraria de nós.

— Entendo. E por acaso você não pagou nada com cartão de crédito naquela noite?

Toledo fez que não.

— É claro que não. Prossiga.

— Bem, seja como for, nós bebemos muito e então... Bem... Sei que essa parte não vai dar uma impressão tão boa de mim, mas acho que eu deveria lhe contar a história toda.

— De fato seria prudente.

— Bem, a gente então fumou um pouco de maconha e usou um pouco de *paco*. E, de qualquer maneira, todo esse tempo, Lily estava me contando todas essas histórias malucas sobre Katy, sobre todos os tipos de sexo louco que Katy praticava. Quer dizer, eu mesmo tinha visto a garota por aí algumas vezes, e essa era decididamente a vibração que ela passava. E, de algum modo, a gente resolveu ir até a casa para tentar alguma coisa com ela. Nós dois. A ideia foi de Lily, no fundo, mas eu já tinha visto Katy algumas vezes e achava que ela era bem sexy. Por isso concordei.

Chegamos lá, ela topou, e a gente começou. Mas, a certa altura, Katy simplesmente começou a pirar...

— Mais devagar. Pirar, como?

— Ameaçou chamar os donos da casa, ameaçou chamar a polícia. Lily começou a gritar com Katy, e eu lhe dei um tapa, tipo só para ela se acalmar, fazer ela sair daquela onda. Então Lily bateu nela, e Katy meio que tentou revidar, e eu estava pensando que podia ser que aquilo ainda fizesse parte do sexo. Tipo, vai ver que elas faziam isso o tempo todo. Quer dizer, acho que elas tiveram uma briga bem doida na Fuego poucas noites antes. Eu não vi tudo, mas foi o que ouvi. E então, de qualquer maneira, Katy investiu contra mim e eu me envolvi também. E, seja como for, foi tudo muito rápido, e como eu disse...

— E quando foi que a faca entrou na história? — Eduardo disse isso em tom totalmente neutro. Não se podia permitir que a emoção afetasse essas coisas. Ele precisava pensar em como seria perder Maria. Precisava acreditar que alguém, alguém racional e humano, se encarregaria da tarefa cuidadosa de fazer tudo isso quando ele não fosse capaz. Precisava acreditar que alguém daria um passo atrás para se distanciar do mosaico e tentar entender o todo.

— Para ser franco eu nem mesmo sei dizer — respondeu Toledo. — Eu estava realmente bêbado e a verdade era que estava bem drogado também. Pode ser que Lily a tenha pegado, ou pode ser que tenha sido eu. Ou pode ser até que tenha sido Katy. Quer dizer, tenho certeza de que os exames vão mostrar o que aconteceu, mas eu sinceramente não sei. Foi uma confusão. E no que pareceu ser só um minuto Katy estava no chão, e parecia que estava com algum ferimento grave. Perguntei a Lily se talvez não fosse bom levar Katy ao hospital; mas Lily disse que não, que o problema era dela, que ela ia cuidar do assunto, ficar de olho em Katy e ligar pedindo socorro se fosse necessário. Por isso, de qualquer maneira, fui embora nessa hora. Para mim, naquela hora Katy não estava morta. Nunca teria me ocorrido que ela pudesse estar. Achei que ela estava desmaiada. Todas as noites na Fuego alguma garota ou outra desmaia. Só fui saber que Katy tinha morrido, quando vi a notícia na TV no dia seguinte. E eu não fazia a menor ideia do que tinha acontecido, ou do que tinha acontecido depois que eu saí. Por isso achei melhor simplesmente ficar na moita e esperar para ver no que ia dar. — Ele sacudiu a cabeça. — É horrível. Totalmente horrível. No fundo, não dá para eu acreditar nisso de jeito nenhum.

— Obrigado — disse Eduardo. — Sou grato por você se abrir tanto comigo.

Toledo abanou a cabeça.

— Eu só queria ter sabido antes como Lily era de verdade, sabe? — disse ele. — Assim, quem sabe, eu poderia ter impedido tudo isso.

Naquele dia, Eduardo saiu cedo do trabalho. Lá fora, o anoitecer estava refrescante, com a luz ainda respingando dos prédios como pingentes de gelo. Decidiu que iria para casa a pé.

No todo, Eduardo estava muito satisfeito com a confissão de Toledo. Num sentido amplo, é claro, nenhuma confissão de homicídio jamais poderia ser verdadeiramente satisfatória, porque não se podia ter esperança de uma resposta real para a pergunta fundamental de *por que* uma pessoa assassinava outra. Essa pergunta era da natureza de questões cósmicas sobre o significado, o amor e a mortalidade; e não cabia a um jornal ou a um tribunal decifrá-la. Na maioria dos casos — e parecia que esse caso não era diferente — não havia uma resposta que chegasse a fazer uma pessoa normal compreender.

Do outro lado da rua, de onde Eduardo estava, um pequeno protesto estava tendo início. Os estudantes berravam *Putos Peronistas!*, neste ano, mas eles berravam alguma coisa todos os anos. Eduardo parou por um instante e se assombrou. Toda aquela vaidade e presunção, e tudo só por não estar nem morto nem velho ainda. Como se isso, em si, fosse algum tipo de realização. Eduardo continuou a andar.

No entanto, mesmo sem uma resposta satisfatória a essa pergunta fundamental — a questão do porquê —, a história de Toledo fazia sentido. Ela não exigia que um jurista, um promotor ou uma pessoa comum criasse uma empatia para chegar a uma compreensão, afinal de contas. Ela não precisava fazer com que eles vissem como um acontecimento daquele tipo poderia acontecer. Só precisava convencê-los de que tinha acontecido. E, sob esse aspecto, a confissão funcionava. Em termos significativos, ela traçava uma linha narrativa entre os três pontos com o DNA de Lily: a faca, a boca de Katy e o sutiã. A defesa poderia contar uma história heroica sobre a ressuscitação para explicar a boca, mas aquela história não explicaria o sutiã; e o relato de Ignacio Toledo explicava os dois. Ele ainda explicava as horas entre o momento em que Katy Kellers morreu, de acordo com o patologista, e o momento em que Lily Hayes foi vista atravessando o quintal correndo, com sangue no rosto. Se ela e Toledo não tinham percebido que Katy tinha recebido um ferimento mortal, era provável que Lily tivesse mesmo ficado surpresa ao encontrá-la morta. E tudo isso se encaixava com o fato de estar claro que nem Lily nem Ignacio Toledo tinham esperado que a noite fosse acabar dando no que deu. Mesmo antes dos exames, a presença visível de DNA na cena do crime tinha sugerido de modo eloquente que o assassinato de Katy não tinha sido premeditado, que talvez nem mesmo tivesse sido totalmente intencional.

A história de Toledo conferia sentido a tudo isso também. E o que era ainda mais importante, da perspectiva da banca, era improvável que Toledo soubesse disso. Afinal de contas, perceber que Toledo tinha um incentivo para mentir acerca do envolvimento de Lily era uma coisa. Acreditar que ele tivesse tido a precaução de elaborar uma mentira tão abrangente e tão cheia de variáveis era bem diferente. E, talvez o mais importante, a história de Toledo era realmente uma continuação das histórias que os juízes já teriam ouvido da própria Lily: suas suspeitas quanto a Sebastien e Katy, levando à briga com Katy na Fuego, que resultou na demissão de Lily e, finalmente, nisso. Tanto o álcool como a proximidade de drogas facilitavam a explicação da diferença entre o comportamento passado de Lily e seu comportamento naquela noite. E, embora fosse melhor se Ignacio Toledo e Lily tivessem sido vistos juntos, os dois, cada um por seu lado, forneceram razões pelas quais poderiam ter se esforçado para não o serem: Toledo queria manter Lily longe dos olhos de Xavier Guerra; e Lily, por sua confissão tardia, adquirira drogas ilegais de Toledo — o que pareceria ser um problema bastante sério, antes que Lily descobrisse até que ponto os problemas podiam realmente se tornar sérios.

Naturalmente, era verdade que Eduardo já não precisava de Lily para prosseguir com a acusação. Ele tinha Ignacio Toledo — tanto seu relato como seu DNA —, e Eduardo sabia que havia promotores que agora começariam a encarar Lily Hayes como uma perturbação desagradável, uma pessoa cuja culpa estava rapidamente se tornando inconveniente. Havia promotores que iam querer excluí-la da narrativa para poder contar à banca de juízes uma história mais limpa, menos sutil — uma história em que todas as vítimas e vilões eram como costumavam ser, e todos os motivos eram óbvios como em contos de fadas — e, dependendo de quanto eles achavam que a argumentação geral da promotoria se fortaleceria com isso, havia promotores que poderiam até oferecer a Ignacio Toledo um acordo ínfimo em troca da exclusão de Lily de sua confissão. Um acordo dessa natureza poderia ser de uma insignificância comovedora, tendente ao zero, já que Ignacio Toledo não tinha absolutamente nada a perder; e havia promotores que encarariam tudo isso como uma vitória abrangente: uma pequena concessão moral em troca de um triunfo moral mais amplo, uma troca inquestionavelmente pragmática. Havia promotores que dariam de ombros e despachariam Lily para viver sua vida, mantendo sua culpa como um segredo entre eles. Seu consolo seria a opinião de que era muito improvável que ela um dia viesse a agir de novo com violência. E eles diriam a si mesmos que — fosse como fosse — a acusação a Lily Hayes, como a acusação a qualquer pessoa em qualquer lugar, acabava revelando estar nas mãos de Deus.

Só que Eduardo não poderia fazer nada semelhante. Uma vez ele tinha ouvido uma frase que permaneceu com ele, tanto por sua elegância, como por sua incorreção: *A prova cabal da onipotência de Deus é que Ele não precisa existir para nos salvar.* Onde Eduardo ouvira a citação? Ele não sabia, mas sabia que não acreditava nela. A forma para garantir a moralidade na Terra não consistia em comportar-se como se houvesse Deus, mesmo que não houvesse; ela consistia em agir como se não houvesse Deus, mesmo que houvesse. Devemos agir como se o nosso for todo o julgamento e perdão que um dia se apresentará, se quisermos ter esperança de acertar de algum modo. Maria era um lembrete vivo dessa verdade, se Eduardo pudesse um dia ter se esquecido. O amor humano significava testemunhar vidas humanas, e Maria estava testemunhando a de Eduardo, mesmo que mais ninguém estivesse. E abandonar a acusação a Lily seria rejeitar a única missão que existia, fosse ela atribuída pela divindade ou não, a única missão da qual os homens são encarregados. No fim, seria um ato de violência moral não somente contra Katy Kellers, mas também contra Lily Hayes, e até mesmo, em menor proporção, contra o próprio Eduardo: seria uma negação de toda a humanidade deles. No fundo, a diferença era apenas uma questão de grau.

Eduardo desceu da calçada para a rua, e uma moto passou zunindo. Ele deu um salto para sair da frente, xingando, e caiu de lado machucando um joelho.

— *Cabeza de pija!* — berrou ele. O jovem já estava meio quarteirão adiante e não se virou para olhar. Só fincou o joelho na moto, como se ela fosse uma criatura senciente que de fato pudesse reagir. Eduardo detestava, detestava as motocicletas. Ondas sincopadas de novos objetos estavam sempre inundando o país, em resposta à suspensão de uma restrição comercial ou outra. Eduardo acordou um dia e viu que de repente todo mundo tinha um BlackBerry, estava esperando em filas que davam a volta em esquinas para comprar um aparelho de televisão de tela plana ou tinha uma porra de uma motocicleta. Às vezes podia entender a atração de morar num condomínio fechado, simplesmente protegendo a cabeça com os braços e tentando enxotar dali as vicissitudes da história. Ele esticou o joelho. Decididamente, talvez de um modo um pouco decepcionante, o joelho estava ileso. Ele se levantou. Podia sentir seu corpo inteiro tremendo. Durante o resto da caminhada até sua casa, ele protegeu o joelho um pouco mais do que realmente seria necessário, para ficar claro para qualquer um que pudesse estar olhando.

Quando chegou ao apartamento, Eduardo ficou parado no vão da porta por um instante. Desde a volta de Maria, ele tinha se acostumado a avaliar a temperatura de um aposento antes de entrar nele. Hoje, ele podia sentir o desânimo da energia do apartamento. A cozinha estava quase às escuras. Nos poucos raios de luz vermiculada que entrava pela janela, ele pôde ver que a pouca louça do café da manhã ainda estava em cima da mesa. O café, agora frio, ainda estava na cafeteira.

Na opinião de Eduardo, o único problema que restava naquele caso era Sebastien LeCompte. O álibi que ele fornecia para Lily era profundamente nebuloso, e ele não era uma pessoa capaz de inspirar confiança em qualquer juiz, mesmo com uma história muito melhor. Contudo, o relato de Toledo, com seus múltiplos atos e múltiplas locações, seria mais difícil de se enquadrar com o depoimento de Sebastien LeCompte do que uma narrativa mais simples poderia ter sido. Era bem fácil acreditar que Lily tivesse deixado Sebastien por uma hora ou duas, sem que ele tomasse conhecimento. Quatro ou cinco horas — que era o tempo que Eduardo temia estar implícito na história de Toledo — significaria que os juízes seriam forçados a decidir que ou Sebastien LeCompte estava mentindo ou era Ignacio Toledo quem estava. E LeCompte e Toledo davam a Eduardo a impressão de serem igualmente dissimulados. Na verdade, tanto faria se você jogasse um cara ou coroa entre os dois. Eduardo acendeu a luz.

— Olá — disse Maria. Ela estava sentada no sofá, em perfeita imobilidade, e não tinha falado quando ele entrou na sala. — Te assustei?

— Não. — Tinha assustado, sim, mas os sobressaltos de Eduardo nunca chegavam a transparecer.

— Fui à igreja hoje — disse Maria. — Quis fazer uma visita a seu colega. — Ela queria dizer Jesus. — Eduardo encarava com cautela esse tópico.

A opinião mais firme e mais baixa que Maria tinha sobre Eduardo girava em torno do mito de sua religiosidade cega; e, em parte porque ela parecia gostar tanto disso, fazia muito tempo que ele tinha desistido de tentar explicar seus verdadeiros sentimentos acerca da questão.

— Espero que tenha transmitido minhas saudações — disse Eduardo, descartando o café. Ele flexionou mais uma vez o joelho e sentiu uma fisgada de dor vagamente satisfatória. Aqueles adolescentes de merda.

— Ah, não precisei — disse Maria.

Eduardo abriu a torneira. Acreditava em Deus da mesma forma que acreditava em sua própria consciência. Eduardo não teria tentado provar que sentia de fato a presença de Deus em sua vida, exatamente como não teria tentado convencer alguém de que ele realmente ouvia o tempo todo seu monólogo interior se desenrolando dentro da cabeça. Ele teria gostado de explicar parte disso para Maria, mas ela não era boa ouvinte quando se tratava desse tipo de assunto.

— Ele já tinha total conhecimento de suas saudações — disse Maria, para a eventualidade de Eduardo não ter captado. — Quer dizer, é óbvio.

Eduardo conseguiu tirar um prato do pântano de arroz empapado. Gostou de Maria não ter lavado a louça. Ele agora podia fingir não ouvir enquanto a torneira estivesse aberta.

— Engraçado — disse Maria —, que as pessoas falem tanto com Deus, quando Ele é o único ser a quem não se precisaria explicar nada.

— Hummm — disse Eduardo, num enorme esforço para não discutir. Ele costumava pensar que eram os ateus os verdadeiros fundamentalistas: sempre presos dentro de seu círculo limitado, totalmente desprovidos de humildade, sentindo-se superiores na confiança risível de que o universo era de algum modo disposto especificamente para a compreensão humana, como um problema de álgebra, projetado para ser desafiador, porém razoável, para uma faixa etária em particular. Como era possível que essa ideia não anulasse sua argumentação, ao mesmo tempo que era irremediavelmente narcisista e prosaica? Mas de nada adiantava dizer qualquer coisa. Quando Maria estava com essa disposição de espírito, não fazia sentido dizer praticamente nada.

— As pessoas acham isso a respeito de amantes, mas não é verdade. Certo, Eduardo?

Ele fechou a torneira e pegou um pano de prato. Havia algumas opções diante dele, e Eduardo as repassou. Ele poderia permanecer em silêncio, o que somente provocaria Maria a continuar falando. Ele poderia dizer alguma coisa conciliatória, que não teria efeito algum; ou alguma coisa fulminante, que a saciaria ou a instigaria. Ou poderia se arriscar a fazer alguma bobagem — uma piada, espirrar água nela, tentar criar um momento alucinatório, oscilante, em que ela talvez ainda decidisse que não estava a fim de brigar.

— Mas as pessoas gostam de contar tudo para Deus — disse Maria.

— Ele deve ficar entediado de escutar todos esses pensamentos.

Eduardo passou-lhe um prato para ela secar.

— Mesmo os seus, Eduardo — disse ela, enxugando o prato meio sem vontade. — Você acha que chega a entediar nosso Senhor? Acha que Ele simplesmente fica fingindo que escuta? Que simplesmente tenta ser educado?

Eduardo tinha decidido o que fazer.

— Nem todo mundo pode ter a paciência que você tem — disse ele.

Para completar, deu-lhe um beijo na testa. Uma vez iniciado o apaziguamento, era importante realmente dedicar-se a ele, e Eduardo sentiu alívio quando Maria deu uma boa risada. Tinha funcionado.

— Ah, Eduardo — disse ela, levando a mão à bochecha. — Eu sou um pesadelo. Não sei por que você me atura. Ah! — Ela bateu palmas e foi até o sofá. — Sabia que você saiu no *Clarín* hoje? — Ela pegou o jornal de cima das almofadas do sofá e o entregou a ele. O artigo era um perfil. Tinha sido pesquisado e redigido meses antes, com sua publicação sendo adiada interminavelmente. Mas agora cá estava ele, por fim ressuscitado, ocupando um respeitável naco quadrado da página. Eduardo olhou de relance para a fotografia que acompanhava o artigo. Por meio de algum estranho feitiço jornalístico, ela fazia Eduardo parecer muito mais bonito do que era na vida real.

— Você o leu? — perguntou Maria.

— Ainda não. — Eduardo tinha os olhos fixos na fotografia. Era algum truque esquisito de ângulo ou de iluminação, pensou ele. A foto dava uma impressão totalmente errada do seu rosto. E, ao dar a impressão errada do seu rosto, ela parecia dar uma impressão errada de toda a sua vida. Ninguém com um rosto daqueles poderia jamais ficar tão solitário e inconsolável quanto Eduardo tinha ficado tantas vezes.

— Eles fazem você parecer inteligente — disse Maria. Como todos os seus elogios, esse foi ligeiramente torto; e, como todos os seus elogios, Eduardo ficou feliz de recebê-lo.

— Obrigado — disse ele, dando uma última olhada para a foto. De algum modo, vê-la parecia fraudulento, embaraçoso. Ele quase teve vontade de pedir ao jornal uma retratação.

— Essa foto realmente não está nem um pouco parecida com você — disse Maria, por trás do seu ombro.

Dessa vez, Eduardo deu-lhe um beijo na bochecha, esperando que ela interpretasse seu cansaço como ternura.

— Não — disse ele. — Acho que não parece mesmo.

Naquela noite, Eduardo ficou acordado no escritório. Ele dobrou o jornal para destacar sua foto e o pôs na escrivaninha. Pegou então a foto de Lily Hayes — aquela para a qual ele normalmente não gostava de olhar, aquela tirada antes que ela fosse culpada, mas quando já era a pessoa que acabaria sendo — e a colocou ao lado de sua foto. Fotos são enganosas, pensou ele, apertando o polegar no rosto de Lily. O que ela sabia sobre si mesma naquela hora? O que sabiam as pessoas que a amavam? Talvez sentissem algum tipo de diferença nela, mas não tinham vocabulário para designá-la. Talvez fosse algo da natureza da cegueira para cores dos gregos antigos, antes que palavras tivessem introduzido a visão — não vemos aquilo que não temos linguagem para entender. Ou talvez Eduardo tivesse se equivocado totalmente quanto a esse conceito. Talvez ele tivesse se equivocado o tempo todo.

Ele foi à cozinha e ligou a cafeteira. Ela chiou e gorgolejou como um animal que se fez despertar, e Eduardo desejou que Maria a ouvisse. Voltou para o escritório e abriu a janela. Lá fora, caía uma invisível chuva noturna. Ele voltou a se sentar e encostou o rosto na mesa. Ficou olhando para a fotografia de Lily Hayes. Processá-la era algo devido a ela — exatamente tanto quanto era devido a Katy Kellers, se não fosse ainda mais. Mentalmente, Eduardo falou com Lily: *Devemos agir como se nosso entendimento, por limitado que seja, fosse o entendimento mais panorâmico e completo possível. Devemos agir como se tudo nesta vida fosse importante; como se tivéssemos apenas uma chance de acertar as coisas. Devemos agir como se ninguém fosse ver a verdade, se nós não víssemos a verdade.*

Pensou que um dia diria a Maria algumas dessas coisas.

Eduardo abriu os olhos. Lá fora, de algum modo, o céu já estava clareando, implacável, para a cor de sebo. A chuva tinha parado. Era possível que ele tivesse dormido.

CAPÍTULO 17

Março

Passaram-se dez dias até Sebastien por fim ver Beatriz Carrizo de novo.

Ele estivera com o olhar fixo no computador por quase uma hora, tentando decidir se devia comprar lâmpadas on-line. Sair de casa estava começando a parecer impossível. Agora as mulheres na Pan y Vino se calavam sempre que Sebastien entrava — embora ele não soubesse se era por hostilidade, solidariedade ou cortesia (já que, como todos os outros, elas estavam sem dúvida passando todas as horas do dia falando sobre o julgamento). No entanto, não importava qual fosse o caso, a ida de Sebastien a qualquer lugar, ou qualquer coisa que ele fizesse, começava a dar a impressão de ser uma imposição meticulosa a todas as outras pessoas, quando antes parecia uma imposição somente para ele mesmo. Estava claro que ele não tinha ido ao mercado por conta de ainda mais uma razão para ficar dentro de casa. E ele concluiu que havia algo que gerava uma ansiedade estranha nessa sua incapacidade de sair de casa sem estragar o dia de alguém (e se lembrou de que tinha conseguido estragar o de Andrew, sem sequer chegar a sair). Ela parecia consagrá-lo ao território dos míticos, dos monstruosos e dos desfigurados — e talvez fosse esse o motivo pelo qual ele estava hesitando tanto para comprar as lâmpadas on-line. Agir assim seria fazer uma concessão a uma reclusão nova, mais deformante. Depois disso, seria só uma questão de tempo até as mães começarem a alertar os filhos a respeito dele para fazer com que se comportassem. Sebastien fez que não e fechou a página de venda de lâmpadas pela internet. Olhou de relance pela janela. E foi nesse instante que viu um vulto encurvado, atravessando apressado o quintal.

Sebastien teve um sobressalto. Ficou intranquilo com o fato de só ter percebido Beatriz quando ela já estava a meio caminho entre o carro e a casa, e com a estranha tensão no seu jeito de andar. Ela sempre tinha sido elegante, majestosa, em termos que pareciam estar acima de considerações de idade. Agora seu modo de andar era uma espécie de fuga sorrateira, que lhe dava a aparência de uma pessoa idosa, de um criminoso ou de um bicho — alguma coisa que havia muito tempo tinha parado de se importar, se é que algum dia tinha se importado, com o que qualquer um que estivesse olhando pudesse ver.

Sebastien calçou os chinelos às pressas e abriu a porta. Lá fora o calor estava sufocante. Um vento prenunciador de tempestade começava a ganhar corpo. As árvores estavam se desfazendo das folhas como se estivessem tirando peças de armadura. O céu estava carregado e cinzento, entremeado com raios de nuvens negras de chuva, que faziam Sebastien pensar em septicemia. Ele atravessou o quintal correndo, com os chinelos batendo velozes na grama. Nenhum volume de vento conseguiria tocar naquele calor. O calor era magistral, irrepreensível. Sebastien queria alcançar Beatriz antes que ela avançasse demais. Ele não era supersticioso, mas também não estava interessado em se aproximar de qualquer canto daquela casa. Conseguiu chegar perto o suficiente para gritar.

— *Señora* Carrizo — disse ele, acenando.

Ela parou onde estava e olhou para ele, com os olhos arregalados. Era possível que não o reconhecesse por conta da distância. Ele não devia tê-la assustado. Correu mais para perto. Começava a chover.

— Olá? *Señora* Carrizo? — Sebastien agitou os braços. Tinha consciência de que talvez não estivesse com a melhor das aparências, correndo pelo quintal na chuva, gesticulando como uma pessoa com algum distúrbio neurológico. — Sou eu! — berrou ele, tolamente. — Sebastien.

Mas Beatriz Carrizo estava recuando para longe dele, de início devagar e depois um pouco mais depressa, num movimento desordenado, enlouquecido e inepto em termos sociais.

— Desculpe — disse ela. — Não quero falar com você. — Sebastien podia ver que ela teria preferido dar-lhe as costas e sair correndo, embora não estivesse disposta a realmente fazer isso.

— Por favor — disse ele, aproximando-se.

— Não — gritou ela, erguendo as mãos como se estivesse sendo sepultada numa caixa. — Não se aproxime.

— Sou eu, Sebastien — disse ele. Talvez ela realmente não o estivesse vendo. Talvez ela não enxergasse bem. — Seu vizinho? — Ele apontou em vão para a casa ali atrás, para relembrá-la.

— Não se aproxime — disse ela, e Sebastien ouviu o trêmulo arpejo do medo na sua voz. Por fim, ele entendeu e parou de correr.

A chuva estava mais forte agora, fazendo o cabelo de Sebastien grudar na cabeça. Ele levantou os braços num gesto de derrota, de não querer fazer nenhum mal.

— Só quero falar com a senhora — disse ele.

— Desculpe — disse Beatriz outra vez, antes de subir correndo a escada da entrada de casa, de sua antiga casa, e bater a porta.

Depois disso, pela primeira vez, Sebastien sentiu que a casa dos Carrizo estava de fato vigiando-o de volta. As luzes ainda se acendiam e se apagavam; o carro chegava e partia a horas estranhas; e, embora ele não visse os Carrizo — e apesar de agora já saber que o melhor era não tentar ir lá falar com eles, mesmo que os visse —, ele podia de algum modo sentir a cautela deles. Podia sentir que eles voltavam a atenção para a casa dele e por fim, com batimentos cardíacos acelerados e a respiração entrecortada, refletiam sobre quem de fato morava ali. Sebastien ainda não conseguia se forçar a temer que o assassino voltasse à ladeira. Mas ele percebia o medo dos Carrizo, e esse medo atuava nele como que por osmose, deixando-o nervoso em momentos em que ele estava pensando em outro assunto e não se lembrava de que ele mesmo era a pessoa que os Carrizo temiam. Era uma injustiça tão estranha ver uma mulher fugir de você, apavorada. Se bem que, de certo modo, aquele momento tivesse feito Sebastien se sentir mais próximo de Lily. Ele gostava de compartilhar com ela a tortura da suspeita, mesmo que fosse apenas em miniatura, mesmo que não tivesse importância alguma, mesmo que, de qualquer modo, ele não pudesse ter contado para ela o que tinha acontecido.

Passaram-se alguns dias até Carlos vir à sua porta. Sebastien ficou olhando enquanto ele se aproximava, mas até o último instante acreditou que Carlos devia ter alguma coisa a fazer por ali — talvez tivesse algo a dizer às flores do jardim, talvez houvesse no alpendre alguma coisa que ele quisesse vandalizar. E, mesmo depois de ouvir os passos na entrada, Sebastien ainda se sobressaltou ao ouvir o som impertinente da aldraba.

Ele foi à porta, e Carlos estava parado no alpendre, com os olhos baixos, como se, caso fosse uma pessoa dada a usar chapéus, estivesse retorcendo um nas mãos naquele instante.

— Pois não? — disse Sebastien.

— Sim, olá — disse Carlos. Sebastien sentiu passar entre eles uma corrente de constrangimento mútuo: constrangimento por alguma coisa como um homicídio ter ocorrido, por eles dois saberem que tinha ocorrido e pelo fato de ter ocorrido de algum modo no turno que eles dois compartilhavam, além do constrangimento diante da histeria abominável, frenética, que a situação agora exigia (afinal de contas, qualquer coisa menos que isso seria desumana), bem como o constrangimento por sua incapacidade conjunta de participar plenamente daquilo tudo. Carlos deu um sorriso de desculpas. — Eu estava só admirando essa aldraba que você tem. O que é isso?

— Um busto de meu avô — respondeu Sebastien, automaticamente.

— Ah. — Carlos baixou os olhos depressa e pigarreou. — Bem. Peço desculpas se Beatriz foi grosseira com você no outro dia. Ela também pede desculpas.

— Ah. — disse Sebastien, com os olhos fixos no ombro de Carlos. Não conseguia adivinhar o que se esperava dele nesse caso. *Por favor, Carlos, não perca nem um minuto pensando nisso! O que significa uma suspeita de homicídio entre vizinhos? Espero sinceramente que Beatriz não esteja preocupada com isso.* — Tudo bem — disse ele.

— Você sabe, estamos passando por tempos difíceis — disse Carlos, pesaroso. — Ela está apavorada. Você pode imaginar.

— Foi uma coisa medonha, indescritível, isso que aconteceu — disse Sebastien. As palavras saíram com mais intensidade do que ele pretendia.

Carlos semicerrou os olhos, muito embora a luz estivesse por trás dele.

— É — concordou ele. — Katy era um amor de menina.

— Deve estar sendo absolutamente terrível para vocês — disse Sebastien. Estava sendo sincero. Nunca falava a sério, mas aquilo era o que queria dizer mesmo.

Carlos inclinou a cabeça e olhou direto para Sebastien pela primeira vez.

— Para você também, eu imagino.

— Pior para vocês, tenho certeza — disse Sebastien. — A casa era sua. E no fundo eu não conhecia Katy assim tão bem.

Sebastien tinha pretendido que essa frase fosse uma gentileza: um reconhecimento da magnitude da dor dos Carrizo, uma deferência à proximidade do casal com a situação. Mas pareceu que de algum modo ela atingiu Carlos de mau jeito, e a expressão dele mudou. Houve também um arrepio ao longo da nuca de Sebastien.

— Mas você conhecia Lily bem — disse Carlos.

Sebastien reconheceu a suspeita na nova expressão de Carlos. E, quem sabe, porque dessa vez ele estava preparado para ela, Sebastien descobriu que estava retribuindo o olhar de Carlos com franca suspeita.

— Você sabe que não foi ela, não sabe? — perguntou ele.

Carlos recuou um passo.

— É só que Beatriz está abalada.

— Mas você sabe, certo? Você realmente sabe que não foi ela?

Diante disso, Carlos abanou a cabeça de leve, fazendo que não.

— Recentemente me dei conta de que estou velho demais para achar que realmente sei qualquer coisa.

Naquela noite, Sebastien ficou acordado até tarde, fazendo doações anônimas para o fundo de viagens dos pais de Lily.

Ele tinha encontrado o site imediatamente após sua criação. Estava óbvio que tinha sido projetado por um dos amigos de Andrew ou de Maureen, da mesma geração do pós-guerra — seus apelos por dinheiro ou doações de milhagem estavam escritos em fontes estranhas, dos tempos iniciais da internet, pairando acima de fotos da família Hayes em salutares destinos turísticos da Nova Inglaterra. No alto do Monte Washington, Maureen, Lily e Anna estão encurvadas, enfrentando o vento, todas com casacos vermelhos de capuz bem fechados em torno do rosto. Lily finge que está se segurando a um corrimão para não perder a vida. Depois de cada doação, Sebastien tinha uma breve sensação de calma. Estava feliz por finalmente ter encontrado um meio de gastar dinheiro que não o deixava arrasado. Ele ainda se tornaria um grande filantropo, pensou, depois de completar sua quinta doação. Ele riu e se levantou para preparar um drinque.

Quando voltou a se sentar, digitou no Google a palavra "suicídio". Um número 0800 de emergência surgiu no alto dos resultados da busca, e Sebastien sentiu que os pelos em seus braços se arrepiavam, exatamente como sempre acontecia. Sebastien tinha descoberto essa curiosidade do mecanismo de busca logo após seu retorno a Buenos Aires. PRECISA DE AJUDA?, dizia a mensagem acima do número, uma pergunta que Sebastien considerava comovedora, de um modo estranho, arrasador, embora ele não soubesse a que entidade ela poderia ser atribuída. Ao computador? Às informações agregadas da internet? À pessoa generosa em Mountain View, Califórnia, que tinha sido a primeira a ter essa ideia? Ao grupo de pressão contra o suicídio que a tinha exigido? Sebastien não sabia, mas, mesmo assim, a mensagem o tinha feito chorar na primeira vez que a viu — pela impessoalidade do algoritmo por trás dela, e pelo espírito público puro e indiferente por trás *desse algoritmo*. Tomou um golinho do absinto. Deu-se conta de que quase não fazia diferença qual era a inteligência geradora da mensagem — consciente ou inconsciente, singular ou plural, animada ou inanimada. A mensagem representava simplesmente um interesse lançado pelo universo afora — na direção dele, de qualquer pessoa ou de ninguém. Não importava o que fosse, ela o tinha ajudado uma vez; e não importava o que fosse, ela não tinha como saber que tinha ajudado.

Sebastien tocou a bochecha com a palma da mão, e então voltou para o website do fundo para viagens dos pais de Lily. Aumentou o zoom na foto de Lily no Monte Washington. Tocou no seu capuz, pondo o dedo direto na tela do computador. O rosto de Lily estava vermelho e retesado, os olhos marejados pelo vento ou pelo riso. Sebastien clicou no botão da Doação. Estava prestes a clicar de novo quando ouviu uma batida na porta.

Ele se sobressaltou e olhou para o relógio. Não sabia como, já eram onze da manhã. Bateram mais uma vez, e Sebastien foi apressado ao banheiro para engolir um pouco de creme dental e passar um pente pelo cabelo. Houve uma terceira batida. Sebastien correu até a porta, tropeçando na perna de um banco de piano e xingando em voz alta, e a abriu.

No alpendre estava uma garota — jovem, de cabelo avermelhado, magra e vigorosa, como um veículo construído para ser eficiente.

— Oi. Sou a Anna.

Sebastien ficou perplexo. Tentou invocar uma descrição de Lily da irmã, mas não conseguiu se lembrar de nada específico. Anna pairava em torno das histórias de Lily, um borrão de companheira inseparável, com fraca definição, relegada ao tempo imperfeito — *Anna e eu sempre fazíamos isso, Anna e eu sempre íamos lá.* E, escutando as histórias, teria sido fácil pensar, na medida em que se chegasse a pensar no assunto, que Anna ainda estava em algum lugar, com 6 anos de idade, marias-chiquinhas, levada (embora não exatamente tão levada quanto Lily), eternamente acompanhando a sombra da irmã mais velha. Sebastien não tinha detectado nenhuma animosidade nesses relatos, apenas a natureza profundamente tangencial do papel de Anna no mundo de Lily hoje. O que se podia dizer sobre alguém como Anna? Que vocês passaram a infância juntas, só isso. Mas agora, aqui estava uma Anna adulta, parada no alpendre da casa de Sebastien e, supostamente, no centro exato de sua própria vida.

— Não me diga que sou parecida com ela. Eu já sei.

Na realidade, ela não era assim tão parecida com Lily, na avaliação de Sebastien. As feições eram semelhantes, mas Anna parecia estar, de algum modo, com raiva disso, como se seu rosto fosse simplesmente uma máscara do rosto de Lily que tivesse sido imposta a ela a contragosto, e que os aldeões cruéis a estivessem forçando agora a desfilar na praça com essa máscara.

— Interessante essa sua aldraba — disse ela.

— Comprei num bazar de caridade — disse Sebastien, começando a perder a frieza. Ele se flagrou pensando por que os pais não a estavam vigiando, e então não pôde acreditar que tivesse lhe ocorrido esse pensamento.

Anna se concentrou e se inclinou mais para perto.

— É um grifo, certo?

— Tenho certeza de que nunca lhe fiz uma pergunta tão pessoal — disse Sebastien. A resposta pareceu irritada. Ele não queria aparentar surpresa por Anna saber, mas ficou um pouco surpreso, sim, e viu que deu para ela ver.

— Lily sempre teve um gosto esquisito no que diz respeito a rapazes — murmurou Anna, como se estivesse fazendo uma confidência ao grifo. E voltou a se empertigar. — Eu sou uma especialista.

— Ah — disse Sebastien. — Lily não me contou.

— É mesmo? Ela disse que minha especialidade era qual?

Lily não tinha mencionado o assunto, é claro, embora Sebastien tivesse imaginado (caso tivesse sido forçado a imaginar) que Anna poderia ter estudado administração, finanças ou alguma outra disciplina desprovida de alma, do tipo preferido por pessoas com compulsão por exercícios.

— Sinto dizer que Lily não falava muito sobre você — disse ele.

— Bem, quer dizer, eu não sou Lily, certo? — Anna lançou um olhar ácido por cima do ombro de Sebastien, para dentro da casa. — Você acha que posso entrar?

Sebastien fez um gesto rebuscado de *fique à vontade*. Anna entrou, apertando os olhos diante da iluminação precária da sala e fazendo que sim, bem de leve, como se estivesse confirmando, para sua própria satisfação muda, que tudo era exatamente como tinha imaginado que seria. Sebastien ficou irritado. *Tente você ter luzes acesas nessas circunstâncias,* ele teve vontade de dizer. *Tente ter mobília.* Pelo menos, um lençol estava encobrindo a televisão. Sebastien ainda não conseguia tolerar a ideia de qualquer pessoa — até mesmo um desconhecido e até mesmo agora — vir a saber que ele tinha um aparelho.

— Perdoe-me a pergunta — disse Sebastien —, mas por que veio aqui? — Tinha planejado oferecer a Anna alguma coisa para beber, mas agora queria que ela saísse da casa. A expressão no rosto dela estava muito parecida com a que ele tinha receado que Lily apresentasse na primeira vez que o visitou; e no todo esse encontro com Anna estava começando a dar uma impressão exagerada de uma versão alternativa, totalmente desagradável, daquele encontro inaugural com Lily.

— Você não deveria estar me perguntando de que modo pode me ajudar? — disse Anna.

— Receio ter suposto que você tomaria a iniciativa de me dizer.

— Preciso lhe perguntar uma coisa.

Sebastien fingiu que carregava e disparava uma arma.

Anna fez que sim, de novo, como se Sebastien tivesse acabado de fazer alguma coisa que tinham lhe garantido muitas vezes que ele faria.

— Minha irmã largou você, certo?

— Como é que é?

— Seria menos esquisito se nos sentássemos para conversar?

Sebastien fez um gesto para um dos volumes cobertos por lençóis. Queria que Anna dissesse alguma coisa sobre os volumes. Seria muito melhor se ela dissesse, mas ela não disse nada. Em vez disso, ergueu o lençol para ver o que estava por baixo — revelou-se que era um banco de carvalho — antes de se sentar.

— No seu lugar, eu não teria nenhum ressentimento — disse ela. — Minha irmã dispensa um monte de caras. Ela chega a dispensar caras com quem nem está saindo de verdade. É uma espécie de hobby dela.

— Nós todos precisamos passar o tempo de algum modo.

— Mas acho que o que estou querendo saber é se ela fez alguma coisa particularmente terrível contra você. Ou se vocês dois juntos fizeram alguma coisa terrível.

— Desculpe — disse Sebastien. — Mas estou realmente me esforçando para imaginar de que modo uma coisa dessas possa ser da sua conta.

— Estou me referindo à noite em que Katy morreu. Não quero saber de nada terrível que tenha acontecido em nenhuma outra noite. Realmente não seria da minha conta, você tem razão.

Sebastien estava sentindo um horror furioso atravessá-lo e estava começando a não suportar ver o rosto de Anna. Fechou os olhos.

— Você veio aqui para perguntar se eu dedurei sua irmã por vingança?

Anna olhava para ele com a expressão neutra.

— Só acho estranho que ela esteja encrencada; e você não. Só isso.

— Essa é uma pergunta? — disse Sebastien. — Ou o programa desta manhã vai envolver apenas um sermão? Como é emocionante ser alvo de interrogatório pessoal *tanto* por parte da srta. Hayes, a mais jovem, *como* por parte do ilustre Andrew Hayes, Ph.D. Naturalmente, a verdade é que um cara menos bonachão começasse a achar tudo isso um pouco pedante.

Anna levantou as sobrancelhas. Elas eram muito arqueadas, como as de Lily, o que a fazia parecer ainda mais surpresa do que provavelmente estava.

— Meu pai veio ver você?

— De fato veio.

— Eu não sabia disso.

— Vivendo e aprendendo. Seu pai veio aqui, e nós tivemos uma conversa realmente insuportável; e estou começando a ter uma triste impressão das boas maneiras da família Hayes, especialmente no que diz respeito à *invasão de privacidade*. É um milagre Lily ser tão afável.

A testa de Anna ainda estava ligeiramente perturbada. Sebastien pôde ver que essa revelação a tinha abalado, e que estava na hora de se aproveitar disso.

— Falando do seu Andrew, ele sabe que você está aqui? Ou será que Maureen sabe?

— Se Andrew e Maureen sabem que estou aqui? — A expressão de Anna se retesou. Houve uma espécie de risada sem som, sem ar, supôs Sebastien, embora fosse notável a semelhança com algum tipo de problema médico. — Não. Eles não me mantêm sob uma vigilância rigorosa.

— Parece estranho, nas circunstâncias.

— No fundo, não.

— Por que isso?

— Eles nunca tiveram todo esse interesse por mim. Na realidade, eles só me tiveram porque acharam que eu seria importante para o desenvolvimento psicológico de Lily. Eu era como um CD de Mozart para criancinhas para ela. Ou será que ela também não lhe contou isso?

Sebastien olhou para os pés.

— Acho que a visão de Lily a esse respeito — disse ele, com cuidado — era que vocês duas se sentiam um pouco desligadas de Janie. Era esse o nome dela, certo? — Muito embora ele já soubesse.

Anna fez que sim e depois fez que não.

— É que eles teriam tido Lily de qualquer modo. Ninguém nunca fala sobre isso. Janie e Lily, era essa que deveria ter sido a família deles. Duas filhas. Eu fui simplesmente a substituta. E ninguém ficou assim tão feliz por eu sair do banco de reservas. Isso, para usar uma metáfora americana de esportes que, tenho certeza, lhe parece bastante vulgar. Mas tudo isso pode às vezes ter seu lado positivo. Significa que eu posso fazer coisas que talvez não pudesse se não fosse por isso. Tipo vir aqui falar com você, por exemplo.

De repente, Sebastien teve uma lembrança momentânea de seu pai. Enquanto crescia, Sebastien tinha percebido — de início vagamente, e então com uma atenção crescente — como seus pais mentiam sobre o trabalho que faziam. Sua estratégia principal parecia envolver, fazer com que seu trabalho parecesse muito, muito entediante; e, quanto mais Sebastien entendia o quanto as funções deles eram de fato interessantes, mais ele se assombrava com o fato de que sua abordagem era realmente eficaz. Quando alguém fazia aos pais de Sebastien uma pergunta sobre sua profissão, eles davam respostas despreocupadas, num tom de autodesvalorização, enfrentavam a pergunta com outra e, com não mais que isso, a conversa mudava de assunto. Invariavelmente, as pessoas com quem estivessem falando ficavam totalmente satisfeitas de se encarregar de falar. Invariavelmente, era isso o que tinham querido o tempo todo.

Uma vez Sebastien tinha feito essa pergunta ao pai, numa de suas poucas conversas diretas a respeito dessas questões. Sebastien estava sempre tentando encontrar as perguntas certas — perguntas baseadas em mútuo entendimento tácito, perguntas que não exigiam respostas concretas — e acabou se revelando que essa era uma delas. Seu pai tinha até mesmo dado a impressão de estar feliz por Sebastien tê-la feito.

— Essa é uma lição prática de vida, meu filho — dissera ele. — Na verdade, ninguém está prestando atenção em você. A maioria das pessoas não capta isso. Elas acham que devem ser mais importantes para outras pessoas, do que as outras pessoas são para elas. Não conseguem acreditar que a indiferença possa realmente ser mútua. Mas é útil aprender essa lição, sabe, se você conseguir não ficar muito abatido com ela.

Sebastien tinha escutado e concordado em silêncio, com ar sério. Era emocionante e apavorante perceber como era fácil esconder-se — como era improvável que alguém viesse procurá-lo, se você se escondesse.

— Entendo — disse ele a Anna.

A claridade que entrava pela janela mudou, e Anna se virou. Sebastien acompanhou seu olhar. Lá fora, nuvens levíssimas esculpiam o céu. Quando ela voltou a olhar para ele, sua expressão estava atenta de novo.

— Quero saber por que você não foi preso — disse ela. — Especialmente se levarmos em consideração que você estava transando com Katy.

Com isso, Sebastien sentiu seu coração parar e então começar a disparar. Ele passou um instante tentando acalmá-lo antes de falar.

— Por que todo mundo acha isso? — perguntou ele.

— Bem, então com quem ela *estava* transando? Parece que estava envolvida com alguém.

— Não sei. "Não é da minha conta." É essa a encantadora expressão do capitalismo tardio que se ouve por aí? Mas tenho certeza de que não era eu. Creio que me lembraria. — Um pensamento medonho lhe ocorreu. — É isso o que Lily acha?

Anna não disse nada.

— Eu não estava transando com Katy. Diga isso a Lily.
— Não faz diferença. — Anna agitou a mão, como se estivesse tentando recusar alguma coisa concreta que Sebastien estivesse lhe oferecendo. — A questão é que todo mundo acha que você estava. Então, com esse pressuposto, por que você não foi preso?
— Você quer minha própria opinião do motivo pelo qual eu não fui preso?
— Quero.
— É uma honra ser consultado.
— Não enche, tá?
Sebastien não fez caso disso.
— Na minha opinião, por mais soberba, limitada e egocêntrica que seja, suponho que eu não tenha sido preso porque eles puderam me excluir com total segurança.
— E por que puderam?
Sebastien arregalou os olhos, na esperança de dar a impressão de estar assombrado com o fato de Anna estar tentando fazê-lo explicar isso.
— Bem — disse ele, devagar. — Eles sabem que um cara estava envolvido, e sabem que esse cara não era eu. Não quero entrar nos detalhes repugnantes de como eles sabem essas coisas, mas já me garantiram que sua geração é de uma indelicadeza sem precedentes. É claro que você já viu *Law and Order*, certo?
— Vocês dois poderiam ter estado envolvidos. Acontece o tempo todo.
— Bem, é mesmo — disse Sebastien. — Mas eles sabem que somente um cavalheiro teve um papel biológico nos acontecimentos, o que tornaria meu papel exatamente qual? Estético? Espiritual? Diretor de iluminação? Eu teria sido o contrarregra? Tudo isso resulta numa narrativa esquisita, até mesmo para a imaginação ensandecida daquele promotor horroroso.
Com isso, o rosto de Anna pareceu se fechar, e Sebastien soube que tinha cometido um erro. O que ele estava fazendo? Brincando, de um

modo perverso, horrível. Como ele poderia depor formalmente diante de pessoas normais? Não conseguia nem mesmo conversar com a irmã de Lily sem convencê-la de sua total insanidade, se não de sua culpa verdadeira.

— Peço desculpas — disse ele. — Mas você entende o que estou dizendo. Você é uma pessoa razoável. Peço que perdoe meu tom irreverente. Em situações de emergência, as pessoas ficam um pouco na defensiva, como tenho certeza de que você percebeu com sua irmã.

— É verdade — respondeu Anna, com frieza. — Se bem que minha irmã não precisa exatamente de situações de emergência para se colocar na defensiva, precisa?

Sebastien não tinha tido intenção de descobrir informações nessa conversa, em particular, mas mesmo assim sentiu que sua esperança crescia com a ideia de talvez encontrar alguma coisa.

— O que você está querendo dizer?

— Bem — respondeu Anna. — Ela tem uma espécie de complexo de perseguição, certo? Acha que o mundo inteiro gira em torno do vazio insaciável de suas necessidades. Acha que é a única pessoa no universo para quem o pragmatismo é uma importante crise da alma.

Sebastien ficou atordoado. Ele abriu a boca e a fechou de novo. Foi audível o estalo de seus dentes.

— Não percebeu nada disso? — perguntou Anna. — Não, suponho que não perceberia. Alguém que acredita que sua necessidade é o vórtice da realidade pode fazer com que qualquer um que atenda a essa necessidade se sinta bastante central também.

Sebastien guardaria essas alegações. Ele as reservaria para um exame posterior. Sabia que, em algum momento, as consumiria com sofreguidão. Ele se disporia a refletir sobre cada perspectiva, bem como sobre sua possível veracidade. Por ora, porém, Anna tinha feito um comentário incrivelmente mesquinho sobre uma pessoa que se esperava que ela amasse — uma pessoa que o próprio Sebastien amava — e que estava, naquele exato instante, indefesa, em todos os sentidos possíveis da palavra.

— Céus! — exclamou Sebastien. Infelizmente o cavalheirismo exigia o veneno. — E Lily disse que você não tinha um pensamento original nessa sua cabeça.

— Ah! — disse Anna. — É claro que não tenho. Mas, na minha família, saber isso *é* o pensamento original.

Sebastien piscou os olhos.

— Lily ama você — disse ele. — Se é que faz alguma diferença. E ela não faz a menor ideia de que você a odeia.

— Eu não odeio Lily. — Anna fez que não, com veemência. — Amo minha irmã. Como poderia não amar? Quer dizer, todo mundo quer amar Lily. Essa é a questão. Todos querem amá-la, todos querem achar que ela tem boas intenções. E não é que ela não tenha. É só que ela não consegue ver como é importante saber se as pessoas *estão dispostas* a fazer uma exceção no caso dela. É por isso que ela está nessa encrenca. Porque a vida inteira ela seguiu regras diferentes de todo mundo.

— Regras! — debochou Sebastien. — Ora, que regras? É só anarquia e ilegalidade de todos os lados.

— Não é verdade — disse Anna. — Há regras para as pessoas, e regras diferentes para Lily. Ou pelo menos havia. E ela nunca soube, que é o motivo pelo qual ela está com tantos problemas agora. Porque não pôde deixar de fazer a tal estrela, ou de falar com aquele bundão daquele promotor, sem um advogado. Ou todas as outras coisas idiotas. Porque ela nunca precisou aprender a viver num mundo que não *quisesse* necessariamente ser bonzinho com ela.

Anna levantou-se. Realmente dava para ver que ela era uma atleta. Sua postura era impecável, quase militaresca, refletindo um estado mais alerta do que Sebastien jamais conseguiria se lembrar de ter sentido na vida.

— Seja como for — disse ela —, tudo bem. A conversa não foi totalmente esclarecedora, mas acredito que você não prejudicou minha irmã de propósito.

— Isso me lisonjeia.

— Bem, decididamente é nisso que acredito. — Anna abanou a cabeça e, quando voltou a falar, tinha abrandado a voz. — Não, quer dizer, eu sei que você gosta dela. Dá para ver. Você sabe que tem um site onde você pode fazer doações? Para as viagens dos meus pais e outras despesas. — Ela abriu a bolsa e tirou uma caneta e um pedaço de papel. Sebastien sentiu alívio por não ser convocado a localizar esses objetos em sua própria casa. Anna escreveu o endereço do website. Ele percebeu, com uma surpresa ligeiramente sem sentido, que ela era canhota. — Se você realmente quiser ajudar. Essa é uma forma.

— Vou fazer isso.

— Pode ser que faça.

Anna virou-se para ir embora. De perfil, ela era mais parecida com Lily do que vista de frente.

— Diz a ela que eu não transei com Katy — pediu Sebastien. — Por favor.

— Não sei se isso é verdade.

— De qualquer maneira, diz para ela. Pode pôr entre aspas; fazer uma imitação de mim, se for necessário; adotar uma voz esquisita; avisar que é uma informação não confirmada. Mas diz a ela que foi isso o que eu disse.

— Ok, eu digo — disse Anna.

Ela saiu pela porta, e Sebastien passou um instante andando a esmo pela sala. Fixou o olhar nos lingotes de luz que entravam pelas janelas. Fixou o olhar nos volumes descorados da sua mobília e tentou ver o que Anna teria visto. Entrou então de novo na cozinha e ouviu o ruído estranhamente revoltante de rodas sobre cascalho. Abriu a porta bem a tempo de ver Anna entrar num carro com Eduardo Campos e ir embora dali.

Eduardo tinha ido a Palermo mais ou menos por um capricho. Tinha passado a manhã inteira meio irritadiço no escritório e não tinha nenhum compromisso para a tarde. Quando saiu ao meio-dia, descobriu que o céu estava perolado, como o interior de uma concha, e que não queria ir direto para casa. É claro que Maria poderia ligar para ele no escritório e se surpreender ao saber que ele tinha saído — mas Eduardo concluiu que para ela não seria a morte ter de se perguntar pelo menos uma vez sobre a impetuosidade dele. Ela não sairia destruída por ter de conviver por um instante com o fato de não saber onde ele estava e de que não havia nada que ela pudesse fazer a respeito. E, tendo em vista a confissão de Ignacio Toledo, já estava na hora — mais que na hora — de Eduardo fazer outra visita a Sebastien LeCompte.

Quando ele subiu a ladeira na direção da mansão, Eduardo flagrou-se olhando involuntariamente para a casa dos Carrizo e se repreendeu por isso. Afinal de contas, era só uma casa. E, afinal de contas, esse caso era só um caso — mesmo que tivesse arrebatado a cidade, depois o país e depois partes substanciais do mundo; mesmo que tivesse animado um sem-número de atenções desanimadas; mesmo que tivesse feito adolescentes sair à noite para buzinar e berrar. Eduardo chegou ao topo da ladeira e desligou o motor. Na casa dos Carrizo, todas as luzes estavam apagadas. Realmente, qual era a atração lúgubre desse lugar? O homicídio era incompreensível, sim — mas quando se analisa a fundo, quase tudo que as pessoas fazem é incompreensível. Eduardo saltou do carro. Suportou uma breve sombra de desejo por um cigarro, como uma fisgada num membro fantasma. E então a porta de Sebastien LeCompte se abriu, e Lily Hayes saiu da casa.

Eduardo teve um surto de adrenalina. Olhou de novo. Não, é claro que não era Lily. É claro que era a irmã. Ele tinha visto a semelhança das garotas em fotos de família — o quadrilátero de seus rostos emoldurando a mãe ruiva e o pai de olhos mansos (que parecia, pelo menos em fotografias, ter uma incapacidade constitucional para qualquer tipo de combatividade). Mas as irmãs eram aparentemente muito mais semelhantes na vida real. Elas não eram exatamente idênticas — aquela ali era mais compacta, e sua pele parecia ser melhor, apesar de Eduardo não saber dizer se isso decorria de um pouco menos de tempo de vida ou de muito mais cuidado —, mas essas diferenças pareciam circunstanciais, especialmente agora. Essa garota, que ainda não tinha visto Eduardo, era apenas uma Lily que se exercitava e usava protetor solar. E Eduardo agora se surpreendia com a sensação perturbadora de que essas garotas não eram pessoas diferentes de modo algum, mas simplesmente a mesma garota em vidas diferentes.

— Olá — disse ele, alegre, em inglês. — Você é Anna.

A garota ficou petrificada. Eduardo teria imaginado que ela fosse dar um pulo com o susto.

— Sei quem o senhor é — disse ela, olhando para ele com os olhos semicerrados. — E não vou falar com o senhor.

Era típico de Lily — dizer-lhe alguma coisa no mesmo ato em que declarava que não lhe diria nada.

— Como foi sua conversa com o jovem cavalheiro? — Eduardo fez um gesto de cabeça na direção da casa. Estava grato pela camada a mais de formalidade que falar inglês conferia à sua escolha de palavras. — Eu mesmo estava prestes a ir lá, mas sinto que preciso de um instante para me preparar mentalmente. É enlouquecedor conversar com ele. Como talvez você já tenha descoberto.

Anna deu um risinho de desdém.

— O senhor não vai se tornar meu amigo com essa atitude — disse ela. Sua voz era exatamente como a de Lily; Eduardo poderia ter fechado os olhos e ouvido a voz das gravações. — Na realidade, o senhor não vai se tornar meu amigo de modo algum. Não sou idiota.

Era provável que ela achasse que, ao expor sua recusa antes de mais nada, ela estava deixando claro que era sabida e séria, uma pessoa que

Eduardo realmente teria de enfrentar. Mesmo assim, ali estava mais uma revelação. Anna não falaria com ele porque Anna não era idiota; e o óbvio corolário disso era que Lily *era* idiota: Lily tinha falado com Eduardo — o que tinha sido imprudente e idiota — e agora todos eles estavam aqui lidando com essa confusão. Nisso havia discernimento e ressentimento. E Eduardo estava se dando conta de que talvez Anna ainda não soubesse disso.

— Olhe, vou ser franco com você — disse Eduardo, passando as mãos pelo cabelo. Seria inútil aproveitar-se diretamente do ressentimento de Anna. Quaisquer que fossem seus sentimentos para com Lily, sem dúvida seu conceito moral de si mesma dependia de deixar esses sentimentos de lado. Decerto, se ela soubesse que poderia permitir que esses sentimentos assumissem o controle agora, quando Lily estava mais vulnerável, Anna jamais se perdoaria. — A verdade — disse Eduardo — é que não tenho certeza absoluta disso tudo.

Anna inclinou a cabeça para um lado e encarou Eduardo com uma expressão que ela deve ter achado que aparentaria ser de descrença.

— Sua irmã é uma garota estranha — prosseguiu Eduardo. — Como tenho certeza que você sabe, ela disse e fez algumas coisas bastante imprevisíveis, bastante incriminadoras. É muito difícil saber o que concluir disso tudo. — Eduardo olhou para o chão e mordeu o lábio inferior. Queria dar a impressão de estar lutando para decidir dizer o que realmente queria dizer. — Mas não tenho certeza — acabou ele dizendo mais uma vez. — E é claro que não quero desperdiçar os recursos públicos, se eu estiver errado.

Ele olhou de volta para Anna, cuja expressão de espanto simulado já estava se desfazendo. O único jeito de ela se dispor a falar com ele estava em Anna sentir que estava sendo de alguma ajuda — por ser racional e sábia o suficiente para explicar sua irmã, que dava todos os sinais de já não poder se explicar sozinha sem riscos. Mesmo que bem no fundo Anna soubesse que falar com Eduardo devia ser muito, muito perigoso — mesmo que ainda mais fundo ela soubesse que isso fazia parte dos motivos pelos quais ela queria tomar essa iniciativa —, ela precisaria acreditar, sempre e completamente, que de fato estava dando o melhor de si em prol de Lily.

— Sempre dá para retirar as acusações — disse Eduardo. — Mas só se eu conseguir encontrar outra forma para que tudo isso faça sentido. Até agora não consegui. Seu ponto de vista talvez seja útil. — Anna abaixou a cabeça. — Eu perguntaria a seus pais — acrescentou Eduardo —, mas não sei se eles se disporiam a falar comigo.

Anna bufou. Até nisso era igual à irmã.

— Duvido que eles possam ajudar — disse ela. — Eles não conhecem Lily assim tão bem.

Eduardo fez que sim, com a expressão neutra.

— Bem, acho bem comum que isso aconteça entre pais e filhos.

Em conflito interno, suspeitou Eduardo, entre querer ocultar a aceitação que decorreria de concordar com ele e evitar o envolvimento que resultaria de uma contestação, Anna não disse nada.

— Olhe só — disse Eduardo. — Diga o que você acha. Nós vamos tomar um café. Eu não lhe faço nenhuma pergunta sobre aquela noite. — Ele não diria "Katy". Não diria "morte". Sem dúvida não diria "assassinato". — Vamos fingir que não aconteceu nada. Se eu mencionar o assunto, você pode se levantar e ir embora. Mas pode ser que você conte algumas coisas sobre sua irmã. Pode ser que você consiga traduzir algumas coisas para mim. Ou seja lá o que for que queira me contar. Seja lá o que for que você ache que eu deveria saber. Você fala, eu escuto. Você está no comando. Se quiser ir embora, vá embora. Parece justo?

Valia a pena tentar, mas é claro que Eduardo não imaginava que fosse funcionar. Isso queria dizer que ele precisava ter cuidado para não demonstrar sua surpresa quando, ao se voltar para ir na direção do carro, percebeu que Anna Hayes de fato o acompanhava.

— Eu falo, o senhor escuta — disse ela, enquanto entrava e se sentava no banco do passageiro.

Eduardo fez que sim e, para mostrar a Anna como estava levando a regra ao pé da letra, não disse nada.

No café, Anna se sentou com os braços cruzados e fez questão de se recusar a olhar para o menu.

— Detesto seu jeito de ganhar a vida — disse ela.

Eduardo deu uma risada.

— Tem dias que eu também detesto.

Tinham ido até o café em silêncio. Se Eduardo lhe tivesse feito qualquer pergunta no carro, ela ainda poderia ter exigido que ele a levasse de volta, o que ele naturalmente teria feito. Mas agora que os dois estavam num café, com os pedidos feitos, havia como que uma armadilha de cortesia em torno de sua conversa, mesmo que Anna se irritasse e quisesse ir embora, ela entenderia que Eduardo precisaria pedir a conta e pagar antes de poder levá-la para casa (afinal de contas, essa seria a pura realidade), e isso daria a ele um tempo a mais com que trabalhar. Eduardo estava apostando que Anna, assim como Lily, sofria de uma cortesia ensinada, e que, como tinha feito com Lily, ele poderia tirar partido disso. Ficou, portanto, surpreso quando Anna se recostou, encarou-o de frente e lhe disse, numa voz madura e ponderada, que o considerava um monstro.

— Verdade — disse ela, novamente. — Um monstro.

Quer dizer que era aqui que terminavam as semelhanças de Anna com a irmã, ao que Eduardo percebesse. O empenho de Lily em ser cortês raramente perdera a força nas entrevistas, não mesmo, por mais furiosa, exausta e apavorada que estivesse. Lily tentara revogar a cortesia algumas vezes — procurando voltar para a posição que mantinha antes de ter sido de uma cortesia tão impecável, como se ele pudesse se esquecer —, e eventualmente até fizera uma tentativa de insultá-lo. Mas era muito desajeitada nisso para chegar a parecer ter algum veneno. Ela sempre fazia Eduardo se lembrar do filhote de cobra venenosa com que ele e Maria tinham se deparado uma vez — era minúsculo, furioso e chiava com uma valentia tão cômica que eles interromperam a briga que estavam tendo na hora e começaram a rir. Mas Eduardo estava percebendo que Anna era diferente.

— Um monstro? — disse ele. — É mesmo? Como assim?

A garçonete trouxe os cafés, e Anna esperou que ela fosse embora para responder.

— O senhor é uma pessoa sem nenhuma empatia — disse ela.

Eduardo tomou um golinho do seu café e se recostou.

— Você quer dizer por Lily?

— Por qualquer pessoa.

— Você se considera uma pessoa provida de empatia?

— Sim.

Era o que qualquer um — qualquer pessoa no mundo — responderia, mas a resposta de Anna não pareceu automática. Pareceu que ela de fato, a certa altura, tinha refletido sobre a questão, o que significava, é claro, que a certa altura ela realmente teve vontade de saber.

— Katy é alvo da sua empatia? — perguntou Eduardo.

— Que significado isso teria neste momento? — perguntou Anna. Sua voz estava ríspida. Se essa era uma pergunta dolorosa, nada transparecia em seu rosto. — Eu não a conhecia, e agora ela morreu. Tenho pena da família, mas ela nunca existiu para mim. Por isso, não sinto nada por ela. O senhor também não sente.

— Eu não sinto? — Eduardo tinha esperado que Anna afirmasse, com veemência, com emoção, que Katy era, sim, alvo de sua empatia. Ficou feliz por nunca parecer surpreso, mesmo quando estava.

— Não — disse Anna. — Seu interesse não é realmente em Katy. Não é por isso que o senhor se envolveu.

— Bem, suponho que, se eu realmente estivesse interessado em Katy, em vez de na justiça, eu seria um monstro maior do que até mesmo você acha que sou. — Ele pôs as mãos sobre a mesa e ficou olhando para a simetria radial de suas palmas. Sempre se admirava com a recorrência de formas na natureza, com a pura indiferença econômica da reciclagem da mesma estrutura para uma pena, uma folha e um coração. — Se Lily tivesse cometido esse crime — disse ele, sem levantar os olhos —, qual você acha que seria o modo mais empático para lidar com ela?

— Ela não cometeu o crime.

— Entendo que essa seja sua opinião.

— Não foi ela.

Eduardo olhou para ela.

— Estamos falando em termos abstratos. Só estou alterando sua premissa para lhe perguntar se ela muda sua conclusão sobre meu sentido de empatia.

— Não vou alterar minha premissa. — Anna parecia enojada. Talvez estivesse começando a acreditar que isso fosse tudo o que Lily teria precisado fazer. — Minha irmã é uma boa pessoa. É uma pessoa maravilhosa. Ela não cometeu esse crime, e o senhor não entende nada a respeito dela.

Eduardo concordou rapidamente, com um gesto de cabeça.

— Acho que isso aí é verdade. Acho que não entendo muito bem sua irmã de modo algum. — Ele tamborilou os dedos de leve na mesa.

— Não estou dizendo que ela seja uma pessoa fora do alcance da compreensão. Ela nem mesmo chega a ser incomum. É só que o senhor, pessoalmente, não a compreende.

— Sem dúvida eu não entendo por que ela fez o que fez.

— Ela não fez o que fez. Quer dizer, ela não fez nada disso.

— Posso lhe fazer uma pergunta hipotética?

— Não.

— O que você acha que teria feito Lily agir como se não fosse ela mesma?

— O senhor vai me fazer a pergunta de qualquer modo? Isso não quer dizer que sua primeira pergunta foi hipotética?

— Acho que quer dizer que ela foi retórica.

— O senhor quer que eu lhe diga que circunstâncias imaginárias poderiam ter levado Lily a cometer um crime que ela não cometeu na vida real. Só para exercitar nossa imaginação.

— Podemos tentar ser mais abrangentes.

— O senhor não existe. Será que realmente tem bons resultados no que faz?

— Pode ser que não. — Eduardo acompanhou com a colher a borda do café. — Mas é por isso que estamos aqui, não é? Porque estou me saindo mal no cumprimento das minhas funções, e você vai me ajudar a melhorar isso me dizendo onde estou me equivocando. Por isso, estou escutando. O que você gostaria que eu soubesse?

Anna ficou calada. Estendeu os dedos abertos sobre a mesa, esticando-os ligeiramente além de seu comprimento natural, num gesto que Eduardo reconheceu ter visto em Lily. Ele se perguntou se esse era um hábito compartilhado, de longa data, ou alguma coisa nova que Anna tivesse adotado sem se dar conta, só depois de ver sua irmã presa.

— Porque eu sem dúvida tenho um monte de perguntas que gostaria de lhe fazer, se você está achando que não tem nenhuma — disse Eduardo. — A decisão é sua.

— Não foi ela.

— É. Você já manifestou essa opinião. — Eduardo largou a colher e abriu o bloco, dando com uma lista de compras, com a letra redonda de Maria. Ele semicerrou os olhos, fingindo examinar o papel. — Ok. Aqui temos uma. Lily era boa em ginástica?

— Como?

Eduardo largou a lista.

— Ela deu uma estrela quando foi interrogada pela primeira vez. Você sabia?

Era claro que Anna sabia. Todo mundo sabia. Se qualquer consumidor de notícias em qualquer parte do mundo sabia de duas coisas sobre

Lily Hayes, a primeira era que ela tinha matado Katy Kellers, e a segunda era que ela tinha dado uma estrela bem no dia seguinte.

Anna lançou-lhe um olhar furioso.

— É provável que qualquer um tivesse vontade de se esticar, se tivesse ficado confinado por horas a fio.

— E na realidade foi uma estrela bastante boa — disse Eduardo. — Ela foi uma ginasta talentosa, quando criança?

— Muitas garotas sabem dar estrela.

— Vocês duas parecem ser bastante atléticas. — Elas não pareciam. Anna era a única atleta da família. Eduardo deu uma batidinha com a colher na xícara. — Mesmo assim. Seria de imaginar que ela percebesse que aquilo daria uma impressão um pouco estranha. Um pouco desalmada. Tendo em vista as circunstâncias. Quer dizer, ela é uma garota muito inteligente, certo? Seja como for, é isso o que deduzo de seu histórico escolar: boas notas, 2.300 na prova de avaliação acadêmica. — Tinha sido 2.280, e Eduardo tomou um golinho de café para dar a Anna a oportunidade de corrigi-lo. Honra seja feita, ela não o corrigiu.

— É só que ela é ingênua — disse Anna. — Ela simplesmente não fazia a menor ideia de que as pessoas fossem usar esse tipo de coisa contra ela.

— E por que você acha que isso aconteceu? — perguntou Eduardo.

— Ela não estava acostumada a que as pessoas a responsabilizassem por alguma coisa que ela tivesse feito?

Anna não tirou os olhos do chão. Eduardo tomou mais um golinho de café, deixando que o silêncio entre eles dois se firmasse.

— Eu soube que o apelido de Lily era "Lil the Pill" — disse ele, por fim.

— O senhor só pode estar brincando.

— Estou certo ao dizer que, em inglês, "pill" é uma gíria para uma "pessoa cansativa e desagradável"? — Aquele tinha sido seu apelido quando criança, fato que a imprensa tinha intencionalmente deturpado, com a sugestão de que a palavra "pill" pudesse designar algum problema de natureza particularmente sexual, ou que fosse uma referência a algum hábito de se drogar com algum tipo de comprimido. Eduardo não tinha descoberto nenhuma comprovação que corroborasse qualquer uma dessas conclusões.

— Era um apelido de quando ela era criança — disse Anna. — Não é possível que o senhor esteja falando a sério.

— Ela ganhou esse apelido por ser uma pessoa cansativa e desagradável?

— Do que o senhor está falando? Ela era uma criança. Isso é ridículo.

— Você considera isso descabido?

— Eu não o *considero* descabido. *É* descabido.

— Tudo bem — disse Eduardo, fechando o bloco com um ruído surdo. — Pode ser que você tenha razão. Eis uma questão que você talvez considere mais pertinente. Eu soube que sua irmã tinha um histórico de matar animais.

Anna empalideceu e baixou os olhos para a mesa, mas não demorou para se dar conta de que precisaria encarar Eduardo para responder. Ela levantou a cabeça e fixou os olhos nos dele. Ele podia sentir como isso era desconfortável para ela, e não só em razão de quem ele era e do assunto da conversa. Na expressão de Anna havia um desagrado profundo, de toda uma vida, por olhar nos olhos dos outros em geral — Eduardo devia saber como era isso —, e mesmo assim ela o encarou.

— Não é verdade — disse ela.

— Não? Sua irmã nunca matou um animal?

— Não — disse Anna. Houve uma hesitação em seu rosto, mas não em sua voz.

— Nem um único?

— Não. — Dessa vez, ela pareceu zangada. — Ela detestava que as pessoas ferissem animais. Detestava agressões de todos os tipos. Ela foi vegetariana quando estava no ensino médio. Detestava aquela fotografia de Sebastien com aquele animal morto. Ela até falou sobre isso depois de romper com ele.

Depois de romper com ele. Houve um chispar de um milissegundo nos olhos de Anna, quando ela ouviu sua frase chegar ao alvo. E Eduardo entendeu, de imediato, que Anna tinha cometido um erro, que ela sabia que tinha cometido um erro e não tinha como dizer se Eduardo tinha percebido, ou se fazia diferença se ele tivesse. Lily e Sebastien tinham terminado na noite em que Katy morreu. E parecia que Lily tinha falado com Anna naquela mesma noite. Eduardo tomou mais um golinho do café, finalmente deixando Anna desviar os olhos.

— Vi essa foto dele — disse Eduardo. — Medonha. — Ele abriu um sachê de açúcar com a unha do polegar e levou algum tempo despejando-o sem cuidado na xícara. — O que você disse a Lily sobre a foto? — Ele não ia lhe pedir que contasse o que Lily tinha dito. Só lhe pediria que comentasse o que ela, Anna, tinha aconselhado. Ele não deixaria que ela soubesse que tipo de erro tinha sido. Ele não lhe mostraria nem sua natureza, nem sua dimensão.

— Bem — disse Anna, com cuidado —, eu não cheguei a falar com ela.

— Ah — Eduardo fez que sim. Quer dizer que era uma mensagem de voz. Os e-mails de Lily tinham sido esmiuçados, é claro, assim como as ligações feitas do seu celular. Tudo isso estava registrado e organizado; e não havia nenhuma comunicação com Anna e com os Estados Unidos na noite em que Katy Kellers foi morta. Mas a impressão era que Lily tinha ligado para Anna de algum outro lugar, talvez do fixo de Sebastien; e, por incrível que seja, ela deixara uma mensagem. Eduardo sentiu um tremor no peito, um pequeno *scherzo* de quase riso. Ele o reprimiu. — Então, por que você acha que ela ligou? — perguntou ele, tranquilo, mexendo o café. Sua melhor manobra, agora como sempre, era projetar uma imagem de que sua compreensão dos fatos era vaga.

— Ela estava chateada — disse Anna.

Eduardo enfiou a colher mais fundo na xícara, arranhando a borra granulosa do açúcar no fundo. Ao encostar na porcelana, ela produzia pequenos sons agudos, como os de um sininho, que de algum modo pareciam mais altos do que deveriam no recinto vazio.

— Ela me dá a impressão de ser uma pessoa difícil de consolar — disse Eduardo, direto para a xícara. — Sob quaisquer circunstâncias.

— Acho que foi por isso que não atendi — disse Anna, piscando quando a colher batia na xícara.

— Bem, dá para entender — disse Eduardo, acenando para a garçonete trazer a conta. — Para ser franco — e dessa vez ele realmente estava sendo —, não sei se eu mesmo teria atendido.

CAPÍTULO 18

Março

Andrew acordou com Maureen dando um pulo para atender o telefone que tocava.

— Alô? — disse ela, assustada com o choque arquejante que sempre a acompanhava, quando era acordada de repente e ainda não tinha conseguido suavizar o pânico cortante na sua voz. Andrew sabia que isso não tinha nada a ver com a situação de Lily; era algo de longa data, possivelmente endêmico. Maureen teria esse tipo de reação em casa, à uma da tarde, num domingo, com alguma ligação de telemarketing.

— Advogado — disse ela, sem emitir a voz. Durante a soneca, tinha ficado comicamente desgrenhada, mais uma característica clássica. *Quero saber aonde você foi, o que você fez e se tirou fotografias,* Andrew costumava dizer-lhe de manhã. Era uma das inúmeras pequenas coisas a respeito dela que, para Andrew, nem tinha um valor especial nem causava desagrado; e, por isso, até aquele momento, ele não tinha se lembrado daquele aspecto específico.

— Entendo — disse Maureen. Andrew percebeu que ela estava ficando desconcertada. — Ai, meu Deus. — Andrew levantou as sobrancelhas. — Ok. Sim. Nós estaremos lá. Estamos saindo. — Ela desligou.

— Que foi? — disse ele.

— Lily fez uma coisa de uma estupidez incrível — disse ela, sem conseguir acreditar.

Ah, mais alguma coisa?, Andrew quis dizer. Seu humor ainda estava fossilizado na alegria da manhã. Ele se sentou mais ereto para se livrar dela.

— Que foi? — perguntou mais uma vez.

Maureen passou os dedos pelo cabelo.

— Ela disse algumas coisas realmente idiotas, incriminadoras.

— Que coisas? Para quem?

— Para Anna, acho. Ao telefone. Numa mensagem de voz.

— O quê? Quando?

— Naquela noite. Houve uma mensagem de voz. Precisamos pegar Anna.

— Certo — disse Andrew. Ele se levantou, vestiu a calça e começou a se dirigir para a porta fechada do outro quarto.

— Que você está fazendo? — perguntou Maureen, quando ele bateu na porta. — Ela está no seu quarto.

— Ela não está aqui? — perguntou ele, ao mesmo tempo.

Maureen ficou com um ar atrapalhado, e Andrew pôde ver que ela sabia que Anna não estava ali, mas se dispunha a verificar de qualquer maneira, porque já não queria demonstrar excesso de confiança no que era ou não era possível.

— Quer dizer, ela não está no seu quarto? — perguntou Maureen.

E, em vez de dizer não, Andrew concordou em que os dois fossem olhar.

Lá fora, a cúpula do céu estava altíssima, a uma distância impossível. Andrew viu uma imagem dela se afastando cada vez mais deles, talvez por esquecimento, talvez por repugnância, talvez por total indiferença. De repente, o céu parecia ser como um balão de uma criança, alguma coisa que podia ser perdida por qualquer descuido ou por qualquer falta de atenção.

Anna não estava no quarto.

No táxi, Andrew apertou de leve a mão de Maureen, e ela apertou a dele. A recusa de se consolar um ao outro era sua forma de oferecer conforto. Palavras tranquilizadoras já tinham ficado muito para trás. Por isso, e talvez apenas por isso, Andrew era grato.

Quando chegaram a Tribunales, Ojeda e Velazquez já estavam parados diante do prédio, à espera. Andrew viu a chama de um cigarro e se perguntou à toa qual dos dois fumava. Atrás deles havia outro vulto — Andrew viu uma cortina de cabelo castanho-avermelhado e, à luz do início da tarde, o severo ângulo reto de um queixo sólido, dando a impressão de prata moldada.

— Ai, meu Deus — sussurrou Maureen, e ele soube que ela estava vendo Lily. A probabilidade de que essa pessoa fosse de fato Lily era baixíssima. Para começar, Andrew percebeu que essa pessoa tinha cabelo. Ainda assim, ela os dominou por um instante, quando eles se levantaram e desceram do carro, parecendo se movimentar contra algum tipo de resistência aquática, como a densidade que enche a atmosfera quando se está fugindo de algum terror num sonho.

— É Anna — disse Andrew.

— Claro que é — disse Maureen. E Andrew soube, com um sulco de certeza que se abriu dentro dele como uma velha cicatriz, que eles estavam perdidos, mais uma vez.

Anna começou a correr na direção deles.

— Mamãe — disse ela. — Papai. — Ela corria sem tropeços, de um jeito determinado e competente, muito embora estivesse chorando. Realmente, tinha saído à mãe. Mesmo assim, Andrew podia sentir a perdição no ar ao seu redor. Tinha certeza de que poderia ter estendido a mão e agitado os dedos em meio a ela. — Me perdoem — disse Anna. — Me perdoem, me perdoem.

Sebastien está dormindo, dizia a voz de Lily na gravação. Eduardo podia ouvir na voz um tom agudo de desespero — alguma coisa que ele não sabia se já tinha ouvido alguma vez nas suas conversas, ou mesmo em qualquer uma das outras gravações.

Acabei de voltar, disse ela. *Eu só... Qual é o problema comigo?*

É claro que o iPhone de Anna foi apreendido; é claro que a mensagem em questão foi recuperada. Isso só demorou metade de uma tarde, já que a mensagem de voz, embora apagada, tinha sido providencialmente armazenada na pasta de mensagens apagadas do iPhone. Eduardo escutou-a repetidamente, é claro. De início, sozinho, muitas vezes; e depois com a pessoa que precisaria tentar encontrar uma explicação para ela.

Meu Deus. Eu não sei o que fiz.

Lily parecia atordoada na gravação; sem dúvida, inquieta. Mas essa frase indicava que ela estava de posse de suas faculdades, mentais e morais, e sabia que tinha cometido um erro medonho. Afinal, sabia o suficiente para ligar para a irmã e falar soluçante sobre o assunto. E dava para ouvir em sua voz que ela realmente estava arrependida de não importava o que fosse que tivesse feito. Nada, nada, poderia ser mais condenatório do que isso.

Mais uma vez, Eduardo reiniciou a mensagem; mais uma vez, a voz de Lily encheu a sala. Mais uma vez, ela disse, *Sebastien está dormindo.*

Eduardo olhou para Sebastien LeCompte, do outro lado da mesa. O rosto do rapaz estava descorado. Eduardo olhou de relance para seu bloco e começou a formular as perguntas óbvias.

Sebastien estava sentado de frente para Eduardo Campos, esperando ser forçado a escutar mais uma vez a mensagem de voz de Lily. Seu conteúdo, como Campos estava explicando novamente, tinha levantado algumas questões novas.

— Lily diz com perfeita clareza que você está dormindo no outro cômodo — disse Campos. — Como você pode ouvir.

Em volta de Sebastien, tudo estava branco e irreal. Ele engoliu em seco.

— Você me disse que passou a noite inteira com Lily — disse Campos. Seu cabelo reluzia com um brilho indecifrável. Sebastien não saberia dizer se era suor ou gel. — Mas a gravação me diz que, na realidade, ela saiu. Nisso você tinha mentido.

Era verdade; e no entanto Sebastien sentiu seu cérebro se fender com um choque estontearte diante da acusação. Por quê? Devia ser porque ele tinha contado a história tantas vezes que começou a lembrar das coisas do jeito que contava. Isso lhe acontecera às vezes quando criança: ele enriquecia uma história ligeiramente e depois acabava perdendo o controle de quais zigue-zagues da narrativa correspondiam à realidade e quais tinham sido acrescentados depois, como adornos. Agora, confrontado com a prova da saída de Lily, agredido pela lembrança daquela noite, Sebastien se sentia quase tão surpreso quanto se lhe tivessem dito alguma coisa que ele no fundo não soubesse.

— Acho que não — disse ele, trêmulo.

— Além do mais, tudo isso está gravado, como é claro que você sabe. Não se trata de você me convencer de que minha memória está confusa. Ela não está, por sinal, mas você não precisa acreditar em mim. Acredite em sua própria voz.

Campos pressionou uma tecla, e agora a própria voz desagradável de Sebastien encheu a sala, falando sobre como ele tinha passado a noite inteira com Lily, como ela tinha permanecido a seu lado, como ele tinha certeza disso. Sebastien sentiu uma súbita repulsa pela pessoa que estava falando: foi automática e instantânea, como um preconceito que ele sabia muito bem que não devia abrigar, mas não conseguia deixar de sentir, por um rápido segundo de pânico, antes que seu superego se manifestasse para policiar a situação. Quem era aquele cara? Ele achava que parecia indiferente? Achava que parecia *descontraído*? Achava que parecia ter qualquer tipo de controle sobre a situação, qualquer controle até sobre si mesmo? Sebastien sentiu pena daquele garoto. Ficou revoltado com aquele garoto.

Acima de tudo, estava muito chateado porque agora seria forçado a remediar os erros daquele garoto.

— Mas foi só por um instante — disse Sebastien. Sua culpa era infinita, multidimensional. Sua culpa era como uma dor tão forte que você para de acreditar que ela provém de você mesmo e começa a acreditar que é proveniente do universo. Ela já não estava dentro dele; estava em toda a sua volta. Você sabia disso, disse ele a si mesmo. Está lembrado? Você já sabia de tudo isso.

— Quer dizer, não sou nenhum matemático — disse Sebastien. — Não sou Euclides. — E no exato instante em que falava, ele podia ouvir a debilidade do que estava dizendo: podia ouvir a estridência de sua indignação, o exagero de sua zombaria. — Mas essa mensagem de voz dura o quê? Trinta segundos? O senhor está dizendo que Lily estava esfaqueando Katy enquanto ouvia a mensagem de saudação de Anna? Ou então, entre as frases? Ou o quê?

Eduardo Campos inclinou-se para a frente. Estava com um cheiro de remédio; logo, aquilo no cabelo devia ser gel. Sebastien na verdade não precisava que lhe explicassem, mas Eduardo explicou mesmo assim, com mais paciência do que o próprio Sebastien teria tido, se estivesse no lugar do outro.

— O problema — disse ele, realmente transmitindo a impressão de que era de fato um problema, de que era um problema deles dois, de que era um problema de todos — é que não há ninguém além de você que dê conta de Lily naquela noite. Sua palavra é tudo o que temos.

Campos pareceu não considerar necessário voltar a mencionar que a palavra de Sebastien já era questionável. E, com a mensagem de voz, tinha sido aniquilada por completo.

— Ok, certo. Como nós dois descobrimos, eu me enganei. — Sebastien inclinou a cabeça ligeiramente, dando a Campos um instante para registrar essa concessão. — Mas no fundo não é essa a questão. A questão que o senhor está procurando esclarecer não tem nada a ver com eu estar certo ou errado quanto àquele momento em particular. A questão é saber o que ela fez enquanto esteve fora da casa. Em termos realistas, o que ela poderia ter feito. Se é que chegou a sair da casa. E assim o senhor vai dizer às pessoas que ela deu uma saidinha para um rápido assassinato no meio da noite, como se costuma fazer, e depois voltou sorrateira para ligar para a irmã na faculdade antes de voltar para a cama e *dormir* o resto da noite a meu lado? Porque eu acordei em algum momento na madrugada, e ela estava dormindo a meu lado. E, tudo bem, já percebi que o senhor não me considera confiável, e por isso quem se importa? Mas sem tomar banho? Ela não usou o chuveiro. Voltou de um pequeno homicídio por impulso e nem tomou um banho? Vocês não têm como verificar isso?

— Nós temos. — Agora a expressão de Campos estava de fato mansa. Sebastien podia ver que ele tinha começado a compreender que a confusão de Sebastien não era genuína, que era desesperada, delirante; que ele estava construindo o tipo de narrativa rebuscada que as pessoas inventavam para fazer a realidade parecer menos real. — E poderíamos ter feito isso — disse Campos —, se você tivesse sido franco conosco desde o início. Mas, como você sem dúvida percebeu no mesmo instante em que falava, nós agora não podemos voltar no tempo e provar se Lily Hayes tomou ou não um banho na sua casa algumas semanas atrás. É uma pena.

A boca de Sebastien encheu-se com um gosto de tanino. Ele estava começando a perceber como eram ínfimos os pontos em disputa nesse caso; começava a ver que não se constrói uma boa credibilidade ao acertar a maior parte da história. E, francamente, ele não questionava a correção disso tudo. Não importava se ele era um mentiroso no todo, ou se o grosso do que tinha contado a todos tivesse sido real. No final das contas, ele tinha mentido por Lily, o que significava que estava disposto a mentir por ela, o que era o único fato válido sobre ele no que dizia respeito a esse caso, e possivelmente o único fato válido sobre ele em geral.

— Ela rompeu comigo naquela noite, sabia? Poderia ter sido sobre isso que ela estava falando com Anna.

— Quando?

— Quando ela fala no erro.

— Poderia ter sido — disse Eduardo, em tom simpático. — Mas é certo que não temos nenhum motivo para pensar desse modo. Ela lhe deu a impressão de achar que romper com você tinha sido um erro terrível?

Sebastien não disse nada.

— Olhe — disse Eduardo, pondo as mãos na mesa naquele seu gesto estranhamente suplicante. — Não vou lhe dizer que ser franco é a melhor maneira que você tem para ajudar Lily. Sei que ando lhe dizendo isso já há algum tempo; e, quer você tenha acreditado, quer não, houve uma hora em que essa era a verdade. Mas agora não vou repetir, porque não estou convencido de que continue a ser a verdade. Acho que você não tem como ajudar Lily a esta altura. Tudo o que sei com certeza é que você ainda a pode prejudicar. Você a prejudicou com essa mentira. E a prejudicou tanto quanto ela prejudicou a si mesma. Porque agora não temos certeza de nada.

E então Sebastien escutou enquanto Campos fazia uma relação de todas as coisas que eles já não podiam saber com certeza. Será que Lily e Sebastien tinham de fato fumado maconha juntos? (Porque ela tinha fumado maconha com alguém.) Será que eles tinham realmente assistido a *Encontros e desencontros*? Sebastien estava perplexo com essa extensão do ceticismo rigoroso a todas as coisas triviais — seria esse o tipo de filme que Sebastien costumava ver, e seria essa a quantidade de álcool que Lily geralmente consumia, e por que ela teria ido à casa dele e passado tanto tempo com ele de qualquer maneira, se estava só planejando terminar tudo depois? Pensando bem, será que Lily tinha sequer estado na casa naquela noite? Enquanto escutava, Sebastien podia sentir a totalidade daquela noite se desenredando — viu que ela se apagava, com o desaparecimento de todos os erros, começando com a morte de Katy e terminando com Lily rompendo com ele; ou talvez as duas coisas sumindo ao mesmo tempo, até que nada daquilo tivesse acontecido, nada daquilo tivesse acontecido de modo algum.

Ou talvez, pensou Sebastien, isso fosse ambicioso demais. Talvez ele precisasse de um pedido mais moderado. Talvez necessitasse só apagar Anna. Ele imaginou que Anna não viera visitá-lo. Mentalmente, ele desfez a conversa que tiveram, desfez as batidas na porta, desfez a corrida de táxi desde o hotel, onde os pais de Lily e Anna dormiam, e então os acordou.

Eduardo Campos tinha parado de falar. Sebastien sentiu que tinha dentro de si um enorme açude de dor. Um dia, seria tragado inteiro por ele. Sabia que um dia se afogaria nele. Às vezes desejava poder andar na direção desse açude, com pedras nos bolsos, e acabar com aquilo tudo.

— Aqui — disse Campos, entregando um telefone a Sebastien. — Suponho que seus pais tivessem um advogado.

— Puta merda, que diferença faz? — disse Andrew para Maureen, na corrida de volta para o hotel. Tinha anoitecido, e os faróis do táxi por um instante fizeram cintilar o muro da prisão. Anna precisou ficar para trás para conversar com os advogados. — Talvez nós todos devêssemos ir para casa.

Maureen não respondeu.

O iPhone de Anna tinha sido apreendido naquela tarde. A mensagem de voz incriminadora tinha sido apresentada. Anna a tinha apagado, mas parecia que, de algum modo, não a tinha apagado o suficiente, fato que levava Andrew a hesitar entre atribuí-lo à inépcia tecnológica de Anna e a algum desejo inconsciente dela de prejudicar a irmã. Ele não conseguia suportar refletir a sério sobre qual era realmente mais provável. Na mensagem, a voz de Lily estava estranha — embora não do mesmo jeito que na chamada para a emergência da polícia, que ela só faria doze horas mais tarde. Na ligação para Anna, a voz de Lily estava distante e rouca; e, de algum modo, descontraída demais. Ela era quase irreconhecível para Andrew, e ele por muito pouco não disse isso — quase tinha questionado a ideia de que chegasse a ser a voz de Lily —, mas resolveu se conter. Ele estava aprendendo.

Na mensagem, Lily soluçava baixinho. Lamentava o destino do animal morto na foto de Sebastien. Falava com voz trêmula sobre um erro que tinha cometido. Era claro que não era uma confissão — não significava nada, menos que nada. Os erros que Lily tinha cometido na vida eram de uma insignificância tão comovente que Andrew não sabia ao certo se ela sequer se lembraria deles quando crescesse. E no entanto o horário da ligação estava dentro do período em que os peritos calculavam que Katy tinha morrido. E Anna — estranhamente — tinha decidido não revelar a mensagem. Não estava certo se o fato da ocultação, em si, seria aceito no tribunal. Mas estava certo, sim, que Anna agora seria forçada a depor — sobre a sensação que teve quando ouviu a mensagem pela primeira vez e sobre o que mais tarde receou que pudesse ser seu significado.

Havia alguma outra coisa errada com a mensagem, apesar de Andrew ter demorado um pouco para descobrir o que era. Ele tinha ouvido tantas vezes a história da noite em que Katy morreu que ela tinha se tornado como um sortilégio, como uma canção infantil anterior à linguagem ou à memória. Ouvir a história na mensagem de voz era desnorteante, como entrar numa sala em que a mobília tivesse sido mudada de lugar. Cada vez que ele escutava a mensagem, a versão que tinha ouvido antes se sobrepunha momentaneamente à nova versão. Até que, depois de algumas repetições, ele captou a diferença.

Fui até o rio, dissera Lily. A voz da maioria das pessoas parecia mais aguda quando numa gravação, mas a dela parecia mais grave. *Fui até o rio.* Nos relatos que Lily tinha feito daquela noite, ela não tinha mencionado um rio. E tinha dito *eu* fui até o rio, não *nós* fomos. O que tinha acontecido no rio? Nada tinha acontecido no rio. Qual era o significado de ela ter ido até o rio? Não significava nada que ela tivesse ido até o rio. No entanto, nas versões anteriores da história, nunca tinha surgido um rio.

Lá fora da janela do táxi, a lua era uma aurícula reluzente no céu. A luz que ela lançava fazia o rosto de Maureen parecer anguloso e não muito realista, como se ela tivesse acabado de sair de um quadro de um daqueles movimentos que procuravam retratar as pessoas não como elas aparentavam ser, mas como eram de fato.

Andrew abaixou o vidro e deixou o ar entrar veloz. Pensou em sua Lily, sozinha à noite, deixando a casa de Sebastien LeCompte e saindo — por suas próprias razões, ao mesmo tempo inocentes e incognoscíveis. Era apavorante pensar em Lily fazendo qualquer coisa sozinha à noite. Era mais apavorante — muito mais — pensar nela nunca mais fazendo nada sozinha.

Andrew pensou no rio espectral, com sua filha espectral ao lado. Era provável que tivesse parecido gelado, ao luar. Lily tinha feito simplesmente o que Andrew sonhara fazer tantas vezes quando Janie estava mal, tantas vezes desde então. Sem falar com ninguém, sem perguntar a ninguém, ela abriu a porta e foi embora.

— Andrew — disse Maureen. Ele sentiu que ela estava olhando para ele no escuro e voltou o rosto para encarar seu olhar.

— Sim? — Do imenso emaranhado de preocupações e pesares preexistentes que Andrew conhecia muito bem, um novo medo sem nome estava tentando dominá-lo. O medo o soltava e o dominava de novo, numa inquietação involuntária, apertando e relaxando.

— Você viu aquele vídeo da segurança da loja? — perguntou Maureen. — Com Sebastien?

— Vi algumas vezes, sim.

— Eu também. — O táxi virou a esquina que levava ao hotel. Maureen voltou a olhar pela janela. E ainda estava olhando para longe quando prosseguiu: — Você algum dia soube que ela fumava?

CAPÍTULO 19

Julho

Sebastien foi ao tribunal todos os dias durante três semanas até finalmente Lily chegar a depor.

 Enquanto ela prestava seu depoimento, ficou óbvio que tinham lhe dito que falasse devagar e com clareza. Era óbvio que tinha recebido instruções de olhar nos olhos dos outros. Foi um alívio ninguém ter lhe dito que sorrisse — que esse papel não exigia alegria —, porque o sorriso que ela dava em fotografias, na opinião de Sebastien, realmente podia fazer com que as pessoas começassem a ter suas dúvidas sobre ela. Seu castelhano estava muito melhor agora. Seu cabelo estava crescendo, mas ainda estava tão curto que tornava seu rosto mais severo, mais franco, do que normalmente era. Ela usava uma variedade de blusas de malha de gola alta, com frequência em tons de rosa-claro — o que pareceu a Sebastien tão absurdo, uma escolha que era tão evidente que ela não teria feito. Essas blusas faziam com que ele se lembrasse de uma fotografia que tinha visto uma vez de uma criança africana esquelética usando uma camiseta doada, personalizada para o churrasco de reunião de alguma família em 1993. A incongruência da blusa de Lily tinha de fazer parte da estratégia, calculou Sebastien. Ela devia ter sido escolhida, não somente por seu recato, por sua feminilidade suavizada, mas também por sua forma de mostrar ao mundo que Lily agora estava encarcerada, que era uma prisioneira, que aceitaria qualquer blusa que lhe dessem e a usaria com gratidão; que pedia perdão, que não tinha matado Katy Kellers, mas mesmo assim pedia perdão por todas as outras coisas, por seu jeito de ser, por tudo o que tinha e por quem tinha sido; que aprendera sua lição e que o mundo podia se permitir perdoá-la.

Sentado no tribunal, Sebastien ouviu Lily explicar a estrela — falando devagar e com cuidado, enquanto se forçava a olhar nos olhos de um desconhecido diferente, ao acaso, a intervalos de alguns segundos. Disse que tinha feito a estrela não para zombar nem para desfazer da morte de Katy; nem para tentar parecer desafiadora ou valente. Disse que tinha feito aquilo simplesmente por se sentir indefesa. Tinha querido mostrar a si mesma que ainda podia fazer essa coisinha. Podia ser que não pudesse fazer mais nada, mas aquilo ainda podia.

E então, sentado no tribunal, Sebastien escutou — mais uma vez — a mensagem de voz. O som do choro gravado de Lily encheu o recinto. Sebastien ainda quis acreditar que aquela voz estava chorando por ele. Mas ele agora sabia que o melhor era não se permitir acreditar em alguma coisa em que queria tanto acreditar.

No final, foi um julgamento relativamente rápido.

Quando Eduardo e Adelmo Benitez, o juiz de instrução, apresentaram o caso à corte, a história já estava perfeita e inquestionável. Os exames de DNA provavam que Lily manuseou a arma do crime; o motorista do caminhão de entregas indicou a presença dela, suja de sangue, na cena do crime; a anulação do seu álibi deixou a confissão de Ignacio Toledo praticamente incontestada e incontestável. Tudo o que restava era relaxar e assistir aos motivos descrevendo órbitas em torno de Lily como planetas em torno de uma estrela.

Para começar, Katy fez sentir seu peso do além, com sua mensagem enigmática sobre o novo romance em sua vida, aquele que ela temia que deixaria Lily terrivelmente irritada. Em seguida, veio Beatriz Carrizo, tremendo mais de uma cólera santa do que de nervosismo, descrevendo de que modo Lily tinha espionado, bisbilhotado, saído sorrateira de casa à noite e sido despedida do emprego; como não tinha passado uma semana — uma semana, ao pé da letra — sem que ela se envolvesse em algum tipo de encrenca. No entanto, na verdade, o grosso do trabalho tinha sido feito pela própria Lily — aos poucos, uma palavra após a outra, nos e-mails, na mensagem de voz, na briga, nas mentiras — tornando a argumentação de Eduardo mais convincente do que ele jamais poderia ter feito, muito antes que ela chegasse a depor.

E então veio Lily em pessoa, falando em primeiro lugar pela defesa. Àquela altura seu castelhano estava ótimo, por fim com uma fluência recém-adquirida. Tinha aprendido expressões idiomáticas e gírias. Dava para ver que tinha aprendido palavrões. Seu castelhano era agora aquele tipo de língua na qual se pode sonhar e se pode confiar. E Eduardo teve certeza de que ela tinha certeza de que, se pudesse ter tido a oportunidade de fazer tudo novamente — se pudesse ter dublado os últimos meses com *esse* castelhano —, nada disso teria acontecido. Mas é claro que teria; e qualquer um poderia ter percebido. Sua insensibilidade perversa para com Katy não exigia manifestação verbal; portanto, não exigia tradução. Se havia alguma diferença, era a de que Lily dava uma impressão pior com esse seu castelhano aprimorado do que dera antes. A recente ênfase prazerosa em sua fala — sua disposição descontraída de realmente se dedicar à pronúncia — entrava num estranho conflito com seu relato desapaixonado da vida e da morte de Katy Kellers. Quando seu castelhano era fraco, limitado, havia uma noção de que talvez as nuanças de sua experiência e percepção estivessem sendo perdidas; que talvez um quadro mais completo, mais favorável, existisse logo ali, se ela fosse mais fluente. Mas agora, quando Lily falava, dava para ter certeza de que ela sabia o que estava dizendo. E assim, quando ela fez um comentário gratuito, inconveniente e "engraçadinho" sobre a qualidade ortodôntica do sorriso de Katy Kellers, um dos juízes franziu o cenho, tirou os bifocais e fez uma anotação, certo de que aquilo que estava ouvindo era exatamente o que ela pretendia dizer.

Portanto, ao interrogar Lily, Eduardo pôde permitir-se ser discreto. Dirigiu-se a ela com a voz baixa, mansa; e só lhe aplicou um golpe sério. Precisava de apenas um.

— Você diz que tentou ressuscitar a vítima quando encontrou o corpo?

— É verdade.

— Lily, você poderia dizer à banca de juízes aqui presente quais são os passos de um procedimento de ressuscitação?

Ela não conseguiu.

O depoimento de impacto veio em seguida. Foi proferido pelo sr. Kellers, num estilo eloquente e cortante, com os membros remanescentes de sua bela família formando um trágico quadro vivo por trás da mesa da promotoria.

E então veio Anna: tranquila e contida; falando com energia, com o jeito conciso de alguma autoridade policial, sobre todas as inúmeras qualidades de Lily; e dando boas respostas para todas as perguntas de Eduardo, menos uma.

— Eu simplesmente achei que Lily não gostaria que ninguém ouvisse aquela mensagem — disse ela.

Eduardo inclinou a cabeça e franziu a testa.

— Mas por que você teria ficado preocupada com qualquer outra pessoa chegar a ouvi-la?

Logo foi a vez de Sebastien LeCompte. Ele falou de Lily com ternura, quando interrogado por Ojeda, mas até mesmo as afirmações atenuantes que fez sobre ela, mesmo aquelas que Eduardo tinha certeza de serem verdadeiras, acabavam parecendo de algum modo sarcásticas e falsas. Talvez isso se devesse ao pavor de ser o centro das atenções. Talvez se devesse à dificuldade de entrar numa arena já com sua credibilidade comprometida, e à falta de autenticidade automática que resultava do esforço de tentar compensá-la. (Eduardo lembrava-se disso, de suas próprias tentativas iniciais de formar redes interpessoais, enquanto estava na Faculdade de Direito, quando ele era tão relutante e tinha tão pouca prática que acabava dando a impressão de uma timidez ainda mais transparente do que a de seus colegas.) Ou talvez, pensou Eduardo, Sebastien LeCompte tivesse de fato se esquecido de como se dizia alguma coisa a sério. Talvez nunca tivesse sabido.

Fosse qual fosse o caso, não havia como negar que Sebastien LeCompte, assim como Lily, tinha contribuído para a obstrução da justiça. Eduardo poderia ter salientado esse fato em seu interrogatório — poderia ter se apoiado nele, feito Sebastien sentir sua ameaça, feito a banca de juízes ver sua importância. Mas Eduardo acabou decidindo seguir uma abordagem diferente, por sua eficácia tanto quanto por sua humanidade. No fundo, afinal de contas, Eduardo não acreditava que Sebastien LeCompte realmente representasse perigo para ninguém, ou que fosse provável que os erros que ele tinha cometido viessem a se repetir fora de sua própria vida. Quer dizer que o garoto tinha mentido para proteger a namorada. Isso só demonstrava que ele tinha juízo suficiente para saber que ela era culpada e lealdade suficiente para amá-la assim mesmo. E, de qualquer maneira, estava sobejamente claro que Sebastien LeCompte já estava numa prisão.

Assim, em vez de visar a dissimulação de Sebastien, Eduardo foi no encalço do que ele ignorava. Como tinha sido a festa de aniversário de Lily?, perguntou ele. Sebastien não tinha comparecido. Por que Sebastien não tinha comparecido? Porque não tinha sido convidado. E como Lily se sentiu depois de ser demitida? Sebastien não sabia. E por que Sebastien não sabia? Porque Lily nunca tinha conversado com ele sobre o assunto.

Era nesses momentos hesitantes de admissão de seu próprio desconhecimento — e exclusivamente nesses momentos — que Sebastien LeCompte por fim parecia estar dizendo a verdade.

O último foi Ignacio Toledo. Era difícil para Eduardo adivinhar com segurança a impressão que ele estaria causando nos juízes. Em certos trechos, aos olhos de Eduardo, ele parecia nitidamente oportunista; e Eduardo não estava nem um pouco convencido de que a banca de juízes acreditasse que ele estava contando toda a história. Mas os juízes estavam ainda menos convencidos de que Lily estivesse, depois de tudo que tinham ouvido. E, como o depoimento de Ignacio Toledo envolveu muito mais recriminações contra si mesmo do que o de Lily, talvez tenha parecido natural para os juízes repartir a diferença. Ignacio Toledo foi condenado a cinquenta anos na prisão. Lily Hayes, a vinte e cinco.

Mais tarde, as câmeras cercaram a família de Lily Hayes na escadaria do tribunal.

— O senhor se surpreendeu com o veredicto? — perguntaram.

E Andrew Hayes olhou cansado para a câmera e respondeu que àquela altura na vida ele tinha bastante certeza de que nada poderia vir a surpreendê-lo.

Lily escreveu somente uma vez para Sebastien durante o julgamento. Foi uma carta esquisita, formal, paranoica e estranhamente anônima, como se ela a tivesse escrito sem saber quem, se é que alguém, chegaria a lê-la. Tratava principalmente dos pais dela: de como suas visitas ainda estavam no centro de sua vida, sendo o que mantinha sua cabeça focada, mas como, todas as vezes que eles vinham, ela ficava obcecada com a hora de irem embora, deixando-se consumir pela noção dos minutos que já tinham se passado, apavorada por não sentir o que queria sentir e não dizer o que queria dizer, naquele tempo que lhe restava com eles. Ela escreveu que precisava canalizar toda a sua vida, todo o seu coração secreto, para esses poucos instantes; e depois eles chegavam e iam embora; e ela passava a semana inteira preocupada por não ter conseguido acertar a visita e jurava a si mesma que se sairia melhor da vez seguinte. Mas isso não acontecia. Ela sempre se descobria ficando distante, de algum modo, com sua atenção meio desviada para a partida deles. Queria que as visitas fossem algo sólido, escreveu ela, algo que ela pudesse abraçar plenamente. Em vez disso, elas eram como tudo o mais: eram difusas, espúrias, como átomos, como segundos, como todas as coisas das quais você precisava depender, mas nas quais nunca podia realmente confiar.

No dia em que foi pronunciada a sentença, Eduardo levou Maria para jantar fora à noite. No restaurante, eles foram excessivamente corteses, como desconhecidos que tivessem sido informados de que o outro era muito suscetível a se ofender. Eduardo sabia que estava sendo supersticioso ao não convidar mais ninguém para acompanhá-los — ele sabia que estava tentando evitar uma explosão do tipo da que tinha ocorrido depois de sua promoção tantos anos atrás. E apesar de estar decepcionado com sua própria infantilidade, estava ainda mais decepcionado com o fato de parecer que não estava funcionando. Recentemente, seu relacionamento tinha parecido a Eduardo como uma moeda girando cada vez mais devagar, muito além do ponto em que se pensaria que ela sem dúvida, sem dúvida, devia parar.

Naquela noite, a seu lado na cama, Maria murmurou uma pergunta no ouvido dele quando ele estava quase adormecendo.

— Você ainda me amaria se eu matasse alguém? — disse ela.

A pergunta entrou se arrastando pela orelha de Eduardo e o fisgou de dentro do sono. Ela ecoou dentro dele por um instante, como alguma coisa num sonho, até ele se dar conta de que era real.

— Você disse alguma coisa? — perguntou ele.

— Bem, você ainda me amaria? — Maria estava deitada de lado, com a cabeça apoiada no antebraço, a orelha aconchegada na mão. Eduardo teve a impressão de que ela estava olhando para ele havia um tempo.

— Do que você está falando? — disse ele, sentando-se na cama. — É ridículo. Você nunca mataria ninguém.

— Mas você continuaria a me amar, se eu matasse?

— Mas você não mataria. — Ele acendeu o abajur de cabeceira. Maria olhava para ele, com uma expressão de coruja, cheia de expectativa. Ela permaneceu deitada.

— Você não seria você mesma, se fizesse uma coisa dessas.

— Às vezes, você fica tão filosófico.

— Não, mesmo. Você não faria nada disso. Não haveria um "você" para eu amar.

— Mas e se você não souber disso? E se eu já tiver matado alguém? Eu ainda seria eu? E, se eu não for eu, quem eu sou?

— Você não matou ninguém.

— Você tem razão. Mas e se um dia eu vier a matar?

— Não seja mórbida. Isso não vai acontecer. Você precisa que eu lhe garanta que você não vai matar ninguém, para a gente poder ir dormir?

Ela sorriu.

— Você não sabe se eu nunca vou fazer isso. No fundo, você não me conhece tão bem assim. — Ela estava com uma expressão de uma serenidade estranha, e parecia estar falando quase só para si mesma. Virou-se para se deitar de costas e se enfiou por baixo dos lençóis. — É provável que alguém ainda ame aquela garota. Mesmo que ela tenha cometido o crime.

— Tenho certeza de que alguém acha que ama — disse Eduardo, de mau humor. — E foi ela, sim.

— Alguém achava que a conhecia também.

— Disso eu não tenho dúvida. — De repente, Eduardo tinha a sensação de que vinha vivendo este momento desde suas lembranças mais remotas... talvez não exatamente essa conversa, mas alguma versão dela, algum diálogo em que Maria queria alguma coisa dele que ele não conseguia discernir, e nunca seria capaz de fazê-lo. Ela sabia, devia saber, que ele lhe teria dado qualquer coisa de que ela precisasse. Não lhe dizer do que precisava era seu jeito de forçá-lo a decepcioná-la, o que ela sabia, devia saber, que era o golpe mais doloroso que lhe podia infligir. Eduardo podia ver esse tipo de momento se estendendo para sempre em torno de si. Estava adiante e atrás dele. Estava para além e por dentro dele. Talvez fosse a matéria escura do universo, e todos os astrônomos podiam parar de procurar.

— No fundo, você não me ama — disse Maria, piscando devagar. Disse isso como se fosse uma conclusão à qual tivesse acabado de chegar, mas com a qual não se importava muito.

— Meu Deus. — Eduardo afastou as cobertas bruscamente. Estava cego de raiva, abalado pela violência dessa explosão. Até aquele momento, nem mesmo tinha sabido até que ponto podia sentir raiva de qualquer coisa. — Cada movimento meu, cada *pensamento* meu, é para você. Toda essa merda desse caso é para você. Toda a minha vida é para você. O que mais você quer de mim?

— Não se trata do que eu quero. Nem mesmo do que você sente. Trata-se de quem eu sou. E isso você não sabe.

Eduardo atirou a roupa de cama no chão e bateu na parede, com a mão aberta, com alguma força. Maria olhou para os lençóis com uma leve surpresa. Ela nunca tinha precisado registrar sua força física, porque Eduardo deixava que ela se esquecesse dela. Cada vez que a tocava, exatamente cada vez, era com delicadeza, com comedimento. Mas ele era muito, muito mais forte que ela e percebeu que naquele momento estava fazendo com que ela se lembrasse disso; não porque a estivesse ameaçando, mas porque estava exigindo que ela tivesse uma avaliação correta dele.

Maria, entretanto, não se deixou perturbar por essa explosão. Simplesmente olhou para os lençóis e depois para ele, com uma expressão de interesse paciente, como se fosse um cordeiro incrivelmente inteligente.

— Detesto isso em você, sabia? — disse ela.

Eduardo não sabia se ela estava se referindo ao emprego dele, a seu gênio ou a alguma outra coisa totalmente diferente, mas se deu conta, por fim, com enorme certeza e alívio, de que não fazia diferença.

— É — disse ele. — Eu sei. — Ele saiu da cama e ficou em pé. No carpete à sua frente havia uma meia-lua clara, lançada pela iluminação pública, do lado de fora da janela. — Por que você voltou? — perguntou ele. — No fundo.

Maria virou para ficar de costas e cobriu os olhos com as mãos.

— Porque tive um sonho.

— Você teve um sonho.

— Foi.

— Verdade?

— Sonhei que você se transformava numa flor, que eu me esquecia de regar, e você morria.

Eduardo bufou, zombando. Estava estarrecido.

— Se quer saber a verdade — disse Maria, debaixo das cobertas —, acho provável que aquela pobre garota seja inocente.

Eduardo voltou-se para a janela. Lá fora, o céu estava começando a clarear e a se tornar de algum modo translúcido, sugerindo chuva em seu humor, mesmo que não em sua cor. Logo amanheceria outra vez. Sempre estava quase amanhecendo outra vez.

— O quê? — disse ele. — Você sonhou com isso também?

À noite, Sebastien continuou com as doações anônimas. Doou dinheiro para o fundo de viagens dos pais de Lily e depois não parou de doar. Doou para a Anistia Internacional, por Lily. Doou para grupos de apoio a famílias de vítimas, por Katy. Doou para a Fundação do Espaço, pelas estrelas (se algum dia houvesse um projeto que pudesse engolir qualquer fortuna, qualquer vida). A Fundação do Espaço enviou-lhe mapas de constelações. Ele os pendurou nas paredes. Cobriu com eles a fotografia de sua anta. Na realidade, a anta não era dele. Seu pai a tinha matado em seu lugar, porque ele não conseguia dar o tiro, e deixou que ele aparecesse na foto de qualquer maneira. Agora os pés de adolescente covarde de Sebastien apareciam por baixo da coroa arroxeada e esfumaçada de uma galáxia em rotação. Ele pôs um mapa por cima da tapeçaria, ocultando-a em parte. Agora os cães perseguiam cometas inconstantes, o sedimento aluvial das estrelas mais remotas. Ele pôs mapas no teto, criando claraboias celestiais. Deu-se conta de que nunca, em toda a sua vida, tinha dormido ao ar livre.

Ele digitou "suicídio" no Google repetidamente, a cada vez deixando-se emocionar de novo com o interesse automático, impessoal, da internet. Era tão perfeito em sua abstração, pensou Sebastien. Era alguma coisa semelhante ao imperativo categórico de Kant, à espantosa insensibilidade da natureza ou ao tipo de gentilezas exuberantes, nostálgicas que os Estados Unidos muito ocasionalmente faziam a seus inimigos: a reconstrução da Alemanha no pós-guerra, a realização de uma cerimônia islâmica para Osama bin Laden antes de lançar seu corpo ao mar.

Sob um aspecto, Eduardo ficou surpreso ao descobrir que perder Maria mais uma vez acabou se revelando quase natural. Eduardo sabia que, depois que o caso estivesse terminado, ele teria uma sensação de ter atingido o apogeu da sua vida, de olhar por cima da beira, de saber que logo a noite cairia e que ainda mais depressa chegaria a hora de dar meia-volta. Agora que Maria tinha ido embora novamente, ele descobria que já estava se voltando para descer; e essa jornada lhe parecia menos assustadora, de algum modo, se bem que ele não podia deixar de se assombrar com sua rapidez.

A partida de Maria tinha sido uma catástrofe para a qual Eduardo vinha se preparando pela maior parte de sua vida adulta. No final das contas, o retorno dela tinha sido não mais que uma espécie de intervalo entre desgraças. Ou talvez nem isso.

E, no entanto, era verdade que Eduardo tinha tido certeza dela um dia, mais certeza do que tinha tido de qualquer outra coisa, antes ou desde então.

Ao longo dos meses, Eduardo pensava muito sobre o tempo de Lily Hayes na cadeia — sobre como devia ser difícil estar lá depois de uma vida tão curta e fácil como a dela. Ela seria forçada a resgatar lembranças para as quais mal tinha estado presente na época. Precisaria revirá-las muitas e muitas vezes na mente, procurando novos detalhes e complexidades. Seria como lutar atabalhoadamente pelas migalhas de refeições que se tinham consumido sem saber que seria necessário racioná-las.

Um ano depois da condenação, Eduardo leu no jornal que Sebastien LeCompte estava fazendo um leilão de objetos do espólio e contratou uma pessoa para comparecer e comprar o Steinway. No todo, a compra representou mais ou menos o que ele tinha recebido com a condenação de Lily Hayes. Ele percebia como isso poderia ser encarado como uma espécie de vingança, mas realmente sua intenção era a de que fosse um tipo de penitência — embora não se tratasse de uma penitência pela probabilidade de ter se equivocado quanto a Lily. Eduardo tinha uma postura humilde diante dessa possibilidade, como diante de todas as outras possibilidades. Dera o melhor de si. Fizera um esforço legítimo no sentido de exercer alguma influência nesta vida. Isso, e somente isso, era tudo o que qualquer um de fato poderia fazer ou saber que tinha feito. Admitir a falibilidade de seu conhecimento era apenas o primeiro passo. Depois que ele foi dado, era preciso prosseguir, discernir, sopesar, avaliar e distinguir entre o certo e o errado; era preciso separar o verdadeiro do falso (as pessoas podiam dizer que não estavam fazendo isso, mas é claro que era isso que estavam fazendo; estavam atuando com base em muitas camadas de crenças não questionadas cada vez que respiravam, cada instante que viviam). E então, não importava em que você decidisse acreditar, era preciso agir como se você de fato acreditasse naquilo. Se não o fizesse, você não seria apenas covarde. Se não o fizesse, você estaria se privando de algo muito maior que a coragem.

Depois da condenação de Lily, Sebastien por fim recebeu permissão de visitá-la na prisão. Ao chegar, ele a encontrou sentada a uma mesa, fumando. Seu cabelo estava mais comprido e parecia estar com uma cor diferente, não apenas mais sujo, mas de fato mais escuro, de algum modo.

— Dizem que esse troço mata — disse ele, desanimado.

— Meu Deus — disse ela. — Espero que alguma outra coisa cumpra a tarefa antes.

— Seu cabelo está com uma cor diferente?

Ela encolheu os ombros.

— Não sei. Vai ver que está.

— Dizem que o cabelo de Maria Antonieta ficou branco na noite antes de sua execução.

Lily uma vez tinha dito a Sebastien que ele não sabia o que queria dizer quando falava; mas esse não era um diagnóstico preciso. Em geral, ele simplesmente não se importava — só queria parecer inteligente, e nisso havia de fato uma simplicidade e franqueza cristalinas, quando se pensava bem. Mas agora ele tinha a impressão de que realmente se importava, de que se importava muito. Era só que ele não sabia o que estava querendo dizer. Não importava o que fosse, era algo que estava em alguma outra galáxia, do tipo tão distante que, quando se chegasse lá, já teria morrido.

Lily fez que não.

— Não é assim que funciona. Foi só que todo o cabelo castanho dela caiu. — Ela deu uma tragada no cigarro. Havia agora uma agitação intensa em seus movimentos que Sebastien não tinha percebido durante o julgamento. — Não acredito que deixaram você entrar aqui.

— Bem, a esta altura, é o mínimo que podiam fazer.

Ela lhe lançou um olhar incrédulo.

— O que eu quero dizer é que simplesmente não consigo acreditar que eles achem que sou tão idiota que iria lhe dizer alguma coisa.

— Como assim?

— Estão gravando isso aqui, você se dá conta? — disse ela. — Estão tentando armar uma cilada para mim. Acham que você poderia ajudar nisso.

Sebastien não sabia ao certo o que seu rosto estava fazendo. Lily precisava entender que ele tinha mentido por ela e que tinha sido apanhado na mentira. Ela precisava entender que ele não tinha tido escolha. Mas talvez ela o detestasse pela mentira de qualquer modo. Talvez ela achasse que ele tinha mentido por acreditar na possibilidade de que ela tivesse cometido o crime, ou por acreditar que outras pessoas acreditariam que isso fosse possível. Talvez ela encarasse essas duas coisas como traições. Ou talvez — e, assim que pensou nessa possibilidade, Sebastien sentiu sua verdade como um golpe de cassetete na alma — ela realmente não tivesse nenhuma opinião acerca de nada disso.

— Bem, é claro que não intencionalmente — disse Lily, com um tremor ofegante na voz. — Não estou querendo dizer isso. Só quero dizer que eles acham que vou perder o controle, me esquecer de onde estou e de repente me lembrar de ter feito coisas que não fiz.

Sebastien viu que ela estava com medo até mesmo de dar nome a essas coisas. Não queria lhes fornecer um trecho de frase, uma gravação de sua voz que encadeasse certas palavras juntas numa determinada ordem, independentemente do contexto, tal era o nível de sua desconfiança. Seria isso prudência (finalmente, embora tardia)? Ou simples paranoia? Sebastien não sabia dizer. Mas de um jeito ou de outro, quem poderia culpá-la? Ele lembrou de sua paranoia no dia em que voltara para Buenos Aires depois da morte dos pais. Naquele dia, seu medo não tinha se limitado à viagem de avião. Em vez disso, seu medo tinha se estendido em termos absurdos, ridículos, tanto para a frente como para trás no tempo, como algum tipo estranho de hera que subisse tanto na direção da luz como na da sombra. O medo tinha se espalhado de volta para o início da viagem. Estava esperando por ele por trás de um jornal em South Station, onde a luz difusa e límpida que entrava pela janela sempre dava a sensação de ser, de algum modo, atlântica, oceânica; e as gaivotas cinzentas do lado de fora formavam borrões no concreto e no céu. E o medo tinha avançado pelo resto do dia. Se o medo não fizesse cair seu avião, ele o seguiria quando passasse pela segurança, depois do desembarque, quando chamasse um táxi e seguisse pelas ruas, suas antigas ruas, entrasse na casa da sua infância e no que restava de sua vida. O medo podia ser paciente, afinal. O medo tinha todo o tempo do mundo.

— Você está pirando, Lily? — disse Sebastien.

No rosto dela, houve uma chispa de hostilidade instantânea, reacionária, que foi se apagando, sendo substituída por um ar pensativo.

— Como eu haveria de saber? — perguntou ela.

— Não precisa se preocupar com isso — disse Sebastien. — Por motivos óbvios, não estou em posição de julgar. — Ele pôs a mão na mesa, deixando-a disponível para ela tocar. Lily fixou nela um olhar vazio, com uma expressão de incompreensão indiferente, e não fez menção de segurá-la. E de repente Sebastien pôde ver como a pena de Lily se desenrolaria: como sua vida anterior se transformaria em memórias vermelhas, fetais; como sua personalidade se liquidaria. Vinte e cinco anos. Vinte e cinco anos. Ela desenvolveria uma obsessão por seus cigarros, por suas pequenas queixas e inimizades. Maureen e Andrew não parariam de vir visitá-la, embora cada vez com menos frequência, e então morreriam, um depois do outro. Anna continuaria a vir visitá-la, duas vezes por ano, no mínimo. Trabalharia por dois anos como analista de investimentos (não havia a menor possibilidade de aquela garota não seguir para um mestrado em administração de empresas, com ou sem os clássicos como especialidade) até se casar com outro analista de investimentos e os dois produzirem dois filhos de pernas compridas, um atrás do outro. Ela nunca desistiria das corridas de fundo e nunca pararia de mandar para Lily o que fosse necessário — mesmo com a mudança do que fosse necessário, de um ano para outro, e mesmo quando cada vez fosse menor a quantidade de itens necessários.

Não faria diferença. Nada disso faria diferença. O espírito de Lily não conseguiria interromper sua própria deterioração, da mesma forma que seu corpo também não conseguiria um dia.

— Sinto muito, sabe? — disse Sebastien, do fundo do coração. — Sinto muito, muito mesmo.

Lily olhou para ele, com a expressão neutra.

— Sente muito, por quê?

Passaram-se dois anos para que o recurso fosse julgado. Quando foi dado o veredicto, a condenação por homicídio foi revogada. A condenação por obstrução da justiça — resultante da mentira de Lily sobre a maconha — foi mantida, com a pena sendo reduzida ao período já cumprido na prisão.

— Na idade dela, dois anos são uma vida. Uma vida — disse Andrew Hayes na televisão. Parecia abatido e envelhecido. — Ela já perdeu a oportunidade de ser a pessoa inteira que teria sido. Aquela pessoa morreu, tanto quanto Katy Kellers.

É claro que foi duramente criticado pela comparação. Contudo, Eduardo achou provável que ela fosse verdadeira, embora não soubesse com certeza, já que não trabalhara no recurso. Na realidade, Eduardo tirara uma prolongada licença das funções jurídicas. Foi a Ravena, na Itália, ver os primitivos mosaicos cristãos de lá, em tons de índigo e jade. Admirou a simplicidade vigorosa de suas cores, de sua ética. Depois, saiu andando ao ar livre, e a lua lá no alto era como uma única opala no céu.

Era possível, é claro, que Lily Hayes fosse inocente. Claro que era possível. Qualquer coisa era possível. Abraçar a oportunidade de estar certo correspondia a correr o risco de estar errado. Eduardo tinha aceitado os mesmos riscos que o soldado, o revolucionário, o reformista. Sabia que qualquer tentativa de heroísmo pode, em retrospectiva, ser revelada como algo com más intenções.

Tinha apostado na virtude. Estava em paz. Foi às cavernas de rochas calcárias da Eslovênia. Ficou parado em igrejas antigas, alerta para o que poderia ouvir.

Sebastien começou a sair.

De início, ele descia até o rio para pensar nas estrelas. Inclinava a cabeça para trás a fim de olhar para o céu. Tentava enxergá-lo do jeito que Lily talvez o visse, ou do jeito que ela talvez o tivesse visto no passado.

Todos nós cumprimos penas perpétuas. Você podia passar a sua entre quatro paredes ou ao ar livre, mas tinha de cumpri-la em algum lugar.

Acima dele, Sebastien quase podia ver os olhos puxados de galáxias lenticulares. Essa sensação de estar sendo observado — foi por isso que as pessoas inventaram os deuses. Foi por isso que ele tinha inventado os Carrizo. E podia ser que isso fosse tudo o que lhe seria permitido manter de Lily: uma sensação de seu olhar, um olhar ligeiramente mais suave, mais compreensivo, a acompanhá-lo pelos anos afora, com as pálpebras se abaixando cada vez mais até que por fim se fechassem.

Ele lhe escreveria uma carta um dia, daqui a muito tempo, quando todos os demais já tivessem se esquecido. *Eu ainda sei que não foi você*, diria a carta. *Sei disso. Sei disso. Eu sei.*

E Lily responderia dizendo: *Que bom que você sabe. Mas deveria também saber o seguinte: não fui eu, mas era possível que fosse. Não fui eu, mas poderia ter sido. Não fui eu, mas talvez, em outra vida, tivesse sido eu.*

NOTA DA AUTORA

Em alguns de seus temas, *A estrela* busca inspiração no caso de Amanda Knox, a estudante americana de intercâmbio, que foi acusada de assassinar sua colega de quarto na Itália, condenada por isso e absolvida. Fiquei fascinada pela ideia de escrever a respeito de uma personagem ficcional que servisse como uma folha em branco sobre a qual costuma ser projetada toda uma série de interpretações — muitas vezes moduladas por questões de classe e privilégio, de gênero e religião, de americanos se sentirem com direito a prerrogativas e do ressentimento antiamericano. A Lily Hayes ficcional compartilha essas qualidades amplas e nebulosas com Amanda Knox; suas semelhanças residem nos julgamentos contraditórios, porém confiantes, que inspiram em outros.

A estrela do título é um bom exemplo da intenção do romance, bem como de seu relacionamento com a realidade. No livro, há quem encare a pirueta de Lily Hayes na sala de interrogatório como insensível; outros, como inocente; outros, como suspeita. Essas percepções conflitantes foram inspiradas inicialmente pela estrela que foi amplamente divulgado que Amanda Knox teria dado durante seu interrogatório, uma estrela que, como sabemos agora, nunca chegou a ocorrer. Esse episódio, creio eu, ilustra algumas das questões principais que eu queria examinar neste romance — questões sobre como decidimos no que acreditar e no que continuar acreditando —, ao mesmo tempo que também demonstra parte das razões pelas quais eu precisava de um território totalmente ficcional para fazê-lo.

Ao refletir sobre a possibilidade de que o livro pudesse ser confundido com uma narrativa sobre pessoas e acontecimentos da vida real, e com um julgamento sobre eles, cheguei a avaliar como minha visão da escrita e da leitura de ficção se baseia totalmente numa única premissa moral: que o ato de imaginar as experiências de pessoas ficcionais desenvolve nosso sentido de empatia, bem como nosso sentido de humildade, ao encarar as experiências de pessoas da vida real. Para mim, a barreira ficcional em torno dos personagens deste livro não é apenas um pré-requisito para tentar (ou mesmo querer) escrever um romance sobre a falibilidade das percepções — ela é também fundamental para minha noção das possibilidades éticas da ficção no mundo. Portanto, é como pessoa, ainda mais do que como escritora, que peço aos leitores que não tenham dúvidas quanto à personagem central desta história. No universo real existe uma garota que nunca deu uma estrela. Este romance é a história de uma garota que deu.

AGRADECIMENTOS

Meu muito obrigada à Iowa Writers' Workshop [Oficina de escritores de Iowa] e ao programa de bolsas Stegner de Stanford University — pelo tempo, pela transformadora sensação de possibilidade e, acima de tudo, pelas pessoas, serei eternamente grata. Por seu feedback sobre este livro, minha gratidão especial a meus incríveis professores em Stanford, Adam Johnson, Elizabeth Tallent e Tobias Wolff, assim como a meus incansáveis colegas de oficina: Josh Foster, Jon Hickey, Dana Kletter, Ryan McIlvain, Nina Schloesser, Maggie Shipstead, Justin Torres, Kirstin Valdez Quade e mais algum cara de que não me lembro. Meus agradecimentos também a Kate Sachs pela memorável viagem inicial de reconhecimento, bem como a Adam Krause, Keija Kaarina Parssinen e a todos os membros do No-Name Writing Group [Grupo de Escrita Sem Nome], com sua inteligência fantástica, por seus comentários perspicazes.

Obrigada a meu maravilhoso agente, Henry Dunow, que é tão infatigável quanto paciente. Obrigada também a todos na Random House: Susan Kamil, Laura Goldin, Erika Greber e Caitlin McKenna; Maria Braeckel, comprovada maga da publicidade; e em especial meu editor, David Ebershoff, por seus extraordinários insight e dedicação.

Principalmente, sou grata a Carolyn du Bois, por me ensinar que a verdade muitas vezes é complicada; e a Justin Perry, por me fazer acreditar que, de vez em quando, ela não é.

Este livro foi impresso na Intergraf Ind. Gráfica Eireli.
Rua André Rosa Coppini, 90 - São Bernardo do Campo - SP
para a Editora Rocco Ltda.